STAR WARS™

THRAWN : ALLIANCES

LE CYCLE OFFICIEL STAR WARS™ TIMELINE

I *LA MENACE FANTÔME* – Terry Brooks

II *L'ATTAQUE DES CLONES* – R.A. Salvatore

SOMBRE APPRENTI – Christie Golden

III *LA REVANCHE DES SITH* – Matthew Stover

CATALYSEUR – A ROGUE ONE NOVEL – J. Luceno
LES SEIGNEURS DES SITH – Paul S. Kemp
TARKIN – James Luceno
THRAWN – Timothy Zahn
UNE NOUVELLE AUBE – John Jackson Miller
THRAWN : ALLIANCES – Timothy Zahn
ROGUE ONE – A STAR WARS STORY – A. Freed

IV *UN NOUVEL ESPOIR* – George Lucas

BATTLEFRONT II : L'ESCOUADE INFERNO – C. Golden
L'HÉRITIER DES JEDI – Kevin Hearne
BATTLEFRONT : TWILIGHT COMPANY – A. Freed

V *L'EMPIRE CONTRE-ATTAQUE* – Donald F. Glut

VI *LE RETOUR DU JEDI* – James Kahn

RIPOSTE – Chuck Wendig
RIPOSTE : DETTE DE VIE – Chuck Wendig
RIPOSTE : CHUTE DE L'EMPIRE – Chuck Wendig
BAROUD D'HONNEUR – Daniel José Older
LIENS DU SANG – Claudia Gray
PHASMA – Delilah S. Dawson
LUKE SKYWALKER : LÉGENDES – Ken Liu

VII *LE RÉVEIL DE LA FORCE* – Alan Dean Foster

VIII *LES DERNIERS JEDI* – Jason Fry

STAR WARS™

TIMOTHY ZAHN

THRAWN : ALLIANCES

POCKET

Titre original :
Thrawn : Alliances

Traduit de l'anglais (États-Unis)
par Lucile Galliot

ISBN : 978-2-266-29528-4

Dépôt légal : juin 2019

À tous ceux qui ont déjà eu la sensation d'avoir été associés à la mauvaise personne…

Il y a bien longtemps, dans une galaxie lointaine, très lointaine....

PROLOGUE

MAINTENANT

— J'ai ressenti une perturbation dans la Force.

L'Empereur Palpatine marqua une pause et projeta ses pensées en direction des deux hommes qui se tenaient devant son trône, attentif à leurs réactions.

Non. Pas des *hommes*. Bien sûr, pas des *hommes*. Les hommes étaient d'insignifiantes et pitoyables créatures, tout juste bonnes à être dirigées, intimidées ou sacrifiées sur un champ de bataille. Ils étaient bien plus que de simples hommes.

Un grand amiral chiss, tacticien et stratège de génie. Un Seigneur Sith, aussi impitoyable que puissant dans la Force.

Ils l'observaient, Palpatine en avait conscience, chacun s'efforçant à sa façon de glaner des renseignements sur la raison de leur convocation. Le grand amiral Thrawn étudiait la voix, les traits et la posture de son Empereur. Le Seigneur Vador, quant à lui, sondait son Maître par le biais de la Force.

Palpatine percevait tout cela. Mais il pouvait également ressentir la tension présente entre eux deux, ses deux serviteurs les plus utiles.

Cette tension n'était pas seulement due au désir qu'avait chacun de se tenir seul aux côtés de son Maître au centre du pouvoir impérial, même s'il l'expliquait en partie.

Il y avait plus que cela. Bien plus. Thrawn venait de subir une importante défaite : un petit groupe de Rebelles qu'il avait réussi à piéger sur la planète Atollon était parvenu à lui filer entre les doigts. Cet échec lui avait valu le mépris de Vador.

Thrawn, pour sa part, s'opposait fermement au projet « Étoile de la Mort » soutenu par Vador, le Grand Moff Tarkin, et Palpatine lui-même, plaidant à la place pour son propre projet, si cher à son cœur, de Défenseurs TIE sur la planète Lothal. Jusqu'à présent, l'opposition de Thrawn ne s'était pas encore mue en résistance ouverte, mais l'Empereur savait que ce n'était qu'une question de temps. Vador en était conscient, lui aussi.

Mais Palpatine ne les avait pas fait venir ici pour leur offrir une opportunité de se réconcilier. Encore moins pour jouer les médiateurs dans leur conflit. Il y avait d'autres éléments, bien plus graves, à prendre en considération.

Thrawn avait juré fidélité à l'Empire. Mais cette dernière n'avait jamais été vraiment mise à l'épreuve. Vador se tenait aux côtés de Palpatine en tant qu'Apprenti du Maître Sith. Mais son ancienne vie de Jedi ne pouvait être simplement ignorée ou dédaignée avec désinvolture.

Or voilà que cette perturbation intrigante dans la Force lui donnait l'occasion d'aborder ces deux questions.

Palpatine leva brièvement les yeux vers la haute fenêtre de sa salle du trône. On distinguait au loin un Destroyer Stellaire, le *Chimaera*, sa forme triangulaire à peine discernable flottant au-dessus des buildings et des voies aériennes de Coruscant. Généralement, les vaisseaux militaires de cette taille n'étaient pas autorisés à s'approcher au-delà de l'orbite basse. Mais Palpatine avait souhaité que le croiseur soit présent pendant cette réunion, en guise de rappel subtil à l'intention de ses deux serviteurs à propos de ce qui avait été donné à Thrawn et de ce qui pourrait lui être repris.

Vador fut le premier à prendre la parole, comme Palpatine s'en doutait :

— Peut-être avez-vous perçu la présence de ce Jedi rebelle, Kanan Jarrus, suggéra-t-il. Ou de la créature que l'amiral Thrawn affirme avoir rencontrée sur Atollon ?

Palpatine esquissa un mince sourire. Bien sûr qu'il ne s'agissait pas de Jarrus. Cette perturbation en particulier avait été depuis longtemps remarquée, codifiée et écartée, chose que Vador savait pertinemment. La suggestion n'était là que pour rappeler à Thrawn – et à Palpatine – la défaite humiliante du Chiss.

Le commentaire de Vador ne suscita aucune réaction visible chez Thrawn. Mais Palpatine perçut un raidissement dans son attitude. Il avait déjà promis à l'Empereur qu'il s'occuperait de Jarrus et de la cellule Phoenix qui venaient tout juste de lui échapper. Une bonne partie de cet échec était due à des facteurs qui n'étaient pas du ressort de Thrawn, raison pour laquelle Palpatine ne lui avait pas retiré la Septième Flotte.

Mais Vador ne montrait aucune patience à l'égard de l'échec, quel qu'il soit, et n'avait que faire des raisons ou des excuses avancées. Pour le moment, il attendait ; mais il était plus que prêt à intervenir et à résoudre lui-même ce problème en particulier si le grand amiral devait échouer.

— La perturbation ne vient ni de l'un ni de l'autre, répondit Palpatine. C'est quelque chose de nouveau. Quelque chose de différent, ajouta-t-il en dévisageant ses serviteurs l'un après l'autre. Quelque chose qui, pour être découvert, nécessitera que vous travailliez ensemble.

Là encore, aucun des deux ne réagit de façon visible. Mais Palpatine pouvait sentir leur surprise. Leur surprise, et leur désapprobation instinctive.

Travailler *ensemble* ?

Cette fois, ce fut le Chiss qui parla en premier :

— Avec tout le respect que je vous dois, Votre Majesté, je pense que mon devoir et mes capacités seraient d'une plus grande utilité ailleurs. Les Rebelles qui se sont enfuis d'Atollon doivent être poursuivis et éliminés avant qu'ils puissent se réorganiser et rejoindre d'autres cellules.

— Je suis d'accord, dit l'Empereur. Mais la Septième Flotte et le commandant Woldar peuvent se charger de cela sans vous pour le moment. Le Grand Moff Tarkin se joindra également au commandant le temps que sa nouvelle affectation soit prête.

Palpatine sentit un tressaillement dans les émotions de Vador, peut-être l'espoir que Thrawn pourrait juger, à tort, le moment et le lieu opportuns pour émettre à nouveau des objections vis-à-vis du projet « Étoile de la Mort ». Palpatine marqua une pause, comme pour laisser au grand amiral l'occasion de le faire.

Mais Thrawn garda le silence.

— Pendant que Woldar et Tarkin trouveront et s'occuperont des Rebelles, continua l'Empereur, le Seigneur Vador et vous prendrez votre vaisseau amiral pour vous charger de cette autre affaire.

— Je comprends, Votre Majesté, concéda Thrawn. Puis-je néanmoins faire remarquer que le Gouverneur Tarkin est moins familier que je ne le suis de cette cellule rebelle en particulier ? Peut-être qu'une approche plus efficace consisterait à offrir au Seigneur Vador l'un de mes Destroyers Stellaires afin qu'il enquête lui-même sur cette perturbation ?

Palpatine sentit un élan soudain de colère chez son Apprenti suscité par la formulation maladroite de Thrawn.

On *n'offrait* pas de vaisseau à un Seigneur des Sith. Un Seigneur des Sith *s'emparait* de ce qu'il voulait *quand* il le voulait.

Mais à l'instar de Thrawn, Vador savait quand rester silencieux.

— Vous me surprenez, amiral Thrawn, dit Palpatine. Je m'attendais à un certain enthousiasme de votre part à l'idée de voyager à proximité de votre foyer.

Les yeux incandescents de Thrawn se plissèrent légèrement, et Palpatine perçut chez lui une attention soudaine.

— Je vous demande pardon, Votre Majesté ?

— La perturbation est localisée à la frontière de vos Régions Inconnues. Et elle semble se centraliser sur une planète nommée Batuu.

Une fois de plus, il sentit une réaction à l'évocation de ce nom. Cette fois-ci, la réaction provenait des deux individus.

— Je crois que vous en avez déjà entendu parler ?

Le regard de Thrawn se voila et son visage bleu fut traversé par un tourbillon de souvenirs.

— Oui, murmura-t-il. J'en ai effectivement entendu parler.

Et c'était, bien sûr, le cas de Vador également. Il s'agissait de l'endroit où, il y a bien longtemps, Thrawn et lui avaient perturbé, quoique involontairement, l'un des plans de Palpatine.

Mais là encore, le Seigneur Noir garda le silence.

— Alors c'est entendu, conclut l'Empereur. Vous, amiral, prendrez le commandement.

Il regarda son Apprenti et ajouta :

— Vous, Seigneur Vador, vous occuperez de la perturbation.

— Oui, Votre Altesse.

— Oui, Maître.

Palpatine se renfonça dans les profondeurs de son trône.

— Alors, allez-y.

Les deux serviteurs tournèrent les talons et remontèrent les deux rangées de gardes impériaux enveloppés de rouge qui s'étendaient jusqu'à la sortie. Palpatine les regarda s'éloigner : le Chiss dans son uniforme blanc de grand amiral, le Sith vêtu de noir, sa longue cape flottant derrière lui.

La solution à cette énigme singulière allait en effet nécessiter leur participation à tous les deux. Plus important encore, elle permettrait de répondre à des questions restées jusque-là sans réponses.

Un mince sourire effleura les lèvres de Palpatine. Le temps était venu pour Thrawn d'affronter son avenir.

Et pour Vador d'affronter son passé.

PROLOGUE

À L'ÉPOQUE

Anakin Skywalker fit la moue.

— Hum… non. Jamais entendu parler.

— Rien d'étonnant à cela, dit Padmé Amidala en secouant la tête.

Elle avait laissé ses cheveux détachés aujourd'hui et une lumière subtile jouait entre ses mèches à chacun de ses mouvements. Anakin avait toujours aimé cet effet.

— C'est à la frontière de la Bordure Extérieure, tout contre les Régions Inconnues.

— Et en quoi est-ce important ?

— Je ne sais pas, reconnut Padmé. Tout ce que j'ai, c'est ce message de Duja m'informant qu'elle serait tombée sur quelque chose qui se passerait quelque part dans la région de Batuu et qui mériterait qu'on enquête dessus.

— *Quelque chose* qui se passerait *quelque part*, répéta Anakin. J'ai connu rapports plus précis…

— C'est ce que pense également le reste du Haut Commandement.

Padmé marqua une pause, et Anakin sentit un mélange d'appréhension et d'obstination monter en elle.

— Raison pour laquelle je compte moi-même m'y rendre pour vérifier l'info.

Anakin connaissait suffisamment sa femme pour avoir anticipé où elle voulait en venir. Malgré tout, l'annonce lui fit l'effet d'un coup de poing dans l'estomac.

— Seule ? dit-il, comme si, là encore, il était nécessaire de demander.

— Bien sûr que non, répliqua Padmé. Duja se trouve déjà là-bas, tu te souviens ? Oh, arrête de me regarder comme ça.

— Comme quoi ?

— Comme un…

Elle marqua une pause à peine perceptible le temps de se remémorer où se trouvaient les autres dans le complexe de bureaux et d'avoir confirmation que personne n'était à portée de voix.

— … mari. Ou en tout cas comme un garde du corps Jedi, ajouta-t-elle avec un sourire espiègle.

Anakin lui rendit son sourire. Fut un temps où il n'avait été que cela pour elle. Même si à l'époque, il aspirait déjà à beaucoup plus.

— Eh bien, je *suis* un garde du corps Jedi, tu sais. Il n'y a pas de raison que je me comporte ou que je parle autrement.

Il serra brièvement la mâchoire pour tenter de calmer l'émotion qui montait en lui, comme le lui avaient enseigné ses instructeurs Jedi.

— Malheureusement, je suis aussi un général Jedi et je suis censé diriger une bataille prochainement. Si seulement…

Il ne termina pas sa phrase. Si seulement Ahsoka n'avait pas quitté l'Ordre Jedi. Mais c'est ce qu'elle avait fait. Elle lui manquait cruellement. Et pas seulement pour ses compétences au cœur des combats.

Peut-être que Padmé songeait à la même chose que lui, et que la jeune Padawan d'Anakin lui manquait tout autant. En tout cas, elle comprenait suffisamment la situation pour ne pas lui demander si quelqu'un d'autre pourrait le remplacer sur le front.

— Tout va bien se passer, dit-elle à la place. Tu as déjà rencontré certaines de mes anciennes dames de compagnie. Tu connais leur niveau d'entraînement au combat et à l'espionnage.

— Duja se débrouille bien ?

— C'est l'une des meilleures, lui assura Padmé. Une fois réunies, c'est le garde du corps de l'ennemi qui aura du mauvais sang à se faire.

— Peut-être.

Anakin haussa un sourcil avant d'ajouter :

— Je t'ai connue plus inspirée niveau répliques, soit dit en passant.

— Je sais. Je dois garder les autres en stock pour le Sénat, dit-elle avant de soupirer. Anakin, crois-tu que cette guerre s'arrêtera un jour ?

— Bien sûr, répliqua le Jedi avec un enthousiasme qu'il était loin d'éprouver.

C'était en effet une question que tous se posaient. Finirait-elle *jamais* ?

Elle s'était déjà prolongée plus qu'il ne s'y attendait. Plus qu'aucun d'eux ne s'y attendait. Jusqu'à présent, le Chancelier Palpatine parvenait à garder les choses sous contrôle, à maintenir la République debout, ferme et unie. Mais même lui n'y parviendrait pas éternellement.

Il y avait déjà eu tant de morts. Tant de morts !

Mais Padmé n'en ferait pas partie. Anakin se l'était promis.

— Quand seras-tu de retour ? voulut-il savoir.

— Je l'ignore. Il n'y a pas beaucoup d'hypervoies stables dans cette région, alors ça risque de me prendre pas mal de temps, rien que pour m'y rendre.

— Tu veux que je calcule une trajectoire pour toi ? suggéra Anakin. Les archives Jedi pourraient avoir mieux à proposer que les cartes standard.

— Non, ça ira. Quelqu'un pourrait trouver une trace de tes recherches et je préfère que personne ne sache que je me rends là-bas. Tu pourras toujours le faire avant de nous rejoindre : c'est le moment où un voyage rapide nous sera sans doute le plus utile.

— Ça, tu peux compter sur moi…

Anakin secoua la tête et ajouta :

— Je ne sais pas, Padmé. Je n'aime vraiment pas l'idée que tu restes hors de contact aussi longtemps.

— Moi non plus. Mais même avant la guerre, l'HoloNet n'a jamais fonctionné très bien aussi loin, et je doute que ça aille en s'arrangeant. Malgré tout, il existe cinq services de messagerie privée dans la région, donc même s'il risque d'y avoir un peu de décalage, je devrais quand même pouvoir te faire parvenir des informations, expliqua-t-elle avant de poser une main sur son bras. Tout va bien se passer, Ani. Vraiment.

— Je le sais.

Rien ne lui permettait de l'affirmer, bien sûr. Padmé sur Coruscant, il était toujours possible de la protéger. Mais Padmé aux confins de nulle part, ça lui était impossible.

Toutefois, la décision de la jeune femme était prise, et il savait que tout autre argument serait futile. Les anciennes dames de compagnie de Padmé lui étaient d'une loyauté farouche, et cette loyauté était réciproque. Que Duja ait des problèmes ou qu'elle ait simplement découvert un nid à problèmes, maintenant qu'elle avait demandé de l'aide à Padmé, il n'existait aucune force dans la galaxie qui puisse les garder séparées.

— Promets-moi simplement que tu me mettras au courant de ce qui se passe dès que tu le pourras, dit-il en lui prenant la main.

De sa main *gauche*, bien sûr, celle de chair et de sang. Padmé ne semblait jamais perturbée par la différence, mais Anakin y prêtait toujours attention.

— C'est promis. Voyage rapide, évaluation rapide de la situation et hop, retour à la maison. Je serai probablement rentrée avant toi.

— Je te prends au mot. En attendant...

Il s'approcha d'elle et, l'espace d'une longue étreinte, mari et femme restèrent dans les bras l'un de l'autre, savourant ce petit répit de calme et de paix volé au cœur de la tempête qui continuait de faire rage dans le reste de la galaxie.

Petit, et beaucoup trop bref.

— Je dois y aller, lui chuchota Padmé à l'oreille avant de s'éloigner doucement de lui.

— Moi aussi, dit-il avec un soupir. Tu vas me manquer.

— Tu vas me manquer aussi.

Padmé lui décocha un nouveau sourire, plus las qu'espiègle cette fois, et ajouta :

— Mais tu auras toujours Obi-Wan pour te tenir compagnie.

Anakin grimaça de façon exagérée.

— Ce n'est pas vraiment la même chose.

— Je sais.

Elle refit un pas en avant pour un rapide baiser.

— Nous passerons du temps ensemble une fois de retour tous les deux. Du temps de *qualité*.

— C'est ce que tu dis à chaque fois.

En même temps, c'est ce qu'il disait à chaque fois, lui aussi.

— Sois prudente, Padmé, et reviens-moi saine et sauve.

— Toi aussi, Anakin.

Elle tendit la main et lui caressa la joue.

— C'est toi qui t'apprêtes à partir en guerre, tu te souviens ? Moi, je vais juste rendre visite à une vieille amie.

— Moui, murmura-t-il. Bien sûr.

***

La bataille se déroula comme tant d'autres avant elle : d'infimes avancées un jour, d'infimes reculs le lendemain, le tout éclipsé par le tourbillon inévitable de morts et de destructions.

Padmé n'était pas encore rentrée lorsque les forces armées épuisées revinrent sur Coruscant. Elle n'avait pas envoyé de messages non plus. Anakin vérifia le service qu'elle avait mentionné, puis interrogea tous les autres actifs dans cette région de la Bordure Extérieure. Rien. Il s'intéressa à la montagne de rapports que Coruscant avait récemment reçus pour archivage et effectua une recherche en entrant son nom, les caractéristiques de son vaisseau, son apparence physique et même les bijoux qu'elle portait habituellement. Toujours rien. Il déposa une demande auprès du Conseil Jedi pour se rendre lui-même à sa recherche, mais le Comte Dooku refaisait parler de lui et sa requête fut refusée. Une autre bataille, brève celle-là, et il fut de retour sur Coruscant.

Toujours aucun message. Mais cette fois, ses recherches aboutirent à quelque chose. Le vaisseau de Padmé, ou un appareil de type et de classe identiques, avait été retrouvé abandonné sur Batuu. Les chasseurs locaux qui l'avaient trouvé rapportaient qu'il semblait désert.

Padmé Amidala, Sénatrice et ancienne Reine de Naboo, avait disparu.

CHAPITRE 1

Il y avait passagers et *passagers*, songeait la commodore Karyn Faro debout au centre de la passerelle de commandement du *Chimaera*.

Dark Vador faisait partie de la seconde catégorie, à n'en pas douter.

Faro fronça les sourcils en contemplant le tourbillon de l'hyperespace de l'autre côté de la baie d'observation. Pour elle, nul passager quel qu'il soit n'avait sa place à bord d'un bâtiment de guerre impérial. Si Vador voulait voyager à travers l'Empire, il n'avait qu'à se dégoter un vaisseau bien à lui.

Ou peut-être était-ce justement ce qu'était devenu le *Chimaera* ? En tout cas, Vador n'avait pas perdu de temps pour prendre ses aises et procéder à des changements.

Par-dessus le vrombissement des conversations discrètes, Faro entendit le bruit des portes situées à l'arrière de la passerelle. Pivotant, elle vit un stormtrooper s'approcher dans son armure blanche. Sans se presser, il jeta un coup d'œil circulaire autour de lui, puis se dirigea vers la commodore.

Elle fronça encore un peu plus les sourcils. Quand on parlait des changements indésirables dans la routine du *Chimaera*…

Elle veilla à reprendre une expression impassible avant que l'autre s'arrête devant elle dans un salut impeccable.

— Commodore Faro, dit-il avec la raideur formelle à laquelle l'avaient habituée les stormtroopers officiers. Je suis…

— Oui… commandant Kimmund, le coupa-t-elle avec la même raideur.

Il ne montra aucune réaction, et bien sûr la moindre trace de surprise aurait été cachée par la visière de son casque. Mais Faro ne doutait pas un instant que surprise il y avait eu. Blanc sur blanc, le matricule indiquant le rang et l'unité était quasiment illisible pour qui ne bénéficiait pas de la vision améliorée des stormtroopers, mais la commodore maîtrisait depuis longtemps la technique.

— Que puis-je faire pour vous ? poursuivit-elle.

— J'aurais besoin de parler avec vous du positionnement et de l'emplacement prioritaire de notre transport.

La voix de Kimmund ne trahissait pas la moindre surprise non plus. Un sang-froid à toute épreuve.

— Votre chef de hangar éprouve des difficultés à obéir aux ordres, ajouta-t-il.

Faro secoua mentalement la tête. Oui, ça ressemblait bien à la lieutenant-chef Xoxtin. La femme avait sa façon bien à elle de faire les choses et l'on devait souvent user d'un chariot élévateur métaphorique pour lui faire céder du terrain.

Malheureusement, sa famille appartenait à l'élite de Coruscant, et parmi ses membres figuraient de proches amis de l'homme qui conseillait l'Empereur sur tout ce qui concernait les affaires de la Bordure Médiane. Si Xoxtin parvenait à ses fins, c'était simplement parce que rares étaient les officiers qui osaient faire pression sur elle.

Heureusement pour Kimmund, Faro était de ceux-là.

— J'irai lui parler personnellement, lui promit-elle. Où souhaitez-vous précisément que votre transport soit placé ?

— La *Lambda* du Seigneur Vador devrait bien sûr être sur l'emplacement numéro 1. L'*Épervier noir* devrait être sur le numéro 2.

Ce qui ne laisserait que l'emplacement numéro 3 à la *Lambda* personnelle de l'amiral Thrawn. Une violation manifeste du protocole de la marine, et Kimmund le savait pertinemment.

Toutefois, Thrawn avait donné pour instruction à ses officiers de coopérer avec leurs invités – c'était le terme qu'il avait employé – autant que faire se peut. Et ce n'était pas comme si un vaisseau stationné sur l'emplacement numéro 3 ne pouvait pas gagner l'espace aussi vite qu'un vaisseau stationné sur l'emplacement numéro 1. C'était juste plus loin de la salle de préparation, ce qui impliquait un peu plus de marche à pied. Thrawn n'y verrait sans doute pas d'inconvénient.

De fait, avoir l'*Épervier noir* à cet emplacement cadrerait parfaitement avec l'autre cargo quelconque stationné sur le numéro 4 : le vaisseau civil que Thrawn avait réquisitionné à des pirates deux ans plus tôt et dont il se servait à chaque fois qu'il éprouvait le besoin de rester dans l'anonymat. Le transport de la Première Légion était du même acabit : un vieux cargo séparatiste de l'époque de la Guerre des Clones, décrépit à l'extérieur, mais remis en état avec les meilleurs systèmes d'armement, de bouclier et de furtivité que la technologie impériale pouvait offrir. Car malgré son goût pour l'intimidation et l'ostentatoire, sans même parler de son apparence instantanément reconnaissable, le Seigneur Vador avait visiblement conscience que la subtilité avait aussi ses avantages.

Ou alors, il aimait juste trimballer un vaisseau séparatiste avec lui pour rappeler à tout le monde quel camp avait remporté la bataille.

— Très bien, dit-elle à Kimmund. Je m'en occupe.

— Merci, commodore.

Il se remit brièvement au garde-à-vous, puis tourna les talons et remonta la passerelle de commandement à grandes enjambées.

Faro l'observa s'éloigner, l'esprit assailli par les calculs qui représentaient une part frustrante de la vie d'un officier impérial. La famille de Xoxtin était puissante ; mais Kimmund était à la tête de la Première Légion, l'unité d'élite que le Seigneur Vador avait extraite de la non moins célèbre 501e pour lui faire office d'escouade personnelle de stormtroopers. En théorie, le bras droit de l'Empereur s'élevait au-dessus de tous les imbroglios de la toile politique.

Encore fallait-il, quand les choses commenceraient à se compliquer, que Vador daigne intervenir en faveur de Faro. Malheureusement, il était connu pour rester en dehors des querelles politiciennes, et il n'y avait aucune garantie qu'il se souvienne du petit service rendu par Faro dans cette histoire. Xoxtin, en revanche, lui garderait très certainement rancune.

Il n'y avait jamais de bon moment pour de tels exercices d'équilibriste. Mais le moment était particulièrement mal choisi. Faro avait été promue commodore à peine six semaines plus tôt, avec la promesse que la force opérationnelle 231 lui serait confiée dès que son commandant actuel passerait à l'échelon supérieur pour se charger d'une flotte plus vaste encore.

Mais cette promesse, et sa force opérationnelle, n'avait encore rien de concret. Et avec la disparition inexpliquée du commandant Eli Vanto de la Septième Flotte qui faisait naître toutes sortes de rumeurs, Faro n'était plus certaine de savoir ce que lui réservait l'avenir. Se mettre à dos Xoxtin et sa famille à ce stade pouvait s'avérer fatal.

Toutefois, elle s'était engagée auprès de Kimmund. Plus important encore, laisser une subordonnée ignorer les ordres sans aucune sanction, même lorsqu'elle avait les relations de Xoxtin, créerait un précédent fâcheux.

Faro regardait à travers la baie d'observation, parcourant mentalement les différentes options qui s'offraient à elle, lorsque le ciel moucheté de l'hyperespace laissa brutalement la place à des traînées lumineuses qui se contractèrent en étoiles.

Le *Chimaera* était arrivé.

Sauf qu'il n'avait pas atteint la destination prévue. Il s'était, à la place, arrêté littéralement au milieu de nulle part.

*
* *

Les étoiles étincelaient à travers la baie d'observation, leur position correspondant à celle affichée sur le navordinateur et confirmant les calculs de la commodore.

Le Seigneur Vador se tient à l'écart, immobile, sa présence uniquement signalée par sa respiration laborieuse. Ses inspirations et expirations ne sont pas homogènes. Sa posture traduit également un ensemble de pensées et d'émotions contenues. Mais il n'y a pas grand-chose à déchiffrer, ici. Pas grand-chose à comprendre. Ni à anticiper.

Faro s'approcha.

— L'hyperdrive a été vérifié deux fois, amiral.

Les muscles de son visage sont tendus. Dans sa voix perce une anxiété plus grande que d'habitude.

— Les techniciens ont pensé qu'il pouvait s'agir des amortisseurs alluviaux, mais ont vérifié depuis. J'ai exigé qu'un second contrôle soit réalisé, mais tout est au vert jusqu'à présent.

Tandis qu'elle parle, ses yeux fixent son amiral comme il se doit, mais la tension des muscles de son corps montre qu'elle doit se retenir pour ne pas se tourner et s'adresser au Seigneur Vador. Elle ne souhaite pas sa présence sur la passerelle de commandement, mais son expression indique qu'elle a conscience de ne pas avoir voix au chapitre.

— Alors la faute revient nécessairement à l'équipage du *Chimaera*, intervint le Sith.

Vador s'avance d'un pas. Sa voix dénote peut-être de l'impatience.

— Avec tout le respect que je vous dois, Seigneur Vador, je ne pense pas que ce soit le cas, se défendit Faro.

Ses yeux se tournent vers Vador. La raideur de sa posture s'accentue. Sa voix manifeste de la prudence, un certain degré de peur, mais aussi de la détermination.

— Cette hypervoie n'est que peu empruntée, et ses paramètres comme ses contours sont mal définis. J'estime plus probable que nous soyons entrés dans l'ombre d'une masse jusqu'ici inconnue.

— Eh bien…

La voix de Vador se fait légèrement plus grave. Ses mains se portent à sa taille et ses pouces se glissent dans son ceinturon.

— … où est donc cette mystérieuse masse ?

Les muscles de la gorge de Faro se contractent brièvement.

— Nous ne l'avons pas encore localisée, Seigneur Vador.

Ses yeux se tournent vers son amiral :

— J'ai mis nos meilleurs techniciens-senseurs sur ce problème, précisa-t-elle.

— Peut-être que vos *meilleurs* éléments ne sont pas à la hauteur des normes exigées pour servir l'Empire, suggéra le Seigneur Noir.

— Les officiers et l'équipage du *Chimaera* assurent on ne peut mieux leurs tâches, Seigneur Vador, intervint Thrawn. Commodore, si une masse revêche devait effectivement avoir des répercussions sur notre trajectoire, peut-être qu'aller de l'avant nous permettrait de sortir de son ombre et d'échapper à son influence.

— Oui, amiral.

La tension sur ses traits et dans sa voix s'atténue de manière sensible.

— Timonier : en avant toute aux trois quarts de la puissance moteur. Analyseurs : poursuivez la recherche d'objets.

— Et d'autres vaisseaux, ajouta Thrawn.

Le visage de Faro exprime de la perplexité.

— D'autres vaisseaux, amiral ?

— Vous attendez-vous à ce que nous soyons pris d'assaut ? demanda Vador.

— C'est possible, quoique peu probable, répondit le Chiss. Mais quel que soit l'élément qui nous a extraits de l'hyperespace, d'autres vaisseaux pourraient subir le même sort que nous. Nous devons être à l'affût de possibles collisions ou rencontres.

— La commodore Faro vient de nous expliquer que cette hypervoie n'était que très peu empruntée, lui rappela Vador.

Ses mots sont quelque peu hachés.

— Pensez-vous réellement, poursuivit-il, qu'un trafic de deux vaisseaux par semaine puisse représenter un danger ?

— C'est en effet ce qui est indiqué sur les cartes de navigation, reconnut Thrawn. Mais l'état de la circulation pourrait avoir changé depuis que ces commentaires ont été faits. Ce qui est sûr, c'est que le trafic était encore plus réduit la dernière fois que je suis venu ici.

— Vous êtes déjà venu ici, amiral ? demanda Faro.

Sa voix et son visage trahissent de la surprise.

— Je l'ignorais, ajouta-t-elle.

— Existe-t-il une raison pour que vous le sachiez, commodore ? s'enquit Vador.

— Mes excuses, amiral.

Sa réponse est vive. Sa voix dénote une nouvelle fois de l'anxiété.

— Vos excuses sont inutiles, commodore, lui assura Thrawn. C'était il y a de nombreuses années, pendant la Guerre des Clones.

— Je vois.

L'anxiété s'atténue pour laisser place à la curiosité.

— J'ignorais que vous vous trouviez sur le territoire républicain à cette époque.

— Le passé appartient au passé, intervint Vador. Le présent et l'avenir sont tout ce qui importe.

Il fait demi-tour dans un tourbillon de cape, son sabre laser à moitié caché étincelant dans la lueur de la passerelle. Ses mains restent agrippées quelques instants à son ceinturon, puis il baisse les bras. Ses doigts se crispent légèrement.

— Je serai dans mes quartiers. Tenez-moi informé dès que nous reprendrons la route.

— Bien sûr, Seigneur Vador, acquiesça Thrawn.

— Vous informerez également votre Noghri que l'*Épervier noir* de ma légion lui est interdit d'accès, ajouta le Sith. Le commandant Kimmund l'a surpris par deux fois à bord. La prochaine sera la dernière.

— Entendu, monseigneur. Rukh se montre parfois un peu trop zélé dans son désir de savoir tout ce qui se passe d'un bout à l'autre du *Chimaera*. Je lui en ferai part.

— Absolument rien ne justifiait sa présence à bord.

La voix de Vador se fait plus grave.

— Si ses talents de pisteur et de combattant sont aussi bons que vous le prétendez, il aurait mieux fait de rester en arrière pour aider Woldar et Tarkin à poursuivre Jarrus et les Rebelles.

Il incline légèrement la tête.

— À moins que vous ne craigniez pour votre propre sécurité après vos affrontements sur Atollon ?

Les muscles du visage de Faro se raidissent. Sa posture exprime une nouvelle tension.

— Au contraire, Seigneur Vador, répliqua Thrawn. Avec la Première Légion et vous-même à bord, la sécurité du *Chimaera* n'a jamais été aussi bien garantie. Mais il se pourrait que certaines tâches requièrent la participation de tous, y compris de Rukh, avant que notre mission s'achève.

— Notre mission s'achèvera plus vite que vous ne le pensez. Nous localisons la perturbation – je m'en occupe – et nous rentrons sur Coruscant.

— Compris, fit Thrawn.

— Bien.

Vador pivote de quelques degrés pour faire face à la baie d'observation.

— Et sans plus tarder, amiral. Je souhaite voir au plus vite ce qui a attiré l'attention de l'Empereur.

— Bien sûr, monseigneur, déclara Thrawn. Tout comme moi.

*
* *

Après avoir chassé Rukh pour la première fois de l'*Épervier noir*, Kimmund avait ordonné au soldat Sampa de placer des capteurs anti-intrusions sur toutes les issues du vaisseau. L'un d'eux s'était déclenché la deuxième fois que Rukh s'était faufilé à bord, permettant aux stormtroopers de garde de le déloger bien plus rapidement.

Kimmund observait la progression du *Chimaera* – ou plutôt son absence de progression – sur l'écran de navigation des vestiaires de la Première Légion lorsqu'un capteur signala une nouvelle intrusion.

Deux minutes plus tard, il était dans le hangar, en armure complète, sa carabine blaster à la main, pariant mentalement avec lui-même sur l'endroit précis où, selon les circonstances et l'envie du moment, son premier tir frapperait le Noghri. Il rejoignit l'*Épervier noir*, contourna sa proue à grandes enjambées…

… et découvrit la petite créature debout, l'air parfaitement calme, à cinq mètres du véhicule, sous la garde vigilante du sergent Drav et de la soldat Morrtic. Morrtic, nota Kimmund, tenait un casque supplémentaire de stormtrooper sous le bras.

— Où l'avez-vous trouvé ? voulut savoir Kimmund.

— À cet endroit précis, commandant, répondit sombrement Drav. Juste devant l'écoutille.

— Comme s'il se contentait de faire une simple balade, ajouta Morrtic.

Kimmund observa le Noghri. Petit et humanoïde, la peau grise et une rangée de petites cornes ornant le milieu de son front, il regardait lui aussi le commandant des stormtroopers avec son habituelle mine renfrognée. Ses bras pendaient nonchalamment le long de son corps, mais Kimmund l'avait vu s'entraîner avec le bâton de combat suspendu dans son dos et savait qu'il pouvait s'en saisir à une vitesse fulgurante.

Avec trois stormtroopers répartis autour de lui, Kimmund espérait presque le voir essayer. D'autant qu'il lui semblait bien discerner une expression de suffisance par-dessus la mine renfrognée de Rukh.

— Alors ?

— Alors ? répéta Rukh d'une voix grinçante.

— Que faites-vous ici ?

— Il s'agit du vaisseau de mon maître, répondit le Noghri. Je peux aller où bon me semble.

— Le *Chimaera* est le vaisseau du grand amiral Thrawn, le corrigea Kimmund d'un ton acerbe. La *Lambda* du Seigneur Vador et l'*Épervier noir* ne lui appartiennent pas. Il vous a été stipulé de garder vos distances.

— Vos soldats vous confirmeront que je ne suis pas monté à bord. Allez-y, demandez-leur.

Kimmund reporta son attention sur Drav.

— Alors ?

— Nous sommes arrivés ici dix secondes après que l'alarme a retenti, reconnut le sergent. S'il *était* à l'intérieur, il aura tout juste eu le temps de déclencher le capteur et de détaler.

— Eh bien, grommela Kimmund en se tournant de nouveau vers Rukh, c'est à cela que ça se résume ? Une farce d'écolier ?

— Cela se résume à une tâche. La mienne : veiller à la sécurité de mon maître. Et je ne laisserai pas des inconnus la menacer.

— Nous sommes loin d'être des inconnus, répliqua Kimmund avec raideur. Nous sommes la Première Légion, l'unité personnelle de stormtroopers du Seigneur Vador. Tout l'Empire nous connaît.

— L'Empire, peut-être, rétorqua Rukh. Moi, non. Mais je vais apprendre.

— Faites donc ça. Mais n'oubliez pas que la prochaine fois que nous vous surprenons dans l'un de nos transports, nous tirerons à vue.

— Vous pouvez essayer. Je n'ai rien contre vous. Mais je ferai mon boulot.

Saluant Kimmund d'une courbette clairement sarcastique, il tourna les talons et s'éloigna vivement sur ses jambes courtaudes en direction de la sortie du hangar.

— Doit-on le suivre, commandant ? demanda Drav.

— Non, grommela Kimmund. Malheureusement, il a raison : Thrawn lui a donné accès à l'ensemble du *Chimaera*. Avec un peu de chance, le Seigneur Vador aura eu l'occasion de mettre les choses au clair en ce qui concerne *nos* vaisseaux, ajouta-t-il avant de montrer le casque tenu par Morrtic. Qu'est-ce que c'est ?

— C'est ce qu'il a utilisé pour déclencher l'alarme, répondit-elle en levant le casque pour l'observer de plus près. Visiblement, il l'a jeté depuis l'extérieur à travers l'écoutille en direction du champ des capteurs.

Kimmund fronça les sourcils et activa les propriétés optiques de son casque. S'agissait-il de… ?

— Est-ce que c'est celui de *Jid* ?

— Oui, commandant, confirma Morrtic d'un ton acerbe. Et oui, le casque se trouvait bien dans l'atelier d'électronique du vaisseau, en attente d'une mise à jour de son système comm.

— Alors comment Rukh est-il entré pour s'en emparer ?

Morrtic jeta un coup d'œil à Drav.

— Aucune idée, commandant, reconnut le stormtrooper.

— Aucune idée ?

— Il n'a pas utilisé son bâton électrique pour neutraliser les capteurs, intervint Morrtic. J'ai vérifié.

— Et cette histoire de champ de dissimulation individuel ? demanda Kimmund. Sampa a-t-il fini par comprendre comment ce truc fonctionnait ?

— Oui, il a jeté un œil aux caractéristiques techniques. Ça ressemble pas mal à un déphaseur optique sinrich, mais au design complètement différent. Il semblerait que ça n'a qu'une autonomie de trois minutes, ça ne marche pas sur les humains – ça nécessiterait la conductivité de la peau à double couche des Noghri ou un truc du genre – et ça ne dissimule pas les objets que l'on ajoute après activation.

— Ce dernier élément est la clé, ajouta Morrtic. Sampa a bidouillé un gadget qui projette un fin brouillard de paillettes réfléchissant les micro-ondes lorsque les capteurs de poids posés au sol sont déclenchés. Une fois que Rukh aura ça sur lui, on devrait être capable de le suivre où qu'il aille.

— Formidable, fit Kimmund. Ce qui veut dire qu'il ne s'est jamais rendu à bord. Félicitations.

— Ouais, grommela Morrtic en jouant nerveusement avec le casque de Jid. On va tout de suite fouiller le vaisseau de fond en comble pour essayer de trouver par quel trou ce fouineur a pu passer.

— Oh oui, c'est ce que vous allez faire, aboya Kimmund en jetant un regard noir au casque qui ne cessait de bouger entre les mains de la stormtrooper, parce que la prochaine fois que je croise ce type, il va y avoir un mort. Rukh, si possible ; mais si ce n'est pas lui, ce sera celui qui l'aura laissé s'introduire. Et ce ne sera pas moi, mais le Seigneur Vador qui appliquera la sentence.

Il laissa errer son regard à travers le hangar, luttant pour ne pas pointer sa carabine vers le dos de ce Noghri insolent et l'abattre sur place.

— Alors faites passer le mot, sergent. Faites-le passer à tout le monde.

*
* *

Le *Chimaera* poursuivit sa route pendant deux heures en espace réel, puis Thrawn ordonna à Faro de relancer l'hyperdrive.

Une fois de plus, il refusa de fonctionner.

— On pourrait presque penser qu'un croiseur *Interdictor* se trouve quelque part dans le coin, amiral, dit-elle à Thrawn alors que le Destroyer Stellaire poursuivait son chemin dans l'obscurité étoilée de l'espace réel. Mais pour exercer une telle influence, il faudrait que sa taille soit telle qu'il ne devrait pas pouvoir échapper à nos senseurs.

— À moins qu'il n'utilise un dispositif de dissimulation, intervint une voix grave derrière eux.

Faro tressaillit. Vador avait demandé d'être tenu informé lorsque le *Chimaera* se serait libéré de ses entraves mystérieuses. Elle avait compris que cela voulait dire que le Seigneur Noir resterait loin de la passerelle jusque-là.

Manifestement, il avait fini par s'ennuyer.

— Monseigneur, l'accueillit Thrawn d'une voix calme. Je pense que vous constaterez qu'il est impossible de faire fonctionner simultanément un générateur de gravité et un champ de dissimulation. Les deux dispositifs se neutraliseraient l'un l'autre.

— Peut-être qu'une nouvelle technique a été découverte. La science des Régions Inconnues pourrait différer de la nôtre.

— Leur technologie est certainement différente. La science, elle-même, j'en doute. Certaines lois sont universelles.

— Peut-être. Quoi qu'il en soit, il semblerait que nous soyons dans une impasse. Quelle solution proposez-vous ?

L'espace d'un instant, Thrawn resta silencieux. Faro vit son regard glisser du panorama étoilé à la carte régionale puis au graphique en gros plan de l'hypervoie où ils se trouvaient actuellement.

— Si le chemin existant ne peut être suivi, nous n'avons qu'à forger le nôtre, suggéra-t-il. Commodore Faro, modifiez notre trajectoire de quarante degrés bâbord.

— Existe-t-il une autre voie dont l'Empire n'aurait pas connaissance ? demanda Vador.

— Pas que je sache dans cette région. Les options qui s'offrent à nous consistent soit à envoyer un vaisseau en éclaireur nous tracer un itinéraire, soit à continuer d'avancer par petits sauts nous-même. La dernière option étant celle qui me semble la plus efficace.

— Cela va prendre du temps, souligna Vador, le ton quelque peu menaçant. L'Empereur nous a donné pour instruction de rejoindre notre destination en toute hâte.

— Emprunter l'hypervoie ne nous a pas été d'une grande aide jusqu'à présent, fit remarquer le Chiss. Poursuivre sur la même route risque de nous faire perdre encore plus de temps.

— À moins que nous ne soyons plus très loin de la fin du blocage.

Thrawn inclina la tête.

— Timonier ? lança-t-il. Tentez à nouveau le saut en hyperespace.

— Oui, amiral.

Faro se tourna vers la baie d'observation et retint son souffle. Les étoiles se muèrent en traits lumineux…

… et, dans le decrescendo saccadé de l'hyperdrive mis en échec, se recroquevillèrent pour redevenir de simples points dorés.

Si Faro savait qu'il valait mieux ne pas jurer en présence d'officiers supérieurs, se retenir s'avéra plus compliqué que d'habitude.

— Intéressant, murmura Thrawn, sans paraître le moins du monde perturbé par l'échec de cette nouvelle tentative. Commodore : faites virer le *Chimaera* de quarante degrés bâbord.

— Oui, amiral. Puis-je me permettre une suggestion ?

— Votre amiral vous a donné un ordre, intervint Vador.

— Poursuivez, commodore, dit calmement Thrawn.

Faro sentit sa gorge se nouer. Le commentaire de Vador constituait lui-même un ordre supplémentaire. Thrawn allait-il se contenter de l'ignorer ?

— J'ai fait quelques calculs, amiral, poursuivit Faro à la hâte, craignant que le Seigneur Noir l'interrompe à nouveau… ou fasse pire. Rejoindre Batuu par bonds successifs nous prendra approximativement trente-neuf heures. Si au lieu de cela nous nous rendions à Mokivj, nous pourrions emprunter une autre hypervoie jusqu'à

Batuu, ce qui nous ferait gagner quatorze à quinze heures de trajet.

Thrawn pencha la tête sur le côté.

— Montrez-moi.

Faro fit apparaître la trajectoire sur l'écran, se préparant à tout instant à la question que Vador ne manquerait pas de poser, à savoir quel genre de voie pouvait connecter deux mondes d'importance si mineure.

Et ce serait une question tout à fait légitime. Les cartes de navigation indiquaient qu'une telle route existait, mais celle-ci était encore moins bien délimitée – sans même parler de la fréquentation – que celle empruntée jusqu'ici par le *Chimaera*. Si les mêmes données erronées qui les avaient fait dévier de l'hypervoie de Batuu devaient se reproduire sur la route partant de Mokivj, ils pourraient se retrouver dans la même situation que maintenant.

Mais pour une fois, le Seigneur Noir ne semblait avoir rien à dire.

— Excellente suggestion, commodore, finit par dire Thrawn. Mettez le cap sur Mokivj.

— À vos ordres, amiral.

Se tournant vers la barre, Faro croisa le regard du timonier assis devant et hocha la tête. Il lui répondit de façon semblable, confirmant avoir bien compris l'ordre reçu, et le vaisseau de guerre commença à virer de bord.

— Onze, dit Vador.

Thrawn se tourna vers lui.

— Excusez-moi ?

— Onze heures de gagnées, au mieux.

— Je suis d'accord, concéda le Chiss. Cela vaut tout de même le coup.

— Peut-être, gronda le Seigneur Noir. Nous verrons cela.

*
* *

Vador avait vu juste. Les sauts successifs jusqu'à Mokivj leur prirent trois heures de plus que ce qu'avait estimé la commodore.

Il aurait préféré ne pas se rendre à Mokivj. Il aurait aimé ne pas avoir à poser les yeux dessus.

Mais maintenant qu'ils étaient en vue de la planète…

— Analyse, commodore ? demanda Thrawn à mi-voix tandis que le *Chimaera* contournait Mokivj pour rejoindre l'entrée de l'hypervoie visée.

— C'est un mystère, amiral, répondit Faro en observant son datapad, les sourcils froncés. Il n'y a à ma connaissance aucune catastrophe outre la chute d'une comète ou l'éruption massive d'un volcan qui pourrait avoir causé ce genre de destruction généralisée. Et je ne vois aucun signe du passage d'une comète ou de volcans actifs.

Vador regarda à travers la baie d'observation. Là où s'étalaient autrefois forêts et prairies verdoyantes ne figuraient, sur une large bande de la surface de la planète, plus que plaines et déserts stériles avec seulement quelques poches de verdure opposant une faible résistance à la dévastation environnante. Des nuages masquaient une bonne partie du ciel : non pas des nuages blancs et cotonneux ni les strates grises des nuages de pluie, mais des masses noires et menaçantes qui, en bloquant le passage de la lumière du soleil, devaient maintenir la surface dans le froid et l'obscurité.

— Peut-être s'est-il passé un cataclysme plus important encore qu'une chute de comète, suggéra Thrawn. Commandant Hammerly, combien de lunes indiquent vos écrans ?

— De lunes, amiral ? demanda l'officier des senseurs, visiblement perplexe.

Vador se tourna vers Hammerly. Une fois de plus, l'une des subordonnées de Thrawn se permettait de remettre en question les ordres de l'amiral. Il était peut-être temps d'une mise au point sur la nécessité d'une obéissance instantanée et inconditionnelle.

— Ah oui, amiral… de lunes, ajouta vivement Hammerly.

Vador observa Thrawn. Rien ne semblait indiquer qu'il envisageait de punir la commandant, ni même de la reprendre verbalement pour avoir questionné ses ordres. Il semblait juste désireux de connaître sa réponse.

Avec mépris, il secoua mentalement la tête. Peut-être que ce manque de discipline parmi ses subordonnés était la raison pour laquelle les Rebelles lui avaient échappé sur Atollon.

— Il devrait y en avoir dix, poursuivit Thrawn. Six sont relativement petites, mais quatre sont assez massives pour que leur gravité interne leur ait donné une forme sphérique.

— En quoi est-ce important ? voulut savoir Vador.

Il glissa les pouces dans son ceinturon, comme pour vérifier la présence de son sabre laser.

— Il n'y a pas grand-chose d'autre à faire pour nous occuper l'esprit pendant la traversée de ce système, fit remarquer le Chiss. De plus, je suis curieux de connaître le niveau d'exhaustivité des archives du *Chimaera*.

C'était une réponse relativement raisonnable, avancée d'une voix on ne peut plus raisonnable.

Mais Vador n'était pas dupe. Il y avait un objectif derrière tout ce que faisait ce grand amiral Thrawn, un plan, une motivation ou un stratagème cachés. À nouveau, il vérifia la présence de son sabre laser…

— Je m'excuse, amiral, mais ce n'est pas ce qui est indiqué ici, intervint Hammerly en étudiant sa console, les sourcils froncés. Je compte six lunes, et il n'y en a qu'une qui soit sphérique.

— Les quatre autres doivent se trouver de l'autre côté de la planète, déclara Vador, un léger agacement dans la voix.

Voilà au moins *une* chose qui était évidente.

— Je ne pense pas, monseigneur, déclara Thrawn. Observez la superposition des interactions gravitationnelles que la commandant Hammerly a affichée à l'écran. Elle indique qu'il n'y a pas d'autres masses de taille significative dans le système planétaire.

Vador étudia le schéma. Il n'était pas capable de faire les calculs lui-même – les droïdes étaient là pour ça – mais les conclusions de l'officier des senseurs apparaissaient en bas de l'écran.

— Suggérez-vous que les lunes disparues seraient tombées à la surface ? demanda-t-il.

— Peu probable, répliqua Thrawn, une intensité discrète dans la voix. Quatre masses de cette taille auraient transformé Mokivj en un enfer de séismes et de lave.

Comme Mustafar, nota silencieusement Vador.

— Alors, où sont-elles ?

Thrawn secoua lentement la tête.

— C'est un mystère qu'il nous faut résoudre.

— Non.

Un silence soudain tomba sur la passerelle.

— Pardonnez-moi, monseigneur ? demanda l'amiral, d'une voix parfaitement contrôlée.

— Nous ne sommes pas là pour résoudre le premier mystère venu, déclara Vador d'un ton ferme. Nous sommes là pour chercher la perturbation que l'Empereur a perçue. Pour ça et rien d'autre.

— Bien sûr. Mais nous pourrions découvrir que les deux sont liés.

— Parce qu'ils le sont ?

— Je l'ignore, monseigneur, reconnut Thrawn.

L'espace d'un long moment, Vador le dévisagea, s'efforçant de déchiffrer l'esprit de ce non-humain. Mais s'il y avait de la duplicité cachée dans ces yeux rougeoyants, il ne put la déceler.

— Alors poursuivons notre route.

— Bien sûr, monseigneur.

Thrawn se tourna vers Faro.

— Commodore, dès que nous aurons atteint l'hypervoie, veillez à ce que nous rejoignions Batuu au plus vite.

— À vos ordres, amiral.

Le Chiss fit de nouveau face à Vador.

— J'aimerais relever un point supplémentaire, monseigneur. Si l'Empereur perçoit une présence dans cette région de l'espace, il est probable que cette même présence *vous* perçoive également.

L'idée était déjà venue à l'esprit du Seigneur Noir. À plusieurs reprises.

— C'est possible. Mais qui dit perception n'implique pas forcément préparation.

— Certes, répondit Thrawn à mi-voix, comme assailli par un souvenir lointain et déplaisant. Pas forcément.

CHAPITRE 2

— Tu peux me croire, R2, déclara Anakin, le visage sombre, tout en détachant son Intercepteur Eta-2 de classe *Actis* de son anneau hyperdrive. S'il est arrivé quoi que ce soit à Padmé, il y a quelqu'un sur Batuu qui risque d'être très surpris par ce qui va lui tomber dessus.

R2-D2 acquiesça d'un gazouillement. C'était l'une des choses qu'il y avait de plus formidable avec l'astromécano, songea Anakin en éloignant l'*Actis* de l'anneau pour descendre en direction de la planète en contrebas : son enthousiasme. Le petit droïde était toujours prêt à faire le nécessaire pour suivre son maître, même sur les chemins les plus difficiles et dangereux.

Ici, le premier problème consistait déjà à *trouver* le bon chemin.

C'était un souci dont il n'avait pas l'habitude. Dans l'espace, les flottes séparatistes étaient imposantes et sautaient aux yeux ; en surface, il y avait toujours assez de fumée et d'échanges de tirs pour indiquer de manière claire la zone des combats. Dans les rares occasions où l'armée de la République était arrivée en premier sur place, il y avait habituellement quelqu'un sur le terrain prêt à les guider là où les hostilités étaient sur le point de débuter.

Rien de tout cela ne risquait d'être le cas sur Batuu. Toutefois, la planète était cruellement sous-développée et les scanners n'avaient détecté qu'une poignée d'avant-postes et de petits foyers de marchands. Le message que Duja avait envoyé à Padmé indiquait l'une des plus grandes colonies, l'avant-poste de Black Spire, comme point de rendez-vous. Si les deux femmes n'étaient pas là, Anakin se rendrait à l'avant-poste le plus proche et ainsi de suite jusqu'à ce qu'il les ait retrouvées.

R2-D2 avait déjà saisi les coordonnées. Jetant un dernier coup d'œil à l'écran de navigation, Anakin pointa l'*Actis* en direction de l'horizon et fit ronfler les moteurs.

Brusquement, R2-D2 gazouilla un avertissement.

— Qu'y a-t-il ? demanda le Jedi tout en vérifiant l'écran arrière, les sourcils froncés.

Il sentit les poils de sa nuque se dresser. Un vaisseau était apparu derrière lui, un cargo de taille moyenne mais de configuration inconnue.

Il se plaçait en orbite juste à côté de son anneau hyperdrive.

Anakin ne s'interrogea pas longtemps sur la réaction à adopter. L'anneau était le seul moyen dont il disposait pour quitter le système. Si cet intrus devait le voler – ou pire, le détruire –, Anakin serait coincé sur place jusqu'à ce qu'il parvienne à transmettre un message à Coruscant. Tirant vivement sur le manche, il fit réaliser un demi-tour serré au chasseur et repartit en direction de l'anneau en vérifiant, d'une rapide rotation à trois cent soixante degrés, qu'il n'y avait pas d'autres surprises qui l'attendaient dans les parages.

Il s'avéra que l'intrus et lui étaient seuls. Il se redressa, s'assura que R2-D2 avait fait ce qu'il fallait pour que les canons laser soient alimentés et prêts à l'usage, puis enfonça le bouton de la comm.

— Vaisseau non identifié, ici le général Anakin Skywalker de la République Galactique. Identifiez-vous et exposez la raison de votre présence.

Rien. Peut-être qu'il ne communiquait sur aucune des fréquences standard de la République.

Ou, plus probablement, à une telle distance de tout, qu'il ne parlait pas le basic galactique.

Anakin plissa les lèvres et passa en revue la liste des langues véhiculaires à sa disposition. Il parlait plutôt bien le huttese et le jawa, mais Batuu se trouvait à bonne distance de toute influence hutt. Le meese caulf? Il était un peu loin pour ça, mais il n'avait pas mieux.

— Vaisseau non identifié, ici le général Anakin Skywalker de la République Galactique, déclara-t-il en s'efforçant de ne pas trop écorcher les mots et en espérant employer la bonne structure grammaticale. Vous vous approchez sans permission d'un équipement de la République et interférez dans une mission de la République. Je vous ordonne de vous éloigner et de décliner votre identité.

— Je vous salue, annonça une voix calme dans la même langue. Avez-vous dit que votre nom était *Skywalker*?

— En effet, répondit Anakin en fronçant les sourcils. Pourquoi, mon nom vous est-il familier?

— Non, pas du tout. J'étais seulement surpris. Laissez-moi vous assurer que je ne vous veux aucun mal, que ce soit à vous ou à votre équipement. Je souhaitais simplement regarder de plus près cet appareil des plus intéressants.

— Heureux de l'entendre. Maintenant que vous l'avez vu, merci de reculer comme demandé.

Il y eut un temps de silence. Puis, sans se presser, le vaisseau s'éloigna de l'anneau.

— Puis-je vous demander ce qu'un envoyé de la République vient faire dans cette partie de l'espace? voulut savoir l'intrus.

— Puis-je vous demander en quoi cela vous regarde ? répliqua Anakin.

Ce n'était pas très poli, mais il ne se sentait pas spécialement d'humeur très polie. Chaque minute bloqué ici à s'assurer que ce rôdeur ne fasse pas de bêtise était une minute qu'il ne passait pas à chercher Padmé.

— Vous pouvez y aller quand vous voulez.

— Y aller ?

— Poursuivre votre chemin, précisa Anakin. Vous rendre là où vous alliez avant de vous arrêter pour observer mon anneau hyperdrive.

Un autre silence. Le vaisseau inconnu, au grand dam d'Anakin, avait cessé de se décaler sur le côté et passait maintenant devant l'anneau à une distance de cent mètres. Encore trop près pour sa tranquillité d'esprit.

— Oui, je pourrais poursuivre ma route. Mais cela pourrait être beaucoup plus utile de vous aider dans votre quête.

R2-D2 poussa un sifflement perplexe.

— Je vous ai déjà dit que j'étais en mission pour la République. Il ne s'agit pas d'une quête.

— Oui, je me rappelle des mots que vous avez employés, lui assura l'intrus. Mais je trouve difficile à croire qu'une République en guerre envoie en mission un homme isolé dans un chasseur isolé. Je trouve plus plausible que vous poursuiviez une quête personnelle.

— Je suis en mission, répéta Anakin.

Voilà qui commençait à devenir agaçant.

— Envoyé ici sur un ordre direct du Chancelier Suprême Palpatine en personne, ajouta-t-il.

Bien sûr, Palpatine ne savait pas qu'Anakin se trouvait ici et avait encore moins approuvé sa mission. Mais si l'étranger avait entendu parler de la Guerre des Clones, il y avait des chances pour qu'il ait entendu parler du

Chancelier, et laisser échapper le nom de Palpatine pourrait donner un peu de poids à son propos.

— Et je n'ai pas de temps à perdre de la sorte.

— Compris, dit l'autre. Peut-être que le mieux serait de vous montrer simplement l'emplacement du vaisseau que vous recherchez.

Les mains d'Anakin se crispèrent sur le manche.

— Développez, dit-il à mi-voix.

— Je sais où a atterri le vaisseau nubien, expliqua l'intrus. Je sais que le pilote a disparu.

Anakin serra les dents.

— Donc vous avez intercepté une transmission privée ?

— Je dispose de mes propres sources d'information, fit l'intrus d'une voix calme. Comme vous, je suis en quête de réponses, à propos de cela et d'autres sujets. Comme vous, également, je suis seul, dépourvu des ressources nécessaires à mes recherches. Peut-être qu'en m'alliant à un général de la République, nous pourrions l'un et l'autre trouver des réponses à nos questions ?

— Une proposition intéressante, reconnut Anakin.

Et voilà qu'il était enfin assez proche de lui. Prenant une grande inspiration, il sonda la Force.

L'intrus n'était pas humain, même si bien sûr Anakin l'avait déjà deviné. Il était presque-humain, cependant, comme de nombreuses autres espèces de la République.

Mais la texture de son esprit ne ressemblait à rien de ce qu'Anakin avait pu sonder jusqu'à présent. C'était soigné et ordonné, les modes de pensée circulant avec fluidité d'une façon qui n'était pas sans rappeler ceux des scientifiques ou des mathématiciens. Le contenu de ce flux, cependant, et les émotions feutrées qui l'accompagnaient lui restaient complètement opaques. C'était comme un tableau ordonné et précis de chiffres inconnus.

De plus, il n'était pas seul. Il y avait un second non-humain à bord.

— Vous avez dit qu'il n'y avait que nous deux? poursuivit Anakin en pointant ses canons vers l'emplacement probable de l'hyperdrive du vaisseau. Si l'intrus avait pu mentir sur le nombre de personnes à bord de son vaisseau, il pouvait mentir sur d'autres choses.

Pire, la raison la plus probable pour laquelle il aurait menti à propos du vaisseau de Padmé serait qu'il soit impliqué d'une façon ou d'une autre dans sa disparition. Si tel était le cas, Anakin tenait à ce qu'il reste là jusqu'à ce qu'il ait obtenu de *vraies* réponses.

— Oui, confirma l'intrus. Sans compter mon pilote et votre droïde, bien sûr.

Anakin marqua une pause, le doigt sur les commandes de tir.

— Vous n'aviez pas mentionné votre pilote.

— Ni vous, votre droïde. Comme ni l'un ni l'autre ne participera à notre enquête, il m'a semblé normal qu'ils ne soient pas mentionnés dans la discussion.

— En général, R2 m'accompagne lorsque je suis en mission.

— Vraiment? Intéressant. Je ne savais pas que les machines de navigation pouvaient avoir d'autres usages. Alors sommes-nous alliés?

Anakin lança un regard noir au vaisseau étranger. Si le deuxième être à bord n'était vraiment qu'un pilote, alors on pouvait estimer qu'il s'agissait moins d'un mensonge que d'une omission commise de bonne foi. Aujourd'hui encore, après des années de guerre, il restait des hommes politiques républicains pour refuser de voir les clones comme de vrais êtres humains. Peut-être que pour une raison obscure cette culture spécifique considérait également les pilotes comme des citoyens de seconde zone.

— Quelles sont les réponses que *vous* recherchez?

— Je cherche à mieux comprendre le conflit dans lequel vous êtes empêtrés. Je cherche des réponses en termes de bien et de mal, d'ordre et de chaos, de puissance et de faiblesse, de but et de moyens.

Il y eut un court silence, puis lorsque la voix se refit entendre, elle était empreinte d'une nouvelle solennité :

— Vous m'avez demandé de décliner mon identité. Je suis désormais prêt à vous la révéler. Je suis le commandant Mitth'raw'nuruodo, officier de la Flotte de Défense et d'Expansion au service de l'Ascendance chiss. Au nom de mon peuple, je sollicite votre aide pour apprendre à mieux connaître cette guerre avant que la destruction qu'elle charrie dans son sillage submerge nos propres mondes.

— Je vois, dit prudemment Anakin.

Voilà longtemps que des rumeurs faisaient état de vastes civilisations cachées par-delà les frontières de l'Espace Sauvage. Se pouvait-il que cette Ascendance chiss en fasse partie ?

Et si tel était le cas, pouvait-on les convaincre de participer à l'effort de guerre du côté de la République ? Rien que dans cette optique, cela pouvait valoir le coup de parvenir à un accord avec ce Mitth'raw'nuruodo.

— Très bien. Au nom du Chancelier Palpatine et de la République Galactique, j'accepte votre offre.

— Excellent, s'exclama Mitth'raw'nuruodo. Peut-être commencerez-vous par me raconter la véritable histoire de votre quête ?

— Je croyais que vous le saviez déjà, dit Anakin en sentant de nouveaux picotements dans la nuque. Vous êtes au courant pour le vaisseau de Padmé.

— Le nubien ?

Il y eut un bref silence, et Anakin eut comme l'impression que Mitth'raw'nuruodo haussait les épaules.

— Son design et son système de propulsion ne ressemblaient à rien de ce que j'ai pu voir dans cette région. Votre appareil présentait des caractéristiques semblables.

Il était logique qu'un étranger en visite soit à la recherche de l'autre.

— Ah.

S'il y avait quelque chose dont Mitth'raw'nuruodo ne manquait pas, songea Anakin, c'était de réponses rapides et raisonnables.

— Vous avez raison, le nubien est à nous. Il transportait une ambassadrice de la République venue ici recueillir des informations en provenance d'un informateur. Lorsqu'elle a n'a plus donné de nouvelles, j'ai été envoyé pour la retrouver.

— Je vois. Cet informateur était-il digne de confiance ?

— Oui.

— Vous en êtes certain ?

— L'ambassadrice l'était.

— Alors la trahison est peu probable. L'informateur vous a-t-il contacté ?

— Non.

— Dans ce cas, les scénarios les plus probables sont l'accident ou la capture, en déduisit Mitth'raw'nuruodo. Nous devons nous rendre sur place pour déterminer duquel il s'agit.

Enfin.

— C'est ce que je m'apprêtais à faire lorsque vous avez débarqué, grommela Anakin. Vous avez dit que vous saviez où se trouvait son vaisseau ?

— Je peux vous transmettre l'emplacement. Mais il serait plus opportun que vous commenciez par me rejoindre à bord. Je possède une navette pour deux passagers dans laquelle nous pourrions voyager ensemble.

Anakin esquissa un petit sourire. L'idée de jeter un coup d'œil à l'intérieur du vaisseau de Mitth'raw'nuruodo n'était pas pour lui déplaire.

Mais pas tout de suite. Pas avant que sa confiance vis-à-vis du Chiss se soit largement accrue.

— Merci, mais je préfère m'y rendre dans mon propre vaisseau. Comme je le disais, nous pourrions avoir besoin de R2, en bas.

— Très bien.

Si Mitth'raw'nuruodo était vexé qu'Anakin n'ait pas accepté son offre, rien ne le laissait entendre dans sa voix.

— J'ouvrirai la voie.

— Bien, dit le Jedi, qui préférait de toute façon avoir le Chiss dans la ligne de mire de ses canons laser. Dès que vous serez prêt.

— Je lance immédiatement les préparatifs. Dernier point : les noms chiss sont difficiles à prononcer pour de nombreuses espèces. Je vous suggère de m'appeler par le diminutif de mon nom : *Thrawn*.

— Ça ira, Mitth'raw'nuruodo, répliqua Anakin.

À croire que cet individu trouvait un malin plaisir à se montrer agaçant et condescendant.

— Je pense que je peux m'en sortir, ajouta-t-il.

— Mitth'raw'nuruodo, corrigea le non-humain.

— C'est ce que j'ai dit. Mitth'raw'nuruodo.

— Ça se prononce *Mitth'raw'nuruodo.*

— Oui. Mitth'raw'nuruodo.

— *Mitth'raw'nuruodo.*

Anakin serra les dents. Il percevait bien une légère différence entre sa prononciation et celle du Chiss. Mais il ne voyait pas comment corriger sa version.

— Très bien, grommela-t-il. *Thrawn*.

— Merci, dit Mitth'raw'nuruodo – Thrawn. Cela va faciliter les choses. Ma navette est prête. Mettons-nous en route.

***

Le vaisseau de Padmé était stationné dans une petite clairière d'une zone boisée, située à trente kilomètres de l'avant-poste de Black Spire. Contrairement à la plupart des clairières qu'avait vues Anakin – à l'image de celle dans laquelle il avait posé son *Actis*, à un kilomètre de là –, celle-ci était comme coiffée par un réseau de branches qui dissimulait tout ce qui se trouvait en dessous, tout en restant accessible par un couloir étroit à travers le bois qui permettait d'approcher sans laisser de traces.

Et le vaisseau n'était pas seul.

Deux hommes d'aspect patibulaire et une paire de non-humains d'espèces différentes étaient rassemblés autour de l'écoutille principale et cinq autres humains se trouvaient dans des véhicules de marchandise stationnés à l'orée de la clairière. À en croire la posture et l'attitude des neuf individus, ils étaient gagnés par l'impatience. Le groupe situé près du vaisseau essayait de forcer l'écoutille à l'aide de chalumeaux.

Anakin les observa, le regard sombre, caché derrière un arbre, ses doigts déjà crispés sur la poignée de son sabre laser. Thrawn et lui avaient dû atterrir à deux endroits différents, et le Jedi avait promis d'attendre à l'orée de la clairière que le Chiss le rejoigne pour commencer ensemble les recherches.

Mais c'était avant qu'Anakin découvre que le vaisseau était pris d'assaut. Plus important encore, ce n'était pas parce qu'il ne pouvait sentir la présence de Padmé que cela signifiait qu'elle n'était pas à bord, potentiellement blessée ou inconsciente.

Et cela changeait tout. Attendre son nouvel allié quand rien ne se passait était une chose. L'attendre alors que Padmé pouvait être en danger en était une autre.

Derrière lui, R2-D2 gazouilla doucement une question.

— Non, tu restes là, R2, murmura Anakin. Si j'ai besoin de renfort, je t'appellerai. Et reste *hors* du champ de tir cette fois, d'accord ?

Le droïde émit un gargouillement peiné.

— J'ai dit non, insista le Jedi d'une voix ferme.

Un mois plus tôt, les mécaniciens avaient passé trois jours à réparer l'astromécano après qu'il s'était pris une décharge venue d'un super droïde de combat B2-RP pour la simple raison que R2 avait été curieux de voir ce qui se passait.

Le droïde protesta brièvement une dernière fois, puis se tut. Après un dernier regard circulaire pour vérifier qu'il n'y avait pas d'autres surprises, Anakin émergea de derrière l'arbre.

— Personne ne bouge ! lança-t-il.

Tous les yeux se braquèrent sur lui et les chalumeaux s'éteignirent. Anakin avança, les yeux rivés sur le groupe près de l'écoutille, faisant confiance à la Force pour l'alerter si une quelconque menace venait des chauffeurs des véhicules.

À peine avait-il fait cinq pas qu'il vit du coin de l'œil les hommes à bord des deux engins situés aux deux extrémités tirer un blaster de leur holster. Il fit un pas de plus, puis prépara son esprit comme son corps au combat à venir…

Vision dédoublée : la Force lui montre le présent et, de façon superposée, un aperçu de ce qui va se passer dans le futur – deux décharges de blaster fusent des chauffeurs des deux véhicules, la première le frappe en pleine poitrine et la seconde le touche au flanc…

Dans un craquement suivi d'un vrombissement, la lame de son sabre laser s'alluma en flamboyant…

Il balaya le premier tir de sa lame bleue, puis le second, et s'immobilisa.

L'espace de deux secondes, personne ne bougea. Puis, comme réagissant à un signal, les sept autres dégainèrent leurs blasters et ouvrirent le feu…

Vision dédoublée : des décharges de blaster le ciblent au torse, au flanc, à la tête puis au flanc – la Force accélère sa perception et ralentit le passage du temps ; ses mains se déplacent en un éclair, il ne se contente plus de repousser les tirs mais les renvoie vers leur point d'origine.

Anakin avait donné à la première salve ce qu'Obi-Wan aimait appeler « une chance de reconsidérer les choses » en déviant les décharges en direction du bois plutôt que de les retourner à l'envoyeur. Mais avec un ratio de neuf contre un, c'était un luxe qu'il ne pouvait plus se permettre.

Vision dédoublée : des décharges visent sa poitrine et sa tête – renvoi contrôlé avec précision, en direction d'un bras, d'une jambe, d'une épaule…

Mais pas avec l'intention de tuer. Juste blesser, neutraliser et dissuader. Pour peu que Padmé ne soit pas là, ils pourraient savoir où elle se trouve.

Si Padmé *était* là, et s'ils lui avaient fait du mal, ce n'était pas plus mal que ses assaillants souffrent un peu avant de mourir.

Vision dédoublée : des décharges ciblent sa tête, son torse – les attaques diminuent à mesure que les ennemis blessés cessent de tirer…

— *Kunesu !* lança une voix.

Les tirs s'interrompirent brusquement. Anakin attendit quelques secondes pour s'assurer que la pluie de décharges ne risquait pas de reprendre, puis il baissa son sabre laser de quelques centimètres et balaya la clairière du regard.

Debout à quelques mètres de l'orée de la forêt, au quart environ de la circonférence de la clairière, se tenait un homme grand et élancé. Enfin, *pas tout à fait* un homme. Ses yeux étaient d'un rouge flamboyant, sa peau bleue et ses cheveux bleu nuit. Il était vêtu d'un uniforme noir de type militaire orné d'un écusson bordeaux à l'épaule et de barrettes argentées sur le col. Un objet était fixé dans un étui sur sa hanche droite – une arme de poing quelconque – ainsi qu'un tube fuselé de la taille d'un sabre laser sur la gauche.

Thrawn.

L'espace d'un long moment, nul ne parla ni ne bougea à l'exception de ceux qui, dans les véhicules, se tordaient de douleur à cause des blessures qu'ils s'étaient eux-mêmes infligées. Le regard de Thrawn glissa lentement sur les hommes et les engins, puis il reprit la parole dans une langue inconnue d'Anakin :

— R2 ? souffla le Jedi de manière pressante.

Le droïde répondit par un son négatif. Il ne pouvait donc pas traduire ce dialecte non plus.

Rien de bien surprenant. Un court instant, Anakin regretta de n'avoir pas pu, par manque de place à bord de l'*Actis*, emmener C-3PO avec lui.

L'un des hommes près du vaisseau se mit à parler. Thrawn répondit. L'autre reprit la parole et accompagna son discours de gestes réalisés avec sa main armée du blaster. Anakin leva son sabre laser en guise d'avertissement, mais l'homme ne tenta en aucune façon d'ouvrir le feu. Pendant une minute, tous deux poursuivirent leur discussion dans la même langue. Puis Thrawn dit quelque chose, l'homme cria un ordre au reste du groupe et tous rengainèrent avec réticence leur blaster. Thrawn tourna les yeux vers Anakin et lui fit signe d'approcher. Le Jedi balaya une dernière fois la clairière du regard, puis il éteignit son sabre laser et s'avança en direction du Chiss.

— Général Skywalker, je présume, dit Thrawn en meese caulf lorsque Anakin l'eut rejoint.

— Oui. Que se passe-t-il ? Qui sont-ils ?

— Ils affirment n'être que de simples marchands.

— Des marchands *armés* ?

— La plupart des voyageurs dans cette région de l'espace sont armés, expliqua Thrawn. Ils prétendent que cette aire d'atterrissage leur est habituellement réservée, et qu'ils ont été surpris de la trouver occupée par un autre vaisseau. Lorsque leurs tentatives pour communiquer avec les passagers ont échoué, ils ont décidé d'en forcer l'entrée afin de porter secours à l'équipage.

— Mais bien sûr, grimaça Anakin en observant les hommes près de l'écoutille.

Ils semblaient visiblement peu ravis de la situation. Néanmoins, pour le moment, aucun d'eux ne semblait enclin à poursuivre les hostilités.

— Vous y croyez, vous ?

— En partie, répondit Thrawn. Ce sont certainement des contrebandiers, pas de simples marchands. De plus, je ne suis pas convaincu qu'ils aient essayé de communiquer avant de sortir les chalumeaux. Mais je les crois lorsqu'ils disent qu'ils s'attendaient à trouver une zone d'atterrissage disponible et qu'ils ont été surpris de découvrir que ce n'était pas le cas.

Anakin lança un coup d'œil aux caisses empilées à l'arrière des véhicules. Cela n'avait pas vraiment de sens de transporter tout ça jusqu'ici, à moins qu'ils aient l'intention de charger cette marchandise dans un autre vaisseau. Ou peut-être de la charger dans *ce* vaisseau ?

— Ou alors ils savaient que le vaisseau de Padmé était là et ils avaient l'intention de le voler, grommela-t-il.

— Non. Notez le nombre de caisses chargées dans chaque véhicule et à quel point ils reposent bas sur leur champ de suspension. Chaque caisse est bien trop lourde pour que ces individus puissent les charger à la main.

— À moins qu'ils disposent de chariots élévateurs ?

— Il n'y a pas de place pour des chariots suffisamment grands à bord de ces véhicules.

Anakin acquiesça avec amertume.

— Ce qui signifie que les chariots sont à bord de leur vaisseau. Et comme ils n'ont aucun moyen de savoir s'il y en a dans celui-ci, le voler ne présente aucun intérêt.

— Je dirais même plus, ajouta Thrawn, le design de cet appareil est celui d'un vaisseau diplomatique ou dédié au transport de passagers. Il est donc très peu probable qu'il y ait le matériel de chargement nécessaire à bord.

— Ou assez d'espace dans la soute pour tout ça, reconnut Anakin, un goût de défaite dans la bouche. Donc si ce ne sont pas eux qui ont fait disparaître Padmé, qui est-ce ?

— C'est une question à laquelle nous n'avons pas encore de réponse. Et eux non plus, à mon sens. Que souhaitez-vous que nous fassions d'eux ?

Anakin fronça les sourcils.

— Quoi ?

— Vous êtes général, lui rappela Thrawn. Et moi, commandant. Vous vous trouvez au-dessus de moi dans la hiérarchie militaire.

Anakin lui jeta un regard acéré. Le Chiss se moquait-il de lui ?

— Vous semblez être l'expert concernant ce qui se passe dans cette région. Vous parlez également leur langue, précisa le Jedi avant de désigner les contrebandiers d'un signe de tête. Sans oublier qu'ils vous connaissent. Ou du moins qu'ils connaissent votre uniforme.

— Ils ne me connaissent pas, affirma Thrawn. Je doute également qu'ils aient jamais vu cet uniforme. Mais ils ont reconnu que *c'est* un uniforme, et en ont déduit que j'étais une personne faisant autorité. Il est aussi probable qu'ils aient entendu parler des Chiss, ajouta-t-il avec un petit sourire. Peut-être uniquement sous forme de mythe, d'ailleurs…

Anakin réfléchit à tous les endroits où il s'était rendu, à tous les coins perdus de la galaxie qu'il avait visités dans sa traque des Séparatistes. Certaines personnes là-bas n'avaient que de lointains – si ce n'est aucun – souvenirs des Jedi.

— Ce n'est pas nécessairement une mauvaise chose. Cela peut s'avérer avantageux que les gens vous sous-estiment.

— Mais également avantageux, parfois, qu'ils vous surestiment, rétorqua Thrawn. Que souhaitez-vous que nous fassions d'eux ?

— Dites-leur de prendre leur marchandise et de ficher le camp d'ici. Nous déplacerons le vaisseau quand nous l'aurons décidé. D'ici là, qu'ils gardent leur distance.

Thrawn hocha la tête et traduisit.

Le chef des contrebandiers répondit, et le ton employé suggérait clairement son mécontentement. Mais il opina du chef et fit signe à son équipage. Ceux qui se trouvaient encore près de l'appareil se dirigèrent vers les véhicules, certains poussant sans ménagement les chauffeurs blessés sur la banquette avant pour prendre leur place derrière les commandes.

Deux minutes plus tard, Anakin et Thrawn étaient seuls.

— J'imagine que vous avez un moyen de nous faire monter à bord de l'appareil ? demanda le Chiss.

— Je pense, oui, répondit Anakin en tournant son regard vers l'écoutille principale.

Il fallait qu'il vérifie si Padmé se trouvait à l'intérieur, mais rechignait à l'idée de laisser un parfait inconnu pénétrer dans son vaisseau.

— Il s'ouvre habituellement à l'aide d'un transpondeur, mais il y a aussi un code que je peux composer. Je vais aller voir si elle se trouve à l'intérieur. Pendant ce temps, faites le tour en quête d'indices.

— Je pourrais vous être plus utile à l'intérieur. Ma vue couvre un spectre légèrement différent du vôtre.

— Je préfère que vous vérifiiez les alentours, répliqua fermement Anakin.

Même à cette distance du vaisseau, il ne pouvait sentir la présence de Padmé, ce qui signifiait qu'elle était soit ailleurs, soit déjà morte, soit aux portes de la mort. Il fallait qu'il entre pour découvrir ce qu'il en était et n'était pas d'humeur à argumenter.

— R2 peut vous accompagner pour vous aider, ajouta-t-il.

Le Jedi se retourna alors vers l'arbre où se dissimulait le petit droïde et éleva la voix :

— R2 ?

Un gazouillis électronique lui répondit et l'astromécano roula hors de sa cachette. Il se servit brièvement de ses propulseurs pour survoler un tronc couché, puis se laissa retomber sur ses roues et avança maladroitement sur le terrain accidenté.

— Je vais à l'intérieur. Le commandant Thrawn et toi allez regarder si vous trouvez des indices à l'extérieur.

Il y avait plein de raisons pour lesquelles Padmé aurait pu changer le code d'accès de son vaisseau. Heureusement, elle ne l'avait pas fait. Une minute plus tard, Anakin était à bord.

Il commença par vérifier les endroits les plus évidents : la cambuse, la chambre à coucher, la cabine de pilotage. Puis, sabre laser à la main et tous ses sens en alerte, il fouilla méthodiquement le reste du vaisseau.

Aucune trace de Padmé : ni morte, ni blessée, ni en vie. Aucun signe de combat non plus ni même d'indice qu'elle aurait pu quitter l'appareil en urgence. Les capsules de sauvetage étaient toujours en place et n'avaient pas été activées ni préparées. Le système comm indiquait qu'elle avait envoyé deux messages, mais à cause du système de cryptage obligatoire, Anakin était incapable de les lire.

Son sentiment d'angoisse, qui s'était quelque peu calmé après s'être assuré que le cadavre de sa femme bien-aimée ne se trouvait nulle part dans le vaisseau, revint en force lorsqu'il finit par regagner l'extérieur. Padmé avait visiblement quitté l'appareil de son propre chef. Mais où était-elle allée ?

Thrawn et R2-D2 se retournèrent lorsqu'il les rejoignit à l'autre extrémité de la clairière.

— Vous avez trouvé quelque chose ? demanda le Chiss.

Anakin secoua la tête.

— Il n'y a personne à l'intérieur. Et aucune trace d'accident ou de violence. Son journal de navigation indique qu'elle est venue ici directement depuis Coruscant.

— Vos vaisseaux gardent en mémoire les données de vos trajets ? s'étonna Thrawn, sourcils froncés.

— Bien sûr, sauf si vous formatez le navordinateur après votre arrivée, précisa Anakin. Pourquoi, les vôtres ne le font pas ?

— Nous utilisons une autre méthode de navigation. Mais si, bien sûr, l'historique est accessible.

— D'accord.

Bizarre, ce commentaire.

— Il y avait aussi deux messages dans sa boîte d'envoi, poursuivit Anakin, mais ils sont cryptés et je ne peux pas les lire.

— L'enregistrement de ses messages personnels est *crypté* ?

— C'est un vaisseau diplomatique, lui rappela le Jedi. Rien de ce que fait ou dit un ambassadeur n'est réellement personnel. Les enregistrements de ses transmissions sont systématiquement cryptés au cas où l'appareil serait intercepté : on ne veut pas que les Séparatistes puissent lire nos messages.

— Oui : les Séparatistes. Les origines comme l'élément moteur de la Guerre des Clones restent encore quelque peu opaques pour moi.

— Et ce n'est pas maintenant que nous allons en discuter, rétorqua fermement Anakin. Vous avez trouvé quelque chose ?

— Aucun dégât n'est visible sur la coque du vaisseau. Aucun signe de fuite de carburant, de panne de capteurs ou d'autres problèmes qui auraient pu provoquer un atterrissage d'urgence. De plus, je n'ai repéré ni traces de sang ni vêtements déchirés.

Il indiqua le sol devant eux et ajouta :

— Vous avez parlé d'un informateur. Est-il d'ici, ou en visite sur Batuu, lui aussi ?

— Une informatrice, corrigea automatiquement Anakin. Et oui, elle était aussi de passage ici. Ou était passée plus tôt. Je ne suis pas sûr des dates.

— Disposez-vous d'informations sur son vaisseau ?

— Pas vraiment. R2, Padmé a-t-elle déjà mentionné le type d'appareil qu'utilisaient ses dames de compagnie ?

Il y eut un bref silence pendant que R2 fouillait ses archives. Puis, avec un gazouillis affirmatif, il se pencha en avant et projeta l'holo d'un petit vaisseau vers le sol.

— C'est ça, dit Anakin à Thrawn. Il dit que c'est un Nomade Quatre, une version civile du coursier *Seltaya* de l'armée.

— Quelle est l'échelle ? Et puis-je voir le dessous du vaisseau ?

— R2 ?

L'image se retourna, et un quadrillage avec barre d'échelle s'y superposa.

— Oui, murmura Thrawn. Vous voyez ces marques ?

Il pointa du doigt le sol à ses pieds. En plissant les yeux, estima Anakin, il était *possible* de deviner la présence d'un creux de bonne taille à cet endroit.

— Êtes-vous en train de suggérer qu'il s'agirait de l'empreinte d'un train d'atterrissage de Nomade ?

— Oui. Qui plus est, voyez-vous ces brins d'herbe au milieu de l'empreinte ?

— Oui, répondit Anakin en se faisant la remarque qu'ils étaient absolument identiques à tous les autres autour. Et ?

— Notez la couleur plus sombre des veines visibles sous les brins, détailla Thrawn. Je pense que ces brins ont été aplatis lors de l'atterrissage d'un vaisseau et n'ont repris le cours de leur vie qu'une fois l'appareil reparti.

— Une idée du temps que le vaisseau a passé là ?

— Non, avoua Thrawn. Mais à en croire la structure de la repousse, j'estime que l'appareil est reparti il y a environ une semaine.

— Vous êtes un expert de la flore de Batuu maintenant ? demanda Anakin, les sourcils froncés.

Tout cela s'emboîtait trop bien pour être honnête.

— Je savais que le vaisseau nubien se trouvait dans cette zone, expliqua calmement Thrawn en tirant une petite boîte plate de l'arrière de sa ceinture. Je sais également que la flore peut nous donner des indices. J'ai donc chargé tous les détails à disposition sur les plantes de cette région dans mon enregistreur avant de quitter mon vaisseau.

— Je vois.

Anakin observa le sol et serra le poing de sa main artificielle. Si Thrawn avait raison, cela pourrait faire se coïncider le départ de Duja et l'arrivée de Padmé. Était-il possible que les deux femmes soient reparties en même temps ?

Mais pourquoi ne l'avaient-elles pas contacté ? À moins que Padmé ait essayé et que le message ne soit pas arrivé jusqu'à Coruscant ? Dans tous les cas, pourquoi aurait-elle abandonné son vaisseau au milieu de nulle part plutôt que dans un aérodrome mieux surveillé ou même en orbite autour de la planète ? Duja avait-elle recueilli des preuves d'une menace imminente ?

— On ne trouvera pas d'autres réponses ici, affirma Thrawn. L'avant-poste local le plus proche se trouve à environ trente kilomètres.

— Black Spire ?

— Oui. Je suggère que nous nous y rendions pour y chercher des informations.

— Ça me semble raisonnable.

Anakin hésita un instant avant d'ajouter :

— Vous avez dit que votre navette pouvait accueillir deux passagers ?

— En effet. Il y a une aire d'atterrissage à trois kilomètres à l'ouest de l'avant-poste. Je me poserai là-bas et nous pourrons prendre un véhicule terrestre pour faire le reste du chemin.

— D'accord.

Anakin posa les yeux sur R2-D2.

— Retourne au vaisseau, lui ordonna-t-il. Tiens-le prêt à décoller au cas où on aurait besoin de renfort.

Il se retourna vers Thrawn et ajouta :

— Allons-y, commandant.

CHAPITRE 3

En fin de compte, le *Chimaera* atteignit Batuu avec juste un peu plus de trois heures de retard sur les estimations initiales de Faro.

Le grand amiral Thrawn, elle le savait, imputerait ce délai à des facteurs inconnus et à l'incertitude caractéristique des voyages en territoire mal cartographié. Mais le Seigneur Vador, sans aucun doute, le mettrait sur le compte de l'incompétence, que ce soit la sienne ou celle de son équipage.

Les deux affirmations l'agaçaient autant l'une que l'autre.

— J'imagine que vous avez un plan, monseigneur ? demanda Thrawn lorsque Vador les rejoignit sur la passerelle de commandement.

L'espace d'un moment, le Seigneur Noir regarda en silence à travers la baie d'observation. Peut-être réfléchissait-il ; ou peut-être faisait-il une de ces choses de la Force qui avaient toujours laissé Faro sceptique et dans lesquelles elle n'avait en tout cas aucune confiance. Encore moins venant de sa part.

Thrawn avait ordonné au *Chimaera* de sortir de l'hyperespace à bonne distance de la planète, et par conséquent

Batuu était un point à peine visible, étincelant dans la lumière d'un soleil encore plus distant.

Elle secoua mentalement la tête. Vador pouvait dire tout ce qu'il voulait sur l'aptitude de l'Empereur à sentir des choses depuis une planète aussi lointaine que Coruscant, Faro n'y croyait pas une seconde. À ses yeux, ce n'était que du verbiage ampoulé servant à masquer des sources privées d'information ou de simples déductions.

— La perturbation que nous cherchons se trouve à la surface, annonça Vador. Commodore Faro, préparez-vous à nous conduire en orbite.

D'un geste discret de la main, Thrawn lui fit signe d'attendre un instant avant de s'exécuter.

— Si je peux me permettre, monseigneur, il pourrait y avoir des individus hostiles, là-bas. Dans ce cas, l'arrivée d'un Destroyer Stellaire pourrait se révéler contre-productive.

— Cela leur montrera la puissance de l'Empire, gronda Vador.

— Cela pourrait aussi les pousser à se terrer, fit remarquer Thrawn.

— C'est l'effort à fournir pour les débusquer qui vous fait peur ?

— Je note que cet effort risque d'être chronophage. Notre ordre de mission précise que nous devons agir en toute hâte, lui rappela Thrawn avant d'indiquer la planète de la main. De plus, il est souvent plus sage de ne pas montrer toute l'étendue de sa force de frappe face à des ennemis potentiels.

Les deux hommes se toisèrent un long moment en silence. Le visage de Thrawn affichait une expression calme et respectueuse ; comme toujours, celle de Vador restait invisible sous son casque.

— Que suggérez-vous, alors ? finit par demander le Seigneur Noir.

— Que nous nous y rendions seuls, vous et moi. Je possède un petit cargo qui nous permettra de rester dans l'anonymat. Nous pourrions nous poser…

— *L'anonymat ?* l'interrompit Vador avec dédain. Vous croyez vraiment que je peux voyager quelque part au sein de l'Empire sans être reconnu ?

— Au sein de l'Empire, non, reconnut Thrawn, le visage toujours aussi calme. Mais cette région frontalière de la Bordure Extérieure n'est impériale que de nom. Il y a de grandes chances pour que vous passiez inaperçu dans la masse, là en bas.

S'ensuivit un nouveau silence, plus long encore. Faro retint son souffle, consciente que le commandant Kimmund les avait rejoints sur la passerelle et s'avançait vers eux à grandes enjambées, son étincelante armure blanche créant un contraste saisissant avec les teintes sombres des uniformes de la marine. Vador avait très clairement exprimé le mépris qu'il éprouvait pour Thrawn tout le long du voyage, ne perdant aucune occasion de faire allusion à la déroute d'Atollon.

En fait, parmi les collègues officiers de Faro, on spéculait sous le manteau sur le moment où Vador allait finir par s'autoproclamer maître du *Chimaera*, au mépris de ce que stipulait le protocole de la marine. Si cela devait arriver, avoir Kimmund présent sur la passerelle rendrait la prise de contrôle plus aisée.

Était-ce la raison de sa présence ici ? Le moment redouté était-il arrivé ?

Au grand soulagement de Faro, Vador se contenta d'incliner la tête.

— Fort bien. Commodore Faro, faites préparer le cargo de l'amiral Thrawn.

— Tout de suite, monseigneur, répondit-elle et, chassant de son esprit ses craintes comme son soulagement, elle sortit son comlink.

La lieutenant-chef Xoxtin s'était montrée extrêmement susceptible depuis que les deux femmes avaient eu une petite conversation, et cela épargnerait bien des soucis à tout le monde que l'ordre vienne directement de la commodore.

Mais au moins la tension entre Thrawn et Vador s'était-elle apaisée. Pour le moment.

— Commandant Kimmund ? appela Vador.

— Monseigneur ? répondit vivement le stormtrooper en s'avançant d'un ultime pas avant de se mettre au garde-à-vous.

— Rendez-vous au pont hangar afin d'y superviser la préparation du transport de l'amiral Thrawn.

— À vos ordres, monseigneur. Combien souhaitez-vous d'hommes pour vous accompagner ?

Une fois de plus, le casque noir se tourna vers Thrawn, le visage dissimulé dessous semblant le jauger.

— Aucun, répondit-il à Kimmund. L'amiral et moi-même nous rendrons seuls à terre.

— Seuls ? répéta une voix rauque derrière Faro.

Bien malgré elle, la commodore ne put retenir un tressaillement. Maudit Rukh ! Thrawn lui avait déjà donné l'autorisation de se déplacer librement dans tout le vaisseau : pourquoi persistait-il à utiliser ce satané gadget d'invisibilité ?

— Seuls, confirma l'amiral, sans montrer la moindre réaction à l'apparition soudaine du Noghri.

Peut-être que les yeux des Chiss n'étaient pas dupés, contrairement à ceux des humains, par ce type de camouflage ?

Ou peut-être que la présence de Rukh était liée à celle de Kimmund. Peut-être que Thrawn avait ordonné au Noghri de garder un œil sur le commandant de la Première Légion.

Kimmund, d'après ce qu'elle avait entendu dire, encourageait ouvertement Rukh à griller son champ de dissimulation individuel par un usage excessif. Faro n'était pas loin d'être d'accord avec lui sur ce sujet.

— Peut-être que vous ne croyez pas votre maître quand il dit que je peux me rendre dans un village de primitifs sans votre protection ? demanda Vador qui n'avait pas cillé non plus à l'arrivée brutale de la petite créature.

Rukh grommela quelque chose dans sa langue maternelle.

— Ce sont justement dans les situations inconnues que le grand amiral a le plus besoin de moi.

— Nous y allons seuls, répéta Thrawn d'un ton exposant de manière claire que le sujet était clos. Si tu le souhaites, tu peux accompagner le commandant Kimmund au hangar pour observer les préparatifs.

Rukh décocha un regard noir à l'homme en armure blanche. Ce qui ne devait faire ni chaud ni froid à Kimmund.

— Ce sera fait, grand amiral, dit le Noghri. Je vais observer ça de *très* près.

— Dès lors, avec votre permission, monseigneur, dit Thrawn, je vais me rendre dans ma cabine pour me préparer.

— Je vous attendrai dans le hangar, répondit Vador en faisant un geste dans sa direction. J'imagine que vous ne porterez pas votre uniforme ?

— C'est en effet le type de préparation que j'envisage, confirma le Chiss. Même si les locaux n'ont jamais vu l'uniforme d'un grand amiral impérial, ils risquent malgré tout de reconnaître que c'est un uniforme.

— Très bien. Faites vite.

— Avec la célérité qui s'impose, monseigneur, promit Thrawn.

Puis il se tourna vers Faro.

— Pendant notre absence, vous veillerez à ce que le *Chimaera* reste dans l'ombre et le plus discret possible. Restez vigilante, senseurs passifs uniquement.

— Oui, amiral, répondit la commodore.

Après un dernier regard en direction de Rukh, Thrawn tourna les talons et remonta la passerelle de commandement. Kimmund attendit qu'il soit passé devant lui pour lui emboîter le pas, à une distance de quelques mètres. Rukh se faufila devant Faro, jaugea Vador du regard au passage et se mit en tête de suivre le stormtrooper.

— Rukh ?

Le Noghri s'immobilisa et regarda en arrière.

— Commodore ?

— Je souhaite que vous observiez les préparatifs du cargo de très près *et* que vous vous assuriez que la lieutenant Xoxtin *sache* que vous y assistez, précisa-t-elle.

Un sourire malicieux illumina brièvement le visage buriné de Rukh.

— Elle le saura, commodore, promit-il. Faites-moi confiance.

*
**

Le cargo ne ressemblait à rien de ce que connaissait Vador. Toutefois, ses commandes étaient à l'emplacement habituel et son pilotage plutôt confortable.

Il s'agissait du vaisseau de Thrawn, et le protocole standard voulait que ce soit l'amiral qui tienne le manche. Vador n'avait pas pris la peine de demander la permission avant de s'asseoir dans le fauteuil du pilote. Le Chiss, pour sa part, avait eu la sagesse de ne pas s'en outrer.

Black Spire n'avait pas tellement changé depuis la dernière fois que LE Jedi s'y était rendu, nota Vador tandis qu'il dirigeait le cargo vers l'aire d'atterrissage nichée dans la forêt à trois kilomètres à l'ouest de l'agglomération.

Le comptoir ainsi que la cantina qui lui était rattachée dominaient le centre de la ville, adossés aux ruines de l'ancienne civilisation qui se dressait là autrefois. Quelques maisons et commerces avaient été bâtis au cœur des ruines, mais la plupart étaient des constructions séparées. Les vestiges pétrifiés de gigantesques arbres noirs, qui avaient donné son nom à l'avant-poste, surplombaient l'ensemble, sombres et mystérieux. La maison située juste derrière le comptoir, où vivait le propriétaire, ressortait nettement du lot en raison de la richesse qu'elle affichait.

— Celles-ci sont nouvelles, murmura Thrawn.

— Quoi ? demanda Vador.

— Ces maisons, répondit le Chiss en indiquant une zone boisée à l'est de l'avant-poste, à l'opposé de l'aire d'atterrissage, à environ trois kilomètres de la ville. Elles n'étaient pas là, la dernière fois.

Vador observa les habitations. Il y en avait trois, bordées de forêts, toutes plus grandes et mieux bâties que celles de la ville. Chaque maison était entourée d'un petit jardin ce qui, sur les planètes-cités les plus prestigieuses de la galaxie, était signe de richesse ou de temps libre.

Ici, dans la Bordure Extérieure, cependant, un jardin potager pouvait être simplement une tentative, de la part d'une personne économe, de joindre les deux bouts en produisant une partie de sa nourriture.

— Je me demande pourquoi ils ont choisi de construire au milieu des arbres alors qu'il y a de nombreuses autres zones plus dégagées autour de l'avant-poste, poursuivit le Chiss.

— Est-ce important ? demanda Vador.

Pour l'instant, il n'avait pas senti la perturbation dans la Force évoquée par l'Empereur. Cela signifiait-il que sa source, quelle qu'elle soit, avait quitté Batuu ?

Il espérait que non. Chaque minute passée ici était une minute de plus accordée aux Rebelles pour comploter et préparer de nouvelles attaques.

— Je soupçonne que ce soit dans un but de dissimulation, suggéra Thrawn. Avez-vous remarqué les ajouts faits à cet arbre de pierre ?

Vador porta son attention sur les vestiges de l'arbre pétrifié indiqué par Thrawn sur l'écran. À première vue, il ressemblait à tous les autres, mais lorsque le résultat du scanner se superposa à l'image, il découvrit le dispositif électronique complexe qui avait été entremêlé de manière invisible à l'écorce ainsi que le long des branches.

— Je pense qu'il fait partie d'un réseau de communication en triade, continua Thrawn. C'est un système qui permet d'envoyer des signaux sur de longues distances à travers les Régions Inconnues.

Vador examina l'écran et laissa échapper malgré lui un murmure d'intérêt. Même s'il y avait peu de chance que cela ait une incidence directe sur leur enquête, cela fit remonter – chez LE Jedi – des souvenirs de son temps passé ici.

— Le terme *triade* suggère qu'il y a deux autres pôles.

— En effet, acquiesça Thrawn. La position la plus probable du premier serait dans l'une des nouvelles maisons.

Vador regarda l'écran principal. En partant du principe que les pôles de la triade formaient un triangle équilatéral…

— Le vaisseau situé à l'autre extrémité de l'aire d'atterrissage serait le dernier, en déduisit-il. Peinture grise défraîchie et train d'atterrissage cassé…

— Une épave abandonnée qui ne sert clairement plus à personne, ajouta Thrawn. Une planque idéale.

Vador observa les six autres cargos légers serrés les uns contre les autres dans l'espace exigu.

— Pour une planète censée recevoir peu de visiteurs, il y a un nombre inhabituel de vaisseaux stationnés.

— Je suis d'accord. Intéressant. Malheureusement, il n'y a plus de place pour nous.

Vador plissa les lèvres. Il ne restait plus que deux emplacements libres : l'un à l'extrémité de la piste, du côté de l'avant-poste, l'autre juste à droite du vaisseau abandonné. Les deux risquaient d'être un peu étroits pour un appareil de cette taille, mais le Seigneur Noir pouvait y arriver.

— Je peux nous poser là-bas.

— Il n'y a pas assez de place, insista Thrawn.

— Il y en a assez pour un pilote avec assez de talent.

Thrawn resta silencieux quelques instants. Vador pouvait sentir le flux de pensées et d'émotions qui lui traversait l'esprit, ce mélange ordonné qui ressemblait à du calcul et de la circonspection. Il était possible qu'il y ait un peu d'irritation également, mais l'esprit du Chiss restait désespérément fermé à la compréhension de Vador.

— Vous êtes certain de pouvoir atterrir sans incident ?

En guise de réponse, le Seigneur Noir fit plonger le cargo en direction de la piste. Plus vite auront-ils fouillé l'avant-poste et trouvé la source de la perturbation de l'Empereur, plus vite en auront-ils terminé avec cet endroit.

— Qu'en est-il de notre objectif? voulut savoir Thrawn. Avez-vous été en mesure de glaner d'autres informations ?

Vador jeta un regard sombre à travers la baie d'observation. Pour quelqu'un d'insensible à la Force, Thrawn faisait preuve d'un talent déconcertant pour lire ou anticiper les pensées des gens.

— Rien de significatif. La perturbation semble à la fois lointaine, et à portée de main.

— Comme si elle essayait de se cacher ?

— Peut-être, répondit Vador en sondant à nouveau la Force.

La perturbation… Elle était bien là.

Mais elle était comme vacillante, à peine présente. Penser que l'Empereur ait pu repérer quelque chose d'aussi faible depuis aussi loin que Coruscant frisait l'invraisemblable. Et pourtant, il y était parvenu, d'une manière ou d'une autre.

— Nous ne tarderons pas à le savoir, déclara Thrawn. Peut-être qu'une enquête approfondie nous révélera la vérité.

***

— Nous pensons qu'ils ont quitté l'hyperespace il y a quinze minutes environ, annonça l'officier des senseurs Hammerly en indiquant l'image superposée qu'elle venait d'envoyer à l'écran tactique du *Chimaera*. Ce n'est qu'une fois qu'ils se sont dirigés vers Batuu que nous avons été en mesure de repérer les émissions de leurs moteurs via nos senseurs passifs.

Faro fixait l'écran en se frottant doucement les lèvres. Pour un système qui n'était pas censé avoir beaucoup de trafic, Batuu était à n'en pas douter une destination populaire aujourd'hui. En comptant les six vaisseaux posés au sol mentionnés par l'amiral Thrawn dans sa transmission à faisceau étroit, plus ce nouveau groupe de quatre appareils, on arrivait à dix.

— Peut-être qu'ils ont organisé une petite fête en bas ? suggéra-t-elle. Que savez-vous d'autre sur les nouveaux venus ?

— Pas grand-chose, reconnut Hammerly. On n'a pas accès aux paramètres ni aux marques sur la coque à cette distance, pas avec des senseurs passifs. S'ils utilisent des balises d'identité, elles sont trop faibles pour être perçues à travers le bruit ambiant.

Faro regarda les écrans des senseurs et repéra la ligne qui indiquait le niveau de rayonnement magnétique de fond. Ce n'était pas anormalement élevé pour une étoile de cette magnitude et de cette échelle ; le *Chimaera* était simplement trop éloigné.

— Avez-vous établi un profil émission/accélération ?

— Oui, commodore. Cela les identifie comme de petits cargos. Mais bien sûr, il pourrait aussi s'agir de petits cuirassés se déplaçant à faible puissance. Ils volent en formation lâche, donc il ne fait aucun doute qu'ils soient ensemble. Si l'on en croit leur vecteur actuel, ils semblent se diriger vers la même zone où se sont posés l'amiral Thrawn et le Seigneur Vador.

Faro hocha la tête. Avant que l'amiral et le Seigneur Noir partent, le premier lui avait clairement fait comprendre qu'elle ne devait le contacter qu'en cas d'extrême urgence, étant donné qu'une transmission risquerait de révéler la présence du *Chimaera* à tous ceux qui pourraient l'intercepter. Et si ces vaisseaux appartenaient seulement à des marchands venus assister à l'événement commercial que l'amiral avait évoqué, on pouvait difficilement parler d'urgence.

Mais s'il s'agissait de cuirassiers…

— Contact ! lança l'officier situé devant le poste de senseurs secondaire. Droit devant ; distance : quatre cent mille kilomètres. Deux vaisseaux.

— Repérés, dit Hammerly d'un ton calme en pivotant vers son propre moniteur. Deux vaisseaux – de taille semblable ; des cargos lourds long-courriers, au moins – qui virent droit en direction de Batuu.

— D'où viennent-ils ? voulut savoir Faro.

Il était beaucoup trop tôt pour déterminer le vecteur des vaisseaux, mais puisque tout le monde semblait finir par se retrouver à Black Spire, il semblait raisonnable de supposer que les nouveaux venus s'y rendaient également.

— De derrière nous, on dirait, commenta Hammerly. Ils viennent de la même hypervoie que nous, j'imagine.

— Sauf qu'ils sont beaucoup plus pressés que nous d'atteindre la planète, précisa Faro. Ils sont restés en hyperespace un peu plus longtemps et en sont sortis là-bas plutôt qu'ici.

— Oui, commodore.

Hammerly lui jeta un regard furtif et ajouta :

— Quels sont vos ordres, commodore ?

Traduction : Faro allait-elle décider que cela suffisait à en faire une situation d'urgence et justifiait de prendre le risque de contacter l'amiral ?

La commodore étudia à nouveau l'écran tactique. L'atterrissage des quatre petits vaisseaux semblait devoir se produire dans vingt minutes pour peu qu'ils se rendent bien à Black Spire. Étant donné le profil d'accélération actuel des nouveaux venus, en supposant là encore un rendez-vous à la surface de la planète, ils arriveraient quinze minutes après les quatre premiers.

Ou peut-être pas. Il y avait maintenant des indications comme quoi les gros cargos pourraient être en train de se séparer, l'un se plaçant en orbite et l'autre prenant la direction de la surface.

Ce changement était-il dû au fait que le cargo de Thrawn occupait l'emplacement où ils avaient prévu d'atterrir ? Dans ce cas, se pouvait-il que quelqu'un en bas soit suffisamment irrité pour ouvrir le feu ?

Faro prit sa décision. Le grand amiral Thrawn avait une passion pour l'information, mais pour le moment elle n'en avait que peu à offrir.

De plus, Vador était en bas avec lui. Que pouvait-il arriver à ces deux-là qu'ils ne puissent affronter ensemble ?

— Vous avez dix minutes pour extirper de ces senseurs le maximum d'informations, ordonna-t-elle à Hammerly. Une fois qu'on aura vu ce que vous avez, on avisera.

***

Le corridor de déplacement reliant l'aire d'atterrissage et Black Spire était une route vaguement dégrossie, bordée de petits arbres et d'arbustes témoignant des tentatives constantes de la forêt de se réapproprier la zone.

Le manque de netteté des abords de la route suggère que l'entretien effectué autrefois a diminué au cours des derniers mois. Dans l'air flotte une foule de souvenirs, ainsi que les arômes de plantes exotiques et le chant d'oiseaux lointains.

Trois mètres devant, décalé d'un mètre sur la droite, Vador se tient voûté sur l'avant de son speeder bike, sa longue cape virevoltant dans le vent suscité par sa vitesse. Sa posture peut témoigner d'une certaine tension, ou colère peut-être.

Black Spire arrive en vue. Vador lève une main pour annoncer qu'il va faire une halte.

Thrawn ralentit son speeder bike et alla s'arrêter aux côtés de celui du Seigneur Noir.

— Avez-vous un plan d'approche ? demanda ce dernier.

Sa main gauche lâche les poignées du speeder bike pour se poser sur sa hanche, près de son sabre laser.

— Nous commencerons par la cantina, proposa Thrawn. Il est possible que le barman se souvienne de moi.

La main de Vador se rapproche de quelques centimètres de son sabre laser. Son dos se raidit légèrement.

— Nous verrons cela.

Il se penche en avant et reprend les commandes en main. Une torsion du poignet et l'engin repart vivement.

Un nombre étonnamment important d'habitants était visible dans les rues de Black Spire tandis que Thrawn et Vador traversaient l'avant-poste à vitesse réduite le long des chemins sinueux. Peut-être était-ce lié à l'heure : le soleil approchait de son zénith et, pour beaucoup de résidents, cela pouvait correspondre à l'heure du déjeuner, des réunions professionnelles ou des discussions de voisinage. Quatre espèces étaient représentées : humains, Darshi, Shistavanéens et Jablogiens.

Le casque de Vador tourne à plusieurs reprises de quelques degrés tandis qu'ils approchent de la cantina. Son regard semble s'attarder sur chaque Darshi qu'il croise.

— C'est la première fois que vous voyez des Darshi ? demanda Thrawn.

— En effet. Viennent-ils des Régions Inconnues ?

— Je crois qu'il s'agit d'un peuple frontalier. Je ne sais pas grand-chose à leur sujet si l'on excepte leur apparence générale. Ils voyagent à la fois dans l'Espace Sauvage et les Régions Inconnues.

— J'avais cru comprendre que voyager dans les Régions Inconnues était compliqué.

— C'est exact. Les hypervoies sont peu nombreuses et difficiles à parcourir. Mais les sauts intersystèmes sont possibles si un voyageur a suffisamment de temps et se contente de couvrir des distances limitées.

— Et si on ne veut *pas* s'en contenter ?

— On doit alors avoir une connaissance approfondie de la frontière. Il y a des millénaires de cela, une série d'explosions en chaîne de supernovae à travers cette région a projeté des masses de la taille de planètes ou de lunes à grande vitesse à travers les étoiles. Les mouvements de ces masses transforment constamment les hypervoies et modifient les routes d'une manière qu'il est difficile de calculer. D'autres phénomènes dans d'autres parties de la frontière créent d'autres obstacles similaires. Les hypervoies qui restent en grande partie intactes sont confrontées à d'autres dangers.

— Les Darshi font-ils partie de ces dangers ?

— Leur culture n'a pas été étudiée en profondeur par les Chiss, avoua Thrawn. Mais ils ne sont généralement pas considérés comme violents envers les étrangers.

— Et pourtant, la nature semble les avoir prédisposés à la violence, commenta Vador. De longs bras pourvus de griffes, parfaits pour l'attaque. Une tête et un corps étroits, parfaits également pour la défense.

Vador tourne la tête au passage d'un autre Darshi et ne le quitte pas des yeux avant qu'il ait disparu de sa vue.

— Ce qu'on raconte n'est pas toujours exact, ajouta-t-il. Je note également que tous portent un long couteau à la taille.

— En effet. À en croire les abondantes ornementations du fourreau, j'en déduis que ces armes sont plus cérémonielles qu'autre chose.

— Cela reste des armes, rétorqua Vador. Si ce n'est pour attaquer les étrangers, alors peut-être est-ce à l'attention de ceux de leur propre espèce.

— Ce qui est souvent le cas avec les armes rituelles.

Il y avait trois autres speeder bikes et deux landspeeders stationnés devant la cantina lorsqu'ils arrivèrent. D'autres habitants de Black Spire convergeaient à pied vers le bâtiment. Thrawn et Vador parquèrent leurs speeder à côté des autres et mirent pied à terre.

— Peut-être que l'heure que nous avons choisie pour venir n'est pas… idéale, nota Vador.

— Peut-être. En même temps, la présence de beaucoup de monde augmente aussi la probabilité qu'une ou plusieurs personnes liées à la perturbation de l'Empereur s'y trouvent. Leur réaction à notre arrivée peut se révéler significative.

— Possible, acquiesça Vador. J'observe. Vous parlez.

La porte est haute et large, conçue pour laisser passer de grandes créatures ou des nacelles de marchandise. Le matériau, légèrement différent du reste du bâtiment, semble plus récent. Vador pousse un des battants de sa main gauche de façon à garder la droite disponible. Il pénètre à l'intérieur et fait un grand pas sur le côté pour laisser l'entrée libre derrière lui. L'intérieur est faiblement éclairé, les fenêtres fermées et obstruées pour la plupart, avec seulement quelques petites trouées permettant à la lumière de s'infiltrer.

La cantina était densément remplie, environ les deux tiers de ses tables étant occupées. La plupart des clients s'étaient tournés vers la porte à l'entrée de Vador, et dévisageaient à présent les nouveaux venus.

Étant donné le nombre de visages, il était impossible de bien observer les réactions de chacun d'eux. Heureusement, il n'y avait qu'un seul groupe qui soit vraiment important.

Deux tables adjacentes sont entourées de cinq Darshi chacune. Quatre des dix individus écarquillent les yeux. Les six autres écarquillent les yeux et se raidissent brusquement. L'un agrippe le bras d'un autre. Un troisième se penche vers un camarade, et lui souffle quelque chose d'inaudible. Néanmoins, il est impossible de discerner s'ils réagissent à la vue de Vador ou à celle, inattendue, d'un Chiss.

Thrawn dépassa Vador à grands pas et rejoignit le bar derrière lequel travaillait un homme de grande stature. *Les clients, parmi lesquels ne figure aucun Darshi, retournent à leurs verre et plat en même temps que faiblit leur intérêt initial. Le barman termine de préparer une boisson puis lève les yeux vers les nouveaux arrivants. Il affiche une expression perplexe et des souvenirs semblent traverser son regard.*

— Bien le bonjour, dit Thrawn. Peut-être vous rappelez-vous de moi ?

Les yeux du barman s'agrandissent. Son visage exprime une reconnaissance soudaine. Le coin de ses lèvres s'affaisse, ses yeux et son visage hantés par des souvenirs déplaisants.

— C'est le cas, oui.

Ses yeux se détachent de lui lorsque Vador s'avance.

— L'autre, celui de l'autre fois. Il est avec vous ?

— Non, répondit Thrawn. On m'a dit qu'il était mort il y a quelques années. Le prix de la guerre.

— Bien, dit le barman.

Ses yeux se posent à nouveau sur Vador. Son expression dénote de l'hostilité.

— Et celui-là, il vous sert de garde du corps ?

Réfléchie dans la rambarde métallique incurvée du bar, la posture de Vador se raidit.

— C'est un compagnon de voyage, pas un garde du corps, rectifia Thrawn. Quel est votre nom ?

L'expression du barman change, indique à présent de la méfiance.

— Je m'appelle Nodlia. Êtes-vous de retour pour vous opposer à une oppression présumée ?

— Mon aide vous serait-elle utile ? demanda Thrawn.

— Ai-je le choix ?

— Peut-être. Vous parlez d'oppression ?

Nodlia hésite. Il baisse la voix et se penche de quelques centimètres vers le comptoir.

— Les nouveaux venus à Batuu. Les *Visages Maigres*.

— Les Darshi ?

— Si c'est leur nom. Ils ne m'ont pas beaucoup parlé. Tout ce que je sais, c'est que depuis leur arrivée, Batuu n'est plus la même.

— De quand cela date-t-il ?

— Le premier groupe est arrivé il y a cent soixante-quatorze jours. Ils ont affirmé qu'ils faisaient un pèlerinage, que leur voyage exigeait qu'ils restent quelque temps sur Batuu. Ils se sont construit des maisons à l'est et ont passé trois jours dans les bois au nord pour y faire une méditation de groupe. De temps en temps, ils encombrent notre domaine spatial de leurs vaisseaux, allant et venant en direction de destinations lointaines dans des quêtes inconnues.

— Cela ne ressemble pas vraiment à de l'oppression, nota Thrawn.

— Ils font fuir une partie des commerçants qui avaient l'habitude de venir ici, protesta Nodlia. D'autres vaisseaux ont été découragés par l'absence d'emplacements libres pour se poser lorsqu'ils viennent en masse. Certains de ces commerçants se rendent ailleurs sur Batuu. D'autres abandonnent complètement notre monde. Nos habitants ont interdiction de s'aventurer à proximité des maisons des Visages Maigres, et ils se sont approprié les meilleurs aliments comme les meilleures ressources.

— N'ont-ils pas payé pour les obtenir ?

Nodlia marque un temps d'hésitation. Son visage exprime de l'embarras.

— Si, ils ont payé. Et au prix du marché. Peut-être même un peu plus. Suffisamment même, je dois dire, pour calmer la plupart de ceux qui étaient mécontents de la gêne occasionnée.

Il se penche encore davantage, son regard glissant vers les Darshi assis autour des deux tables.

— Mais je ne suis pas dupe. Je n'ai pas oublié… vous savez de quoi je parle. Il y a cette même impression dans l'air avec les Visages Maigres. Et puis, il y a dix-huit jours, un nouveau groupe est arrivé.

Il se tait un instant, les traits traversés par une expression d'horreur étouffée.

— Ils apportaient dix cercueils avec eux.

Un doigt ganté toucha le bras de Thrawn.

— Ils se préparent au combat, indiqua Vador à voix basse.

L'expression de Nodlia dénote une soudaine angoisse. Il s'éloigne de trois pas le long du comptoir. Sa posture exprime un désir de fuir loin de l'attaque à venir.

— D'ici combien de temps ? demanda Thrawn.

— Des armes passent entre eux. Pas leurs couteaux, mais des bâtons de combat. Ceux qui sont armés se frayent un chemin dans les deux directions, avec l'intention évidente de nous encercler et de lancer une attaque coordonnée.

Un signal s'éleva du comlink fixé à la ceinture de Thrawn.

— Peut-être encore plus coordonné que vous ne le pensez.

Il détacha le comlink et l'activa.

— Je vous écoute.

— Un gros vaisseau, cargo lourd ou petit cuirassé, se dirige vers votre position.

La voix de Faro exprime à la fois tension et détermination.

— Un second vaisseau, accompagné de quatre plus petits, se place en orbite, ajouta-t-elle. Quels sont vos ordres ?

— On ne doit pas les laisser s'échapper, intervint Vador. Ordonnez au *Chimaera* d'attaquer.

— Il serait mal avisé de révéler la présence et la puissance de feu du *Chimaera* pour le moment. Voyons d'abord si les survivants du combat à venir peuvent nous fournir les informations dont nous avons besoin.

— Il est peu probable qu'ils connaissent les capacités de combat des vaisseaux en approche, rétorqua Vador.

— Le *Chimaera* rassemble ces informations en ce moment même.

— Les données récoltées depuis cette distance ne seront pas suffisantes, grommela Vador. J'ai ordonné au commandant Kimmund d'intercepter, d'examiner et d'attaquer si nécessaire.

— Le commandement me revient, Seigneur Vador.

— Vous commandez le *Chimaera.*

Sa voix se fait dure et sa posture raide. Sa main est posée près de son sabre laser.

— Je commande la Première Légion. Vous allez ordonner à Faro de les laisser passer à l'attaque.

— Fort bien. Commodore, vous allez permettre au commandant Kimmund et à ses hommes de quitter le vaisseau. Je place le *Chimaera* sous vos ordres. Vous pouvez agir selon votre propre appréciation.

— Bien reçu, amiral.

Il replaça le comlink à sa ceinture.

— La voie du guerrier s'ouvre devant nous, dit-il. Laissons-nous guider par elle.

CHAPITRE 4

— La voie du guerrier s'ouvre devant nous, déclara Thrawn en indiquant d'un signe de tête la cantina de l'autre côté du pare-brise. Voyons où elle nous mènera.

Anakin réprima un soupir. Qu'on appelle cela une devise, un aphorisme ou un cri de guerre, son expérience personnelle lui avait enseigné que la plupart des soldats qui en débitaient à longueur de temps ne se révélaient finalement pas si bons que ça une fois au cœur des combats.

Les Jedi faisaient exception à la règle, bien sûr. La majorité de ceux qu'Anakin avait rencontrés pouvaient sortir une maxime en toute occasion et, malgré cela, ils s'en sortaient quasi tous très bien dans le feu de l'action.

Peut-être que les Chiss étaient comme les Jedi sur ce point. Mais il en doutait.

La cantina également ne semblait pas très prometteuse. Vaste mais vieille, voire décrépite, elle n'avait jamais été formidable, même au début, et n'avait cessé de se détériorer depuis. Les fenêtres étaient obstruées par des volets clos, la porte marquée et ternie par le temps.

Les gens qui allaient et venaient dans les rues avoisinantes semblaient tout aussi marqués et ternes, à l'image de l'ensemble de l'avant-poste. Les ruines à côté desquelles et dans lesquelles Black Spire était bâtie paraissaient anciennes, comme perdues hors du temps, et dégageaient le même sentiment d'intrigue, de désespoir et de dureté mêlés qu'il avait déjà vu dans tant de colonies similaires. Étant donné l'environnement, il était difficile de dire dans quelle sorte de guêpier Duja avait pu tomber.

Mais à quel point était-elle embourbée pour qu'elle en vienne à entraîner Padmé jusqu'ici à sa suite ?

— Vous les voyez ? demanda Thrawn.

Anakin jeta un coup d'œil circulaire aux personnes qui se frayaient un chemin d'un pas traînant parmi les rues poussiéreuses.

— Qui ça ?

— Deux individus sur notre gauche, trois sur notre droite. Ils ont commencé à converger lentement vers nous.

— Vraiment ? dit Anakin en se retenant de regarder.

Les embuscades étaient toujours plus faciles à déjouer lorsque les assaillants ignoraient qu'ils avaient été repérés.

— Vous pensez que nos contrebandiers ont gardé quelque rancœur à notre encontre ? ajouta-t-il.

— Ce ne sont pas ceux qui ont essayé de s'introduire dans le vaisseau de votre ambassadrice. S'ils sont restés à bord de leurs véhicules terrestres, il y a des chances pour qu'ils soient encore en train de traverser la forêt. Mais ils pourraient très bien avoir prévenu des renforts.

— Eh bien, s'ils pensent que se débarrasser de nous leur permettra de prendre le contrôle du vaisseau, ils vont être déçus, grommela Anakin, le visage sombre. J'ai verrouillé les systèmes de l'appareil avant de partir. Sans le code, ils n'arriveront jamais à le faire décoller.

— Peut-être qu'ils s'y sont frottés et le savent déjà, suggéra Thrawn en s'arrêtant devant la cantina. Ces cinq-là ont peut-être l'intention de vous extorquer le code de déblocage.

Anakin haussa les épaules, puis il posa la main sur le pare-brise et descendit d'un bond sur le côté du véhicule.

— C'est bien ce que je dis : ils vont être déçus.

L'intérieur de la cantina était aussi déprimant que l'extérieur. Seulement quelques clients étaient assis à différentes tables, certains discutant entre eux à voix basse, mais la plupart veillant, telles des sentinelles solitaires, sur leur boisson. Debout derrière un comptoir circulaire en bois, le barman observait les clients d'un regard vide tout en essuyant distraitement une petite chope en obsidienne provenant d'une rangée de récipients semblables alignée devant lui. Dans son dos, le mur était couvert d'un enchevêtrement de tuyaux, filtres, barboteurs et autres appareils moins identifiables. Anakin se demanda brièvement si l'endroit était plus joyeux, ou du moins plus animé, à l'heure des repas.

Il se débarrassa vivement de cette pensée. Ils étaient là pour chercher des informations, pas de la compagnie.

Le barman tourna son regard vers l'entrée lorsque les deux nouveaux venus pénétrèrent à l'intérieur, ses yeux suivant leur progression à travers le dédale des tables.

— Bien le bonjour, étrangers, dit-il dans un basic fortement accentué quand ils atteignirent le comptoir. Qu'est-ce que je vous sers ?

— On voudrait une bonne lampée d'informations bien fraîches, répondit Thrawn en meese caulf.

Une expression traversa le visage du barman, comme s'il devait mentalement recalibrer son cerveau.

— Des informations, vous dites, répéta-t-il dans la même langue.

— Oui. Et nous sommes prêts à payer pour ça, précisa Thrawn en posant une pièce dorée sur le comptoir, à côté de la rangée de chopes.

Le barman baissa les yeux vers la pièce, mais ne fit aucun geste pour la ramasser.

— Sur Batuu, il existe deux catégories d'informations : les inutiles et les très chères.

— Peut-être que nous parviendrons à trouver un juste milieu, répliqua le Chiss en faisant signe à Anakin.

— Nous cherchons des infos sur ces humaines, poursuivit le Jedi en allumant son holoprojecteur.

Les images spectrales de Padmé et Duja apparurent au-dessus du disque.

— Auriez-vous aperçu l'une d'entre elles ?

Le barman détacha à contrecœur son regard de la pièce dorée. Anakin sonda la Force et capta chez l'homme une étincelle de reconnaissance…

— Non, répondit-il en baissant à nouveau les yeux. Aucune n'a été vue ici.

— Vraiment, intervint Thrawn, sa voix teintée d'une froideur lisse suggérant qu'il ne le croyait pas, lui non plus. Prenez le temps de regarder encore je vous prie, car c'est important. Leur père est mourant, et il souhaiterait voir ses filles une dernière fois avant la fin.

De nouveau, le barman releva les yeux avec une réticence affichée.

— Je ne les ai pas vues, répéta-t-il en les rebaissant ostensiblement sur la pièce. Elles sont sœurs, vous dites ?

— Oui, confirma Thrawn en sortant une deuxième pièce pour la déposer à côté de la première. L'ensemble de leur famille est rassemblé à son chevet…

Il en ajouta une troisième et poursuivit :

— … et ces deux sœurs sont les dernières à ne pas être au courant du deuil à venir…

Une quatrième rondelle dorée rejoignit la pile croissante de pièces.

— … et elles auront le cœur brisé si leur père bien-aimé venait à mourir sans qu'elles aient pu lui dire au revoir.

Le barman n'avait rien raté de la manœuvre de Thrawn.

— Et vous avez été envoyés afin de les prévenir ?

— C'est à lui qu'il incombe cette lourde tâche, expliqua le Chiss en indiquant Anakin d'un signe de tête. Je n'ai été embauché que pour servir de guide et de traducteur.

— Je vois.

Le barman jeta un dernier et long regard à la pile de pièces puis, prenant une profonde inspiration, recula résolument du comptoir.

— Je suis désolé, messieurs. Vraiment.

Et sans crier gare, la rangée de chopes sur le comptoir explosa dans un nuage d'épaisse fumée blanche.

Aussitôt, Anakin se couvrit la bouche et le nez pour empêcher que le gaz pénètre ses poumons. Saisissant son sabre laser, il bondit en arrière pour s'éloigner du nuage…

Et chancela sur le côté, déséquilibré, lorsque Thrawn le saisit par l'épaule et le poussa brutalement. À travers la fumée, il lui sembla ensuite voir le Chiss, debout sur le comptoir, se retourner en direction de la porte d'entrée, un blaster à la main. Anakin recula d'un pas supplémentaire.

Mais au lieu de s'éloigner en ligne droite, il tituba un peu plus loin sur le côté, totalement désorienté, et ses jambes se dérobèrent. Cette bousculade momentanée, lorsque Thrawn s'était appuyé sur son épaule pour se hisser sur le comptoir, avait permis à une quantité suffisante de gaz de pénétrer dans son organisme pour qu'il en soit affecté. Il parvint à se retourner vers la porte, puis s'écroula sur le sol.

Lorsqu'il toucha le plancher râpeux, la pièce s'embrasa sous les tirs de blaster.

Sa vue commençait à se brouiller. Mais il restait un Jedi, et il existait des moyens de lutter contre les effets de la drogue. Il puisa de l'énergie dans la Force et, tout en se concentrant pour ne pas perdre connaissance, scruta la fumée qui l'entourait.

Quatre silhouettes se dirigeaient vers eux au pas de course, précédées par les décharges de leurs blasters. Derrière Anakin, Thrawn les arrosait en retour, son arme émettant une lueur plus lumineuse et un son plus aigu que les blasters de la République. L'un des quatre assaillants s'écroula, mais les trois autres poursuivirent leur avancée.

Malgré le gaz qui lui embrouillait l'esprit, Anakin avait encore assez de clairvoyance pour savoir qu'il valait mieux ne pas activer son sabre laser : étant donné la difficulté qu'il éprouvait à maîtriser ses muscles, l'arme risquait de se révéler aussi dangereuse pour lui-même que pour l'ennemi. Mais il y avait d'autres moyens d'agir. Se projetant à nouveau dans la Force, il saisit mentalement la chaise la plus proche et la jeta sur les assaillants.

Du moins, c'est ce qu'il essaya de faire. Incapable de viser correctement et dépourvu de l'énergie nécessaire, il parvint tout juste à renverser la chaise devant eux. Mais cela suffit. Distraits l'espace d'un instant, ils se mirent à tirer dans tous les sens et, dans cet intervalle, deux de plus tombèrent sous les tirs de riposte de Thrawn. Anakin essaya de projeter une autre chaise, ou au moins de dévier le canon du blaster.

Mais le brouillard ne cessait de s'épaissir et son esprit comme ses mains semblaient désormais faits de plomb. Il eut la vague impression d'entrer le code d'urgence dans son comlink…

… et se réveilla en sursaut, allongé sur le sol de la cantina. Penché au-dessus de lui, R2-D2 le secouait doucement de l'un de ses bras mécaniques en poussant de petits gémissements inquiets.

— Je vais bien, R2, assura-t-il au droïde, la voix légèrement pâteuse.

L'air semblait à nouveau respirable; il inspira à fond et procéda à un rapide diagnostic personnel.

Tout semblait intact. Son esprit était encore embrouillé, mais il retrouvait rapidement ses facultés. Il fléchit les doigts – pas de problème de ce côté. Levant la tête, il regarda autour de lui.

La cantina, sans surprise, était déserte. Les clients de tout à l'heure s'étaient enfuis. Mis à part R2-D2 et lui, il ne restait plus que Thrawn, assis sur une chaise à quelques mètres de là, dos à Anakin. La main tenant son arme était posée sur l'accoudoir, le canon pointé vers le sol. À quelques mètres de lui gisaient quatre cadavres et l'odeur de la mort flottait dans l'air.

— Bon retour parmi nous, déclara le Chiss.

Il ne s'était pas retourné, remarqua Anakin, mais gardait les yeux braqués sur la porte.

— Votre droïde semblait inquiet, ajouta-t-il.

— R2 pense parfois que j'aurais besoin d'une nounou, grommela Anakin en se relevant.

Il fut pris d'un léger étourdissement, mais cela passa rapidement.

— Une idée de la nature de ce gaz ? ajouta-t-il.

— Quelque chose conçu pour nous rendre plus faciles à tuer, affirma Thrawn d'une voix grave. Une attaque par l'avant pour faire diversion avec un assaut simultané par l'arrière. Vous noterez l'endroit visé par les deux premiers tirs.

Anakin regarda le comptoir. Il y avait deux marques récentes de brûlure de blaster pile à l'endroit où il se tenait devant le bar.

— J'imagine que je dois vous remercier de m'avoir poussé sur le côté.

Thrawn se tourna à moitié, les sourcils froncés.

— Ce n'était pas mon intention. Ce genre de gaz est conçu pour retomber vers le sol, en direction de ses victimes. Je me suis donc servi de vous et du comptoir pour m'élever au-dessus de sa zone d'effet. Je pensais que vous alliez suivre mon exemple.

— Moui, j'étais un peu trop occupé à être poussé sur le côté, grommela Anakin.

Un mouvement à l'autre extrémité du comptoir attira son regard, et il jeta un coup d'œil par-dessus le meuble en bois.

Le barman était étendu derrière, endormi sur le sol, les bras croisés sur le ventre et les mains ligotées par une fine corde.

— On dirait qu'il ne savait pas ce qui allait arriver.

— Ou alors il ne s'est pas suffisamment éloigné pour éviter d'en subir les effets.

Thrawn marqua une pause avant d'ajouter :

— Alors vous êtes un Jedi ?

— J'aurais pensé que c'était évident.

— Pas du tout, lui assura Thrawn. Nos mythes sur la République parlent de deux groupes d'individus dotés de tels pouvoirs : les Jedi et les Sith. Mais les Sith ont la réputation d'être des guerriers astucieux et compétents. Dites-moi, reconnaissez-vous l'un de nos assaillants ?

Anakin se retourna vers les cadavres étendus sur le sol, réprimant l'envie impérieuse de soulever Thrawn de sa chaise et de le secouer au-dessus du comptoir pendant qu'il lui expliquerait ce qui différenciait *vraiment* les Jedi et les Sith.

Mais au-delà du sarcasme du Chiss, Anakin devait admettre que l'accusation implicite n'était pas totalement injustifiée. Obnubilé à l'idée d'arracher au barman la vérité sur Padmé, il s'était montré négligent de manière impardonnable. Il aurait dû s'attendre à une attaque coordonnée et s'y préparer.

Quant aux cadavres sur le sol…

— Je ne pense pas avoir croisé aucun d'entre aux auparavant, répondit-il en dévisageant les trois humains et le

Rybet amphibien à la peau couleur olive. Pourquoi, vous pensez que je devrais ?

— Cela aurait pu être possible. Trois remarques. D'abord : l'emplacement de leurs premiers tirs montre qu'ils cherchaient à vous tuer. Cela met à mal l'hypothèse qu'ils auraient eu pour objectif de vous forcer à déverrouiller le vaisseau de l'ambassadrice. Ensuite : l'attaque sur deux fronts indique qu'ils avaient quelques notions sur la façon de combattre un Jedi. Enfin : le fait que seul quatre de ceux qui nous suivaient aient mené l'assaut tandis que le cinquième restait à l'extérieur suggère que ces quatre-là étaient considérés comme sacrifiables par leur camarade.

— Ou bien le cinquième avait pour ordre de faire un rapport à quelqu'un d'autre et devait rester disponible et à l'abri pour s'en charger.

— En effet, acquiesça Thrawn. Auquel cas, il se trouve désormais face à un dilemme.

— Oui, je comprends, murmura Anakin en regardant à nouveau vers la porte. J'imagine que vous nous avez enfermés à l'intérieur.

— Oui, et j'ai également vérifié que les fenêtres sont correctement calfeutrées. Personne ne peut voir ce qui se passe à l'intérieur.

— Donc notre cinquième homme sait qu'au moins l'un de nous deux est encore en vie. Il ignore néanmoins lequel. *Et* il sait que ses quatre amis sont tous morts, car autrement ils seraient déjà ressortis à l'heure qu'il est.

— À moins qu'ils n'aient été faits prisonniers. Ce qui est peut-être sa plus grande crainte.

— Oui, dit Anakin en posant de nouveau les yeux sur les corps. Dommage qu'on n'ait pas réussi à faire ça.

— Dans le feu de l'action, on doit prendre des décisions rapides. À ses inquiétudes s'ajoute le chasseur Jedi posé non loin. Il a beaucoup de questions, mais pas de réponses.

— Et il ne voudra pas partir sans elles, ajouta lentement Anakin en reconsidérant chaque détail. Donc il doit être encore là, dehors, soit mêlé au reste des citoyens, soit tapi dans un coin, un comlink à la main, prêt à contacter son patron.

— Ce qu'il nous faut éviter.

Anakin haussa un sourcil.

— On ne veut pas qu'il parle à son patron ?

— On ne veut pas qu'ils se parlent par comlink, corrigea Thrawn.

— Ah, fit Anakin en hochant la tête en signe de compréhension. On veut qu'il aille le voir en personne.

— Exactement. Je présume que votre chasseur a la capacité de brouiller les ondes ?

— Oui, et R2 peut activer le brouillage d'ici, dit-il avant de faire signe au droïde. Vas-y.

R2-D2 s'exécuta dans un gazouillis.

— Brouillage démarré, confirma le Jedi. Maintenant, comment allons-nous le suivre ?

— Commençons par forger l'histoire avec laquelle il va repartir. Puisque l'attaque a été pensée dans l'idée d'abattre du Jedi, je suggère que nous lui fassions croire que vous avez été blessé ou tué. Je vous porterai jusqu'à votre chasseur, vous déposerai à l'intérieur et laisserai votre droïde se charger du décollage. Une fois que nous aurons déterminé qui, des badauds, est notre cible, je pourrai le suivre jusqu'à son lieu de résidence ou son véhicule, le laisser transmettre son rapport, puis le capturer. Un interrogatoire couplé à un examen de son équipement devrait nous apporter les informations que nous recherchons.

Anakin pinça les lèvres. Cela supposait, bien sûr, que l'ensemble de cette histoire ait quelque chose à voir avec la disparition de Padmé et ne se limitait pas à la vendetta d'un illuminé désirant se venger des Jedi. Jusqu'à présent, rien ne permettait de l'affirmer.

Mais c'était, à cet instant, la seule piste dont ils disposaient. Il fallait qu'il la suive et garde espoir que la Force finirait par le guider jusqu'à sa femme.

— Il y a un problème, nota le Jedi. Jouer au mort pendant que vous me portez va me mettre dans une position où il me sera difficile de réagir ou de riposter. Imaginez qu'il décide de me tirer à nouveau dessus histoire de s'assurer que je sois bel et bien mort ?

— Une inquiétude justifiée, concéda Thrawn. Avez-vous une autre suggestion ?

Anakin fouilla la cantina du regard. Aucun des cadavres ne faisait la taille adéquate pour que Thrawn ou lui récupèrent des vêtements ; et il n'y avait rien d'autre à portée de vue qui pourrait être utilisé comme déguisement.

D'un autre côté…

— Vous avez dit qu'il craignait que l'un de ses amis ait pu survivre. Jouons là-dessus.

Se projetant dans la Force, il saisit l'un des humains morts et le fit se redresser.

— Intéressant, dit Thrawn.

S'il avait été surpris par le déplacement soudain du cadavre, rien dans sa voix ne le laissa deviner.

— Cela requiert qu'on change d'histoire, néanmoins, ajouta le Chiss. Le Jedi qu'ils cherchaient à abattre serait encore en vie dans celle-là.

— Je la préfère, grommela Anakin.

— Je n'ai pas dit que c'était moins bien, juste différent, répliqua Thrawn avec douceur. Pouvez-vous faire en sorte qu'il paraisse vivant ?

— Voyons cela.

L'opération se révéla plus compliquée que ce à quoi s'attendait Anakin. Pour simuler la vie, comprit-il rapidement, il ne suffisait pas de faire bouger les membres d'avant en arrière, il fallait aussi penser à fléchir les muscles de manière subtile sans oublier l'interaction des groupes musculaires pour garder l'équilibre et un bon sens du mouvement.

Une heure d'entraînement et il s'en serait sorti sans difficultés. Mais il n'eut droit qu'à quelques minutes avant que Thrawn lui fasse signe d'arrêter.

— Ce sera suffisant, et nous n'avons pas le temps pour plus. Je suggère que vous le fassiez sortir et que vous le placiez sur le toit de votre chasseur pour le transporter.

Anakin réfléchit à cette idée. Le garder en équilibre là-haut allait être compliqué, même coincé entre la verrière et le dôme de R2-D2.

— Il aurait plus sa place à bord du landspeeder, fit-il remarquer.

— En temps normal, laisseriez-vous votre chasseur derrière vous pendant que vous transportez un prisonnier ?

Anakin prit un air renfrogné. En d'autres circonstances, ce ne serait pas totalement impossible. Mais ici et à cet instant précis, cependant, il n'avait aucune intention de laisser son *Actis* sans surveillance.

— Vous avez raison. D'accord, je vais prendre notre marionnette et l'emmener avec moi par la voie des airs. Une direction en particulier que vous voudriez que je suive ?

— Je suggère que vous partiez en direction du vaisseau de l'ambassadrice. Si nos assaillants ont été alertés par les contrebandiers, ils connaissent cet endroit et devineront que vous vous rendez là-bas. Pendant ce temps, je m'efforcerai d'identifier et de suivre notre cible.

— Entendu. Je m'éloignerai sans trop me presser pour maintenir le brouillage de toute la zone le plus longtemps possible.

— Très bien.

Thrawn s'extirpa de la chaise où il était assis et se retourna.

Anakin retint son souffle. Le plastron de son uniforme était passé du noir au gris sale, et était percé d'une douzaine de brûlures de blaster.

— Qu'est-ce que… ?

— Leurs tirs se sont révélés extrêmement précis, commenta Thrawn en avançant avec précaution en direction de la porte. Heureusement, les uniformes chiss sont conçus pour absorber et disperser autant que possible les décharges.

Il baissa les yeux vers sa tunique et ajouta :

— Cela reste malheureusement un dispositif perfectible.

— C'est toujours mieux que rien, déclara Anakin, son respect pour le Chiss grimpant malgré lui de plusieurs crans.

Il avait vu des guerriers clones endurcis se démonter pour moins que cela, et ce malgré le plastron de leur armure.

— Vous êtes sûr que ça va aller ? ajouta-t-il.

— J'ai déjà soigné les plaies. Je devrais pouvoir tenir le coup jusqu'à leur pleine guérison. Vous êtes prêt ?

Se projetant dans la Force, Anakin fit avancer le macchabée d'un pas traînant en direction de la porte.

— Prêt.

Il alla se placer aux côtés de la marionnette et lui entoura la taille de son bras gauche de façon à le soutenir comme il l'aurait fait pour un prisonnier blessé. Il fit quelques pas en avant, s'efforçant de déplacer les jambes du cadavre en rythme avec les siennes.

— C'est comment ?

— Acceptable.

Thrawn rejoignit la porte d'un pas raide et la déverrouilla.

— Allez-y. Bonne chance.

— Viens, R2, appela Anakin.

L'intérieur de la porte – il le voyait à présent – était grêlé de marques récentes de blaster. Visiblement, les Chiss blessés ne visaient pas très bien. Poussant le battant de sa main libre, il sortit dans la rue.

Black Spire ne lui avait pas semblé aussi grande lorsque Thrawn et lui avaient traversé la ville dans leur landspeeder. En tout cas, pas assez pour contenir plus de quatre ou cinq cents personnes.

Et pourtant c'était visiblement le cas… et tous semblaient s'être rassemblés pour observer, bouche bée, le chasseur de la République qui s'était posé en plein centre-ville.

Une douzaine de personnes, tout au plus, se retournèrent lorsque Anakin sortit dans la lumière du soleil. Le reste de la foule, toujours fasciné par le chasseur étincelant, l'ignora totalement.

— Reculez ! cria Anakin en imprégnant sa voix de toute l'autorité acquise à force de commander des troupes en zone de guerre. Reculez ! Mission officielle pour la République.

Il n'était même pas certain que les gens d'ici sachent à quoi correspondait la République. Mais s'ils l'ignoraient, le ton de sa voix suffisait visiblement. La foule commença à se déplacer pour lui ouvrir un chemin sinueux jusqu'à l'*Actis*.

— C'est parti, marmonna-t-il en se rappelant de bouger les jambes du cadavre tout au long de sa traversée, chacun de ses sens en alerte.

Si le cinquième larron avait l'intention de les achever, lui ou son camarade blessé – voire les deux –, c'était le moment idéal pour appuyer sur la détente.

Mais lorsqu'ils arrivèrent devant l'*Actis*, personne ne les avait pris pour cible. Anakin attendit que R2-D2 ait rejoint son compartiment d'une poussée de ses propulseurs, puis il souleva son fardeau pour le hisser sur le toit de l'appareil, poussant l'homme comme il l'aurait fait avec un blessé et donnant l'impression que les mains du cadavre cherchaient mollement un endroit où s'agripper.

Il parvint à le coincer entre le droïde et le rebord de la verrière. Puis, tout en n'oubliant pas de faire bouger les membres du mort de la façon la plus réaliste qui soit, il grimpa à bord du cockpit et le referma. Puis, allumant doucement les répulseurs, il s'éleva dans le ciel.

Les brouilleurs de l'*Actis* étaient conçus pour bloquer les transmissions des chasseurs ennemis dans un rayon de plusieurs centaines de kilomètres. Mais cela nécessitait un champ focalisé, orienté plutôt vers l'avant, là où les adversaires se trouvent généralement au cours du combat. Toutefois, le champ s'étendait dans toutes les directions autour du vaisseau sur une petite distance, ce qui signifiait qu'il devait pouvoir tout bloquer sur douze kilomètres de rayon à partir de Black Spire. Il fit pivoter l'*Actis* à mi-hauteur, chaque mouvement étant réalisé au ralenti pour laisser autant de temps que possible à Thrawn. Anakin pointa le nez du chasseur vers l'endroit distant où se trouvait le vaisseau de Padmé et alluma doucement les propulseurs…

Un instant plus tard, un bruit sourd retentit sous ses pieds. L'*Actis* se mit soudain à tanguer et se coucha presque entièrement sur son flanc gauche.

— R2 ! s'écria Anakin en écrasant son poing sur la commande des répulseurs.

Des voyants rouges s'illuminèrent de façon impérieuse sur le tableau de bord. Le chasseur bondit en avant et plaqua le Jedi au fond de son fauteuil tandis que les propulseurs s'activaient au maximum de leur puissance et qu'ils déchiraient le ciel sous le coup de l'accélération. Une seconde plus tard, les compensateurs entrèrent en action pour réduire la pression et il put reprendre les commandes en main.

Sauf qu'il n'y avait rien qu'il puisse faire. Le bruit sourd qu'il avait entendu, comprenait-il à présent, correspondait à une petite explosion venant du répulseur bâbord. La seule chose qui avait empêché le chasseur de basculer et de plonger vers le sol avait été la réactivité de R2-D2 qui avait pensé à allumer les propulseurs. Cela leur avait donné suffisamment d'élan pour fournir la portance nécessaire aux petites ailes aérodynamiques et compenser la perte du répulseur.

Le problème, toutefois, était qu'ils survolaient désormais Batuu à la vitesse fulgurante de près de mille kilomètres par heure, laissant Black Spire loin derrière eux.

Interrompant par là même le brouillage sur lequel Thrawn comptait pour forcer leur cible à sortir de sa cachette.

Pour noircir encore le tableau, dans le chaos des dernières minutes, le cadavre qu'ils avaient utilisé comme leurre avait glissé de l'*Actis* et disparu dans la forêt, loin en contrebas.

Poussant un juron à mi-voix, Anakin tira vivement sur le manche et fit réaliser un demi-tour serré au chasseur. Une fois le nez du vaisseau à nouveau tourné vers Black Spire, le brouillage des communications devrait se remettre en place. Pour peu que leur cible ait raté cette courte occasion d'envoyer son message, ou que Thrawn ait réussi à l'identifier, il y avait encore une chance que le plan fonctionne.

R2-D2 gazouilla une question.

— Je ne sais pas. L'aire d'atterrissage, j'imagine. À moins qu'il ait acheté ou loué une maison sur place, il doit certainement habiter dans son vaisseau. À quelle vitesse devons-nous nous maintenir pour rester stables sans le répulseur ?

La réponse du droïde n'était pas encourageante.

— Impossible de ralentir juste un peu ? demanda Anakin, désespéré, tout en réglant la vitesse des propulseurs juste au-dessus de la vitesse critique estimée par R2.

La réponse, cette fois, se fit plus catégorique.

— Non, atterrir sur notre aile bâbord n'est vraiment pas envisageable, soupira le Jedi. Et le vaisseau de Thrawn, celui en orbite : est-ce qu'il a un sas sur lequel on pourrait s'amarrer ?

Un autre sifflement négatif.

— Ouais, je n'en ai pas vu non plus. Il ne nous reste plus qu'à retourner à Black Spire. Ne t'inquiète pas, je vais trouver une solution.

Et lorsque l'avant-poste apparut de nouveau à l'horizon, il avait un plan.

Enfin, on ne pouvait pas vraiment appeler ça un plan. Anakin lui-même ne le trouvait pas vraiment à son goût. R2-D2 le détesta.

Mais Thrawn était seul en bas, blessé, face à un tueur qui pourrait savoir où se trouve Padmé. Si Anakin voulait arriver à temps pour lui prêter secours, il n'y avait pas d'autres options.

L'aire d'atterrissage était une petite clairière située dans la forêt à l'ouest de Black Spire. Anakin pointa l'*Actis* dans sa direction et descendit de façon à survoler le sommet des arbres tout en maintenant sa vitesse aussi basse que possible sans perdre le contrôle du vaisseau. L'orée de la clairière défila à toute vitesse en contrebas et il aperçut Thrawn accroupi derrière son landspeeder, échangeant des tirs de blaster avec une silhouette encapuchonnée qui s'approchait de lui…

Tirant vivement sur le manche, il pointa le nez de l'*Actis* vers le ciel, ses propulseurs crachant vers le sol. L'augmentation soudaine de la résistance de l'air contre le ventre du chasseur le plaqua dans son fauteuil et réduisit fortement son élan. Le regard fixé sur son indicateur de vitesse, il croisa mentalement les doigts…

Il avait déjà survolé la moitié de l'aire d'atterrissage lorsqu'il comprit que la décélération ne suffirait pas. Le temps que le chasseur s'immobilise en plein ciel, il serait de nouveau au-dessus de la forêt, sans garantie de trouver une autre clairière pour se poser.

Ce qui ne lui laissait plus qu'une seule option. Enfonçant la commande d'ouverture de la verrière d'une main et la fixation de son harnais de l'autre, il projeta son esprit dans la Force et bondit.

Sa tête faillit percuter la verrière. Mais la prise de risque s'avéra payante. Avec le ralentissement rapide de l'*Actis*, et la Force ajoutant de la vitesse et de la puissance à son saut, Anakin retomba presque à la verticale en direction de la clairière en contrebas. D'un mouvement vif des épaules et des hanches, il s'orienta pour atterrir sur ses pieds.

Il eut ensuite tout juste le temps de sortir son sabre laser lorsque la silhouette encapuchonnée en bas leva son blaster et le prit pour cible.

Six décharges embrasèrent le ciel dans sa direction avant qu'il touche le sol dans un crissement et une bourrasque de feuilles mortes. Il plia les genoux pour amortir l'impact et garda la position tandis que son assaillant continuait de lui tirer dessus. Grâce à l'éclat projeté par les décharges rouges et sa lame bleutée, il eut un clair aperçu du visage dissimulé sous la capuche.

Sauf que ce n'était pas un visage de chair et d'os. Il était en métal.

Un droïde.

Focalisé sur le combat, son cerveau venait juste d'intégrer cette information lorsque le droïde se tordit et s'effondra brutalement tandis que sa jambe droite disparaissait dans une explosion. Le blaster projeta une dernière décharge vers la poitrine d'Anakin…

… et son adversaire tressaillit quand le Jedi renvoya le tir directement dans l'un de ses photorécepteurs. Deux ultimes soubresauts, témoins de l'agonie d'un cerveau électronique endommagé de manière irrémédiable, et la machine s'immobilisa complètement.

Lentement, Anakin se redressa sans quitter le droïde des yeux. Il en avait déjà vu feindre la désactivation. Mais non, celui-là était bel et bien hors-service. Il regarda autour de lui, nota que Thrawn avait émergé de son abri et marchait d'un pas raide dans sa direction. À côté de l'un des vaisseaux stationnés là était allongée une autre silhouette encapuchonnée, humaine cette fois, les bras attachés dans le dos. L'homme gigotait légèrement, ses mouvements suscités par la douleur ou la frustration. Après un dernier regard circulaire pour vérifier qu'il n'y avait plus de menace, Anakin désactiva son sabre laser.

— C'est lui ? demanda-t-il en désignant de la tête l'homme qui se tortillait au sol.

— C'est lui, confirma Thrawn. Manœuvre de vol intéressante.

— Il faut savoir improviser en temps de guerre, se justifia Anakin en secouant le droïde de la pointe du pied. Et lui, il vient d'où ?

— J'ai réussi à arriver avant notre cible. Comme vous l'aviez anticipé, il retournait à son vaisseau pour envoyer son rapport. Une fois qu'il a été clair vers quel appareil il se rendait, je l'ai intercepté et neutralisé.

Il toucha du bout des doigts une nouvelle trace de brûlure sur sa veste et ajouta :

— Je ne m'attendais pas à ce qu'un tel adversaire attende à l'intérieur.

— Considérez-vous chanceux que ce n'ait été qu'un simple droïde de service plutôt qu'un véritable droïde assassin, répliqua Anakin, le visage sombre. Ils sont beaucoup moins sympathiques.

— Si nous devions nous retrouver face à l'un d'eux à l'avenir, je vous laisserai prendre les choses en main, promit Thrawn.

Anakin lui lança un regard oblique. Venait-il de faire de l'humour ?

— Marché conclu. Allons voir ce qu'on a là-dedans.

Le modèle et la classe du vaisseau étaient inconnus d'Anakin. Mais ça sentait le Techno-Syndicat à plein nez. L'écoutille principale était verrouillée, mais quelques coups bien placés de sabre laser suffirent à résoudre le problème. Et une fois à l'intérieur…

— Bon, c'est un vaisseau séparatiste, ça ne fait plus de doute, commenta Anakin en regardant autour de lui. L'équipement, les symboles, même le tableau de bord. C'est signé.

Il siffla entre ses dents et ajouta :

— Mais la vraie question c'est : qu'est-ce qu'ils font dans un coin aussi reculé ?

— Son agencement ressemble à celui d'un cargo, fit remarquer Thrawn. Peut-être que la cargaison nous fournira des indices sur leurs intentions.

— Dans une minute, dit Anakin en sortant son comlink. R2 ? Tu es là ?

Un grincement écœuré jaillit de l'appareil, suivi d'un long compte-rendu mécontent.

— Je suis sûr que tu as fait tout ce que tu pouvais, tenta de l'apaiser Anakin. Tu as besoin de mon aide pour redescendre ?

Il y eut un autre grognement véhément.

— Bon, c'est d'accord. Nous avons besoin de toi sur l'aire d'atterrissage. Nous sommes dans le vaisseau gris avec… enfin, quand tu verras le droïde abattu, il te suffira de tourner à gauche.

Il mit fin à la communication.

— Est-ce que votre droïde a des soucis ? demanda Thrawn.

— Il va bien, le rassura Anakin. Mais mon chasseur se trouve à cinq mètres du sol, bloqué à la verticale entre trois arbres. Je ne suis pas sûr de savoir comment le décoincer de là sans mettre le feu à la forêt. Quoi qu'il en soit, R2 va bien et il est en route. Une fois qu'il sera ici, nous pourrons analyser l'ordinateur et voir s'ils ont toujours les coordonnées de leur dernière escale.

— Nous verrons cela. En attendant, allons-nous jeter un œil à la cargaison ?

— Entendu, répondit Anakin en tendant la main vers son sabre laser.

Il était possible qu'il y ait d'autres droïdes tapis dans l'ombre, là-bas.

— Je passe devant, ajouta-t-il.

CHAPITRE 5

— J'arrive à l'instant sur Batuu, annonça Padmé dans l'enregistreur de son vaisseau tandis que le sol baigné de lumière s'approchait d'elle. Je te ferai signe dès que j'aurai trouvé Duja.

Elle marqua un temps d'hésitation. Devait-elle conclure par un *Je t'aime* ?

Sans doute pas. Outre le risque que quelqu'un d'autre se trouve près d'Anakin lorsqu'il écouterait le message, ce dernier allait passer par un système de relais public qu'elle n'avait encore jamais testé et non par l'habituel HoloNet. Qui sait ce qu'ils pourraient en faire avant de le transmettre ?

Padmé coupa l'enregistreur et pianota sur le tableau de bord pour procéder à la transmission. L'écran indiqua que le message avait été reçu par le service et – avec un peu de chance – relayé à qui de droit.

Que cela ait fonctionné ou non, il n'y avait rien qu'elle puisse faire de plus à ce sujet. Il était temps de retrouver Duja et de voir ce que son ancienne dame de compagnie avait pu découvrir de si important.

Elle espérait que l'information soit encore d'actualité. Le voyage pour venir jusqu'ici avait pris plus de temps que ce que Padmé avait prévu. La base de données de son navordinateur s'était en effet révélée suffisamment obsolète pour lui proposer des trajectoires hasardeuses. Elle avait dû réélaborer de nouveaux tronçons à deux reprises lui faisant, à chaque fois, regretter de ne pas avoir accepté la proposition d'Anakin de faire appel aux archives Jedi pour préparer son voyage.

Mais au moins la rejoindrait-il beaucoup plus vite une fois qu'elle saurait ce qui se tramait ici. Elle régla sa comm sur la fréquence de Duja et se pencha vers le microphone du cockpit.

— Duja, c'est Padmé, déclara-t-elle. Je suis là.

Pas de réponse.

— Duja ? appela-t-elle à nouveau. Duja, réponds-moi, s'il te plaît.

Rien. Pas même un écho d'opérateur ou de transpondeur.

Elle fronça les sourcils et sentit les premiers nœuds de l'inquiétude lui retourner l'estomac. Duja faisait partie des meilleurs, aussi bien au combat qu'en espionnage. Si quelqu'un avait réussi à se débarrasser d'elle…

Elle prit une profonde inspiration. D'accord. Duja ne répondait pas, mais ça ne voulait pas forcément dire que quelque chose d'horrible lui était arrivé. Il était tout à fait probable qu'elle se soit éloignée de son vaisseau et qu'elle ait éteint son comlink pour de très bonnes raisons. L'avant-poste que Duja avait mentionné – Black Spire – n'était pas si vaste que ça. Cela ne prendrait qu'une heure ou deux à Padmé pour en faire le tour.

L'aire d'atterrissage était petite, ce qui n'avait rien de surprenant étant donné les dimensions de l'avant-poste. Mais il n'y avait que deux cargos de taille moyenne stationnés au centre, lui laissant toute la place nécessaire pour se poser. C'est ce qu'elle fit, choisissant un emplacement situé aussi loin des autres vaisseaux qu'elle pouvait raisonnablement le faire, et plaça l'ensemble des systèmes en veille. Elle enfila ensuite une veste vert clair décorée d'un brocart marron délicat courant de son épaule gauche jusqu'à sa hanche droite – les senseurs extérieurs indiquaient qu'il faisait un peu frisquet dehors –, dissimula son blaster dessous, déverrouilla le sas et sortit.

Elle terminait de sortir son speeder bike BARC de l'espace de stockage situé à l'arrière de la coque lorsqu'elle entendit une voix lui crier quelque chose dans une langue inconnue.

Elle pivota. Un non-humain au corps gibbeux et difforme appartenant à une espèce qu'elle ne connaissait pas était accroupi au pied de la rampe de débarquement du cargo le plus proche.

— Excusez-moi ?

— Il vous faire compliment pour la beauté de vaisseau à vous, intervint un humain depuis le haut de la rampe. Pardonnez, mais votre basic n'est pas mon langue.

— Il n'y a pas de mal, répondit Padmé en réprimant un petit sourire.

Menteur. Il se donnait du mal – un peu trop, même – pour donner l'impression de ne pas maîtriser cette seconde langue. Mais les mots et la syntaxe basics sortaient un peu trop naturellement de sa bouche.

— Ça quoi ? demanda l'homme. Je veux dire, quelle espèce ?

— Espèce ? répéta Padmé. Ah… Vous voulez dire quel modèle ? C'est un yacht nubien de type-H. Dites-moi, connaissez-vous quelqu'un du nom de Kuseph Jovi ?

— Je ne connais rien de ce nom. Vous être là pour la retrouver ?

Une alarme silencieuse se déclencha dans l'esprit de Padmé. Pourquoi partait-il de l'idée que le prénom mentionné était celui d'une femme ?

À moins qu'une autre inconnue déjà dans Black Spire ait attiré son attention.

— Pour *le* retrouver, le corrigea-t-elle. Je suis là pour lui livrer son nouveau vaisseau.

— Ah oui ? dit l'homme en observant l'appareil tout en descendant le long de la rampe.

Une bosse sur son flanc semblait indiquer la présence d'un blaster dissimulé.

— Joli, poursuivit-il. Qu'est-ce qu'il a payé pour ça ?

— Aucune idée, rétorqua Padmé. Je ne m'occupe que de la livraison. Vous connaissez quelqu'un qui pourrait savoir où je peux le trouver ? Le vaisseau qui doit venir me récupérer pourrait arriver à tout moment, et je voudrais finir la transaction pour rentrer chez moi.

— Il y a cantina dans le milieu de la ville, dit l'homme en pointant du doigt un sentier aux contours rudimentaires qui menait jusqu'à l'avant-poste. S'il est ici, quelqu'un de là-bas devrait connaître lui.

— Merci, dit Padmé.

Elle enfourcha son speeder bike, tourna le véhicule en direction du sentier et se dirigea vers lui, sentant les yeux de l'homme posés sur elle tandis qu'elle quittait la piste d'atterrissage.

Elle s'attendait à ce que Black Spire soit à l'image de tous ces petits avant-postes frontaliers qu'il lui était arrivé de croiser au gré de ses voyages : nichés dans la nature, avec des maisons et des commerces disposés de façon relativement ordonnée le long de grandes rues – même si les qualifier de *grandes* revenait à leur accorder un statut qu'elles ne méritaient pas vraiment – et d'autres bâtiments agencés pêle-mêle, là où leurs constructeurs avaient eu envie de les mettre.

Mais cette ville avait une spécificité : des ruines, d'antiques ruines d'une civilisation disparue depuis longtemps, encerclaient la ville coloniale. Certains des bâtiments étaient complètement ou partiellement intégrés dans les anciennes structures tandis qu'un ou deux autres étaient blottis contre elles, comme en quête de chaleur ou de protection.

Plus intrigantes encore, les tours noires qu'elle avait repérées en route, certainement à l'origine du nom de l'avant-poste, n'étaient pas des éléments d'architecture, mais les vestiges pétrifiés d'arbres, éparpillés telles des sentinelles à travers toute la ville et les alentours. Padmé fut frappée par la beauté, le mystère et la légère tristesse dont l'endroit était baigné.

La population, du moins, était totalement conforme à ses attentes. Des piétons et une poignée de véhicules se déplaçaient entre les bâtiments, et tous marquèrent un temps d'arrêt pour lui lancer un regard furtif. Les étrangers se faisaient visiblement rares, ici.

Soit ça, soit Duja avait attiré l'attention au-delà de ce qu'elle avait certainement voulu.

À l'intersection des deux rues principales se dressait la cantina que l'homme avait mentionnée. Il y avait une étrange estrade en bois le long d'un des côtés du bâtiment : longue de deux mètres environ, elle s'élevait à hauteur de taille et une sorte de décoration composée de ce qui ressemblait à de la paille jaunâtre dépassait de chaque côté. C'était probablement là, se dit-elle, que les habitants se réunissaient pour écouter des discours, des allocutions ou de simples harangues entre citoyens. Deux autres véhicules étaient stationnés de l'autre côté de l'entrée. Elle alla donc garer son BARC à côté.

Et alors qu'elle se dirigeait vers la porte de la cantina, elle eut un meilleur aperçu de l'estrade.

Ce n'était pas du tout une estrade, mais une boîte mesurant environ cinquante centimètres de profondeur. Ce qu'elle avait pris pour de la décoration était bel et bien composé de paille, mais formait un matelas au fond de la boîte et en recouvrait les côtés.

Un corps était étendu sur la paille.

Ce n'était pas un podium politique comme Padmé l'avait cru. C'était, en fait, un cercueil ouvert, potentiellement dans l'attente de son bûcher funéraire.

Le bûcher funéraire de Duja.

Padmé s'était entraînée toute sa vie à ne pas laisser paraître ses émotions sur son visage lorsque cela s'avérait nécessaire. Mais même sa longue expérience faillit se révéler insuffisante. Elle parvint tout juste à maintenir une expression de simple curiosité tandis qu'elle s'approchait pour regarder à l'intérieur du cercueil.

Duja avait clairement passé un mauvais quart d'heure. Son visage tuméfié était couvert d'ecchymoses et son vêtement présentait de petites taches là où le sang avait traversé le tissu. La broche rustique faite main qu'elle portait toujours ne semblait pas abîmée et son chrono comme son pack de datacartes n'avaient pas été déplacés. On ne l'avait pas attaquée pour la voler, donc. C'était un meurtre de sang-froid.

Une chose était certaine. Si elle avait été victime de violences, elle avait dû leur donner du fil à retordre.

Ce rapide coup d'œil était tout ce qu'elle pouvait se permettre pour le moment. Mais elle allait revenir. Tournant les talons, elle poussa la porte de la cantina et pénétra à l'intérieur.

Étant donné qu'il n'était pas encore midi selon l'heure locale, elle ne s'attendait pas à y trouver foule. Elle avait vu juste. Le barman et elle mis à part, il n'y avait que trois autres personnes dans la pièce : deux humains et un de ces non-humains gibbeux, comme celui croisé sur l'aire d'atterrissage.

— Vous êtes là pour prendre un verre ? la héla le barman. Ou pour récupérer votre amie ?

— Mon amie ? répéta Padmé en jouant la perplexité.

Le barman tendit le bras vers le mur derrière lequel se trouvait le cercueil.

— La dame, là-dehors.

— La… ? Oh, non, pas du tout. Je suis à la recherche d'un homme nommé Kuseph Jovi. Vous le connaissez ?

Ce fut au tour du barman de prendre un air perplexe.

— Y a personne de ce nom par ici. Vous êtes sûre d'être au bon endroit ?

— C'est la ville où il m'a dit d'apporter son nouveau vaisseau, répondit Padmé en s'approchant du comptoir. Il est *possible*, à mon sens, qu'il vienne d'une autre planète, mais pourquoi il a choisi un endroit comme celui-ci pour le transfert, je ne saurais le dire. Sans vouloir vous offenser.

— Y a pas de mal, lui assura le barman d'un ton acerbe. C'est pas exactement New Codia, hein ?

— Pas vraiment, acquiesça Padmé en se demandant vaguement si New Codia était un système, une planète, ou juste une ville.

Il y avait tant de petites zones oubliées à travers la galaxie.

— Qu'avez-vous à me proposer ? ajouta-t-elle.

— Vous voulez quoi ? répliqua le barman. On a de la bière de Batuu, de la bière de Black Spire, du Blurrgfire, du Toniray blanc, de l'Andoan blanc, du thé Moogan… avec ou sans alco…

Il énuméra encore une demi-douzaine de boissons, toutes inconnues de Padmé. Des spécialités locales, certainement. Elle demanda un verre d'Andoan blanc et le regarda prendre une bouteille pour en verser quelques centimètres dans une petite tasse en obsidienne.

— Alors, qu'est-ce qui lui est arrivé ? demanda-t-elle au barman après qu'il eut posé la tasse sur le comptoir et accepté une pièce de cinq crédits en échange.

À la jeune femme dans la boîte, je veux dire. C'est quoi, son histoire ?

Le barman haussa les épaules.

— J'en sais trop rien. Des hommes d'un des vaisseaux de commerce l'ont amenée il y a quelques jours. Z'ont raconté qu'ils l'avaient vue prendre un virage trop serré dans la forêt et avoir été projetée de son speeder bike. Ils se sont portés à son secours mais elle était déjà morte, alors ils l'ont amenée ici en espérant que quelqu'un en ville saurait qui elle est.

Il haussa à nouveau les épaules et poursuivit :

— Mais personne ne la connaissait, alors on a décidé d'attendre quelques jours pour voir si quelqu'un viendrait à sa recherche. C'est terrible de perdre quelqu'un et de ne jamais savoir ce qui lui est arrivé.

— C'est vrai, fit Padmé en prenant une gorgée de sa boisson.

Cette histoire était ridicule : Duja était l'une des meilleures pilotes de speeder bike qu'elle connaisse. Il était plus probable qu'elle ait fouiné autour d'un vaisseau louche, ait été repérée et ait essayé de s'échapper, puis ait été prise en chasse ou bien poussée à avoir l'accident qui, selon eux, l'avait tuée.

Ce qui avait dû les laisser avec un gros problème sur les bras.

Duja était assez maligne pour ne pas avoir sur elle de vrais papiers d'identité. Par conséquent, ses meurtriers ignoraient complètement qui elle était, d'où elle venait, ou si des renforts l'attendaient à proximité. Et ils avaient désespérément besoin de réponses à ces questions.

Aussi, après avoir parcouru rapidement ses datacartes sans avoir rien trouvé d'utile, ils l'avaient nettoyée de leur mieux et ramenée à Black Spire, puis ils avaient convaincu les habitants de l'installer à l'extérieur de la cantina dans l'espoir d'attirer une de ses connaissances.

La grande question pour Padmé était de savoir s'ils avaient réussi à mettre la main sur le vaisseau de Duja et s'ils l'avaient fouillé en quête d'infos supplémentaires. Si c'était le cas, ses recherches étaient effectivement terminées.

S'ils ne l'avaient pas trouvé – si Duja l'avait caché quelque part hors de leur portée –, il y avait encore une chance de les prendre de court.

Et plus Padmé y réfléchissait, plus elle penchait pour le second scénario. Si les meurtriers avaient réussi à obtenir tout ce qu'ils voulaient, ils ne se seraient sans doute pas donné la peine d'utiliser Duja comme appât.

— Comment vous le trouvez, cet Andoan ? demanda le barman, le mystère de la femme morte visiblement déjà oublié.

— Plutôt bon.

De fait, ce n'était pas mauvais, en tout cas pour une marque locale.

— Vous croyez que ça gênerait quelqu'un si j'écrivais une chanson pour elle ? reprit-elle.

— Écrire une… quoi ? répéta le barman, le front plissé.

— Une chanson d'adieu. C'est la coutume chez mon peuple de chanter quelque chose aux défunts lors de leur dernier voyage pour leur transmettre courage et espérance.

— Je croyais que vous aviez dit que vous ne la connaissiez pas.

— En effet. Mais manifestement, c'est le cas de tout le monde ici. Et sincèrement, ce sont les étrangers perdus qui ont le plus besoin d'encouragement et d'espérance.

Le barman agita la main.

— Je suppose. Ben, allez-y. Je ne vois pas comment ça pourrait gêner qui que ce soit.

Padmé ne ménagea pas ses efforts, consciente de se prêter à un exercice d'équilibriste, mais sachant aussi que paraître trop empressée ou stressée risquait d'attirer le mauvais type d'attention. Une demi-heure et un deuxième verre d'Andoan blanc plus tard, elle était prête.

Le barman la garda discrètement à l'œil tout du long, soit parce qu'on l'avait chargé de le faire soit par simple curiosité ou ennui. Alors qu'elle terminait sa boisson et rangeait son datapad, il s'approcha de son côté du comptoir.

— Alors, qu'est-ce qui va se passer maintenant? Vous voulez que je rassemble quelques personnes pour y assister?

— Vous pouvez venir si vous le souhaitez, répondit Padmé.

Ce n'était pas tant qu'elle avait envie d'avoir une audience, mais cela aurait eu l'air étrange qu'elle refuse son offre.

— Mais ce n'est pas nécessaire, ajouta-t-elle. Le chant ne sera adressé qu'à elle, alors il n'y aura rien à entendre.

Le barman grommela.

— Bon, d'accord. Faut que je me prépare pour le coup de feu du déjeuner de toute façon. Amusez-vous bien.

Il y avait un peu plus de monde dans les rues lorsqu'elle émergea de la cantina. Tous vaquaient à leurs occupations, la plupart ne lui décochant qu'un bref regard avant de poursuivre leur route. Elle alla se placer devant le cercueil, leva son datapad au-dessus du corps de Duja et commença à chanter.

Elle avait dû écrire le chant comme s'il s'agissait d'une étrangère. Mais derrière les mots vagues et la mélodie simple, elle sentit le chagrin d'avoir perdu son amie et ancienne garde du corps lui briser le cœur. Des souvenirs la submergèrent de leurs vies entremêlées, les bons comme les mauvais moments, les espoirs, rêves et peurs qu'elles avaient partagés et qui avaient disparu pour toujours. Elle se remémora cette fois où Duja l'avait aidée à décrypter un message incompréhensible venant d'un ambassadeur courroucé. La crise diplomatique avait été évitée de justesse lorsque Duja avait soudain compris que l'ambassadeur n'avait tout simplement pas apprécié la façon dont Padmé avait prononcé le nom de l'un de ses collègues émissaires. Il y avait aussi eu ces conversations nocturnes, lorsque tout le monde était parti se coucher, au cours desquelles elles avaient discuté de l'avenir et de tout ce qu'elles espéraient accomplir.

Il y avait eu aussi la tentative d'assassinat sur Coruscant qui avait pris la vie de Cordé, et les larmes que Padmé et Duja avaient versées ensemble en privé.

Maintenant, son amie était morte. Padmé allait devoir la laisser ici, et elle n'aurait sans doute pas la possibilité de lui offrir une véritable sépulture.

Duja comprendrait et, vu les circonstances, n'aurait certainement pas voulu que sa maîtresse risque sa vie ou se mette en danger dans le seul but de respecter le décorum. Mais cela ne rendait pas les choses plus faciles pour autant.

Elle termina le chant et se permit de poser quelques instants les yeux sur son amie. Puis, avec sur le visage l'expression d'une étrangère pleine d'empathie se contentant de faire ce que l'éthique lui dictait, elle retira la datacarte sur laquelle elle avait écrit le chant et la déposa sur la poitrine de Duja.

Lorsque sa main ressortit du cercueil, elle avait la broche de Duja dissimulée dans le creux de sa paume. Elle lança un ultime regard à la jeune femme morte, puis tourna les talons et alla récupérer son speeder bike.

L'homme et le non-humain flânaient toujours autour de leur cargo lorsqu'elle atteignit son vaisseau.

— Vous avez trouvé lui ? lança l'homme.

— Non, répondit Padmé en chargeant son BARC dans la soute. Je pense que je vais essayer quelques-uns des autres avant-postes. Peut-être qu'il a juste confondu les noms et les coordonnées.

— Bonne chance ! Si vous n'arrivez pas à le trouver, revenez ici. Je vous en débarrasserai pour un bon prix.

— Ne rêvez pas trop ! répliqua Padmé en se forçant à afficher une gaieté désinvolte qu'elle était loin d'éprouver.

Elle le salua d'un geste amical, puis gravit la rampe, scella l'écoutille et repartit en direction de l'azur.

Mais elle n'alla pas très loin. En tout cas, pas jusqu'à l'avant-poste voisin. Si c'était ici que Duja lui avait donné rendez-vous, c'était ici – quelque part – qu'elle avait caché son vaisseau.

Et maintenant, Padmé avait les moyens de le retrouver.

Elle avait parcouru environ trente kilomètres, lorsqu'elle repéra une clairière à l'allure prometteuse. Elle posa son vaisseau en périphérie et en sortit, blaster au poing, pour vérifier qu'il n'y avait pas d'animaux sauvages ou d'autres menaces dans les environs. Rassurée de voir que rien n'était sur le point de lui bondir dessus, elle rangea son arme et sortit la broche de Duja.

Duja avait subi un bon nombre de moqueries au fil des ans de personnes qui ne comprenaient pas pourquoi une femme qui, en dehors de cela, avait un sens aigu de la mode et de l'élégance, portait quelque chose d'aussi excentrique en public. Le bijou était en plastoïde malléable et avait été façonné avec l'exubérance et l'absence totale de talent d'un enfant de cinq ans.

Mais d'un autre côté, c'était exactement l'apparence que Duja avait voulu lui donner lorsqu'elle l'avait fabriqué : la création pleine d'amour d'un enfant portée par une mère fière et aimante.

À cette pensée, Padmé esquissa un petit sourire triste. Duja lui avait parlé un jour de son désir de s'installer et d'avoir un enfant – un enfant qui pourrait lui faire un de ces petits cadeaux pleins d'effusion, mais pour de vrai, cette fois. Cela n'arriverait jamais, maintenant.

Peut-être qu'un jour, une fois la guerre terminée, Padmé pourrait-elle aussi prétendre à une vie paisible de ce genre. Auquel cas, elle dédierait la première des créations de son aîné à la mémoire de Duja.

Mais ça, c'était l'avenir. Il fallait vivre l'instant présent. Essuyant une larme soudaine du dos de la main, Padmé leva la broche – le seul bijou que personne ne se serait donné la peine de voler – et pressa la partie centrale.

Que ce soit par chance ou le fait qu'à force de travailler ensemble les deux femmes en soient devenues capables d'anticiper les choix de l'autre, Padmé avait atterri quasiment à l'endroit précis de la cachette de Duja. Deux minutes à peine après avoir activé la balise d'appel dissimulée dans la broche, le vaisseau de son amie apparut soudain au-dessus de sa tête et alla se poser de l'autre côté de la clairière sous un abri de feuillages dans le sifflement de ses répulseurs. Les moteurs se turent et l'écoutille principale s'ouvrit.

Assaillie par une nouvelle vague de chagrin, Padmé respira un grand coup, puis s'y engouffra.

Le vaisseau de Duja était petit et simple, le genre d'appareil piloté par des milliards de gens ordinaires à travers la galaxie. Comme c'était souvent le cas, cependant, les apparences étaient trompeuses. Padmé passa devant les deux couchettes superposées et la kitchenette compacte, se faufila dans la coursive étroite menant au cockpit et se glissa dans le fauteuil du pilote.

— Je suis la Reine Padmé Amidala de Naboo, déclara-t-elle.

Elle n'était plus Reine depuis des années, bien sûr, ce qui limitait les chances que quelqu'un d'autre pense à utiliser ce titre comme phrase d'identification.

— Duja, parle-moi.

Il y eut un bref silence. Puis, tel le spectre d'un passé révolu, la voix de la jeune femme jaillit du haut-parleur.

— Bonjour, madame.

On ne pouvait y entendre aucune trace de son habituel humour espiègle, juste une concentration acérée.

— Après avoir fureté quelque temps dans le coin, je pense avoir découvert une usine séparatiste sur Mokivj.

Padmé cligna des yeux. Une *usine* ? *Ici*, loin de tout ?

— J'ignore ce qu'ils fabriquent, ou qui la dirige, poursuivit Duja, mais d'après les infos que j'ai pu glaner, c'est une manufacture de premier ordre. J'ai l'emplacement – les coordonnées planétaires se trouvent dans le fichier joint – et je devrais en apprendre davantage sur son agencement et ses défenses avant que vous arriviez ici.

Padmé poussa un soupir. Cette mission était probablement ce qui l'avait conduite à la mort.

— Bien sûr, j'attendrai que vous arriviez avant de passer à l'offensive. Selon ce qu'on découvrira, on pourrait même obtenir du Chancelier et des Jedi qu'ils interviennent à nos côtés.

— Compte là-dessus, promit Padmé à son amie dans un murmure.

Parce qu'à la minute où Anakin apprendrait la mort de Duja, il débarquerait ici en moins d'une seconde coruscanti, que le Conseil veuille lui confier une autre mission ou non.

— Faites bon voyage, madame. À très vite.

L'enregistreur s'éteignit dans un cliquetis.

Padmé resta assise et silencieuse dans le fauteuil de pilote pendant quelques minutes, le regard perdu dans la forêt, offrant intérieurement un dernier adieu à son amie. Puis, lentement, elle tendit la main vers le tableau de bord et récupéra les coordonnées de l'usine.

Duja avait prévu de l'attendre avant de se rendre là-bas. Cela ne lui avait pas porté chance. Le mieux à faire maintenant pour Padmé était d'envoyer un message d'alerte à Anakin et d'attendre son arrivée avant de passer à l'action.

Sauf que les Séparatistes étaient à l'affût désormais. Ils avaient capturé Duja, et la présence du cercueil à l'extérieur de la cantina était la preuve qu'ils suspectaient que des renforts étaient en route. Pire encore, ils avaient vu Padmé maintenant et fait sans aucun doute le rapprochement depuis. Si elle traînait trop longtemps sur Batuu à attendre Anakin, il y avait de grands risques qu'ils lui tombent dessus.

Même si elle parvenait à l'éviter – si elle rejoignait l'espace à bord de son vaisseau pour s'y tenir cachée –, qu'arriverait-il à l'usine entretemps ? Elle avait déjà vu des Séparatistes préférer détruire des usines et des exploitations minières plutôt que de laisser les Forces de la République s'en emparer. Et si cet endroit était aussi secret que sa localisation le laissait croire, il était d'autant plus probable qu'Anakin et elle ne trouvent plus qu'un tas de cendres fumant en arrivant sur place.

Non. Duja avait donné sa vie pour alerter la République de cette menace. Padmé refusait de gâcher ce sacrifice en restant assise à ne rien faire jusqu'à ce qu'Anakin puisse se libérer ou que les Séparatistes remontent sa piste.

Ce qui ne voulait pas dire qu'elle se sentait capable d'attaquer l'usine elle-même. Des années de prises de risques et d'évasions in extremis lui avaient démontré qu'elle était tout sauf indestructible.

D'un autre côté, les boucliers optimisés et l'artillerie lourde dissimulée sous l'apparence sobre du vaisseau de Duja donnaient à Padmé un avantage auquel les Séparatistes ne s'attendraient pas. Elle pouvait toujours jeter un rapide coup d'œil et essayer de déterminer ce qu'ils manigançaient.

Se penchant à nouveau sur le tableau de contrôle, elle lança un rapide diagnostic avant le vol. Elle allait récupérer quelques affaires dans son propre vaisseau, envoyer un dernier message à Anakin, et elle serait prête à partir. Un voyage rapide jusqu'à Mokivj, un bref coup d'œil à ce qui s'y trame et elle serait de retour. Peut-être même avant l'arrivée d'Anakin.

Elle sourit en se faufilant hors du cockpit. Il était assez rare qu'elle réussisse à prendre son mari par surprise. Mais c'était toujours très satisfaisant.

*
* *

Deux autres droïdes attendaient à l'arrière du cargo. Mais Anakin était prêt, et il était facile de les attirer dans des recoins exigus où il avait l'avantage. Deux échauffourées plus tard, Thrawn et lui parvinrent à la soute.

Malheureusement, ils n'y glanèrent que peu d'informations.

— À en croire les étiquettes, celles-ci contiendraient diverses boissons alcoolisées, commenta Thrawn tandis qu'ils se déplaçaient lentement entre les rangées de caisses sécurisées par des sangles. Est-ce que cela vous paraît étrange de la part de Séparatistes ?

— Pas vraiment, répondit Anakin. Les Séparatistes boivent autant que n'importe qui.

Il choisit une caisse de whisky tevraki, sectionna les sangles, puis se servit de la Force pour la soulever de son étagère et la déposer sur le pont.

— Scellé de sécurité, murmura Thrawn en fixant le mécanisme de fermeture. Il doit y avoir une pince quelque part dans le coin.

— Peu importe, dit Anakin et, allumant son sabre laser, il fendit avec précaution le dessus de la caisse.

Ce ne furent pas des bouteilles qui étincelèrent dans la lueur blafarde. Au lieu de cela, la caisse était remplie de longs lingots de métal, séparés par des cales d'espacement en plastoïde mou.

— Intéressant, murmura Thrawn. Ça ressemble à de l'or.

— Vous avez raison, acquiesça Anakin en caressant du bout des doigts l'un des lingots.

— Ce métal a-t-il de la valeur sur vos mondes ?

— Sur certains d'entre eux. Mais on s'en sert principalement dans la production industrielle. Des échantillons aussi fins doivent probablement être utilisés dans des extrudeuses en guise de câbles ou d'éléments de modules à circuit hautes performances.

— Des machines de ce genre pourraient avoir de nombreux usages.

— Exact.

S'il s'agissait d'un vaisseau du Techno-Syndicat, ces lingots d'or servaient sans doute à la fabrication de droïdes. Mais Thrawn avait raison : câbles et modules à circuit étaient utilisés dans à peu près tout depuis l'autocuiseur domestique aux plus gros vaisseaux de guerre. Le fait que les Séparatistes transportent du métal ne leur apprenait rien du tout.

— Néanmoins, savoir que la destination du vaisseau est un site de production nous en dit long, estima Thrawn. Cela indique que Batuu n'est pas qu'une étape d'un parcours pour produits finis. Ni un simple lieu de transfert de personnel ou de données.

— J'imagine, oui.

Bon, d'accord, ça leur en apprenait un peu plus que ce qu'Anakin pensait.

— Il pourrait y avoir plus, jugea Thrawn.

— Et libre à vous de fouiner dans le coin autant que vous le souhaitez, grommela le Jedi. Pour *ma* part, je retourne sur la passerelle voir si R2 a trouvé quelque chose.

Il tourna les talons et se dirigea vers la sortie.

— Un instant, le retint Thrawn.

Anakin se retourna, réprimant une bouffée d'irritation. Ne venait-il pas de *dire* qu'il n'y avait rien d'autre à découvrir par ici ?

— Quoi ?

Le Chiss se tenait devant l'une des autres caisses.

— Celle-ci vous rappelle-t-elle quelque chose ? demanda-t-il en la pointant du doigt.

— Bien sûr qu'elle me rappelle quelque chose ! répliqua Anakin, à bout de patience. Elles me disent *toutes* quelque chose ! Ce sont les caisses que nous venons de passer en revue à l'instant !

— Certes. Ce qui est intéressant, c'est que celle-ci nous l'avons vue à deux reprises.

— De quoi parlez-vous ?

— Une caisse aux inscriptions identiques se trouvait à bord de l'un des véhicules terrestres des contrebandiers.

— Des inscriptions semblables sur des lots semblables, cela n'a rien d'inhabituel…

— Pas *semblables*, l'interrompit Thrawn. *Identiques*.

Lentement, les sourcils froncés, Anakin rebroussa chemin en direction du Chiss.

— Vous êtes sûr ?

— Certain. Nous devrions peut-être regarder ce qu'il y a à l'intérieur.

— Peut-être, oui.

Une fois encore, Anakin se servit de la Force pour déposer la caisse sur le pont, puis il trancha le couvercle avec son sabre laser.

— Ouah, s'exclama-t-il tandis que ses yeux s'écarquillaient à la vue des fines plaques qui se trouvaient à l'intérieur.

— Cela vous dit quelque chose ?

— Je reconnais le métal. C'est du quadranium. Très solide, très dense, très précieux. On l'utilise dans la fabrication de coques de vaisseaux, d'armures lourdes et de tout ce qu'on souhaite rendre résistant aux tirs de blaster et de canon laser.

— Intéressant. Je me demande comment les contrebandiers en sont arrivés à détenir une caisse identique.

— Ouais, marmonna Anakin, l'air sombre.

Voilà au moins une question dont la réponse lui semblait évidente.

— Voyons cela, ajouta-t-il en allumant son sabre laser pour fendre le devant de la caisse.

Il avait vu juste. Seules les deux couches supérieures étaient constituées de plaques de quadranium. En dessous, la boîte était remplie de rebuts de ferraille.

— Et voilà, dit-il en indiquant les rebuts. Il semblerait que nos contrebandiers soient également des voleurs.

Thrawn contempla la caisse pendant un long moment.

— En effet. Donc nous sommes confrontés à deux et non pas un seul groupe d'adversaires. Cela explique beaucoup de choses.

— Vraiment ? demanda Anakin, le front plissé. Qu'est-ce que ça explique exactement ?

— Dans un instant. D'abord, il me semble que vous vouliez aller vérifier si votre droïde avait identifié la destination ou l'origine de ce vaisseau.

— Ben tiens.

Il y avait visiblement quelque chose que le Chiss gardait pour lui. Mais l'historique du vaisseau – et avec un peu de chance la localisation de Padmé – était sa priorité.

— Bon, ajouta-t-il. Allons-y.

R2-D2 avait en effet trouvé quelque chose.

— Hum, marmonna Anakin en scrutant l'écran d'un air soucieux. Cermau. Jamais entendu parler.

— Gardez à l'esprit que le fait de connaître la destination de ce vaisseau ne veut pas nécessairement dire que votre ambassadrice se soit rendue là-bas, lui rappela Thrawn.

— Oh, elle s'y trouve, ça ne fait aucun doute, répliqua Anakin avec une grimace. Elle comme Duja, probablement.

— Cela semble quelque peu imprudent pour une ambassadrice.

— C'est imprudent pour n'importe qui, rétorqua Anakin. Mais c'est Padmé. Elle ne se donne pas la peine de calculer les risques quand elle estime que quelque chose doit être fait.

Thrawn garda le silence quelques instants.

— Cette jeune personne me semble tout à fait remarquable, déclara-t-il finalement. J'ai hâte de faire sa connaissance. Toutefois, il reste des choses à découvrir avant que nous nous y rendions.

— Bien… Vous n'avez qu'à rester là pour étudier la situation. C'est mon ambassadrice qui est là-bas. Moi, j'y vais.

— Un instant, insista le Chiss.

Anakin se retourna et le fusilla du regard.

— Quoi encore ?

Thrawn fixait l'écran où R2-D2 avait affiché les données planétaires de Cermau.

— Vous dites que ces informations étaient stockées dans l'ordinateur navigationnel du vaisseau ?

— Oui, bien sûr.

— À la portée de n'importe qui faisant une rapide recherche ?

— Eh bien, pas si *rapide*. R2 a dû creuser un peu.

— Est-ce logique pour vous que des Séparatistes gèrent des données aussi importantes de cette manière ?

— Ils ne s'attendaient pas à ce que quiconque hormis eux se trouve ici, lui rappela-t-il patiemment.

— Votre ambassadrice ne s'attendait pas non plus à la visite d'intrus, lui fit remarquer Thrawn. Elle a pourtant pris soin de crypter ses messages, malgré tout.

Anakin sentit son estomac se nouer. L'argument tenait la route, il fallait le reconnaître.

— Alors, vous pensez à quoi ? demanda-t-il lentement. Que ce nom sert de couverture à la vraie destination ?

— Peut-être. Demandez à votre droïde s'il y a d'autres fichiers de navigation dans l'ordinateur.

R2-D2 gazouilla une réponse négative.

— Il dit que non, traduisit Anakin.

— Alors l'info est exacte, en conclut Thrawn. Mais la destination présumée ne l'est pas forcément.

— Qu'est-ce que vous… Ah, fit le Jedi en hochant la tête. Le trajet s'est fait en direction de Cermau, mais il est possible qu'ils aient atterri ailleurs ?

— Exactement. Combien de systèmes habitables se trouvent le long de cette voie ?

— Nous allons bientôt le savoir. R2 ? Sors-moi la liste des systèmes. Indique-moi tout ce qu'on sait sur eux.

Quelques minutes plus tard, le droïde avait les résultats. Et ce n'était pas encourageant.

— Il y en a onze, grommela Anakin en parcourant la liste. Et tu n'as *aucune* info sur eux, à l'exception de Batuu ?

R2-D2 poussa un soupir de frustration électronique.

— Tout n'est pas perdu, essaya de le réconforter Thrawn. Comme vous le voyez, les Séparatistes ont fourni leurs propres fichiers de données.

— Quoi, *ça* ? s'étrangla Anakin en pointant l'écran du doigt. Vous devez plaisanter. « Batuu : planète abritant des ruines antiques et de gigantesques arbres noirs pétrifiés », « Umme : terrain de chasse de renommée galactique », « Yakorki : vaste choix de champignons sauvages comestibles », « Mokivj : dix lunes, magnifiques couchers de soleil », « Plood : paysages marins somptueux ». On dirait que ça sort tout droit de brochures touristiques !

— Alors il faut trouver un moyen de réduire la liste.

— En commençant par interroger votre prisonnier à l'extérieur ?

— Je doute qu'il sache quoi que ce soit d'utile. Il prétend n'être qu'un simple mécanicien.

— Et vous le croyez ?

— Les cicatrices et les traces de brûlures sur ses mains ont tendance à étayer ses allégations. Mais j'ai besoin d'un groupe plus important pour mener l'interrogatoire que j'ai en tête. Peut-être que ce qui se passe en ce moment près de la cantina pourrait nous en offrir l'opportunité.

Anakin fronça les sourcils.

— Qu'est-ce qui s'y passe ?

— Cinq individus sont entrés dans la cantina après notre départ et ont emporté le barman avec eux, expliqua Thrawn. Ils semblent attendre qu'il reprenne conscience. D'après leurs conversations, j'en ai déduit qu'ils étaient associés à la fois au groupe que nous avons rencontré dans la forêt et aux quatre personnes qui nous ont attaqués dans la cantina.

— Donc ils ont bel et bien contacté Black Spire pour demander à ce que quelqu'un s'occupe de nous, dit Anakin en opinant du chef.

— Ce n'est pas vraiment aussi simple. Vous oubliez qu'ils vous ont ciblé spécifiquement avec l'intention de vous tuer. Les cinq, en comptant le barman, sont désormais inquiets à propos des propriétaires de ce vaisseau, et craignent que leurs voleurs aient été découverts. De plus, ils ne comprennent pas trop si vous et moi sommes associés aux propriétaires de l'appareil, à votre ambassadrice, ou à aucun.

— Vous avez raison, une petite discussion avec eux s'impose, on dirait.

— En effet. Mais là encore, ce n'est pas aussi simple. L'humain que j'ai suivi jusqu'au véhicule n'était pas seul.

— Il avait un ami ?

— Quatre amis, précisa le Chiss. J'imagine qu'en ce moment même, ils écoutent subrepticement la conversation des contrebandiers parce qu'eux aussi attendent que le barman reprenne conscience.

Anakin regarda à travers la baie d'observation. Un appareil de cette taille… une soute de cette taille… celui qui était revenu, plus les quatre qui, d'après Thrawn, attendaient le réveil du barman… oui, cela pouvait tout à fait couvrir l'ensemble de l'effectif du vaisseau.

Et avoir tous les Séparatistes rassemblés au même endroit pourrait se révéler très pratique.

— Comment savez-vous tout cela ?

— Après la rixe, pendant que vous étiez encore inconscient, j'ai pris la précaution de placer un dispositif d'écoute dans les vêtements du barman, expliqua Thrawn. Je suis leurs conversations depuis.

Anakin sentit ses lèvres s'étirer en un mince sourire.

— Étant donné que le barman n'est pas encore réveillé, tout le monde attend assis autour de lui et patiente en exprimant ses inquiétudes à voix haute. Et comme notre brouillage est toujours actif, aucun d'eux ne peut parler à personne d'autre…

Il s'interrompit et fronça les sourcils.

— Attendez une minute. Comment pouvez-vous recevoir des messages du barman si nous brouillons toutes les communications ?

— Mon dispositif d'écoute n'utilise pas les méthodes de communication normales, expliqua Thrawn. Il traduit les échanges en signaux soniques puissants selon des fréquences bien au-dessus de celles détectables par l'ensemble des espèces connues. Les signaux sont réceptionnés par un autre dispositif que j'ai placé sur un mur près de la cantina, qui traduit par la suite les sons en une série de lumières vacillantes invisibles. Les lumières sont réfléchies par les objets alentour – ici, les arbres pétrifiés – et récupérées par un dispositif sur mon véhicule. Elles sont ensuite retraduites en sons haute fréquence, qui sont de nouveau convertis en paroles dans mon écouteur.

Anakin siffla entre ses dents.

— C'est un sacré système. Ça représente beaucoup de boulot, en même temps, non ?

— Certes. Mais je peux communiquer et pas eux.

— Un argument imparable, en effet, reconnut Anakin. D'accord. R2, reste ici pour voir si tu peux trouver autre chose. Le commandant Thrawn et moi avons une petite fête où nous devons nous rendre.

CHAPITRE 6

Les badauds qui s'étaient rassemblés un peu plus tôt autour du chasseur d'Anakin s'étaient dispersés depuis longtemps, certains pour aller acheter de quoi boire et manger auprès de vendeurs ambulants, d'autres pour marchander avec les divers commerçants du coin, d'autres encore pour vaquer à des occupations moins avouables. Quelques-uns des clients assis à la poignée de tables extérieures observaient Anakin et Thrawn tandis qu'ils approchaient, mais aucun ne semblait avoir l'intention de commenter ou de poser des questions, encore moins d'intervenir.

— Où sont-ils ? murmura Anakin tandis qu'ils stationnaient leur landspeeder de l'autre côté de la rue sinueuse.

Les volets des fenêtres de la cantina étaient toujours fermés, nota le Jedi.

— À l'intérieur ? ajouta-t-il.

— Un instant.

Thrawn tendit la main vers les écrans du landspeeder et effectua un petit ajustement.

— Ils sont dans un bâtiment, à une cinquantaine de mètres environ.

— De ce côté, j'imagine, suggéra Anakin en tournant les yeux vers la porte d'une des boutiques miteuses.

Cinq hommes d'aspect patibulaire rôdaient près de l'entrée en mangeant des casse-croûte semblant venir d'un des marchands ambulants.

Comme quoi, l'équipement de surveillance ultra perfectionné de Thrawn avait ses limites. Parfois, il suffisait d'avoir des yeux et un cerveau pour résoudre ce genre d'énigme.

— C'est très probable, acquiesça Thrawn. J'en conclus que celui qui utilise sa main dominante pour manger est le chef.

Anakin fronça les sourcils. Sa main dominante ? De quoi parlait-il ?

Puis il comprit. Tous les cinq avaient un blaster fixé à la hanche droite, mais il n'y en avait qu'un seul qui tenait son repas de la main droite. Les autres se servaient au contraire de la gauche, de façon à garder l'autre libre. Les sous-fifres devant rester prêts à dégainer à tout moment, tandis que le patron pouvait se montrer un peu plus nonchalant ?

C'était un peu tiré par les cheveux pour Anakin, mais peut-être que Thrawn voyait autre chose qui lui avait échappé. En tout cas, celui qui utilisait sa main droite n'avait pas l'air moins brut que les autres. La force armée des Séparatistes étant principalement constituée de droïdes – et n'ayant vu aucun droïde de moins de trente ans d'âge à Black Spire –, celui qui se trouvait à la tête de la base secrète avait probablement dû louer les services d'hommes de main locaux.

— Le patron et ses mercenaires, commenta-t-il.

— Peut-être, murmura Thrawn.

Il fouilla dans la pochette de rangement latérale du speeder et en tira une petite paire de jumelles. Il les porta à ses yeux, marqua un temps d'arrêt, puis hocha la tête.

— Cependant, leurs vêtements sont tous sur le même modèle et ne ressemblent pas à ceux de nos assaillants dans la cantina. S'il s'agit de mercenaires, ils sont de la même origine que leur chef.

Il leva un doigt et ajouta :

— Le barman vient de reprendre conscience. Observons ce que va faire le groupe de la ruelle.

Ils n'eurent pas à attendre longtemps. À peine dix secondes après l'annonce de Thrawn, les cinq hommes passèrent à l'action, se débarrassant de leur nourriture et posant la main sur leur blaster. L'un d'eux jeta un coup d'œil de part et d'autre de la rue…

Et se raidit lorsqu'il aperçut Anakin et Thrawn.

— On a été repérés, grommela le Jedi en sortant son sabre laser.

Il veilla néanmoins à le garder dissimulé derrière le pare-brise, hors de vue des mercenaires. Les cinq hommes leur jetaient désormais des coups d'œil subreptices.

— Vous avez un plan ? demanda-t-il à Thrawn en indiquant du menton la tunique abîmée du Chiss. Je ne suis pas sûr que vous soyez au meilleur de votre forme pour une rixe.

— Non, en effet. Connaissez-vous cette bête qui porte le nom de reek ?

Anakin laissa échapper un petit rire. L'arène Petranaki sur Géonosis, et le monstre à corne qui avait essayé de les éviscérer, Padmé, Obi-Wan et lui…

— Plutôt bien, oui, affirma-t-il d'un air pince-sans-rire.

— Préparez-vous à en imiter un.

Se préparer à en imiter *un ?* Anakin ouvrit la bouche pour lui demander ce qu'il voulait dire par là…

Quand soudain le landspeeder bondit en avant et accéléra le long de la rue sinueuse en direction des cinq brutes.

Ils avaient peut-être parcouru un tiers de la distance et les mercenaires avaient déjà tous dégainé leurs blasters lorsque Anakin finit par comprendre. Il se leva, posa une main sur le pare-brise et bondit par-dessus pour atterrir sur le capot du véhicule. Se laissant glisser en avant, il s'agrippa de sa main gauche à une grille d'arrivée d'air pour ne pas tomber.

Et maintenant que le landspeeder ressemblait, de fait, à un reek doté d'une corne/Jedi, il alluma son sabre laser.

Les mercenaires eurent tout juste le temps d'écarquiller les yeux de stupéfaction et de se jeter à l'abri avant que l'engin fonce sur eux.

Les deux plus proches furent projetés sur cinq mètres lorsque le véhicule les percuta. Deux autres s'étaient tout juste assez éloignés pour éviter la collision…

Vision dédoublée : un blaster se lève à proximité, s'apprête à faire feu…

Le premier des deux, celui que Thrawn avait identifié comme étant le chef, se jeta en arrière lorsque le sabre laser d'Anakin trancha son blaster en deux.

Vision dédoublée : la brute derrière lui se baisse et ouvre le feu…

Le second parvint à tirer une fois. La lame d'Anakin était déjà en position pour dévier la décharge vers le mur près de lui.

Vision dédoublée : Thrawn freine brutalement et fait tourner l'arrière du landspeeder en direction du dernier mercenaire. Ce dernier s'écarte d'un bond en arrière, tire un détonateur thermique de sa ceinture…

Anakin sauta verticalement à l'instant où Thrawn commençait la manœuvre et pivota dans les airs lorsque l'homme, après avoir esquivé sur le côté, s'apprêtait à sortir le détonateur. Sa main commençait à émerger, un sourire lui tordant les lèvres…

… qui se transforma en grimace lorsque Anakin lança son sabre laser, envoyant la lame trancher le détonateur et la moitié de la main qui le tenait. La brute s'affaissa au sol et alla se blottir contre le mur antique, son visage tordu par la douleur, recroquevillé sur ce qui restait de sa main.

Le temps qu'Anakin atterrisse de nouveau sur le capot, le landspeeder s'était presque immobilisé. Il se servit de la Force pour rappeler à lui son sabre laser, puis il s'accroupit pour reprendre équilibre et pivota vers la brute qui lui avait tiré une seule fois dessus.

Vision dédoublée : des décharges lui frappent le torse et la tête…

Il bloqua l'une comme l'autre, renvoyant la seconde dans la poitrine du mercenaire qui s'écroula à côté de son camarade. Au même instant, Thrawn descendit avec raideur du landspeeder et s'élança vers les deux hommes qu'il avait percutés un peu plus tôt.

— Tous deux sont blessés et inconscients, indiqua-t-il. En avons-nous un encore capable de parler ?

— Je pense, estima Anakin en tournant les yeux et son sabre laser vers le chef.

Le malfrat le fixait également, la crosse de son blaster tranché en deux toujours serrée dans sa main.

— Quoique, pas sûr, ajouta le Jedi.

— En effet.

Il traversa la rue pour rejoindre l'homme et sortit son blaster chemin faisant.

— Vous n'êtes pas un guerrier, dit-il au malfrat.

Avec un temps de retard, le regard de l'homme se posa sur le Chiss.

— Je suis… non, je suis…

— Votre nom ? lui intima Thrawn.

L'homme déglutit avec peine.

— Oenti. Je suis inspecteur. Rien qu'un inspecteur. J'inspecte les cargaisons.

— Vous n'avez pas fait du très bon boulot, je me trompe ? suggéra Anakin d'un ton léger. Et si nous poursuivions cette conversation à l'intérieur, qu'en pensez-vous ?

— Oui, bonne idée, acquiesça Thrawn. Ces gens sont tout à vous, général. Vous feriez mieux d'ouvrir la marche.

— Pas de problème.

Il saisit le bras d'Oenti et l'entraîna vers la porte sur laquelle son groupe avait concentré son attention. En deux coups de sabre laser, il fendit le verrou de mauvaise facture et les gonds tout aussi miteux puis, d'une torsion du poignet, projeta la porte dans un grand fracas et poussa le malfrat à l'intérieur.

La pièce dans laquelle ils entrèrent était une sorte de boutique, avec des rayons et des bacs remplis de bibelots exotiques, des copies ratées d'objets d'art des Mondes du Noyau, et tout un tas de bric-à-brac inidentifiable. Un rideau damassé aux couleurs ternies était suspendu devant une porte près du comptoir, et tandis qu'Anakin poussait son prisonnier vers lui, deux individus au long museau en jaillirent pour faire irruption dans la pièce.

Ils se figèrent en découvrant que les intrus avaient déjà parcouru la moitié du chemin. L'un d'eux pointa son blaster…

— Ne faites pas ça, lui conseilla Anakin en levant son sabre laser juste au-dessus de l'épaule d'Oenti.

L'assaillant hésita, tourna brièvement son attention vers Oenti, puis la reporta sur Anakin.

— Qui êtes-vous ?

— Nous ne sommes pas vos amis, répondit Thrawn en émergeant de derrière le Jedi et en faisant quelques pas sur le côté. Mais nous ne sommes pas nécessairement vos ennemis. Nous cherchons des informations, et pensons que vous pourriez nous en fournir.

— Ou alors on peut tous vous tuer, et obtenir ce qu'on veut de celui-ci, proposa Anakin en tirant sur la manche de la chemise d'Oenti. À vous de voir.

L'un des longs-museaux déglutit avec peine et baissa son arme.

— Oui, dit-il en faisant un pas sur le côté et en faisant un geste vers le rideau. Entrez. Nous ferions mieux de discuter.

— Voilà qui est sage, le félicita Anakin. Vous n'avez qu'à laisser vos armes ici.

Les deux longs-museaux échangèrent un regard. Puis, sans un mot, ils posèrent leurs blasters sur le comptoir, tirèrent le rideau et disparurent par l'ouverture.

Anakin et Oenti leur emboîtèrent le pas.

La pièce ressemblait à une sorte de remise, pleine de caisses, d'étagères ainsi que d'autres bacs éparpillés de façon aléatoire tout autour. Le barman était allongé sur une couchette vétuste, la tête soutenue, les yeux encore vitreux des effets de l'attaque au gaz. Deux hommes et un autre long-museau étaient assis sur des tabourets regroupés autour de lui, et tous trois pivotèrent pour dévisager les nouveaux venus.

— Oenti ? demanda prudemment l'un d'eux tandis que les deux autres longs-museaux contournaient silencieusement le reste du groupe pour aller se poster à l'arrière.

— Bonjour, Janott, répondit le prisonnier d'Anakin, une note sombre dans la voix. Inutile de te lever. Donc… Janott, le gentil barman. Voilà qui explique beaucoup de choses.

— Je ne sais pas de quoi vous voulez parler, protesta le barman.

Mais il avait l'air subitement plus réveillé et alerte.

— Oh, je crois que vous le savez très bien, rétorqua Oenti en observant le reste du groupe d'un regard circulaire. Vos amis sont sur la liste du Duc, vous savez. Tout le gang y est. Vous réalisez qu'il m'aurait abattu s'il avait découvert ce que vous faisiez ?

— Je ne sais pas…, reprit Janott.

— Ça suffit, intervint Thrawn.

Bien que calme, sa voix trancha à la manière d'un sabre laser et coupa court à la dispute.

— Tout ce cirque ne nous intéresse pas, poursuivit-il. Permettez-moi de nous faire gagner du temps en vous disant comment les choses se sont déroulées. Vous nous direz ensuite ce que nous voulons savoir.

Il montra Anakin d'un geste et ajouta :

— Et *lui* me dira si vous mentez.

Anakin sonda la Force de façon à ressentir les émotions de chacun d'eux, puis il lui adressa un petit hochement de tête.

— Vous êtes des contrebandiers, commença Thrawn en indiquant le groupe assis autour de la couchette de Janott. Vous êtes également des voleurs.

Il regarda Oenti.

— Vous faites partie du mouvement séparatiste actuellement en guerre contre la République et les systèmes loyalistes. Votre Duc a construit une base et y fait livrer du matériel et des équipements. Comme il ne voulait que personne sache où se trouve la base, il rassemblait ses livraisons à partir de divers points d'origine et les envoyait sur Batuu, où les habitants ne se mêlent pas des activités des autres. Mais il ne s'attendait pas à l'intervention de voleurs.

Il braqua son blaster sur Janott et poursuivit :

— De même, vous ne saviez pas que le propriétaire de votre point de transbordement, la cantina, était en connivence avec ces voleurs.

— Il n'y a aucune connivence entre eux et moi, insista Janott en essayant de se lever.

D'un geste vif, Anakin fit passer son sabre laser de l'autre côté d'Oenti et pointa la lame en direction de la poitrine du barman en guise d'avertissement. L'homme se laissa retomber.

— Avec votre aide, les voleurs ont pu savoir quelles livraisons étaient les plus précieuses, poursuivit Thrawn sans prêter attention aux protestations de Janott. Les intervalles entre les livraisons étaient certainement très espacés, vous laissant suffisamment de temps pour voler les meilleures cargaisons et les remplacer par des containers identiques mais au contenu sans valeur. Vous étiez convaincu que le rythme peu soutenu des livraisons retarderait la détection des vols jusqu'à ce que vous soyez prêt à quitter Batuu. Mais c'est alors que quelqu'un d'autre est entré en scène, et son arrivée a entraîné votre chute.

— Duja, murmura Anakin.

— En effet, reprit Thrawn. Elle était parvenue à identifier l'une des livraisons et à la suivre jusqu'à Batuu. Elle est montée à bord du vaisseau séparatiste, a découvert l'existence de la base, puis a envoyé un message pour alerter la République.

Il fit un geste en direction d'Oenti.

— Mais vos camarades ont repéré son intrusion, et en ont conclu qu'elle était une voleuse.

— Ce qui les a encouragés à chercher la présence d'autres voleurs potentiels, devina Anakin. Ce qui vous a placé du jour au lendemain dans leur ligne de mire.

— Vous avez compris que vous risquiez d'être repéré à votre tour, alors vous avez rassemblé tous vos gains et tenté de fuir de Batuu. Mais avant que votre vaisseau puisse arriver, le terrain d'atterrissage était déjà occupé et encombré par un autre appareil, poursuivit Thrawn en levant les yeux vers Anakin. Celui de votre ambassadrice.

Le Jedi dut faire un effort pour garder son calme. User de son sabre laser ne leur apporterait rien de plus à cet instant. Il valait mieux laisser Thrawn se charger de cela. Pour l'instant du moins.

— Que lui est-il arrivé ? demanda-t-il doucement en dévisageant chacun, l'un après l'autre.

— On ne sait pas, répondit l'un des longs-museaux.

— Nous non plus, ajouta Oenti à la hâte. Elle s'est posée, s'est rendue à Black Spire, puis est repartie.

— Tout ce que je sais, c'est qu'elle est venue à la cantina et qu'elle a écrit un poème à la femme morte, précisa Janott.

— Alors Duja est morte, en conclut Anakin.

C'était la direction la plus probable qu'avait prise cette histoire, mais ce n'en fut pas moins un déchirement pour lui de le dire à voix haute.

— Qui d'entre vous a fait *ça* ? ajouta-t-il dans un grondement.

— Ce n'était pas nous, s'écria Janott en se recroquevillant quelque peu, le regard fixé sur la lame du sabre laser tendue vers lui.

— Je n'étais pas là, ajouta aussi promptement Oenti. J'étais dans la soute du *Larkrer*, à essayer de déterminer ce qu'elle avait tenté de voler.

— Général ? fit Thrawn.

— Ils disent la vérité, grommela Anakin.

Cela aurait été tellement plus facile s'il avait perçu un sentiment de culpabilité chez l'un d'entre eux. Visiblement, la justice allait devoir attendre encore un peu.

— Une sacrée chance qu'ils ont là, commenta Thrawn d'une voix grave et menaçante. Mais désormais la mascarade est terminée.

— Vous allez nous livrer aux Séparatistes ? demanda Janott, paniqué.

— La plupart d'entre eux se trouvent déjà devant votre porte, répondit Thrawn. Même si, je dois le reconnaître, ils ne sont pas en état de vous infliger la moindre sanction. Ils sont, de plus, piégés ici, tout comme vous.

Janott jeta un coup d'œil à Anakin.

— De quoi est-ce que vous parlez ?

— J'ai vu l'aire d'atterrissage de Black Spire ainsi que la clairière où vos camarades ont emporté leur cargaison, reprit Thrawn. J'en conclus que le vaisseau à bord duquel vous prévoyez de vous échapper est trop grand pour se poser à proximité sans attirer l'attention. Votre unique espoir consistait à vous emparer du cargo séparatiste.

Oenti se raidit.

— Vous ne pouvez pas les laisser faire ça.

— Ce n'est pas notre intention, lui assura Thrawn.

— Pourquoi pas ? demanda Janott. Vous êtes des Loyalistes, non ? J'ai entendu dire que tous les Jedi étaient des Loyalistes.

— Nous vous donnerons un bon prix pour leur vaisseau, ajouta l'un des longs-museaux.

— La ferme ! aboya Oenti. Vous n'arriveriez jamais à partir avec, de toute façon : on a toute une escouade de droïdes de combat prêts à vous réduire en charpie si vous essayez.

— Pas vraiment, répliqua Anakin. Vous en avez *trois*, et ce sont des droïdes de service, pas de combat.

Il pencha la tête sur le côté et ajouta :

— Enfin, vous en *aviez* trois.

— Le vaisseau n'est pas à vendre, reprit Thrawn. Nous avons l'intention de le prendre pour nous.

Il marqua une pause avant de poursuivre :

— Pour nous rendre à la base séparatiste de Mokivj.

L'espace d'une seconde, tous se contentèrent de le dévisager. Anakin eut tout juste le temps de percevoir la vague de peur et de consternation qui les submergeait…

Puis, comme sur un signal, tout le groupe entra brusquement en action.

Vision dédoublée : Oenti pivote, bondit et ses mains se referment sur la gorge d'Anakin…

Les mains du Séparatiste étaient encore à trente centimètres de leur objectif lorsque le Jedi se servit de la Force pour le projeter en arrière et l'envoyer voler à travers la pièce. Alors qu'Oenti leur passait devant en battant des bras, Janott et les trois voleurs sortirent des blasters de leurs tuniques, tandis que les deux longs-museaux tiraient des armes dissimulées au milieu des caisses.

Vision dédoublée : deux décharges de blaster au torse, à la poitrine, une décharge à la poitrine de Thrawn…

Anakin dévia les deux premiers tirs avec son sabre laser, les renvoyant vers les murs et le plafond. Une torsion rapide du poignet lui permit de bloquer également la décharge destinée à Thrawn.

Vision dédoublée : un tir venu de la gauche lui frappe les côtes et l'envoie au tapis, avec un poumon carbonisé…

Sauf que cette fois, avec son sabre laser tendu du côté de Janott et Thrawn, il n'avait plus le temps de rabattre la lame à temps pour bloquer l'attaque.

Il essaya malgré tout, pivotant aussi vite que possible. Par-dessus son épaule, il aperçut du coin de l'œil Oenti se redresser sur un coude et braquer sur lui un blaster récupéré ailleurs. Un grésillement s'éleva derrière Anakin, une décharge lumineuse fusa près de lui…

Oenti s'affaissa par terre et son tir termina sa course dans la couchette de Janott.

Vision dédoublée : des décharges provenant des longs-museaux le blessent au niveau du torse…

Cette fois, il n'eut aucun mal à dévier les tirs. L'un fut projeté vers les caisses, l'autre retourna à l'envoyeur.

Et ce fut fini.

— Êtes-vous blessé ? demanda Thrawn dans le silence retrouvé.

— Non, répondit Anakin en scrutant le champ de bataille.

Oenti était mort. Les cinq voleurs aussi, tués soit par les ricochets d'Anakin, soit par les tirs moins vigoureux mais tout aussi précis de Thrawn. Seul Janott le barman était encore en vie. Le souffle haletant et le regard horrifié, il contemplait le carnage qui l'entourait.

— Laissons-le vivre, suggéra Thrawn aussi calmement que s'il discutait du temps qu'il fait. Il pourrait encore nous fournir des informations.

— Je ne sais pas, répliqua Anakin, dubitatif, en fixant le barman. Nous savons que les Séparatistes font livrer des marchandises pour une base sur Mokivj via la cantina de Janott. Nous savons que ce gang de voleurs piochait allègrement dans ses stocks.

Le Jedi haussa un sourcil à l'attention de Janott et ajouta :

— Et nous savons maintenant que l'inspecteur de cargaison Oenti était de mèche avec eux.

— Comment savons-nous ça ? demanda Thrawn.

— Parce qu'autrement il se serait rué sur la porte, soit pour s'enfuir, soit pour appeler des renforts, plutôt que d'essayer de me retenir assez longtemps pour que les voleurs sortent leurs blasters. Et *aussi* parce qu'il n'aurait pas su où trouver ce blaster qu'il a sorti de nulle part à moins qu'il n'ait passé beaucoup de temps par ici.

— En effet, reconnut Thrawn. Très bien vu.

— Merci.

En temps normal, se dit-il, il aurait été irrité par les paroles condescendantes du Chiss.

Il fut au contraire surpris d'en éprouver un certain plaisir. Thrawn était clairement du genre à garder deux coups d'avance sur ses adversaires. C'était agréable de savoir que lui, Anakin, faisait jeu égal avec lui.

— Donc la question est de savoir ce qu'il pourrait nous apprendre de plus qui pourrait nous encourager à le garder en vie ?

— Elle est repartie saine et sauve, s'écria Janott. La femme – la seconde femme. Elle a chanté pour son amie, puis elle est repartie indemne et sans encombre.

— Son vaisseau est toujours là, lui rappela Anakin en pointant la lame de son sabre laser vers sa poitrine.

— Elle a quitté Black Spire, mais elle s'est posée ailleurs, balbutia le barman. Elle est ensuite repartie à bord d'un autre vaisseau. Un appareil plus petit.

— Comment le savez-vous ? voulut savoir Thrawn.

— La…

Le barman déglutit avec peine avant de poursuivre :

— La police. Il n'y a pas beaucoup d'agents ici, mais il y en a quand même quelques-uns. Ils ont cru que c'était une contrebandière et ont suivi sa trace quelque temps. Mais son vaisseau était rapide, alors elle a fini par les semer.

— Lui ont-ils tiré dessus ? demanda Anakin.

— Je… ne sais…

— *Lui ont-ils tiré dessus ?*

— Je ne sais pas, dit Janott en se recroquevillant à nouveau. Je pense que c'est possible. Mais il n'y a pas eu de dégâts. Elle s'est échappée. Vraiment.

— Dit-il la vérité ? demanda Thrawn.

— Oui, répondit Anakin en dévisageant le barman d'un regard noir.

C'était bien beau de dire que Padmé avait réussi à s'échapper ; il était tout à fait possible que l'escarmouche ait fait des dégâts qui ne se manifesteraient que plus tard. Si son hyperdrive avait été endommagé, ou sa coque percée…

Arrête ça, s'ordonna-t-il. Elle allait bien. C'était obligé.

— Alors, est-ce qu'on se débarrasse de lui ? demanda-t-il à Thrawn tout en sondant la Force.

Il ne tenait pas particulièrement à tuer cet homme, mais parfois une menace suffisait à délier les langues.

Malheureusement, il ne sentait rien de particulier chez Janott qui puisse suggérer qu'il gardait une quelconque monnaie d'échange sous le coude.

— Ce n'est pas nécessaire, fit Thrawn. Le fait que les assaillants de la cantina fassent partie du groupe de contrebandiers, mais qu'en même temps l'attaque ait été conçue par des personnes connaissant les capacités et les tactiques des Jedi, suggère que les Séparatistes ont sûrement embauché ou bien réussi à persuader les contrebandiers de lancer cet assaut. En connaissance de cause. Ou pas.

— Ah.

Thrawn avait dit que l'attaque de la cantina n'était pas simple, mais ce détail en particulier ne lui était pas venu à l'esprit.

— Donc les Séparatistes sont parfaitement au courant de ce réseau. Et il reste deux Séparatistes vivants là-dehors – certes un peu blessés, mais vivants – qui peuvent passer le mot au reste de leurs effectifs.

— Il se pourrait même qu'il y en ait d'autres sur Batuu. Quant aux voleurs, ils savent désormais que le plan des Séparatistes visant à nous éliminer a échoué, et que beaucoup de leurs camarades sont morts. Étant donné les circonstances, ils pourraient soupçonner le barman de collusion.

— C'est même certain, acquiesça Anakin en éteignant son sabre laser. Ce qui s'ajoute au fait que tu ne sois pas très populaire en ce moment, Janott. Si j'étais toi, je trouverais un endroit tranquille où me mettre quelque temps à l'abri.

— Oui, souffla Janott. Je peux faire ça, oui.

— C'est ce que tu *vas* faire, insista Anakin.

Les yeux de Janott se posèrent sur les cadavres des contrebandiers.

— C'est ce que je *vais* faire, acquiesça-t-il.

— Alors nous en avons fini ici, conclut Thrawn. Allons-nous-en.

*
* *

En sortant de la boutique, Anakin et Thrawn ne trouvèrent pas de foule amassée autour des vestiges de leur combat de rue. En fait, à part quelques regards curieux adressés aux Séparatistes qui reprenaient lentement conscience, les passants semblaient ne prêter absolument aucun intérêt au carnage.

Mais en même temps, la mort et la destruction étaient probablement des réalités quotidiennes à Black Spire.

— Vous pensez vraiment qu'il y a d'autres Séparatistes dans les parages ? demanda Anakin lorsqu'ils eurent regagné leur landspeeder pour prendre la direction du *Larkrer*. Ou disiez-vous cela juste pour lui faire peur ?

— Il est possible qu'il y en ait d'autres, mais pas plus de deux ou trois. Vous pourrez demander à votre droïde d'étudier les archives de consommation d'oxygène et de nourriture pendant notre voyage si vous voulez un chiffre exact.

— Nous verrons cela.

Pour le moment, disposer de chiffres exacts n'était pas sa priorité.

— Ce qui m'intéresse, poursuivit-il, c'est de savoir s'il reste quelqu'un apte à prévenir les Séparatistes de Mokivj avant notre arrivée là-bas.

— L'alerte ne sera pas donnée, répondit Thrawn avec assurance. Ils se sont donné beaucoup de mal pour cacher cette base. Envoyer un avertissement via un service de messagerie privé et vraisemblablement inéprouvé risquerait de mettre tout cela en danger.

— Inéprouvé, c'est peu dire ! rétorqua Anakin tout en secouant la tête. Ce service n'est pas fiable du tout.

— Qu'est-ce qui vous fait dire ça ?

— Eh bien, si Janott a dit vrai, Padmé est restée ici assez longtemps pour m'envoyer un message. Même plusieurs, probablement. Pourtant, je n'ai jamais rien reçu. Reste à savoir s'ils parviendront à se fournir un autre vaisseau une fois que nous serons partis avec le leur.

Il décocha un regard oblique à Thrawn.

— Nous prenons bien leur vaisseau, n'est-ce pas ?

— Je n'ai aucune envie d'arriver à bord du mien, confirma Thrawn. Souhaitez-vous le faire dans le vôtre ?

Anakin sentit sa lèvre tressauter. S'inviter dans une base séparatiste à bord d'un chasseur *Actis*. Ah. Oui.

— Vous n'avez pas tort.

— Quant au fait de trouver un autre vaisseau, ça ne doit pas vous inquiéter, poursuivit le Chiss. Tant que nous gardons quelques heures d'avance sur eux, ça ne sera pas un problème.

Ce qui supposait, bien sûr, que Thrawn et lui réussissent à remonter la piste de Padmé dans ce court intervalle. Anakin était moins confiant sur ce point.

— Je ne sais pas. On ferait peut-être mieux de prendre une heure pour neutraliser tous les vaisseaux de l'aire d'atterrissage.

— Ce qui ne nous ferait gagner que quelques heures de plus, au mieux. Vraiment, ne vous inquiétez pas à leur sujet.

Anakin fit la moue. Mais le Chiss avait probablement raison. À moins qu'ils ne parviennent à immobiliser tous les vaisseaux de Batuu, ils pouvaient difficilement empêcher les Séparatistes survivants de se lancer à leur poursuite.

— Très bien, grommela-t-il. Au fait, comment avez-vous deviné qu'il s'agissait de Mokivj ?

— Les données planétaires. Seule la fiche de Mokivj donnait des informations utiles pour un vol d'approche.

— Les dix lunes, murmura Anakin. Bien vu. Mais… et si vous vous étiez trompé ?

— Les Séparatistes à l'extérieur allaient bientôt reprendre leurs esprits. Au cas où je n'aurais pas réussi à susciter de réaction chez les voleurs en nommant Mokivj, nous aurions pu essayer sur eux en suivant une autre stratégie.

— Et vous vouliez un groupe plus important que le seul Séparatiste que vous aviez capturé parce que vous vouliez les pousser à nous attaquer ?

— Exact. Ils n'allaient pas nous laisser partir avec une information aussi vitale, mais il fallait qu'ils soient absolument sûrs de leur supériorité pour oser passer à l'action.

Il y eut un moment de silence. Anakin regardait la forêt défiler de part et d'autre du véhicule, s'efforçant de ne pas s'inquiéter pour Padmé. Soit elle allait bien, soit elle était en danger, et tant qu'il n'aurait pas rejoint Mokivj, il n'y avait absolument rien qu'il puisse faire dans l'un ou l'autre cas.

— Le Duc mentionné par Oenti, reprit Thrawn, perdu dans ses réflexions, s'agit-il du chef des Séparatistes ?

— Non, c'est le Comte Dooku. L'autre figure emblématique de leur armée est le général Grievous. J'ignore complètement qui pourrait être ce Duc.

— J'ai entendu parler du Comte Dooku. C'est un Jedi comme vous, n'est-ce pas ?

— Un Jedi déchu, précisa Anakin, un peu plus sèchement qu'il ne l'aurait voulu. *Pas* comme moi. Mais ne vous inquiétez pas, nous finirons par l'arrêter. Nous avons le Chancelier Palpatine de notre côté et il ne fera qu'une bouchée de Dooku et de Grievous.

Thrawn resta silencieux quelques instants.

— N'oubliez pas qu'en guerre l'objectif est la victoire, pas la vengeance.

— N'ayez crainte. Tout le monde sait ça.

— Bien. Souvenez-vous-en aussi au cours de cette mission.

Anakin fronça les sourcils.

— Quoi ?

— Il ne s'agit plus seulement de chercher une ambassadrice disparue, expliqua Thrawn. C'est devenu un élément important de votre Guerre des Clones. N'oubliez pas que l'objectif, c'est la victoire.

— Et pas la vengeance ?

— Non.

Le Jedi sentit le regard de Thrawn sur lui.

— Ni même une opération de sauvetage, ajouta le Chiss.

Anakin détourna les yeux. Impensable. La vie de Padmé était la chose la plus importante de la galaxie. À ses yeux, mais aussi à ceux de beaucoup d'autres.

— Vous m'entendez ? insista Thrawn.

— Je vous entends, grommela le Jedi.

Mais il ne renoncerait pas à sa vie au profit d'une vague opération séparatiste, probablement de faible importance, dans un coin perdu de l'univers.

— Nous perdons du temps, ajouta-t-il. Cet engin ne peut pas aller plus vite ?

CHAPITRE 7

Petit et exigu, le vaisseau de Duja – Padmé ignorait jusqu'à présent son vrai nom, mais la balise d'identité l'identifiait comme étant le *Possibilité* – aurait semblé complètement inoffensif au premier observateur venu.

Mais le premier observateur venu aurait fait erreur. L'appareil pouvait se targuer de posséder un blindage renforcé, un double canon laser à l'avant, un simple à l'arrière ainsi qu'une paire de torpilles à protons dernier cri. Véritable chasseur de poche aux allures de simple transport, il avait échappé sans peine aux forces de police de Batuu.

Il devrait également, pensa-t-elle l'air maussade depuis l'intérieur du cockpit transformé en capsule de sauvetage, produire une explosion spectaculaire quand il s'écraserait au sol.

Elle ignorait encore comment ce droïde *Vautour* était parvenu à l'avoir. Elle avait filé comme une flèche vers Mokivj dès qu'elle avait atteint le système, puis survolé les vastes étendues de plaines, de brousse et d'eau aussi près du sol que possible. Cette précaution, ajoutée à la taille compacte du *Possibilité*, aurait dû lui permettre de passer inaperçue de tout ce qui patrouillait dans la zone autour des coordonnées de Duja.

De toute évidence, cela n'avait pas fonctionné. Le *Vautour* lui était tombé dessus, et elle ne l'avait pas vu venir. Apparemment, sa course-poursuite avec la police de Batuu avait laissé son vaisseau bien plus endommagé qu'elle ne l'avait cru. Elle avait eu à peine le temps de lui faire prendre suffisamment d'altitude pour permettre à la capsule de sauvetage de se déployer qu'il commençait déjà à se désagréger.

Et maintenant, alors qu'elle tombait de manière contrôlée dans une traînée de feu vers les collines en contrebas, elle observait les multiples débris enflammés du *Possibilité* poursuivre leur chemin vers l'horizon.

Comme Duja elle-même, le vaisseau avait relevé son ultime défi et l'avait perdu. C'était désormais à Padmé de les venger l'une comme l'autre.

Même si cela commençait à devenir hautement improbable. Les fragments fumants du *Possibilité* continuaient à se consumer en traversant l'azur et elle apercevait déjà une poignée de droïdes *Vautour* se rassembler à l'horizon. Pour l'instant, ils ne semblaient pas avoir repéré sa capsule parmi les débris, mais à l'instant où ses répulseurs s'enclencheraient, son changement de trajectoire ne manquerait pas de leur paraître peu naturel.

Et même sans cela, le terrain sous ses pieds n'offrait que peu d'espoir de fuite. Les flancs rocheux et escarpés des collines étaient couverts d'herbes et de buissons sauvages, sans la moindre cachette sur des kilomètres. Un rayon de soleil alla se réfléchir à la surface du fleuve qui serpentait en contrebas ; sous ses yeux, les buissons ondulèrent sous la brise qui dévalait la colline…

Elle retint son souffle. *Le fleuve.*

Ce serait risqué, mais à cet instant, elle ne voyait pas d'autres options. Jetant un dernier regard en direction des droïdes *Vautour*, elle posa les mains sur le tableau de bord et se mit au travail.

La capsule possédait la gamme standard de commandes de direction qui permettait au passager de choisir sa zone d'atterrissage. Mais à l'instar des répulseurs, utiliser les propulseurs d'étrave risquait d'attirer l'attention des *Vautours*. Heureusement, le fleuve se trouvait presque directement sous ses pieds, et il ne fallut qu'un bref ajustement des contrôles pour se placer sur la bonne trajectoire. Elle regarda le cours d'eau se précipiter vers elle, puis elle s'efforça de trouver un point d'équilibre entre le risque de se faire détecter par les droïdes et celui d'avoir le dos brisé par l'impact. Cinquante mètres… quarante… trente… dix…

Elle retint sa respiration et enclencha les répulseurs.

La décélération qu'elle avait programmée, plus intense que prévue, la plaqua au fond de son fauteuil sous une pression de plusieurs *g*. Malgré tout, la capsule heurta violemment le fleuve, et elle vit le niveau de l'eau monter rapidement le long de la verrière tandis que l'engin s'enfonçait. Elle coupa les répulseurs et poussa un soupir de soulagement.

Elle ne s'attendait pas à ce qu'ils se remettent subitement en route.

Ses mains jaillirent à nouveau vers les commandes et elle activa l'extinction manuelle. Mais cela ne suffit pas. Même sans eux, la capsule disposait d'une flottabilité suffisamment importante pour remonter lentement vers la surface. Sûrement une mesure de sécurité délibérée, qu'elle aurait accueillie avec joie dans d'autres circonstances.

Dans ce cas précis, cependant, une capsule de secours ballottée à la surface, c'était l'assurance de se faire capturer.

Elle parcourut des yeux le tableau de bord en quête d'inspiration, essayant de trouver une astuce, comme l'utilisation de volets ou de lest, qui lui permettrait de contourner cette sécurité et de faire redescendre la capsule. Mais les concepteurs de l'appareil ne devaient pas, de toute évidence, avoir envisagé cette situation.

Ce qui ne lui laissait qu'une seule solution. Les dents serrées et les yeux fixés sur le niveau de l'eau de l'autre côté de la verrière, elle déverrouilla l'écoutille.

L'espace d'un instant, rien ne se passa. L'eau continuait de baisser à mesure que la capsule poursuivait son ascension. Puis, dans un grincement de protestation, les servomoteurs réussirent à ouvrir l'écoutille malgré la pression extérieure.

Et, dans un flot strident, le fleuve commença à s'engouffrer dans la capsule.

Padmé étouffa un petit cri lorsque le courant glacé l'éclaboussa, et qu'il se révéla bien plus froid que ce à quoi elle s'attendait. L'eau commença rapidement à s'accumuler autour de ses pieds, remonta le long de ses tibias et engourdit sa peau à travers son pantalon. La lente ascension de la capsule ralentit avant de s'interrompre ; puis, alors que le niveau de l'eau atteignait les genoux de Padmé, la capsule se mit de nouveau à s'enfoncer lentement.

Elle pressa la commande de l'écoutille, s'interrogeant fugitivement sur ce qui se passerait si l'eau avait pénétré les composants électroniques et neutralisé le mécanisme. Mais la porte fit ce qui lui était demandé : elle se scella à nouveau et stoppa l'afflux d'eau. Levant les yeux vers la verrière, elle observa la lumière danser à la surface pendant que la capsule continuait de couler, avant de s'immobiliser une fois son seuil de flottaison atteint.

Elle vérifia ses instruments. Les informations données par les mesures n'étaient pas très claires, mais le sommet de la capsule se trouvait visiblement quatre mètres sous l'eau. Avec un peu de chance, cela suffirait à masquer sa présence et elle pourrait passer sous le nez des équipes de recherche séparatistes en dérivant dans le courant.

En fait, pour peu qu'elle soit vraiment chanceuse, elle pourrait même se rendre directement à l'usine. La plupart des traitements industriels nécessitaient une grande quantité d'eau, et le fleuve s'écoulait dans la direction générale des coordonnées de Duja.

En tout cas, tant qu'elle se trouvait dans la zone des recherches, il n'y avait rien qu'elle puisse faire. Après avoir mis hors tension tout ce qui pouvait l'être, elle posa les pieds sur le tableau de bord de façon à les sortir de l'eau, puis elle s'installa pour ce qui risquait de durer de longues heures.

*
* *

Le voyage se transforma bien vite en épreuve de patience et d'ennui. Quoiqu'il ait aussi ses moments intéressants.

Le premier de ces moments advint lorsqu'elle atteignit la zone de recherche principale des droïdes *Vautour*. Chaque fois que l'une des ombres vacillantes interférait avec la lumière distante du soleil, l'anxiété s'emparait d'elle et elle se demandait si elle avait été repérée ou si le droïde se contentait de la survoler pour se diriger vers un autre objectif. À mi-parcours, elle réalisa soudain qu'étant donné l'angle du soleil, les ombres qui passaient au-dessus d'elle appartenaient à des droïdes qui ne se trouvaient pas directement à sa verticale. Cette pensée lui accorda une courte période de répit jusqu'à ce que le corollaire lui vienne à l'esprit : si l'un des droïdes se trouvait bel et bien au-dessus d'elle, elle le découvrirait trop tard.

Mais nul feu laser ne perça la surface en crépitant et aucune détonation de torpille ne percuta de son souffle mortel la coque de la capsule. Peu à peu, les ombres se firent moins nombreuses au-dessus de sa tête, jusqu'à disparaître complètement.

L'autre petite diversion se présenta une heure plus tard sous la forme de tourbillons et de remous soudains dans le flot par ailleurs tranquille du fleuve. Sa première pensée fut qu'elle avait rejoint une zone de rapides, mais elle repéra ensuite les gigantesques canalisations qui aspiraient de l'eau près de la rive gauche. Une ville, peut-être, sachant qu'elle devait se trouver encore à plusieurs kilomètres en amont des coordonnées de Duja.

Ou peut-être pas. Le flot du fleuve avait à peine retrouvé son débit tranquille qu'elle commença à remarquer la présence de tas de petits cailloux le long du cours d'eau. Une fois encore, elle pensa tout d'abord à un phénomène naturel, comme une érosion ou un éboulement provoqué par un tremblement de terre. Mais alors que les tas étaient toujours plus nombreux, elle réalisa qu'il s'agissait plutôt de résidus miniers sans doute arrachés par le vent ou la pluie à des monticules plus importants. Les résidus continuaient sur près d'un kilomètre avant de se réduire et de disparaître ; cent mètres plus loin, la capsule fut de nouveau secouée tandis que de nouvelles canalisations déversaient leurs eaux usées dans le fleuve. Les senseurs de la capsule indiquèrent que la température du flot était sensiblement plus élevée que celle de l'eau alentour, évoquant là encore un processus d'extraction ou d'affinage.

Donc les Séparatistes possédaient visiblement une mine associée d'une manière ou d'une autre à leur usine. Mais que pouvait donc bien produire cette mine pour que cela ait un sens d'investir autant d'argent et de temps aussi loin de tout ? Même le dooniun et le quadranium n'étaient pas *aussi* précieux.

À moins qu'ils aient découvert un dépôt extrêmement riche de l'un de ces deux métaux. Auquel cas, l'usine produirait… quoi ?

Cela semblait totalement insensé. Il serait certainement plus simple de se contenter de livrer le métal à une autre usine plus sûre, déjà équipée pour la production de plaques de coque ou d'armures de droïdes. Au lieu de quoi, ils s'étaient installés là.

À moins que Duja ne se soit trompée. À moins qu'il n'y ait rien d'autre qu'une mine et qu'elle l'ait confondue avec une usine.

Padmé contempla l'eau trouble qui tourbillonnait autour d'elle. Non. Duja ne s'était jamais trompée par le passé. Elle ne s'était pas trompée cette fois-ci non plus.

Aussi la jeune femme allait-elle prendre son mal en patience et attendre d'être arrivée aux coordonnées. Alors elle saurait exactement ce que son amie l'avait envoyée gérer.

*
* *

Le ciel s'était assombri et la nuit avait fini par tomber au-dessus de sa tête lorsque la capsule atteignit les coordonnées de l'usine.

C'était maintenant que les choses allaient se compliquer.

Padmé avait déjà empaqueté deux tenues de rechange, une paire de bottes, un comlink, un datapad, un bâton lumineux, son blaster favori – un ELG-3A – et le blaster de sécurité/pistolet ascensionnel S5, plus robuste, dans un sac à dos qu'elle espérait étanche. Une fois prête, elle inspira à fond à plusieurs reprises pour chasser le plus de dioxyde de carbone possible de ses poumons, puis actionna de nouveau la commande de l'écoutille. Cette fois, cependant, elle n'avait pas l'intention de l'entrebâiller mais de l'ouvrir entièrement.

Le mécanisme de la trappe en décida autrement. Elle se contenta de s'entrouvrir comme elle l'avait fait plus tôt, puis s'immobilisa, visiblement incapable de progresser davantage à cause de la pression extérieure.

Padmé essaya à nouveau, tout en s'efforçant de ne pas céder à la panique. Si l'écoutille restait bloquée, elle ne disposerait que de quelques secondes pour extraire son blaster du sac et essayer de pulvériser les gonds avant de périr noyée.

Heureusement, elle n'eut pas à en venir là. Lorsque l'eau bouillonnante fut arrivée à sa taille, la pression exercée sur la trappe s'équilibra de telle sorte que l'ouverture put se poursuivre. Dès qu'elle fut suffisante, elle plongea dans l'eau et se faufila à l'extérieur. Sans prêter attention au froid qui lui engourdissait les membres, elle laissa s'échapper un petit filet de bulles du coin de sa bouche pour s'assurer qu'elle se dirigeait dans la bonne direction et nagea jusqu'à la surface.

Elle émergea dans la nuit noire, accueillie par une brise chaude bienvenue. L'espace d'un instant, elle se laissa flotter dans le courant, se maintenant maladroitement à flot d'une main tandis qu'elle enfilait les bretelles de son sac à dos et jetait un regard circulaire sur les alentours.

Le fleuve mesurait environ trente mètres de large à cet endroit et le rivage, de chaque côté, surplombait le niveau de l'eau de cinq mètres environ. Sur l'une des berges, celle où les coordonnées de Duja situaient l'usine, tout n'était que ténèbres tandis que de l'autre côté se détachaient des taches de lumières vives quelque part au-delà du rivage. Au-dessus, les étoiles illuminaient le sol, leur scintillement occasionnellement perturbé par des nuages fins et clairsemés.

Pendant un instant, ses yeux passèrent d'une berge à l'autre, tandis qu'elle s'efforçait de décider quoi faire. La rive éclairée correspondait sans doute à une ville où elle pourrait trouver de quoi manger, se réchauffer et s'habiller comme les locaux. D'un autre côté, là où il y avait plus de gens il y avait aussi plus de risques de se faire repérer et capturer.

De plus, elle n'avait pas fait tout ce chemin pour son propre confort. Elle était là pour veiller à ce que Duja ne soit pas morte en vain. Cinquante mètres en aval, elle aperçut la silhouette d'arbres immenses amassés le long du fleuve, des arbres dont quelques racines pourraient affleurer de l'autre côté de la berge et être escaladées. Elle se tourna vers eux et, grelottant si fort que ses dents s'entrechoquaient, elle commença à nager. Elle avait vu beaucoup de poissons passer devant la verrière de sa capsule pendant la journée, certains dépassant même la taille de son bras. Avec un peu de chance, les bruits qu'elles faisaient seraient attribués à l'un d'eux.

Malgré la faible lueur émise par la ville dans son dos, elle repéra au moins une dizaine de racines noueuses qui émergeaient çà et de là de la terre. Saisissant la plus basse, elle se hissa hors de l'eau et commença à grimper.

Ce n'était pas facile. Les racines étaient mouillées, et la terre autour d'elles s'émiettait au contact de sa main. Mais elle avait déjà fait de l'escalade chez elle, dans les montagnes Gallo, et ce n'était pas tellement différent. Elle atteignit le sommet et passa prudemment la tête pour observer les alentours.

Au loin, elle aperçut un long bâtiment sombre composé d'un ou deux étages et doté, aux quatre coins, de tourelles semblables à celles d'un château. Entre lui et elle s'étendait une prairie ondoyante et ce qui ressemblait à une profonde dépression dans le sol, comme une crique ou un synclinal. Elle ne vit aucun reflet métallique qui aurait pu indiquer la présence de droïdes, mais avec la faible luminosité dont elle disposait, cela ne voulait pas nécessairement dire qu'ils n'étaient pas là.

Toutefois, elle n'avait rien à gagner en restant où elle était. Se hissant entièrement par-dessus le rebord de la berge, elle se redressa et repoussa une mèche de cheveux qui lui tombait dans les yeux. Elle prit un moment pour déterminer la meilleure approche possible, puis se dirigea vers le bâtiment.

Elle étouffa un cri lorsqu'une main, jaillie de nulle part, la saisit par l'une des bretelles de son sac à dos et l'entraîna sur le côté, sous le couvert des arbres.

— Reviens là, espèce d'idiot ! chuchota une voix bourrue dans son oreille. Tu veux qu'ils te voient ?

Une seconde plus tard, il la retourna brutalement et elle se retrouva face à un visage humain interloqué, aux joues couvertes de barbe et aux yeux écarquillés, surmontant un cou épais et un corps trapu.

— Attendez une seconde, dit-il, la voix aussi surprise que ses traits. Vous n'êtes *pas* Cimy.

— Tu vas la fermer, oui ? rugit à mi-voix une deuxième voix provenant des arbres. Tu veux qu'ils t'entendent ?

— Je crois que c'est déjà trop tard, répondit l'homme en se retournant vers la voix, entraînant Padmé dans le mouvement. Regarde : j'ai trouvé une espionne.

— Je ne suis pas une espionne, protesta Padmé. Aïe. Ça fait mal !

— Quoi ?

— Vos doigts, répondit-elle avec une grimace. Vous me les enfoncez dans l'épaule.

— Oh, fit l'homme en la lâchant aussitôt. Désolé.

— À qui parles-tu ? voulut savoir la deuxième voix.

Il y eut un bruissement dans les fourrés entourant les arbres, et un deuxième homme apparut, plus grand et moins trapu, mais doté d'une barbe impressionnante.

— Ouh-là. Bon sang, mais c'est *quoi* ça ?

— J'ai cru que c'était Cimy, répondit le premier homme, l'air confus. Il…

— C'est une *fille*, imbécile !

— Quoi ?

Le premier homme scruta Padmé de plus près.

— Ah oui. Une fille. Désolé. En tout cas, elle se tenait complètement à découvert et j'ai cru que c'était Cimy…

— Qui a cru que j'étais qui ? intervint un troisième homme en apparaissant au milieu d'eux.

Il était plus petit que les autres, n'avait pas de barbe mais une fine moustache.

Même dans la lueur tamisée des étoiles, Padmé remarqua que le deuxième homme et celui-ci partageaient un air de famille très marqué. Des frères ?

— J'ai cru qu'elle, c'était toi, répondit patiemment le premier homme. Alors je l'ai emmenée à l'abri des arbres…

Il s'interrompit et se retourna vers Padmé.

— Vous êtes mouillée, dit-il les sourcils froncés en l'observant de la tête aux pieds. Vous étiez dans le *fleuve* ?

— Oui, je m'offrais juste une petite baignade, dit-elle en essayant de ne pas claquer des dents.

L'air, qui lui avait semblé plus chaud que l'eau, commençait à la refroidir à nouveau. Cette petite brise soutenue, maintenant qu'elle n'était plus abritée par la hauteur des berges, n'aidait pas non plus.

— Une *baignade*, gloussa le deuxième homme. C'est ça, oui.

— Bon, d'accord, je ne me baignais pas.

Cimy tenait quelque chose dans sa main qui ressemblait à une canne à pêche…

— J'étais sortie pêcher et mon bateau a coulé, ajouta Padmé.

— Vous êtes folle ? s'exclama Cimy. C'est déjà pas malin d'être dehors au milieu de la nuit… mais dans un *bateau* ? Les charognards auraient pu vous choper, pour sûr !

— Vous avez sans doute raison. Ça doit être beaucoup moins dangereux, ici, dans les arbres.

— C'est bien pour ça qu'on y est, et pas ailleurs, rétorqua le premier homme.

Il lui jeta de nouveau un coup d'œil.

Puis, à la plus grande surprise de Padmé, il retira sa veste pour lui en couvrir les épaules.

— Tenez, vous semblez avoir froid. Je m'appelle LebJau, au fait. Voici Huga et son frère, Cimy…

— LebJau, t'es pas *dingue* ? le coupa brutalement Huga. On ne sait absolument rien d'elle !

— Elle est mouillée, elle a froid et elle pêchait. Qu'est-ce qu'on a besoin de savoir de plus ?

— Commençons par sa fichue identité et par ce qu'elle fichait là ! répliqua Huga. Elle pêchait pas, bougre d'idiot !

— Attends une minute, fit Cimy, un léger tremblement dans la voix. Ce matin… tu te rappelles quand les charognards ont décollé pour remonter le fleuve ?

— Oh, *krink*, marmonna Huga. LebJau a raison : c'est *bien* une espionne. Sauf qu'elle bosse pas pour les têtes d'enclume. Qui êtes-vous ? Qu'est-ce que vous faites ici ?

— Rien qui vous concerne, leur assura Padmé en réfléchissant à toute vitesse.

Ses blasters se trouvaient toujours dans son sac à dos, et maintenant que ses ravisseurs se montraient suspicieux, il lui était impossible d'atteindre une arme avant qu'ils l'en empêchent. Et puis, il n'y avait pas grand-chose qui justifiât qu'elle abatte des villageois inoffensifs.

— Si vous me laissez partir, je vous promets que vous ne me reverrez plus jamais.

— Et si les têtes d'enclume vous trouvent ? demanda Cimy. Hein ? Que se passera-t-il s'ils remontent votre piste jusqu'au fleuve, s'ils remontent jusqu'à nous ?

— Bah, c'est pas bien grave, intervint LebJau, l'air perplexe. On peut bien trouver un autre coin pour pêcher.

— Mais tu vas la fermer, oui ? gronda Huga.

— C'est pas le problème de la pêche, LebJau, expliqua patiemment Cimy. Les têtes d'enclume pourraient se fâcher qu'on l'ait laissée s'échapper.

— Eh bien, il y a une façon rapide de régler *ça*, suggéra Huga. Attrape-la par les bras. On planque notre équipement ici pour plus tard, et on va la livrer.

— Non, attendez, s'écria vivement Padmé. Vous ne voulez pas faire ça !

— Et pourquoi pas ? Il pourrait même y avoir une prime à la clé !

Ça y est, elle l'avait trouvé, l'hameçon dont elle avait besoin.

— C'est ça que vous voulez ? De l'argent ?

— Comme tout le monde, non ? rétorqua Huga. On peut pas dire que ce fichu Duc nous paie bien lourd.

— J'imagine, oui, acquiesça Padmé en se demandant qui pouvait être le Duc : un autre villageois, ou l'un des Séparatistes ? Laissez-moi vous montrer quelque chose, reprit-elle en tendant la main vers sa chemise pour en sortir son collier. Ceci est une gemme corusca, dit-elle en détachant la chaîne puis en tendant le bijou à Huga. On s'en sert comme monnaie d'échange dans certaines régions de la galaxie.

— Ben c'est pas le cas, ici, fit Huga, mais sa voix changea lorsqu'il posa les yeux sur la pierre précieuse.

— Ça vaut beaucoup d'argent absolument partout. Beaucoup plus que ce que le Duc vous donnera jamais pour m'avoir livrée. Pour peu qu'il vous donne quelque chose.

— C'est pas un souci, répliqua Huga avec un haussement d'épaules. On peut prendre ça *et* vous livrer juste après.

— Faites un effort pour voir les choses en grand ! s'emporta Padmé. Je n'ai qu'une seule gemme sur moi.

Mais le fait que j'en possède une signifie que je suis riche. Tout comme ma famille. Et donc… ?

L'espace d'une seconde, les hommes échangèrent des regards perplexes. Huga fut le premier à comprendre :

— Vous dites… qu'on doit vous échanger contre une *rançon* ?

— Pourquoi pas ? Vous voulez de l'argent. Je ne veux pas que vous me livriez au Duc ou aux têtes d'enclume. C'est une bonne solution pour que tout le monde soit content.

— Ouais, mais…, balbutia Huga. Vous n'êtes pas censée vous porter *volontaire* pour ce genre de chose… Si ?

— Je ne me porte pas vraiment volontaire. Je suis déjà votre prisonnière, non ?

— Ouais, mais…

— Si ça peut vous mettre à l'aise, vous n'avez qu'à penser que cet argent est une sorte de loyer. Vous n'avez qu'à m'héberger jusqu'à ce que quelqu'un de ma famille puisse venir avec l'argent, puis chacun repartira de son côté. Marché conclu ?

Une fois encore, les trois hommes se dévisagèrent.

— Vous en pensez quoi ? demanda Huga.

— Je sais pas, fit Cimy en jetant un regard furtif à la jeune femme. On ne peut pas l'emmener à l'intérieur : les têtes d'enclume connaissent tous ceux qui sont censés s'y trouver. Et puis, elle parle bizarrement.

— On pourrait la mettre dans le bateau, suggéra LebJau. Personne n'y va et on pourrait lui apporter de la nourriture par la porte de derrière.

— Attends une seconde, gronda Huga. De la *nourriture* ? Combien de temps ça va durer, déjà ?

— Pas plus d'une semaine ou deux, tout au plus, lui assura Padmé. Juste assez longtemps pour envoyer un message à mon oncle Anakin. Il se chargera d'apporter l'argent et je ne serai plus un problème pour vous.

— Je ne sais pas, grommela Huga. Une semaine, c'est vraiment très long. Que se passera-t-il s'il la trouve?

— Ils la trouveront pas, promit LebJau. Je me chargerai de tout apporter : ils font pas très attention à moi. Toi et Cimy, vous continuez à faire votre boulot comme d'habitude, et moi je m'occupe de tout apporter.

— Tu vas lui donner aussi de quoi se faire un petit nid, tant que tu y es? gronda Huga. C'est pas un animal de compagnie, tu sais. Si elle s'envole – ou s'ils l'attrapent –, ça nous fiche dans la mouise.

— Elle le fera pas, répliqua LebJau avant de se tourner vers Padmé. Vous le ferez pas, hein? Vous enfuir?

— Pas tant que mon oncle ne sera pas arrivé et que vous n'aurez pas touché la rançon. C'est promis.

— Elle dit qu'elle s'enfuira pas, fit LebJau en se retournant vers les autres.

— Je sais pas, répéta Huga.

Mais il continuait à caresser doucement la pierre précieuse entre ses doigts.

— Vous n'avez rien à perdre, lui fit remarquer Padmé. Même si je m'enfuis, vous aurez toujours la gemme, vous vous rappelez?

— Bon d'accord, marmonna Huga.

Il avait encore des réserves, elle le voyait bien. Mais pour l'instant, du moins, l'appât du gain était plus fort que la peur.

— Comment on fait pour contacter cet oncle? ajouta-t-il.

— J'ai un contrat avec l'un des services de messagerie indépendants de la région. Interstel Systems. Je peux… Qu'y a-t-il?

Elle s'interrompit en voyant une même expression traverser le visage des trois hommes.

— Rien, dit LebJau. C'est juste qu'on a entendu l'autre jour que la triade de communication d'Interstel était en panne.

— Quelqu'un se plaignait de devoir se rendre lui-même par vaisseau jusqu'à Plood ou Batuu pour transmettre le message en mains propres, ajouta Cimy. La plaie.

— Vraiment ? fit Padmé, les traits brusquement tendus. Et que font-ils pour arranger la situation ?

— Ils doivent sans doute attendre d'avoir accumulé assez de messages pour que ça vaille le coup de voyager jusqu'à Plood où ils les réintroduisent dans le réseau de la triade locale, devina Cimy. C'est comme ça qu'ils font en général.

— Je vois, murmura Padmé.

Quelle coïncidence que le système soit tombé en panne pile lorsqu'elle en avait besoin…

Était-il possible que quelqu'un ait remarqué les messages de Duja en direction de Coruscant et saboté la triade pour éviter que quoi que ce soit d'autre ne filtre ? Dès lors, est-ce que ça voulait dire qu'aucun de ses messages n'était parvenu à Anakin ?

Auquel cas, ce serait un désastre. Son vaisseau avait des copies de tous ses messages ; mais quand bien même il parviendrait à trouver son appareil, ces enregistrements étaient tous cryptés par les codes automatiques du Sénat.

Elle redressa les épaules. Alors comme ça, Interstel avait besoin d'un gros tas de messages avant de faire quoi que ce soit ? Très bien. Elle était plus qu'heureuse de leur rendre service.

— Vous avez une idée du nombre magique qui les fera envoyer un vaisseau à Plood ? demanda-t-elle.

Huga haussa les épaules.

— J'sais pas. Deux cents, probablement. Y a pas tellement de demandes dans le coin.

— Parfait. Nous allons en envoyer cinq cents.

Huga la dévisagea, bouche bée.

— *Cinq cents ?*

— Avec un peu de chance, ça devrait attirer leur attention. *Et* celle d'oncle Anakin. Je rédigerai un message dès que vous m'aurez installée. Oh, et mon prénom est Padmé. Enchantée de faire votre connaissance.

— Mouais, grommela Huga, qui semblait encore agir sous la contrainte. C'est ça. Bon… venez. Faites attention aux racines.

Il s'enfonça plus profondément dans le bosquet d'arbres, Cimy à ses côtés, Padmé et LebJau marchant derrière eux. Ils avaient parcouru environ dix mètres quand LebJau saisit gentiment le haut du bras de la jeune femme de sa grosse main.

— Attention, murmura-t-il. Ça descend.

Padmé opina du chef – elle avait déjà vu la tête d'Huga s'incliner lorsque Cimy et lui avaient commencé à descendre une pente abrupte. La tranchée mesurait environ cinq mètres de profondeur et s'étirait jusqu'au fleuve : le lit asséché d'un ruisseau, à en croire son apparence, appartenant peut-être à un affluent saisonnier, et presque certainement la dépression qu'elle avait remarquée dans le sol avant que LebJau l'attrape. Huga tourna le dos au fleuve que l'on voyait couler tout au bout et remonta le long de la gorge.

Le défilé était assez profond pour que le bâtiment séparatiste reste hors de vue tandis qu'ils progressaient le long du chemin rocailleux. Mais à certains endroits, d'autres tranchées croisaient la leur et, au moment de passer le carrefour, Padmé était à même d'entrevoir leur destination.

Sa première impression avait été que ce lieu ressemblait à un château. Mais à présent, elle voyait que ce n'était pas tout à fait le cas. Ce qu'elle avait pris pour des tourelles aux quatre coins étaient en fait des plates-formes verticales de forme pyramidale pour les droïdes *Vautour*, des emplacements où ils pouvaient venir se percher et faire le plein de carburant, tout en restant à même de s'élancer dans les airs et de passer immédiatement à l'action sans avoir à passer par un hangar. Le reste du bâtiment, quoique vaste, ne mesurait pas plus de quinze mètres de haut mais s'étendait bien sur cinq cents mètres de large et au moins quasi autant de long.

— C'était autrefois une poly-usine, expliqua LebJau en indiquant le complexe d'un signe de tête. Y avait de gros générateurs d'énergie dans la cour centrale avec tout un tas d'industriels et de fabricants différents sous le même toit, tous disposant de dix mille mètres carrés chacun.

— Tout le monde avait le droit à des fenêtres et la lumière du soleil était même traversante, ajouta Cimy avec nostalgie. Bien sûr, un des côtés était forcément plus bruyant à cause des générateurs. Mais au moins, il y avait de la lumière.

— C'est ça, reprit LebJau. Puis le Duc et les têtes d'enclume ont débarqué. Ils ont chassé tout le monde et ont pris le contrôle de l'usine.

— Vous avez une idée de ce qu'ils font là-dedans ? voulut savoir Padmé.

— Des trucs qui ne sont pas nos affaires, grommela Huga par-dessus son épaule.

— Avant, c'était nos affaires, rétorqua LebJau avec amertume. On travaillait dans l'une des usines d'électronique. Maintenant, ils nous font faire l'entretien.

— Hé, au moins, on a du boulot, lui rappela LebJau. Tous n'ont pas eu la chance d'être réembauchés, tu sais.

— Quel genre d'entretien ? demanda Padmé, les sourcils froncés.

Dans les usines des Séparatistes, l'entretien était généralement réalisé par les droïdes.

— Du nettoyage, principalement, répondit LebJau. Balayer et sortir toutes sortes de détritus.

— Ah. Je suppose que tous les postes de technicien sont occupés par d'autres droïdes ?

— Non, ce sont aussi des gens qu'ils ont réembauchés, précisa Cimy. Des experts en matériaux de construction : des gars qui fabriquent de nouveaux plastoïdes, céramiques et autres trucs du genre… et un tas d'ingénieurs pour réorganiser une partie des chaînes de montage.

— Ça a pris deux bons mois pour se faire, d'ailleurs, compléta Huga. Ils ont défoncé une grosse partie du plafond de l'aile est : tout ce bazar occupe la moitié des deux niveaux inférieurs.

— Vous avez vu la chaîne, mais vous ne savez pas ce qu'ils fabriquent ? s'étonna Padmé.

— Jamais vu le produit fini, confirma LebJau. Ils verrouillent tout avant que les équipes de nettoyage interviennent et planquent le travail de la journée derrière des rideaux.

— Mais ils ont *quand même* des droïdes, non ?

— Des têtes d'enclume ? Ouais. Pour la plupart, ce sont de grands machins dégingandés qui patrouillent en brandissant leurs armes dans notre direction. Tout le reste, ce sont des gens de chez nous, à part les deux superviseurs qui travaillent avec le Duc.

— Un homme et une femme, précisa Cimy.

— Oui, reprit LebJau. Je ne pense pas que les têtes d'enclume soient capables de manipuler les machines ou de faire du travail de programmation.

Padmé hocha la tête.

— J'imagine que non.

Elle savait, toutefois, que les Séparatistes disposaient bel et bien de droïdes pourvus de ces capacités. Il s'agissait d'unités spécialisées extrêmement chères. Dooku et Grievous n'en avaient pas beaucoup. Néanmoins, ils étaient opérationnels et compétents et n'avaient pas besoin d'être nourris par la population locale. C'était un détail de plus sur lequel elle allait devoir se pencher une fois à l'intérieur.

— Alors qui est ce Duc ? À quoi ressemble-t-il ?

— On l'a jamais vu, répondit Cimy. Ce sont ses superviseurs ou les têtes d'enclume qui nous donnent les ordres.

— Il y avait plus d'hommes et de femmes à un moment, aussi, dit LebJau. Beaucoup plus. Ils sont restés le temps de l'installation et pendant un mois environ après ça. Y avait beaucoup de vaisseaux qui allaient et venaient dans la cour, et plein de trucs qui arrivaient en provenance de la mine. Puis la plupart d'entre eux ont remballé leurs affaires et sont partis, et c'est plutôt calme depuis.

— Sûrement que les gars de la R&D en avait terminé, et qu'ils ne font plus que de la production, maintenant, suggéra Cimy.

— Ah, fit Padmé. Et qu'est-ce qu'ils apportent de la mine ? Une sorte de métal lourd et gris ?

— Aucune idée, répondit LebJau en haussant les épaules. La mine n'a jamais été à nous : c'est un autre groupe qui en était propriétaire et ils avaient leur propre personnel. Y nous ont jamais laissés entrer. Puis le Duc est arrivé et les a chassés de là, j'imagine, parce qu'ils sont tous partis il y a quelques mois et ne sont jamais revenus.

— Ils ont recruté un autre groupe de gens de la ville pour y travailler, cependant, ce qui est une bonne chose, ajouta Cimy. Mais les têtes d'enclume les surveillent de près, et ils ont leurs propres baraquements sur place, alors on n'a pas trop de nouvelles de leur part. Le Duc les garde bien occupés en tout cas.

— Je vois, murmura Padmé.

S'il s'agissait de doonium ou de quadranium, cela semblait logique que la sécurité soit renforcée autour de la mine.

Mais alors, pourquoi cet exode massif de personnel ? Même si la production pouvait vraiment être totalement automatisée, ne devraient-ils tout de même pas avoir un peu plus qu'une poignée de gens pour superviser les choses ? Peut-être que ce projet n'était pas aussi gros ou important que ce que Duja avait pu penser.

Ou peut-être qu'il s'agissait d'un projet si sombre et si secret que Dooku préférait qu'il n'y ait qu'un minimum de gens au courant.

Ce qui expliquerait aussi pourquoi ils utilisaient des natifs comme techniciens plutôt que de programmer des droïdes pour surveiller le processus. Non seulement l'absence de droïdes hautement spécialisés dans le cadre de l'effort de guerre risquerait d'attirer l'attention, mais il faudrait encore leur effacer la mémoire et réinstaller leur programmation par la suite, ce qui leur ferait perdre beaucoup de temps et d'argent.

— Vous avez parlé d'un bateau tout à l'heure ? dit-elle. Est-ce qu'on ne va pas dans la mauvaise direction pour ça ?

Huga ricana.

— Seulement si vous voulez un *vrai* bateau.

— Le bateau est le bébé de LebJau, ajouta Cimy. Ou plutôt *l'usine à gaz*, comme je l'appelle.

Padmé regarda LebJau. Le grand gaillard fixait un point droit devant lui, les lèvres pincées.

— Qu'est-ce qu'il veut dire ? lui demanda-t-elle.

— Il s'est mis dans la tête de construire un bateau ici, dans la ravine de Kivley, expliqua Cimy avec un geste circulaire de la main. Pas loin de l'usine avec l'idée d'y récupérer de la ferraille et peut-être emprunter des outils en cas de besoin. Il s'est dit que lorsque les pluies du printemps arriveraient et inonderaient la ravine, son truc se mettrait à flotter et redescendrait jusqu'au fleuve, tranquilou bilou.

Il tendit le bras devant lui et poursuivit :

— Sauf que le Duc et les têtes d'enclume ont débarqué. On a été transférés à l'entretien, et il ne peut plus sortir maintenant.

— Ce qui fait que son truc reste planté là, conclut Huga, à des kilomètres de la ville, au milieu de nulle part. Il est bien trop lourd pour être déplacé.

— Et loin d'être terminé, ajouta Cimy. Donc quand les pluies arriveront, l'eau va se contenter de le traverser de part en part pour finalement le laisser sur place.

— Quel dommage ! se désola Padmé. Combien de temps avant les premières pluies ?

— Deux mois, répondit Cimy. Peut-être trois.

— Ah.

Donc si Anakin et elle parvenaient à faire intervenir la République assez vite, LebJau pourrait encore terminer son bateau à temps.

Elle plissa le front en repensant subitement à quelque chose qu'il venait de dire.

— Vous dites que vous n'avez pas le droit de sortir ?

— C'est interdit, oui, répondit Cimy avec désinvolture. Mais ils ne nous donnent pas assez à manger, et le peu qu'on a, c'est de la nourriture conditionnée qui a un goût de sciure. Alors on se faufile dehors chaque fois qu'on peut pour aller pêcher du poisson.

— On passe par la porte que j'utilisais toujours pour rejoindre mon bateau, expliqua LebJau. Ils avaient une route qui partait de là, autrefois, avant que les têtes d'enclume arrivent, mais l'une des crues printanières l'a emportée et ils ne se sont pas embêtés à la refaire. Du coup, elle n'est plus utilisée, maintenant.

— Il faut juste savoir esquiver les charognards quand ils sont de sortie, précisa Huga. Une fois qu'on a quitté le périmètre, ils ne se préoccupent plus de nous. Beaucoup de gens de la ville sortent la nuit pour chasser, et je pense qu'ils se sont lassés d'arrêter tout le monde pour vérifier leur identité.

— Ah, fit Padmé.

Ils étaient assez près de la forteresse maintenant pour que le sommet du bâtiment soit visible même depuis le fond de la ravine.

— Sur quelle distance s'étend le périmètre à partir des murs ?

— À vous de me le dire, dit Huga. On est déjà à l'intérieur.

Padmé déglutit avec peine. De plus, à en croire la façon dont les étoiles avaient perdu de leur intensité, ils venaient aussi de passer sous la cloche d'un bouclier d'énergie. Formidable.

— C'est encore loin ? demanda-t-elle en baissant la voix.

— Pas vraiment, répondit Huga. Pourquoi, vous êtes fatiguée ?

— Un petit peu. Et j'ai froid.

— Nous y sommes presque, l'encouragea LebJau en indiquant quelque chose par-dessus l'épaule de la jeune femme. Juste là, avant ce tournant. Vous voyez ?

— Oui.

À cette distance, cela ressemblait moins à un bateau qu'à un tas de gravats.

De près, découvrit-elle rapidement, cela ressemblait exactement à la même chose.

— Vous en pensez quoi ? demanda LebJau en l'aidant à passer au-dessus du bastingage, puis en la menant vers une timonerie bas de plafond située au milieu d'un pont à moitié terminé.

— Le design est intéressant, répondit-elle de sa voix la plus diplomatique.

En fait, cette chose était plus rustique et empreinte d'amateurisme que tout ce qu'elle avait pu voir de sa vie. Elle semblait avoir été construite en grande partie à partir de rebuts issus de l'usine, des éléments métalliques pour la plupart, mais certains également en céramique ou en plastoïde.

En aucun cas, ce bateau ne survivrait à la crue de la ravine. D'ailleurs, il y avait peu de chance qu'il survive même à la première vague.

— Merci, sourit LebJau en ouvrant la porte de la timonerie d'un coup d'épaule. Vous pouvez vous installer là-dessous.

La pièce était plus grande qu'elle en avait l'air de l'extérieur et se prolongeait sous le pont de sorte que Padmé pouvait y tenir debout sans se cogner la tête. Elle suivit LebJau au bas des trois marches – l'une d'elle vacilla sous son poids – et en direction d'un rebord en plastoïde destiné certainement un jour à devenir une couchette.

— Il n'y a pas de vrai lit, s'excusa-t-il en chassant quelques copeaux de métal de la surface. Désolé. J'essaierai de vous trouver quelque chose demain.

— Ça ira, lui assura Padmé en lui rendant sa veste. J'ai connu pire.

— Quand allez-vous envoyer vos messages ? demanda Huga. Les cinq cents que vous deviez écrire à votre oncle Anakin ?

— Je vais les rédiger tout de suite, promit Padmé.

S'asseyant sur le rebord, elle retira son sac à dos et en sortit son datapad.

— Comment allez-vous les transmettre à Interstel ? s'enquit-elle.

— On va demander à Grubs ou à quelqu'un d'autre de les emporter en ville, répondit Huga. Quelqu'un là-bas pourra les donner au bureau d'Interstel à Yovbridge.

— Espérons que cinq cents suffiront à les convaincre de sortir le vaisseau du hangar, ajouta Cimy.

— Espérons-le, oui, acquiesça Padmé. D'ici là, vous avez mon collier en garantie de ma bonne foi.

Quinze minutes plus tard, ils étaient repartis, Cimy avec la datacarte des messages et son numéro de compte, Huga avec la gemme corusca, LebJau avec la promesse de revenir le lendemain soir pour lui apporter de la nourriture et de quoi lui faire un lit.

Et de nouveau, Padmé se retrouva seule.

Dans l'ombre d'une usine séparatiste.

J'ai connu pire, avait-elle dit à LebJau. Mais presque à chaque fois, il y avait eu au moins *quelqu'un* pour savoir où elle se trouvait.

Elle prit une profonde inspiration, puis sortit une barre de ration de son sac. S'inquiéter, elle le savait, ne la mènerait à rien. Ce dont elle avait besoin maintenant, c'était de nourriture, de repos et d'un plan.

Les deux premières choses étaient assez simples à obtenir. La troisième, avec un peu de chance, viendrait avec le temps.

Et une fois Anakin avec elle, ils découvriraient ensemble ce que les Séparatistes étaient en train de manigancer. Ils le découvriraient et y mettraient un terme.

CHAPITRE 8

— Ils sont en train de nous encercler, avertit Vador en observant le comptoir.

Dans la cuivrerie décorative du bar, il pouvait voir le reflet difforme des dix Darshi qui les contournaient silencieusement pour aller se placer derrière Thrawn et lui, prêts à les prendre en tenaille.

Une manœuvre simple, mais parfaitement exécutée. Pendant la Guerre des Clones, LE Jedi avait assisté à un grand nombre d'attaques de ce type de la part des forces séparatistes. Celles de l'épidémie actuelle, de ces Rebelles tout juste bons à gesticuler de manière bruyante, se révélaient en cela beaucoup moins professionnelles.

À l'image de cette cellule que Thrawn avait été envoyé détruire sur Atollon.

L'amiral avait essayé de les encercler, lui aussi, tout comme les Darshi à cet instant même dans la cantina. Mais il avait échoué dans sa mission, tout comme les Darshi allaient échouer dans la leur.

Thrawn ne répondit pas. Était-ce parce qu'il désapprouvait la décision de Vador d'envoyer la Première Légion à la poursuite des vaisseaux qui approchaient de Batuu ?

Le grand amiral était plutôt mal placé pour faire des critiques. Il avait réussi à piéger l'Escadron Phoenix dans l'espace comme au sol, mais quelques vaisseaux étaient tout de même parvenus à se faufiler à travers le blocus.

Ici, Vador ne disposait pas des mêmes ressources, ce qui signifiait que certains des appareils au-dessus de Batuu allaient inévitablement s'échapper. Mais le gros cargo, celui contre lequel il avait envoyé la Première Légion, ne s'en tirerait pas.

Il allait montrer à Thrawn comment il fallait faire.

— Vous entendez ça ? murmura le Chiss.

— Quoi ? demanda Vador sans cesser d'observer les mouvements dans la cuivrerie.

— Leur code à base de cliquetis, répondit l'amiral à mi-voix. Vous l'entendez ?

Vador fronça les sourcils. Oui, il percevait de faibles claquements de langue à présent. Étrange qu'il ne l'ait pas remarqué plus tôt.

— Vous sauriez les interpréter ?

— Pas en détail, répondit Thrawn. Mais la plupart suivent des schémas similaires. Le nombre et la fréquence des claquements indiquent qu'ils sont presque prêts à lancer leur attaque. N'oubliez pas que nous souhaitons faire des prisonniers afin de les interroger.

Vador lança un regard noir au reflet du comptoir. De simples porte-blasters, certainement. Mieux valait les éliminer et laisser à Kimmund le soin de trouver des prisonniers.

— Pensez-vous qu'ils nous rendront la politesse ?

— Au début, oui, estima Thrawn.

Ce n'était pas la réponse à laquelle s'attendait Vador.

— Pour quelle raison ?

— La curiosité. Ils voudront savoir ce que j'ai appris sur eux, répondit le Chiss avant de lui jeter un regard oblique. Mais vous n'aurez peut-être pas droit à la même prévenance.

Le Chiss avait une haute estime de lui-même, à n'en pas douter.

— Alors ils seront surpris.

— En effet.

Un sifflement discret s'éleva lorsque Thrawn tira son bâton de combat de son holster.

— Une fois qu'ils auront perdu certains des leurs, poursuivit-il, ils abandonneront sûrement l'idée de nous capturer en vie, l'un comme l'autre.

Vador acquiesça intérieurement. Et lorsqu'ils en seront arrivés à ce stade, même Thrawn ne pourra plus regretter de voir le sol de la cantina jonché des cadavres de leurs adversaires.

— Alors leur surprise sera de courte durée.

— Commençons par essayer de les neutraliser sans les tuer, indiqua Thrawn avec une emphase qui suggérait qu'il s'agissait d'un ordre.

Non pas que Vador fût d'humeur à accepter de telles instructions, et encore moins dans ces circonstances. Heureusement pour lui, Thrawn avait présenté son objectif avec plus de subtilité que cela.

Subtilité. Dans un Empire peuplé d'hommes comme Tarkin, peut-être que c'était ce que l'Empereur trouvait le plus utile chez ce Chiss.

Thrawn avait refusé d'envoyer le *Chimaera* contre les vaisseaux inconnus au motif que cela pouvait être avantageux de cacher l'étendue de leurs ressources. Maintenant, il souhaitait éviter de frapper mortellement ses assaillants pour suggérer qu'il n'avait pas la capacité ou le courage de tuer ?

Très bien. La subtilité était un jeu auquel Vador pouvait également jouer s'il le décidait.

Ce fut à cet instant précis qu'il perçut le tressaillement dans la Force indiquant que les Darshi passaient à l'attaque.

Il fit volte-face et tira son sabre laser de son ceinturon. Trois des non-humains convergeaient vers Thrawn, leurs propres bâtons de combat à la main, tandis que quatre autres chargeaient Vador équipés d'armes identiques.

Leurs couteaux, curieusement, restèrent dans leurs étuis. Apparemment, ils avaient *bien* l'intention de capturer leurs proies vivantes.

Malgré tout, cela ne les empêchait pas de garder une certaine prudence. À bonne distance du champ de bataille, uniquement visibles de façon intermittente au milieu des clients qui battaient en retraite pour gagner la sortie, se tenaient les trois autres Darshi, blasters sortis et prêts à faire feu. Soit Vador et Thrawn sortiraient de la pièce en prisonniers, soit – pensaient-ils visiblement – ils n'en ressortiraient pas du tout.

Les assaillants allaient être gravement déçus.

Thrawn avait déjà fait demi-tour pour faire face à ses assaillants avec, dans sa main libre, une bouteille de rhum saisie à la volée derrière le comptoir. Mais au lieu de se contenter de la jeter, il la fit tournoyer deux fois, la pointa en direction de son adversaire le plus proche et la frappa avec son bâton pour la faire voler en éclats.

Et tandis que le liquide tout juste secoué jaillissait du récipient, Thrawn en aspergea le visage de ses trois assaillants.

Leur charge s'interrompit de manière confuse parmi les cris et les rugissements suscités par le contact de l'alcool avec leurs yeux non protégés. Thrawn jeta la bouteille à moitié vide vers les agresseurs de Vador, puis s'élança au milieu de son propre groupe, frappant de son bâton, et avec une précision d'expert, bras, jambes et côtés avec l'intention de neutraliser sans tuer.

Mais le groupe de Vador, ayant vu l'offensive de Thrawn, ne souffrit pas de l'effet de surprise. Lorsque la bouteille vola vers eux, le Darshi le plus proche la repoussa d'un revers de son propre bâton. Il se retourna vers le Seigneur Noir…

Vision dédoublée : le Darshi esquisse une feinte à gauche, puis fend l'air de son bâton depuis la droite…

L'assaillant recula en titubant, projeté sur le côté, lorsque Vador lui frappa violemment la tempe de la poignée de son sabre laser.

Pas la lame. Juste la poignée. Si Thrawn était capable d'affronter trois adversaires avec un simple bâton, Vador le pouvait aussi.

Vision dédoublée : un bâton s'écrase sur son casque…

Vador fendit l'air de son sabre laser pour repousser l'attaque, puis enfonça la pointe de la lame au centre de la poitrine du non-humain.

Vision dédoublée : une volée de coups venue des deux derniers Darshi s'abat sur son casque et son avant-bras…

Une totale perte de temps, bien sûr, s'agissant de bâtons de combat contre une armure. Mais Vador laissa l'attaque se dérouler, les coups pleuvoir sans conséquence, de façon à les attirer à sa portée. Deux coups d'estoc supplémentaires et ils rejoignirent leurs compagnons au sol.

Vision dédoublée : des décharges lui frappent l'épaule droite…

Il se projeta dans la Force et dévia les canons des assaillants de quelques degrés sur le côté, juste assez pour leur faire manquer leur cible. Ils ne se rendirent sans doute même pas compte de ce qui s'était passé. Puis il les dirigea vers eux à grands pas, sa cape flottant derrière lui.

Vision dédoublée : des décharges de blaster le touchent à la poitrine, à la tête, à la poitrine…

Là encore, il en bloqua une et puisa dans la Force pour dévier les deux suivantes. Il souleva une table voisine et, gardant une main dessous comme s'il ne se servait que de sa puissance musculaire, usa de la Force pour la projeter vers eux à travers la cantina.

L'un d'eux fut assez rapide pour bondir hors de sa trajectoire. Les deux autres manquèrent de réflexe ou de chance et s'écroulèrent dans des gémissements de douleur et le fracas du bois se brisant sur le plancher.

Celui resté debout en avait assez vu.

Vision dédoublée : une décharge en pleine tête…

Vador dévia à nouveau le canon de l'arme, envoyant la décharge sur le côté, tandis que le Darshi piquait un sprint en direction de la sortie. Le Seigneur Noir le suivit à grands pas, hésitant encore s'il devait l'arrêter immédiatement ou le laisser sortir pour qu'il puisse découvrir dans quel genre de véhicule il était arrivé.

Il se décida pour la seconde option. Le Darshi atteignit la porte et l'ouvrit…

Jaillissement de sensations, ondulations et tourbillons dans la Force, quelque chose ou quelqu'un apparaît non loin – surprise, confusion ; vision dédoublée : la seconde vision n'est qu'obscurité…

Le pas de Vador se fit hésitant. C'était la perturbation dans la Force que l'Empereur avait perçue depuis Coruscant ! Cela ne pouvait rien être d'autre.

Mais cette fois, à la différence de ses premiers essais pour la détecter, la perturbation semblait juste en face de lui, comme prête à transpercer et à submerger son esprit.

Tourbillons dans la Force – surprise, confusion, obscurité, angoisse…

Mais qu'est-ce que c'était ? Malgré sa puissance, la sensation restait vague et diffuse. Il ne pouvait dire s'il s'agissait d'une personne, d'un groupe de gens, ou d'autre chose. Quelque chose qui pourrait être encore inconnu des Jedi et des Sith.

Brusquement, alors que le Darshi sortait en courant et que Vador s'efforçait d'y voir plus clair dans ce chaos de pensées et de sensations, le grondement d'une explosion s'éleva dans le lointain.

Le tourbillon d'angoisse se transforme en peur, adopte des formes et une structure étrangères, empêche toute possibilité de concentration, bascule dans une tourmente diffuse…

Ce changement soudain anéantit les efforts de Vador pour isoler ses sensations. Cette explosion : les non-humains auraient-ils attaqué la source de la perturbation ?

La perturbation se dissout en terreur…

Une seconde explosion, aussi étouffée et indistincte que la première, se répercuta à travers Black Spire, secouant les murs de la cantina.

— Je pense que notre cargo a été attaqué, fit Thrawn d'un ton calme.

Il enjamba l'un des trois Darshi inconscients sur le sol devant lui et s'empressa de rejoindre Vador près de la sortie.

— Nos adversaires essaient de nous isoler, ajouta-t-il.

La terreur s'estompe, le tourbillon s'effondre sur lui-même et sombre dans le silence…

Vador n'avait toujours pas compris la nature de la perturbation. Mais alors que l'ouragan se calmait, il fit une dernière tentative pour la localiser.

Et l'espace d'un battement de cœur, il en fut capable.

— Non, dit-il à Thrawn en indiquant la direction opposée à la sortie. Pas le cargo. Les trois maisons.

Les yeux du Chiss se plissèrent.

— Leur réseau de communication ?

— Oui. *Et* la perturbation de l'Empereur.

Vador n'avait jamais vu Thrawn sous le coup de la surprise. Ni LE Jedi, d'ailleurs. Mais à ces mots, les traits du Chiss se figèrent brusquement, et sa foulée se fit hésitante, tout comme celle de Vador quelques instants auparavant. Cet instant de stupeur ne dura pas, et il redevint à nouveau le grand amiral imperturbable.

Mais cet instant avait suffi.

— Nous devons nous dépêcher, s'exclama Thrawn en repartant d'un pas rapide. Venez.

Encore profondément connecté à la Force, Vador perçut le tressaillement qui annonçait l'arrivée d'un danger.

Il fit volte-face vers le coin repas déserté de la cantina, vers les rangées vides de tables et de chaises, leva son sabre laser…

… et vit un nuage de gros insectes jaillir de nulle part pour fondre sur eux.

Il alluma son sabre laser, la lueur vive de la lame ajoutant une touche d'écarlate à la pénombre. Les piqûres ou les morsures d'insectes n'étaient pas une menace pour Vador lui-même, protégé qu'il était par son armure. Mais Thrawn était totalement vulnérable à de telles attaques. Derrière le Seigneur Noir, le Chiss ouvrit le feu, les décharges traversant l'essaim en flamboyant.

Il aurait pu tout aussi bien tirer sur une tempête de sable. Les décharges de blaster touchèrent deux ou trois insectes, mais les cibles étaient trop petites et bougeaient de manière trop erratique pour que les talents de tireur de Thrawn fassent réellement la différence. Vador s'unit à la Force pour essayer de repousser l'essaim dans un coin de façon à les rassembler, mais là encore, la taille et le nombre des insectes rendirent l'effort particulièrement futile. Alors que la nuée les rejoignait, il la frappa de sa lame, mais le résultat obtenu fut à peine meilleur que celui de Thrawn. La première vague d'insectes percuta l'épaule et le bras droit de Vador…

… et se désintégra en explosions de liquide gris.

Ni piqûre ni morsure, donc. Il s'agissait de quelque chose d'artificiel, de biogénétique ou peut-être même de minuscules droïdes.

De l'acide ? Vador baissa les yeux vers son bras pour voir si de la fumée indiquait que le mélange de métal, de céramique et de plastoïde était en train de fondre.

Mais là encore, rien. Au lieu de cela, le liquide gris s'était instantanément solidifié sur toute la longueur de son bras sous la forme d'une sorte de pierre grise lisse.

Il essaya de bouger le coude alors que d'autres insectes venaient s'aplatir sur son bras et sa poitrine. Mais il était déjà trop tard : l'articulation était complètement immobilisée.

Thrawn avait vu juste. Leurs assaillants tenaient vraiment à les capturer vivants.

Mais où étaient-ils ? Quelque part au milieu des tables et des chaises, certainement : c'était de là que les insectes avaient surgi. Mais il n'y avait personne d'accroupi derrière ou sous aucun élément du mobilier.

Il émit un grondement sourd. Il n'y avait personne de *visible*, tout du moins.

L'assassin de Thrawn, Rukh, possédait un dispositif de dissimulation individuel. Apparemment, quelqu'un sur Batuu avait le sien, également.

Du coin de l'œil, il vit un autre essaim surgir subitement et s'élancer vers eux en bourdonnant. Un instant plus tard, une salve de blaster arrosa la zone sous les tables. Manifestement, Thrawn était arrivé à la même conclusion que lui et espérait qu'une contre-attaque ciblée délogerait leur ennemi invisible. Il y eut un cri étouffé puis le corps d'un Darshi apparut brusquement et se contorsionna en tous sens avant de s'effondrer au sol, immobile.

— Là-bas ! s'écria Thrawn.

— Il y en a trois de plus ! rétorqua Vador qui ne pouvait toujours pas les voir, mais pouvait sentir leur présence.

Thrawn répondit par une nouvelle rafale de tirs de blaster et changea de stratégie en arrosant cette fois le dessous de toutes les tables.

Sauf qu'il n'y avait aucune garantie qu'il s'agissait bien de l'endroit où se cachaient les autres Darshi. Plongée dans la pénombre, la cantina offrait de nombreux recoins où s'accroupir hors de vue. Surtout si les assaillants restaient immobiles. Vador avait en effet remarqué que Rukh devenait légèrement visible lorsqu'il était en mouvement.

Si les Darshi ne bougeaient pas, et si chacun d'eux était équipé d'une boîte d'insectes, Thrawn et lui seraient neutralisés bien avant de les avoir débusqués.

Il posa les yeux sur son armure. Son épaule et son bras droits avaient été rapidement enchâssés dans la pierre grise, tout comme ses deux jambes au niveau des genoux et des hanches. Visiblement, les Darshi avaient un moyen de cibler les attaques des insectes. Mais pour l'instant, son bras gauche restait mobile.

Avec un peu de chance, ce serait la dernière erreur que feraient les Darshi.

— Couverture visuelle ! lança-t-il à Thrawn sans cesser de fendre le nuage d'insectes de son sabre laser du mieux qu'il le pouvait sachant que seul son poignet droit était libre de bouger.

Quelques insectes supplémentaires tombèrent en un tas gris informe, solidifiés avant même de toucher le sol.

Un moment plus tard, Vador se retrouva sous une pluie d'échardes et de poussière tandis que Thrawn pointait son arme vers le haut pour arroser le plafond. L'espace d'un instant, le Seigneur Noir comme l'essaim d'insectes disparurent.

Dans ce bref moment d'intimité, Vador se servit de la Force pour déchirer une bande de tissu au pied de sa cape. Puis il en enveloppa grossièrement son bras gauche depuis le poignet jusqu'au plastron.

Le tissu était tout juste en place lorsque la pluie de débris du plafond cessa brutalement. Vador releva les yeux pour découvrir que les insectes avaient recouvert le bras droit de Thrawn, lui bloquant le coude et l'épaule de façon à ce qu'il ne puisse viser que vers le haut. En réaction, le Chiss s'était plié en deux et tirait désormais plus ou moins à l'aveugle dans sa tentative répétée de débusquer les derniers assaillants. Un troisième essaim d'insectes apparut au fond de la pièce, suivi presque aussitôt par un quatrième, depuis l'autre extrémité du comptoir.

Quatre Darshi. Quatre essaims. Avec un peu de chance, il n'y en avait pas plus. Vador continuait de fendre l'air de son sabre laser autant qu'il le pouvait, son amplitude se réduisant peu à peu tandis que les insectes venaient éclabousser son poignet, couche après couche. Ses jambes étaient figées, ce qui avait pour effet – particulièrement efficace – de le clouer sur place. Son bras gauche était désormais pris d'assaut, les insectes se jetant sans discontinuer sur les articulations du membre. Deux d'entre eux se dirigèrent vers les lentilles de son casque ; se projetant dans la Force, le Seigneur Noir les repoussa brutalement sur le côté. Les Darshi avaient peut-être réussi à l'immobiliser, mais il n'avait aucune intention de se laisser aveugler ! À ses côtés, les tirs de Thrawn ne ciblaient plus qu'un seul endroit tandis que les insectes continuaient de le recouvrir du revêtement à prise rapide.

Puis, alors que les derniers insectes allaient s'aplatir contre les deux Impériaux, il y eut de brefs scintillements dans diverses parties de la pièce et trois Darshi se matérialisèrent subitement. Chacun tenait une arme de la taille d'une carabine blaster avec de gros cylindres fixés sous les canons à l'intérieur desquels avaient sans doute été transportés les essaims d'insectes. Se déplaçant avec ce qui ne pouvait être que leur version d'une démarche arrogante, ils se dirigèrent vers leurs victimes immobilisées.

Vador attendit qu'ils soient tout proches puis, usant de la Force, arracha le morceau de cape durci qu'il avait enroulé autour de son bras et passa son sabre laser de sa main figée à celle désormais mobile.

Les Darshi eurent à peine le temps de s'arrêter, horrifiés, que Vador les transperçait tous les quatre de sa lame rouge.

Il attendit que tous gisent morts sur le sol.

— J'imagine, amiral, dit-il en rompant le silence, que vous n'exigez plus que nous fassions de prisonniers ?

— Je crois que nous n'en sommes plus à ce stade, acquiesça sombrement le Chiss. Bien joué, monseigneur. Pouvez-vous dire au *Chimaera* d'envoyer des renforts ? Mon comlink n'est pas à portée de main.

Des *renforts* ? Vador pointa la lame de son sabre laser sur son coude droit et trancha avec précaution la pierre grise qui l'entourait. Un geste vif du bras et l'articulation fut libérée. Une autre fente au poignet puis à l'épaule, et le membre entier retrouva sa mobilité. Reprenant son arme dans sa main droite, il libéra ses jambes, puis se tourna vers Thrawn.

Le Chiss était toujours plié en deux. De son visage, il ne restait pas grand-chose de visible. Il avait eu de la chance, songea Vador en s'employant à le libérer, de ne pas avoir perdu l'équilibre et basculé en avant.

C'était une chose de perdre une bataille, comme Thrawn à Atollon. C'était encore pire de perdre une bataille *et* sa dignité par la même occasion.

— Merci, dit le Chiss lorsqu'il fut enfin capable de se redresser.

Il jeta un rapide regard circulaire dans la cantina, puis baissa les yeux vers les cadavres encore chauds des Darshi.

— Vous allez réussir à marcher ?

— Et *vous* ? rétorqua Vador.

Bien que ses articulations fussent libérées, il sentait le poids de toute cette pierre. Sans l'aide de la Force ou des bio-améliorations dont bénéficiait Vador, Thrawn éprouverait sans doute des difficultés à se mouvoir. Sans mentionner le fait qu'il ressemblait plus à l'œuvre d'un sculpteur qu'à un être vivant.

Pour être tout à fait juste, néanmoins, Vador n'avait pas plus fière allure. Une fois de retour à bord du vaisseau, l'amiral n'aurait qu'à changer de vêtements, tandis que lui devrait nettoyer son armure en détail, ce qui demanderait beaucoup plus de temps. Heureusement, il avait une seconde armure complète dans ses quartiers qu'il pourrait porter pendant que les techniciens du *Chimaera* se chargeraient de remettre celle-ci à neuf.

— Bien sûr, affirma Thrawn en s'accroupissant, non sans peine, près de l'une des dépouilles.

— Que faites-vous ? La perturbation de l'Empereur se trouve ailleurs.

— Un instant.

Thrawn étudia le couteau du Darshi, toucha doucement l'endroit où l'étui était fixé à la ceinture, puis tira l'arme de son fourreau.

— Vous voyez ça ? demanda-t-il à Vador en la tendant vers lui.

— Ce que je vois, c'est que vous êtes là, alors que la perturbation de l'Empereur n'y est pas, répliqua le Seigneur Noir en distillant de la colère dans sa voix.

— Oui, murmura Thrawn.

Il replaça le couteau dans son étui et se releva.

— Espérons que nous n'arriverons pas trop tard, ajouta-t-il en chancelant légèrement vers la porte. Nodlia ? Ne laissez personne emporter ces cadavres.

— Je vais essayer, répondit le barman, l'air dubitatif. Mais…

— Vous ferez comme il a dit, ordonna Vador, un regard noir fixé sur le dos de Thrawn tandis qu'il lui emboîtait le pas.

Le Chiss avait-il fait exprès de gagner du temps avec toute cette histoire de couteau dans l'espoir de reporter la suite de leur mission ?

Non. Vador se remémora l'expression du Chiss juste avant l'ultime attaque darshi. Quelque chose à propos des maisons mystérieuses, de l'explosion et de la perturbation de l'Empereur avait, de fait, piqué sa curiosité.

Et tout ce qui pouvait surprendre le grand amiral Thrawn était quelque chose que Vador avait très envie de voir.

*
**

— Je pense qu'ils nous ont repérés, rapporta Tephan depuis la barre de l'*Épervier noir* avec un calme glacial. On constate un transfert de puissance récent vers ce qui a tout l'air d'être leur compartiment hyperdrive.

— Bien reçu, répondit Kimmund en réprimant un juron.

L'*Épervier noir* disposait d'une signature radar extrêmement faible, mais même l'analyste le moins observateur aurait fini par le remarquer.

La cible était déjà assez proche pour que les canons laser du vaisseau de la Première Légion le réduisent à l'état d'atomes. Mais le Seigneur Vador tenait à ce qu'il soit capturé à peu près intact, en compagnie d'une poignée de prisonniers. Cela signifiait que les artilleurs de Kimmund devaient s'approcher suffisamment pour effectuer un tir chirurgical et maîtrisé.

Encore fallait-il pouvoir le faire avant que la cible s'échappe. Le Seigneur Vador ne serait pas content si cela devait se produire.

Et tous au sein de la Première Légion savaient ce qu'il se passait lorsque le Seigneur Vador n'était pas content.

Kimmund se força à desserrer la mâchoire. Il était, en fait, le quatrième commandant que cette unité spéciale de la légion avait eu au cours des deux dernières années. Deux avaient été rétrogradés et renvoyés à la 501e. Le troisième avait été purement et simplement exécuté.

Mais pour cause, se rappela avec fermeté Kimmund. Tous trois avaient été remplacés pour une bonne raison, soit pour incompétence soit pour avoir échoué à leur mission. Aucun n'avait été exécuté par simple manque de chance ou à cause des erreurs de leurs subordonnés.

En tout cas, pas dans cette unité. Les autres unités de la Première Légion avaient leurs propres histoires.

Certaines étaient douloureuses rien qu'à écouter.

— C'est confirmé : ils nous ont repérés, reprit Tephan. Ils s'extirpent de l'orbite et semblent vouloir prendre le large.

— Merci, j'avais vu, grommela Kimmund, les yeux fixés sur les écrans et son esprit parcourant rapidement toutes les options à disposition.

Le cargo était encore trop enlisé dans le puits de gravité de Batuu pour passer en vitesse lumière, mais cela ne durerait pas éternellement. Il vérifia les instruments dans l'espoir que Tephan puisse tirer encore un peu de jus des moteurs. Mais l'*Épervier noir* allait déjà à plein régime. Tout ce qu'il pouvait faire maintenant, c'était maintenir le cap et espérer que ses artilleurs se montreraient à la hauteur du défi…

— Vaisseaux en approche à six heures ! s'écria Tephan.

À *six* heures ? Derrière eux ? Kimmund tourna les yeux vers l'écran arrière…

… pour voir une escadrille de quatre TIE dépasser l'*Épervier noir* dans un rugissement et foncer droit sur le cargo ciblé.

— Ouah ! s'exclama Kimmund. Une approche tout en discrétion !

— À croire que l'amiral a finalement décidé de nous envoyer des renforts, commenta Tephan. Ils sont arrivés dans notre ombre : je ne les avais pas du tout vus approcher.

Ce qui signifiait que le cargo ne les avait pas repérés non plus, songea Kimmund. Au moins, les hommes de Thrawn maîtrisaient *quelques* notions rudimentaires de stratégie.

— Commandant Kimmund, s'éleva une voix au ton formel depuis le haut-parleur de la passerelle. Capitaine Vult Skerris de l'Escadron Défenseur 1. Espérons qu'il n'est pas trop tard pour vous rejoindre. Y a-t-il quelque chose en particulier qu'on puisse faire pour vous ?

Kimmund siffla un juron. Ce n'était pas des chasseurs TIE standard, mais un quatuor de ces fameux Défenseurs TIE dont, d'après ce qu'il avait entendu, Thrawn vantait constamment les mérites auprès du Haut Commandement.

Ce qui était une totale perte de temps pour tout le monde. Avec le poids additionnel des boucliers et des hyperdrives – dont les TIE standard n'étaient pas équipés et dont les pilotes compétents n'avaient pas besoin –, sans mentionner les modifications structurelles nécessaires pour passer de deux à trois ailes, les Défenseurs étaient plus gros, plus maladroits, plus lents et plus chers que n'importe quel chasseur stellaire de la flotte. Même la Marine Impériale ne disposait pas de fonds illimités, et avec la passion du Haut Commandement pour des vaisseaux toujours plus gros et plus puissants, il n'y avait aucune chance que même un grand amiral doté d'amis puissants sur Coruscant parvienne à ses fins.

Kimmund fronça les sourcils. D'un autre côté, vu la vitesse à laquelle les Défenseurs étaient en train de semer l'*Épervier noir*, les rapports comparant l'appareil à un canard boiteux semblaient quelque peu exagérés.

C'était peut-être l'occasion de voir si les rumeurs disaient vrai.

— On dirait qu'ils essaient de quitter l'orbite et qu'ils font chauffer leur hyperdrive, répondit-il dans la comm. Le Seigneur Vador veut le récupérer plus ou moins intact. Vous pensez pouvoir réussir à le clouer sur place ?

— C'est exactement ce que la commodore Faro suggérait, répondit Skerris. Un cargo cloué, un !

— Imbécile, marmonna l'un des stormtroopers derrière Kimmund.

— C'est typique des pilotes de chasseurs, ça ! ajouta un autre avec mépris. Ils croient compenser leur petit cerveau avec une grande gueule.

Issue d'une grappe de canons que l'*Épervier noir* n'avait pas repérée, une violente salve de feu laser jaillit du cargo et arrosa les Défenseurs TIE…

Les quatre chasseurs se dispersèrent dans une parfaite manœuvre d'ouverture en chandelle, mettant fin à la formation serrée qui les rendait vulnérables, puis répliquèrent en mitraillant les canons. Il y eut une seconde salve lorsque le cargo parvint de nouveau à verrouiller ses cibles mais, là encore, avec une absence totale de résultats.

La troisième salve ne put se produire car les Défenseurs avaient déjà atomisé la grappe de canons.

Quelqu'un poussa un sifflement.

— Ces foutues machines savent se battre en fin de compte.

— Ça m'en a tout l'air, acquiesça Kimmund.

Les rumeurs pouvaient se rhabiller. Les canons désormais réduits au silence, les quatre Défenseurs purent poursuivre la manœuvre en ciblant la zone dorsale du cargo désignée par Kimmund comme étant l'emplacement probable de l'hyperdrive. Deux volées rapides dans la coque, un double passage à vitesse réduite accompagné de tirs plus ciblés dans les brèches créées lors de la première salve…

— Ça devrait faire l'affaire, annonça la voix de Skerris tandis que les Défenseurs lâchaient une dernière série de décharges avant de virer de bord. La section de poupe semble dégagée. Vous voulez qu'on vous ouvre un ou deux autres trous pour que vous puissiez entrer ?

Kimmund renifla de dédain. Voilà qu'il se faisait insultant.

— Merci, on s'en occupe. Si vous voulez vous rendre utiles, voyez si vous pouvez prendre en chasse les quatre vaisseaux plus petits.

Qui étaient déjà en train de se disperser, pouvait-il voir, suite à l'attaque de leur allié. Vu la distance à laquelle ils se trouvaient, il n'y avait pas la moindre chance pour que les Défenseurs parviennent à les rejoindre à temps.

Skerris savait certainement tout cela, lui aussi. Mais l'homme ne semblait pas manquer d'ambition.

— Comme vous voudrez. La commodore a dit qu'on devait faire tout ce qui vous semblait nécessaire. Amusez-vous bien. Appelez-nous en cas de besoin.

Les quatre Défenseurs virèrent brusquement à bâbord et s'élancèrent selon différentes trajectoires à la suite des vaisseaux en fuite.

— Vous pouvez compter sur nous, murmura tout bas Kimmund. Prêt à l'arraisonnement ? ajouta-t-il à voix haute.

— Prêts, répondit le chef de l'équipe d'abordage.

Kimmund hocha la tête en vérifiant par lui-même ce qu'indiquaient les instruments. Les grappins qui allaient les arrimer à la coque du cargo étaient armés et prêts à être déployés ; la trappe à laquelle l'*Épervier noir* allait s'accoler avait déjà été analysée, marquée et quadrillée pour faciliter le travail de la grésille qui en dissoudrait les contours.

— Commandant ? appela Tephan. L'un des Défenseurs a fait demi-tour.

Kimmund leva les yeux vers l'écran.

— Bon sang, qu'est-ce que… ?

— Désolé, commandant, s'éleva à nouveau la voix de Skerris. Je viens de recevoir pour ordre d'ouvrir le feu sur l'écoutille tribord avant, histoire de les convaincre que vous entrez par là plutôt que par la poupe. Attendez une seconde, d'accord ?

— *Pas* d'accord, rétorqua Kimmund. Fichez le camp immédiatement de ma zone de combat.

— Ce sont les ordres de la commodore, répliqua Skerris d'un ton ferme sans faire le moindre effort pour changer de trajectoire.

— Podiry, verrouillez-le, ordonna Kimmund à l'artilleur. Skerris, faites demi-tour ou je jure que je vous abats sur place.

— Oh, je ne ferais pas ça si j'étais vous, l'avertit le pilote d'un ton calme. Le grand amiral Thrawn n'aimerait pas que vous égratigniez ma coque par accident. J'imagine que Rukh aurait quelque chose à y redire, lui aussi.

Kimmund fronça les sourcils. Rukh ? Qu'est-ce que Rukh avait à voir avec ça ?

— C'est quoi ce *bordel* ? rugit quelqu'un du fond de la salle de rassemblement. Hé, commandant : regardez ce que le chat-tooka nous a rapporté !

Kimmund se leva et tendit le cou pour regarder par-delà les rangs de stormtroopers qui attendaient de passer à l'assaut. Venus de derrière, Viq et Jid approchaient…

… en compagnie du maudit Noghri.

— C'est quoi ce *bordel* ? s'étrangla Kimmund.

— Ouais, exactement ce que je viens de dire, répliqua Viq. Il se tenait juste devant la porte de la salle du moteur, comme s'il attendait que quelqu'un le remarque.

Kimmund tourna de nouveau les yeux vers le cargo qui effectuait à présent une rotation avec l'intention probable – et futile – de se servir d'une grappe de canons intacte.

Tephan faisait décrire une boucle à l'*Épervier noir* de façon à compenser ; le Défenseur de Skerris en faisait autant.

— Soixante secondes, commandant, avertit Tephan.

Kimmund se retourna vers Rukh. Il n'avait pas de temps pour ça.

— Vous deux, ne le quittez pas des yeux, ordonna-t-il à Viq et à Jid. Il reste ici…

— Vous avez besoin de mon aide, intervint Rukh. Le grand amiral voudrait que je vienne avec vous.

— Il reste ici, répéta Kimmund, les dents serrées, et vous pouvez lui tirer dessus si nécessaire.

Il leva un doigt en direction du Noghri et ajouta, la mine sombre :

— Quant à *vous*, si vous sortez d'ici, je ferai exécuter ces deux hommes. Réfléchissez à la façon dont vous expliquerez *ça* au Seigneur Vador. Parce que je peux vous garantir que Thrawn n'interviendra pas, sur ce coup-là.

Pendant quelques secondes, Rukh se contenta de le fixer. Puis il baissa les yeux vers le pont.

— Comme vous voudrez, commandant, marmonna-t-il.

— Bien. Ils vont vous servir de baby-sitters de toute façon.

— Trente secondes, annonça Tephan.

— Attachez-le, ordonna Kimmund en se rasseyant pour boucler sa propre ceinture.

Tephan était connue pour la violence de ses impacts lors des opérations d'arraisonnement. Le cargo se dressait devant eux… Du coin de l'œil, Kimmund vit le Défenseur de Skerris arroser l'avant de la coque d'un feu laser… Tephan fit un ultime ajustement à la trajectoire de l'*Épervier noir*…

… et dans un ultime soubresaut qui secoua chacun des os de Kimmund, ils furent arrimés.

Les soldats préposés aux grappins étaient prêts. L'*Épervier noir* avait à peine commencé à rebondir contre la coque du cargo qu'il fit une nouvelle embardée et repartit se coller – de façon moins violente, cette fois – contre sa cible. Il y eut une légère vibration lorsqu'un enduit se déversa sur tout le contour de la trappe surdimensionnée du cargo impérial pour former une barrière hermétique entre les deux coques…

— Joints, OK, confirma l'un des grappins tandis que les stormtroopers débouclaient leurs harnais et préparaient leurs fusils blaster E-11. Ouverture de la trappe.

L'écoutille de l'*Épervier noir* s'ouvrit en coulissant. Kimmund alla se placer au centre de l'escouade en cours de formation et vérifia que la trappe du cargo était totalement englobée par l'ouverture plus large du vaisseau impérial. C'était bon ; si l'écoutille n'avait été qu'en partie visible, les stormtroopers auraient dû découper une partie de la coque pour pénétrer dans l'appareil, une procédure beaucoup plus lente et laborieuse. Les grappins étalaient déjà de la pâte à grésille autour de la bordure intérieure de la trappe, tandis qu'un troisième stormtrooper fixait le détonateur à la zone déjà enduite.

— Dix secondes, avertit Kimmund.

La clé d'une opération d'arraisonnement réussie consistait à frapper vite et fort pour ne pas laisser à l'ennemi le temps de mettre en place une défense appropriée.

Huit secondes plus tard, la pâte à grésille entra en éruption dans un brasier lumineux et âcre entouré d'un halo d'étincelles. Kimmund ajusta en conséquence le système optique de son casque, prêt à relever le niveau dès que la pâte aurait fini de se consumer.

Une seconde plus tard, la trappe explosa, la surpressurisation volontaire de l'*Épervier noir* l'envoyant valdinguer à travers le vestibule du cargo. Les deux premiers stormtroopers s'élancèrent à travers l'ouverture, leurs E-11 arrosant les non-humains accroupis dans l'entrée et adossés aux cloisons de la coursive qui s'enfonçait dans les profondeurs du vaisseau. Deux ennemis tressaillirent et s'effondrèrent sur le pont lorsque le feu impérial fit mouche. Les deux stormtroopers se placèrent de chaque côté de l'ouverture pour permettre à la ligne suivante de rejoindre le combat. Des tirs de blaster lardèrent l'air en direction des stormtroopers et ceux-ci répliquèrent de la même manière.

Le temps qu'arrive le tour de Kimmund, l'escarmouche initiale était terminée. Les non-humains gisaient immobiles sur le pont, leurs armes éparpillées autour d'eux.

— Moteur, soute, nettoyage : c'est parti, ordonna Kimmund en scrutant les alentours.

Étant donné la configuration inconnue du vaisseau, les deux premières escouades allaient devoir procéder à l'aveuglette pour trouver l'emplacement exact de la salle des machines et de la soute à cargaison. La tâche serait moins ardue pour l'escouade chargée du nettoyage : confirmer que l'ennemi était mort, récupérer les armes et l'équipement pour de futures analyses et sécuriser l'*Épervier noir* ainsi que leur point de sortie.

Avec l'escouade de la soute sur les talons, Kimmund se mit en route.

Après avoir dû abattre huit non-humains à l'écoutille, il s'attendait à rencontrer un niveau de résistance relativement élevé par la suite. Il fut surpris de ne croiser en chemin que deux ennemis postés à une intersection.

Surpris et méfiant. À moins que cette espèce ignore tout du concept de défense par couches, ils étaient probablement en train de rassembler leurs ressources pour quelque chose d'important. Son escouade et lui passèrent un dernier embranchement…

C'est là qu'ils les attendaient, à huit mètres d'eux : huit autres non-humains, debout ou à genoux autour d'une paire de blasters lourds montés sur trépieds devant une grande écoutille en métal. Alors même que Kimmund et Podiry procédaient à une rapide marche arrière, la coursive entière s'embrasa d'un violent tir de barrage.

— Je crois qu'on les a trouvés, suggéra Podiry avec obligeance, tandis que Kimmund et lui s'aplatissaient contre la cloison pour s'abriter des éclats de métal et de céramique qui volaient sous les impacts de blaster. Grenades ?

— Ça serait gâcher de bons explosifs, rétorqua Kimmund en s'accroupissant. Tir de couverture en hauteur.

— Bien.

Podiry se pencha juste assez pour voir où il tirait et lâcha une rafale dans le tas.

Et tandis que les non-humains concentraient leur attention et leur puissance de feu sur lui, Kimmund se pencha pour envoyer des salves de trois coups dans chacun des packs énergétiques des blasters lourds.

Podiry et lui eurent à peine le temps de se remettre à l'abri avant que les packs explosent.

Kimmund attendit que le fracas de la détonation se soit atténué avant de jeter un nouveau coup d'œil de l'autre côté. Les blasters avaient disparu, non sans avoir, dans leur agonie, redécoré les parois, le plafond et le pont d'éclats noircis. Les huit non-humains étaient neutralisés et gisaient sur le sol de la coursive. Trois remuaient encore ; les autres non.

— Allons-y, ordonna Kimmund en gardant un œil sur les blessés tandis qu'il se dirigeait vers le panneau de contrôle, près de l'écoutille métallique.

Étrangement, il ne semblait pas avoir souffert du tout de la double explosion. En plus de deux boutons de commande, il était doté d'un petit écran sous lequel était inscrit quelque chose dans une langue inconnue. Kimmund tira mentalement à pile ou face, puis enfonça l'un des boutons. L'écoutille coulissa…

Le premier et le deuxième stormtroopers de la rangée s'écroulèrent instantanément dans la tempête de feu laser qui jaillit de l'autre côté de la trappe. Les deux Impériaux suivants posèrent un genou à terre de façon à ouvrir le champ visuel à ceux situés derrière. L'un des soldats agenouillés reçut une décharge puissante dans le plastron et bascula en avant. Alors que le reste des stormtroopers ouvrait le feu, Kimmund enfonça le second bouton, provoquant la fermeture de l'écoutille et interrompant l'échange de tirs.

Apparemment, le concept de défense par couches leur était *bien* familier.

— Deux E-Webs à la soute, ordonna-t-il dans son transmetteur. Soldats ?

— J'en ai vu dix dans ma ligne de mire, répondit Morrtic en se relevant péniblement de sa position agenouillée.

Elle avait été touchée au niveau du casque et de la poitrine, elle aussi, mais était encore en état de se battre.

— Deux autres blasters lourds, ajouta-t-elle, et des fusils.

— La soute se trouve derrière, à environ quarante mètres, intervint le soldat Dorstren. Double rangée de cylindres le long des cloisons : cinq mètres de haut, peut-être trois de diamètre. Huit à dix non-humains s'affairent autour.

— Font pas que s'affairer, précisa le soldat Elebe, le visage sombre. Je suis persuadé qu'ils les ont truffés d'explosifs.

Kimmund réprima un juron. Ils essayaient donc de détruire ce qu'ils transportaient, quoi que ce puisse être. Le Seigneur Vador n'aimerait pas du tout ça.

— Pas le temps d'attendre les E-Webs, décida-t-il. En formation d'assaut.

Dix secondes plus tard, ils étaient prêts : trois rangées espacées – à plat ventre, à genoux et debout –, avec les stormtroopers suffisamment éloignés les uns des autres pour ne pas offrir à l'ennemi de cibles trop faciles. Son propre E-11 mis en joue, Kimmund actionna la commande de l'écoutille.

Rien ne se passa.

Il fit un deuxième essai, puis testa l'autre bouton, avant de revenir au premier. Rien. Manifestement, les non-humains l'avaient laissé ouvrir l'écoutille la première fois dans le seul but de lancer leur attaque. Maintenant que l'élément de surprise avait disparu, ils avaient préféré verrouiller l'accès.

Le sergent Drav était déjà à pied d'œuvre.

— Grenades aux points critiques, ordonna-t-il. Toi, toi et toi. *Bougez*-vous, soldats !

— Attendez, fit Kimmund lorsque les trois soldats s'approchèrent de l'écoutille.

Pendant le bref instant où la trappe avait été ouverte, il avait pu voir l'épaisseur du métal, la structure en alvéoles et la légère courbure vers l'intérieur.

— Les grenades ne suffiront pas à la forcer. Ça ne fera que déclencher l'ouverture de meurtrières.

— À travers lesquelles nous pourrons tirer aussi bien qu'eux, fit remarquer Drav.

— Ce qui ne nous aidera pas à sauver la cargaison, rétorqua le commandant en s'efforçant de visualiser l'architecture du cargo.

S'il ne se trompait pas…

Cela valait le coup d'essayer. Il activa le relais de transmission longue portée de son casque.

— Skerris ? Vous êtes toujours là ?

— Je n'ai pas bougé, commandant ! répondit vivement le pilote du Défenseur TIE. En quoi puis-je vous aider ?

— J'ai besoin que vous me fassiez sauter le sabord de charge de la soute ventrale. Vous pouvez faire ça ?

— Probablement, répondit Skerris d'un ton hésitant. Le Seigneur Vador souhaitait récupérer la cargaison intacte…

— L'équipage s'apprête à la faire sauter. Je me suis dit qu'une petite décompression explosive pourrait les en dissuader.

— Compris. Je fais le tour. Ouh-là.

— Quoi ?

— Le deuxième cargo : il remonte de la surface. Vous voulez que je me lance à sa poursuite ?

Kimmund grimaça. D'après ce que lui avait dit le *Chimaera*, ce second cargo s'était rendu dans la même zone où Thrawn et le Seigneur Vador avaient atterri.

— Pouvez-vous le rejoindre avant qu'il passe en hyperespace ?

— Ça va être juste. Aucun autre Défenseur n'est en position : ils sont encore en train de pourchasser les petits vaisseaux. Dites-moi ce que vous voulez que je fasse.

— Restez ici et faites sauter le sabord, décida finalement Kimmund, l'esprit en ébullition.

Quoi qu'ait pu faire cet autre cargo, il y avait des chances pour que le Seigneur Vador soit déjà sur l'affaire. Cette affaire-ci, cependant, était du ressort de la Première Légion.

— Et que ça saute ! ajouta-t-il.

Les mots avaient à peine quitté ses lèvres qu'une explosion étouffée fit trembler l'écoutille et le pont vacilla sous les pieds du commandant.

— Laissez tomber, grommela-t-il. Et *merde*.

— Ouais, j'ai vu ça, grommela Skerris à son tour. La coque et le sabord de charge ont l'air abîmés mais encore étanches si vous voulez toujours entrer. J'imagine que vous ne rencontrerez pas beaucoup d'opposition. Je vais voir si je peux prendre en chasse ce deuxième cargo.

— Ouais, faites comme vous voulez, lâcha Kimmund en faisant signe à Drav et à ses grenadiers de se charger de l'écoutille, désormais tordue.

Bien sûr qu'ils allaient entrer. Et ils verraient bien s'il restait quoi que ce soit à découvrir à l'intérieur.

Le Seigneur Vador n'allait pas être content. Pas content du tout.

Et peut-être que l'escouade allait bientôt connaître son cinquième commandant.

CHAPITRE 9

Il y avait trois maisons dans la clairière lorsque Thrawn et Vador l'avaient survolée la première fois. Il ne restait désormais plus qu'une seule bâtisse flanquée de deux tas de gravats aplatis.

— Ça a disparu, déclara Vador.

Sa voix est plus grave que d'habitude. Peut-être exprime-t-elle de la colère, ou de la rancune.

— Oui, confirma Thrawn.

Les gravats témoignent d'une destruction opérée par la voie des airs. Et d'une compression supplémentaire, venue du ciel, elle aussi.

— Qu'est-ce qui vous fait dire ça ?

— Je pense que la source a été enlevée, répondit Thrawn. Observez ces marques de pression sur toute la zone détruite. Les deux premières maisons ont été abattues de façon à faire de la place pour que le cargo puisse se poser près de la troisième.

Vador se tourne face aux gravats. Ses doigts sont posés non loin de la poignée de son sabre laser.

— Vous pensez que la source était à l'intérieur du troisième bâtiment ?

— La perturbation s'est-elle interrompue de manière soudaine, comme détruite dans une explosion ?

— Non.

Sa voix se fait plus nette. Peut-être a-t-il suivi et accepté la logique. Peut-être se prépare-t-il à d'autres questions.

— Connaissez-vous la source de la perturbation ? ajouta le Seigneur Sith.

— J'ai une idée. Je préfère ne pas l'énoncer pour éviter d'influencer vos propres réflexions et analyses.

Vador se retourna vers lui.

— Je préférerais que vous le fassiez.

— Je ne souhaite pas influencer votre analyse.

Vador reste silencieux l'espace de trois secondes. Sa main est ouvertement posée sur son sabre laser.

— Voilà de nombreuses années, l'Empereur vous a demandé ce que vous feriez si vous deviez choisir entre l'Empire et les Chiss, finit-il par dire. Vous rappelez-vous cette question ?

— Oui. J'ai répondu que si je venais à servir l'Empire, mon allégeance lui serait acquise.

— Et ?

— Je n'ai qu'une seule parole. Si son serviteur, Anakin Skywalker, était là, il pourrait s'en porter garant.

— Anakin Skywalker est mort.

— C'est ce que j'ai entendu dire, en effet. Je bénéficie également de la confiance de l'Empereur.

— Vraiment ? rétorqua le Seigneur Noir. Après Atollon, en bénéficiez-vous toujours ?

— Oui.

Vador garde le silence deux secondes de plus.

— Vous devrez encore gagner la mienne.

Il marque une pause, penche légèrement la tête.

— Le commandant Kimmund m'apprend que le cargo qui était ici vient de fuir en hyperespace, annonça-t-il.

Il m'indique également que l'équipage de l'autre cargo est parvenu à détruire sa cargaison.

— Ils auront essayé, tout au moins. Mais même la destruction la plus minutieuse peut laisser des indices.

— Vous avez la réputation de repérer ce qui a tendance à échapper aux autres.

Vador retire la main de son sabre laser et fait un geste en direction du bâtiment restant. Sa voix dénote une forme de défi.

— Vous commencerez ici, ajouta-t-il.

La maison était de conception ordinaire. Il y avait cinq chambres composées en tout d'une vingtaine de couchages, une grande pièce de vie, une salle à manger équipée d'une cuisine ouverte et trois salles de bains. Deux autres pièces abritaient des caisses qui semblaient contenir principalement de la nourriture et des articles ménagers.

— Ces quatre lits ont récemment servi, nota Vador tandis qu'ils inspectaient l'une des chambres. Leurs occupants semblent être partis à la hâte.

— Je suis d'accord.

Le style du bâtiment, le design des meubles, les motifs et les couleurs correspondaient à ce qu'il avait vu ailleurs dans Black Spire. Une conception et une construction locales : voilà qui n'offrait aucun indice sur les origines des occupants. Il sortit plusieurs vêtements des armoires de la chambre à coucher et les étala sur le lit pour les étudier.

— Amiral, appela Vador.

Sa voix décèle une excitation prudente.

— Venez à l'arrière de la maison, ajouta le Seigneur Sith.

Vador l'attendait sous un vaste porche menant à une pièce toute en longueur.

— Reconnaissez-vous ceci ? demanda-t-il.

Il y avait dix cylindres disposés dans la salle, allongés sur le côté dans des berceaux-supports. Chacun mesurait six mètres de long avec une portion centrale de deux mètres équipée d'un couvercle rétractable et d'une calotte métallique de deux mètres à chaque extrémité. Des câbles d'alimentation et des tubes de circulation de liquide étaient disposés avec soin autour et entre chaque cylindre. Les dix couvercles étaient ouverts, révélant la présence à l'intérieur de couchettes aux contours anatomiques.

— Je n'ai jamais vu de tels dispositifs auparavant, commenta Thrawn. Pourrait-il s'agir de compartiments à clonage ?

— C'est plus petit que tous les modèles impériaux connus, indiqua Vador.

Il s'approche de l'un d'eux et se penche au-dessus. Il regarde d'abord dans le compartiment central, puis reporte son attention sur un panneau de contrôle situé sous le couvercle.

— Connaissez-vous ces caractères ? demanda-t-il en faisant un pas sur le côté.

— Ils sont utilisés dans les Régions Inconnues. Mais la langue ne m'est pas familière. Un examen de l'équipement interne devrait nous révéler sa fonction.

Vador tendit une main vers le cylindre. Il trembla doucement pendant quelques instants, puis se souleva de quelques centimètres au-dessus de son berceau. Il s'inclina de quelques degrés à gauche, à droite, puis retourna dans son berceau.

— L'essentiel du mécanisme se trouve ici, en déduisit-il en indiquant la calotte de gauche, celle située au pied de la couchette centrale. L'autre côté sert principalement à stocker le liquide.

— Qu'est-ce qui vous fait dire ça ?

— Les caractéristiques d'inertie des solides et des liquides sont différentes, expliqua Vador.

Sa voix exprime de la confiance en soi, peut-être une touche de reproche.

— Je vois. Nous devons en emporter un à bord du *Chimaera*. Peut-être que nos techniciens parviendront à déterminer sa fonction.

— Je suis d'accord. Gardez-les à l'œil le temps que j'aille chercher le cargo.

— Les surveiller est inutile. Je vais retourner à la cantina pour examiner les dépouilles.

— Nous y retournerons ensemble, décréta Vador.

Sa voix se fait grave à nouveau.

— Nous réinterrogerons également le barman, ajouta-t-il. Il est possible qu'il en sache plus que ce qu'il nous a déjà dit. Mais *après* que les cylindres auront été chargés à bord du cargo.

— Très bien, consentit Thrawn. Mais faites vite. Le temps n'est pas de notre côté.

L'espace de deux secondes, Vador reste immobile.

— Je ferai les choses à mon rythme, déclara le Seigneur Noir.

Sa voix exprime soit de la colère, soit un consentement à contrecœur.

— Et ce rythme conviendra parfaitement, ajouta-t-il.

*
* *

— La transmission est sécurisée, amiral, annonça Faro en vérifiant les instruments une dernière fois avant de consacrer toute son attention à l'image flottant au-dessus de l'holonacelle de la passerelle arrière.

Étant donné la distance séparant le *Chimaera* de Batuu, un cône de transmission standard était assez large pour inviter aux écoutes illicites, et même avec le cryptage activé, c'était un risque que personne ne voulait courir.

— Vos ordres ?

— Une information, plutôt, la corrigea Thrawn. Quelles nouvelles du commandant Kimmund et de son assaut contre le cargo ?

— La Première Légion s'en est emparée, confirma Faro. La soute à cargaison a été détruite, cependant, et il ne reste pas grand-chose à examiner à l'intérieur. Kimmund a l'appareil sous contrôle et est en train de nous le ramener.

— Je suppose que vous avez envoyé des renforts ?

Faro sentit sa lèvre tressauter.

— J'ai détaché quatre Défenseurs TIE, amiral. Ils n'ont pas été en mesure de modifier l'issue de façon significative.

— Permettez-moi d'en douter, commodore, répliqua Thrawn calmement. Même s'ils n'ont fait que chasser les soutiens du cargo, ils ont malgré tout contribué à sa capture. Le commandant Kimmund a-t-il fait des prisonniers ?

— Oui, amiral : trois, d'après son rapport, répondit Faro en sentant une partie des tensions quitter ses épaules.

Le grand amiral Thrawn savait toujours prendre du recul, préférait se concentrer sur les succès et tirer des leçons des échecs. Vador, si sa réputation n'était pas exagérée, aurait probablement laissé une longue traînée de cadavres derrière lui après un compte-rendu aussi médiocre.

Il était encore tout à fait possible qu'il le fasse.

— Excellent. Le Seigneur Vador et moi-même allons revenir avec deux cylindres aux origines et à la fonction inconnues. Faites vider l'une des salles d'assemblage mécanique et préparez une équipe complète de techniciens afin d'en explorer les secrets.

— À vos ordres, amiral, dit Faro en prenant note sur son datapad. Souhaitez-vous que je vous transmette des données culturelles ? J'ai un transmetteur haut débit prêt à l'usage.

Il ne fit qu'esquisser un sourire ; mais aux yeux de Faro, cela représentait beaucoup. Elle avait vu juste en anticipant la pensée et les ordres de son amiral, et c'était sa façon d'exprimer sa satisfaction.

— Merci, commodore. Veuillez transmettre tout cela dans le fichier intitulé DARSHI ET RÉGION FRONTALIÈRE.

— Entendu, répondit Faro en prenant à nouveau note. Quoi d'autre, amiral ?

— Le commandant Kimmund a-t-il pu avoir un aperçu de la cargaison avant qu'elle soit détruite ?

— Un aperçu très bref, oui. Il l'a décrite comme un ensemble de grands cylindres.

— Vraiment ? Intégrez-le à la conversation.

— Oui, amiral.

Faro pianota sur son tableau de bord, alignant un autre faisceau étroit sur le cargo.

— Commodore Faro pour le commandant Kimmund.

L'image du soldat apparut à côté de celle de Thrawn.

— Kimmund, dit le stormtrooper d'un ton acerbe.

— Amiral Thrawn, commandant, le salua le Chiss tandis qu'une image d'un cylindre se matérialisait entre eux. S'agit-il de ce que vous avez vu dans la soute du cargo ?

Kimmund se pencha légèrement en avant.

— Pas vraiment, amiral. Les nôtres étaient beaucoup plus grands.

— Mais étaient-ils du même style ?

— Nous n'avons pu y jeter qu'un rapide coup d'œil, lui rappela Kimmund. Mais je ne crois pas.

— Peut-être que Rukh a pu l'apercevoir un peu plus longtemps ou un peu mieux ?

Les traits du commandant se durcirent.

— Lui avez-vous ordonné de monter à bord de l'*Épervier noir* sans ma permission ni même me mettre au courant, amiral ?

— Je ne lui ai rien ordonné de la sorte, commandant. Je ne lui ai pas non plus ordonné de rester à bord du

Chimaera. Je suppose qu'il a pensé qu'il pourrait vous être utile.

— C'est ce qu'il a pensé, j'en suis certain, répliqua le stormtrooper avec raideur. À l'avenir, j'aimerais que vous me laissiez choisir les paramètres *et* le personnel pour nos missions.

— C'est noté.

Cette réponse, remarqua Faro, ne revenait pas à accepter la requête de Kimmund.

— Et pour répondre à votre question, poursuivit le commandant : non, il n'a pas eu l'opportunité de les voir. Il est resté à bord de l'*Épervier noir* sous bonne surveillance tout le temps de l'opération.

Thrawn resta quelques instants silencieux, et Faro se demanda s'il allait remarquer que l'attaque de la légion se serait peut-être terminée autrement si Rukh avait été intégré à l'équipe. Mais l'amiral laissa passer l'occasion.

— Très bien, dit-il. Poursuivez en direction du *Chimaera* et installez le cargo à l'emplacement numéro 6. Il est possible que le vaisseau, et même la soute, renferme plus de secrets que ce à quoi s'attendent ses anciens propriétaires.

Il marqua un temps de pause, puis reprit :

— Une dernière chose, commandant. Gardez vos prisonniers loin des baies d'observation ou des écrans jusqu'à ce que vous soyez à un demi-kilomètre du *Chimaera*. Laissez-les alors voir leur destination, puis observez et notez leurs réactions.

— À vos ordres, amiral, dit Kimmund en fronçant les sourcils. Pour que nous puissions déterminer s'ils ont déjà vu un Destroyer Stellaire ?

— Exactement. Cela pourrait être très instructif. Retournez à votre poste, commandant. Et vous, commodore, vous pouvez m'envoyer ces données quand bon vous semble.

— Elles sont en route, amiral, confirma Faro.

— De quelles données parlez-vous, si je puis me permettre ? intervint Kimmund.

— Des données relatives aux Darshi et aux autres espèces de cette région. Il est possible que nous ayons déjà rencontré notre ennemi. Il est également possible que notre ennemi reste encore dissimulé à nos yeux.

Il marqua une pause, ses traits se durcirent, puis il ajouta :

— Il est vital que nous découvrions ce qu'il en est réellement.

*
**

Nodlia était toujours là lorsque Vador et Thrawn revinrent.

Mais pas les cadavres des Darshi.

— Mes instructions n'étaient peut-être pas assez claires ? s'enquit Thrawn.

Sa voix était calme, mais Vador percevait la menace sous-jacente.

Nodlia également, manifestement.

— Je suis désolé, messieurs, je suis désolé, balbutia-t-il en déglutissant avec peine et en se tordant nerveusement les mains au-dessus du comptoir. Ils avaient des armes. Pas moi. J'ai protesté, mais je n'ai pas pu les arrêter.

— Peut-être auriez-vous dû protester avec plus de vigueur, suggéra Vador.

Il se concentra sur la trachée de l'homme, et l'effleura de son esprit dans une menace à peine voilée.

Les yeux de Nodlia s'écarquillèrent et ses mains se portèrent à sa gorge dans une tentative futile de desserrer la poigne invisible.

— Messieurs, je vous en prie… je vous en supplie !

— Calmez-vous, dit Thrawn.

Sa main se déplaça de quelques millimètres dans la direction du Seigneur Noir.

Une suggestion. Un ordre, peut-être.

Cela n'avait pas d'importance. Vador n'avait pas l'intention d'en faire autre chose qu'une petite leçon inoffensive. L'homme en savait trop pour être tué prématurément. Il relâcha son étreinte et regarda le barman s'affaisser légèrement.

— Qui étaient-ils ? demanda-t-il. D'autres Darshi ?

Nodlia opina vivement du chef.

— Ces Darshi-là ? ajouta Vador en indiquant de la tête trois non-humains qui étaient entrés dans la cantina pendant l'absence des Impériaux et qui, assis autour d'une table au fond de la pièce, lançaient des coups d'œil anxieux aux nouveaux venus.

— Non, pas eux, répondit Nodlia. D'autres.

— Heureusement, la disparition des corps n'a que peu d'importance, affirma Thrawn. J'avais déjà vu le nécessaire. Seigneur Vador, pouvez-vous m'apporter l'un des couteaux de ces Darshi ?

Vador ricana intérieurement. *L'un* des couteaux ? L'amiral devait plaisanter, certainement. Se projetant dans la Force, il tira les trois armes de leurs étuis et les fit flotter jusqu'au comptoir.

Thrawn se tenait prêt et tendit la main pour récupérer le premier couteau qui filait en direction du mur derrière le comptoir. Vador s'empara des deux autres.

L'un des Darshi commença à se lever de sa chaise pour protester, mais il sembla se raviser et se rassit.

— Merci, fit Thrawn d'un ton calme. Voyez-vous la lame, Seigneur Vador, et le motif gravé sur le métal ?

— Oui, répondit le Sith en étudiant les couteaux en sa possession.

Cela n'avait rien d'une simple gravure, remarquait-il à présent, mais un enchevêtrement extrêmement complexe de lignes et de courbes tracé dans le métal.

— Il n'y a pas grand-chose dans les archives impériales à propos de ces individus, poursuivit Thrawn, mais vous remarquerez certainement que ces couteaux n'ont rien à voir avec celui que je vous ai montré plus tôt. Vous verrez également que ces couteaux-ci sont légèrement recourbés, tout comme les étuis dont ils sont tirés, alors que celui de notre assaillant était plus court, plus étroit et doté d'une lame droite. Par ailleurs, les sillons visibles sur la ceinture de notre adversaire étaient trop profonds pour avoir été causés par l'étui d'une arme aussi légère. Ils ont été créés par un couteau de cette taille et de ce poids.

Vador se remémora la scène. Il n'y avait pas fait attention sur le coup, mais voyait à présent que Thrawn avait raison.

— Ce n'était pas le couteau qu'il avait l'habitude de porter.

— Exact. C'était une arme de remplacement. Reste à savoir pourquoi ce n'était pas son couteau habituel.

— Et pourquoi il n'a pas utilisé celui qu'il portait contre nous, ajouta Vador. Même les armes cérémonielles devraient pouvoir être utilisées en cas de danger mortel.

— En effet. Selon moi, quelqu'un lui avait pris son couteau habituel et celui qui lui servait de remplacement n'était là que pour sauver les apparences. Peut-être craignait-il qu'en le sortant ceux qui l'entouraient découvriraient la supercherie ?

— Intéressant, marmonna Vador. Peut-être que la valeur de ces armes dépasse le seul aspect cérémoniel.

— Un symbole d'honneur et familial, peut-être. Quelque chose de comparable au Kalikori des Twi'leks. Je note que les gravures sur ces trois lames ne sont pas toutes de la même longueur ou de la même complexité, ce qui confirmerait l'idée que l'héritage familial joue un rôle dans sa conception.

— Peut-être que nous devrions les interroger, suggéra Vador en se tournant vers les trois Darshi.

— Peut-être, oui. Nodlia, d'après vous, lequel de ces individus a le plus de chance de se montrer coopératif?

— Pitié, gémit le barman, la voix tremblante. Je ne veux pas me retrouver au milieu de tout ça. Pas une fois de plus.

— Alors dites-nous ce que nous avons besoin de savoir, reprit Thrawn. Dites-nous ce qu'il y avait dans les cylindres que les étrangers ont emportés dans les maisons.

Nodlia le dévisagea, puis se tourna vers Vador, prenant en considération les restes d'enduit grisâtre sur chacun d'eux.

— Je ne sais pas, dit-il à voix basse comme inquiet que les Darshi puissent l'entendre. Ils ne me l'ont pas dit. Je ne l'ai pas demandé.

— Est-ce que les étrangers ressemblent à cela? demanda le Chiss.

Tenant son holoprojecteur devant lui, il fit se matérialiser l'image d'une créature aux larges épaules, aux arcades sourcilières anguleuses, au crâne effilé et aux yeux enfoncés.

Nodlia eut un petit mouvement de recul.

— Oui, répondit-il dans un souffle. C'est eux. Ils ont apporté les cercueils. Les cylindres. Ils nous ont effrayés.

Vador fronça les sourcils à la vue de l'image. Ces créatures n'étaient pas belles, c'était certain, mais il avait déjà eu maille à partir avec des individus bien plus costauds et menaçants.

— Il ne faut pas grand-chose pour vous effrayer, grommela-t-il avec mépris.

Nodlia déglutit avec peine.

— Les Darshi avaient peur d'eux, murmura-t-il. Certains sont même devenus leurs serviteurs.

Il secoua la tête et ajouta :

— J'ai vu beaucoup de Darshi. J'leur ai servi à boire, les ai observés se disputer. D'après mon expérience, y sont pas du genre à servir quelqu'un. Pas volontairement.

Vador fit un geste en direction de l'image.

— C'est l'un des prisonniers de la Première Légion ?

— Oui, confirma Thrawn. Le commandant Kimmund m'a transmis cette image pendant que vous alliez chercher le cargo.

Il retourna le petit appareil vers lui et observa pensivement le visage du non-humain.

— C'est donc ça, un Grysk…

Nodlia étouffa un petit cri de surprise.

— C'est un *Grysk* ?

— C'est quoi, un Grysk ? demanda Vador.

— Une espèce qui habite quelque part dans les Régions Inconnues, répondit Thrawn.

Il contempla l'image quelques instants de plus, puis éteignit l'holoprojecteur.

— Des créatures qui tenaient plus de la légende qu'autre chose et dont on avait vu que quelques individus jusqu'à présent. On raconte que ce sont des nomades, sans planète fixe, voyageant à bord de vaisseaux assez nombreux pour masquer les étoiles. Certains disent que ce sont des guerriers terrifiants, qui triomphent de leurs adversaires par leur supériorité numérique et leur férocité.

Vador regarda Nodlia. Le barman semblait s'être recroquevillé un peu plus à chaque phrase.

— Des créatures de légende, dites-vous.

— Oui. Mais nombre de légendes trouvent leurs racines dans la réalité. À nous maintenant de différencier les unes de l'autre.

Il posa une pièce sur le comptoir et ajouta :

— Merci pour votre aide.

— Attendez, dit Nodlia en voyant le Chiss tourner les talons. C'est tout ? Vous partez, comme ça ?

— Vous vous attendiez à ce que nous restions ? demanda Thrawn.

— Et nous alors ? demanda Nodlia. Et les Grysks ? Que devons-nous faire s'ils reviennent ?

Thrawn secoua la tête.

— Je ne pense pas qu'ils reviendront.

— Et si vous vous trompez ?

Thrawn plissa les yeux et ses traits se durcirent. C'était une expression que LE Jedi l'avait déjà vu afficher, il y a bien longtemps. Une expression qui parlait de mort imminente.

— Faut dire que vous laissez un sacré bazar derrière vous, insista Nodlia. Et après, c'est nous qui devons rester et…

Il s'interrompit, les yeux exorbités, tandis que Vador serrait de nouveau sa trachée d'une étreinte mentale.

— On vous a déjà répondu, gronda le Seigneur Noir.

La tête de Nodlia dodelina de bas en haut en un hochement précipité, les yeux toujours écarquillés. Vador maintint son étreinte quelques secondes de plus, puis le relâcha.

— Nous y allons ? demanda-t-il à Thrawn.

— Nous y allons.

Tout comme son expression, la voix du Chiss était lourde de menaces.

— Venez, conclut-il. Nous avons du pain sur la planche.

*
* *

La première partie du voyage de retour se passa en silence, Vador aux commandes du cargo, Thrawn les yeux fixés sur son datapad. À en croire les reflets lumineux qui défilaient sur le visage du Chiss, il était clair qu'il parcourait sa collection d'œuvres d'art.

Ils venaient de quitter l'atmosphère de Batuu et Vador d'entrer le vecteur qui les ramènerait au *Chimaera* lorsque Thrawn finit par poser son datapad.

— Alors ? demanda Vador.

— Je pense avoir obtenu quelques éclaircissements. Tout d'abord, discutons un peu de ce qui s'est passé sur Batuu. Je suppose que vous êtes parvenu à certaines conclusions ?

— En effet, répondit Vador en se demandant, l'air sombre, si Thrawn faisait preuve de condescendance.

Il ne faisait aucun doute que le Chiss avait déjà appris tout ce qui était à apprendre. LE Jedi, il fallait le reconnaître, avait souvent eu un temps de retard sur Thrawn dans ce domaine.

— Les Grysks ont embauché les Darshi pour mettre en place une base et une triade de communication à Black Spire. Quand tout a été prêt, ils ont apporté les cylindres et les ont déplacés de la piste d'atterrissage à la maison.

— Et les cylindres sont… ?

Vador lui décocha un regard sombre. Cette fois, ça ne faisait aucun doute : il le mettait à l'épreuve.

— J'imagine que ce sont des cuves à hibernation. Du même type, peut-être, que celles utilisées pour la congélation dans la carbonite. Les occupants étaient conduits sur Batuu puis placés dans les cuves pour être transportés dans le plus grand secret à travers Black Spire jusqu'aux maisons darshi. C'était la peur soudaine qu'ils ressentaient en apprenant ce qui allait leur arriver que l'Empereur a détectée comme une perturbation dans la Force.

Il marqua un temps de pause et projeta son esprit avant de poursuivre :

— Mais vous saviez déjà qu'ils étaient sensibles à la Force, n'est-ce pas ?

Au cours du bref temps passé en compagnie de Thrawn, Vador n'avait jamais senti les émotions du Chiss s'exprimer au-delà d'un simple et léger papillotement face à la matrice extrêmement ordonnée de son cerveau. Le papillotement qu'il ressentait à présent était tout aussi simple et léger. Mais il était bel et bien là.

— Je le suspectais, mais n'en étais pas certain. Ce ne sont pas des choses dont on parle.

Les doigts de Vador se crispèrent, ses yeux et son esprit se tournèrent vers le col de Thrawn. Un serviteur de l'Empereur n'avait *pas* de secrets. Pas pour le propre Apprenti du Maître Sith. Peut-être était-il nécessaire de rappeler au Chiss quelle était sa vraie place au sein de l'Empire ? Une petite pression sur sa trachée, comme il l'avait fait avec le barman, l'inciterait à remettre les choses en perspective.

Il résista à la tentation. Manifestement, l'Empereur considérait toujours Thrawn comme un outil précieux. Plus important encore, le Chiss disposait de connaissances dont Vador avait besoin.

Alors libre à lui de jouer à ses petits jeux. Libre à lui, même, de penser qu'il était un benêt, si cela pouvait les conduire jusqu'à la perturbation de l'Empereur et à la fin de cette mission.

Mieux encore, Vador allait prouver que Thrawn n'avait pas tant de coups d'avance que le stratège chiss le supposait peut-être.

— Oh, vous en parlerez, en temps et en heure, l'avertit le Seigneur Noir. Pour l'instant, poursuivons. Le plan des Darshi consistait à déplacer les cylindres et leurs occupants depuis Batuu à bord de l'un des deux gros cargos. Mais aucun des deux ne pouvait atterrir, le nôtre faisant obstacle. Alors les Grysks ont ordonné à leurs serviteurs darshi de Black Spire de nous occuper le temps de détruire les deux maisons, de façon à faire de la place pour atterrir. Puis ils ont évacué les habitants.

— Qu'ils ont installés dans les cuves d'hibernation du vaisseau, précisa Thrawn.

— Oui.

Et cette même réaction, qu'il s'agisse de peur ou de révulsion, à ce qui était sur le point de leur arriver, était très certainement ce que Vador avec ressenti dans la cantina.

— Et la cargaison du cargo ? Les cylindres que les Grysks tenaient tant à détruire ?

— Cela demandera une étude plus approfondie, avoua Vador avant de lui décocher un regard. À moins que vous ne le sachiez déjà ?

— J'ai une idée. Mais comme vous l'avez dit, une étude plus approfondie sera nécessaire.

Il se pencha en avant et activa la commande de la comm.

— Commodore Faro ?

— Ici, Faro, amiral, répondit vivement la voix de la commodore.

— Le cargo capturé est-il en sécurité à bord ?

— Oui, amiral. Les techniciens ont procédé à un premier examen rapide, et rassemblent en ce moment les outils et l'équipement nécessaires pour une inspection approfondie.

— Les Défenseurs ?

— De retour également, amiral. Le capitaine Skerris est en train de compiler les rapports des pilotes suite à leur confrontation face à l'ennemi.

— Excellent. Calculez la trajectoire la plus rapide pour rejoindre l'endroit où nous avions quitté l'hypervoie de Batuu pour prendre la direction de Mokivj.

— Bien, amiral.

Si Faro était surprise par l'ordre, rien ne le laissait paraître dans sa voix. Probablement, songea Vador, les ordres étranges étaient la norme sous le commandement du grand amiral.

— Mettez la chose à exécution dès que nous serons de retour à bord, poursuivit Thrawn. Informez le commandant Kimmund et le capitaine Skerris que nous nous entretiendrons avec eux deux heures après que le *Chimaera* aura fait le bond en hyperespace.

— Entendu, amiral.

Thrawn éteignit la comm.

— *Deux* heures ? s'étonna Vador. Il leur en suffira d'une pour terminer leurs rapports.

— Je n'en doute pas. Mais je souhaite d'abord examiner les vestiges de la cargaison des Grysks.

Vador repensa à tout ce qui venait de se dire. Donc l'amiral voulait retourner à l'hypervoie de Batuu ? Mais *pas* à l'endroit où le *Chimaera* avait en premier regagné l'espace réel, ce qui pourtant aurait été un emplacement plus facile et plus rapide à localiser. Pensait-il trouver quelque chose au point exact où il avait fini par renoncer ?

Ou bien se passait-il autre chose ? Se pouvait-il qu'il fasse faire tout cela à Faro dans le seul but de gagner du temps ?

Et si tel était le cas, pourquoi ? Pour quelle raison pouvait-il souhaiter gagner du temps ?

— Et vous vous attendez à ce que l'hypervoie de Batuu soit ouverte à présent ? demanda-t-il.

— Pas du tout, affirma Thrawn. Mais je crois que nous détenons désormais la clé de sa fermeture.

— Les Grysks et ces êtres sensibles à la Force en hibernation ?

— Ça, et plus encore, répondit le Chiss dont la voix prit une note sombre. Nous ne tarderons pas à savoir si j'ai vu juste.

*
**

— Nous avons d'abord pensé qu'il s'agissait d'une sorte de chasseur d'escorte banalisé, expliqua le capitaine

Skerris en affichant les images que lui et les autres pilotes de Défenseurs TIE avaient enregistrées lors de leur confrontation avec les vaisseaux grysks. Mais il s'est révélé qu'ils ne possédaient pas grand-chose en termes d'armements, ou du moins rien qu'ils soient prêts à nous dévoiler. Ils n'étaient pas très rapides, non plus.

Il décocha un bref coup d'œil à Faro et poursuivit :

— Si on ne nous avait pas ordonné de porter assistance à l'*Épervier noir*, j'aurais pu en abattre un ou même plusieurs.

Faro réprima une grimace. Ça, c'était pleinement de sa faute. Elle avait donné à Skerris et aux autres l'ordre de placer la mission de la Première Légion en priorité absolue.

Et Vador se tenait juste là.

Son casque se tourna vers elle.

Des rumeurs couraient sur ce qui arrivait aux gens qui contrariaient le Seigneur Noir. Aucune de ces histoires n'était agréable à entendre. Aucune ne se terminait bien. Kimmund était toujours là, donc Vador avait apparemment décidé que la fuite des autres vaisseaux n'était pas de la faute de la Première Légion. Mais Faro ne bénéficiait pas de telles garanties pour elle-même.

— Le cargo était la cible la plus importante, commenta calmement Thrawn. N'êtes-vous pas d'accord, Seigneur Vador ?

— Si, grommela le Sith.

Pendant quelques instants de plus, son masque dépourvu d'expression resta dirigé vers Faro. Puis il se tourna vers Skerris :

— Caractéristiques de vol ?

— Rien d'impressionnant, monseigneur. Ils ressemblaient à de petits transports lourds, et cela correspondait tout à fait à la façon dont ils étaient pilotés.

Il toucha un emplacement sur l'une des images et poursuivit :

— Pour ce que ça vaut, tous possédaient juste un seul sabord de charge, et étaient assez grands pour accueillir les cylindres que le commandant Kimmund a vus dans le cargo.

Il regarda Kimmund et, l'espace d'un moment, Faro pensa qu'il allait ajouter *avant que les Grysks les fassent sauter*. Heureusement, Skerris, en dépit de son arrogance et de sa propension à mépriser les officiers, n'était pas du genre à faire des coups bas.

Kimmund non plus, manifestement.

— Je partage l'analyse du capitaine Skerris, dit-il. Je suis également d'accord avec sa conclusion qu'aucun de ces vaisseaux n'était particulièrement bien armé. Ils semblaient être sur Batuu pour collecter quelque chose, rien de plus, et ne s'attendaient pas à rencontrer des ennuis.

— Étant donné les commentaires du barman sur la crainte que les Darshi et les Grysks suscitaient chez les habitants de Black Spire, intervint Thrawn, je suis certain qu'ils ne s'attendaient pas à se heurter à des résistances.

— Peut-être pas, fit Kimmund d'un ton quelque peu amer. Mais il ne faisait aucun doute qu'ils étaient prêts au cas où cela arriverait. Le temps que nous atteignions le cockpit, le système informatique avait été complètement effacé, et il n'y avait pas un seul élément électronique qui n'ait été grillé. De fait, à certains endroits, on aurait même dit qu'ils avaient projeté des flammes sur les cloisons et l'équipement.

— Oui, j'ai vu cela, acquiesça Thrawn. Ils s'efforçaient certainement de détruire toute trace de leur point d'origine.

— Eux, y compris, précisa Kimmund. Ils se jetaient littéralement sur nous pendant notre abordage, et je ne crois pas que c'était uniquement pour nous ralentir. Je pense qu'ils voulaient tous mourir au combat de façon à ce qu'on n'ait plus personne à interroger. Si on a pu faire des prisonniers, c'est uniquement parce que nous en avons surpris trois encore occupés à effacer les systèmes électroniques et que nous avons réussi à les étourdir avant qu'ils puissent atteindre leurs armes. Des DL-18 et de vieux DC-18, d'ailleurs, précisa-t-il. Achetés sans doute localement.

— Alors qu'étaient-ils censés récupérer sur Batuu qui méritait tous ces efforts ? s'interrogea Skerris. Est-ce qu'on sait ?

— Je crois que oui, répondit Thrawn. Pour clarifier les choses, cependant, je pense qu'ils étaient sur Batuu à la fois pour une collecte *et* une livraison. Prenez en considération le fait que plusieurs des petits transports étaient déjà au sol, près de Black Spire. Je pense que le plan consistait à ce que le premier cargo, celui que le commandant Kimmund a capturé, reste en orbite et transfère un cylindre à chacun des petits transports qui venaient d'arriver.

— Ils donnaient bien l'impression de se déplacer vers le cargo lorsqu'ils nous ont repérés et se sont enfuis, commenta Skerris.

— En effet, reprit Thrawn. Ils auraient commencé avec les quatre déjà dans l'espace puis continué avec ceux qui attendaient au sol et qui auraient vraisemblablement rejoint le cargo en orbite selon leur propre emploi du temps. Le second cargo devait atterrir et rassembler les…

Il décocha un regard à Vador.

— … les prisonniers des Grysks, pour les conduire en orbite où chacun aurait été, là encore, transféré à un transport.

— Le tout se déroulant loin de la surface et du regard des locaux, ajouta Faro.

— Alors qui sont exactement ces Grysks ? voulut savoir Kimmund.

— Nous ne sommes sûrs que de très peu de choses, reconnut Thrawn. Mais d'autres peuvent être déduites.

Il pressa un bouton et l'holoprojecteur de la table de conférences donna vie à une série d'images.

— Voici quelques œuvres d'art qui ont été créées dans un but commémoratif par des survivants de conquêtes grysks. Pour contrebalancer les biais culturels, je pense que les récits faisant état de hordes immenses ne sont pas exacts. Il est plus probable qu'ils utilisent des tactiques et des armes inconnues, pas la seule supériorité numérique, pour triompher de leurs adversaires.

Faro hocha la tête. Au cours des premiers temps passés à bord du *Chimaera*, elle s'était souvent sentie frustrée de ne pas savoir ce que Thrawn voyait dans toutes ces œuvres d'art, sans parler de comprendre comment il parvenait à de telles conclusions. À présent, elle se contentait d'admirer les jolies images, et lui faisait entièrement confiance pour savoir ce dont il parlait.

— Je ne crois pas non plus à la légende comme quoi ils seraient nomades, poursuivit le Chiss. La plupart des cultures naissent sur une planète et n'y renoncent pas aisément. De plus, les images et le design de leurs vaisseaux dans ces œuvres indiquent clairement qu'ils préfèrent le soleil, le ciel et la terre à l'obscurité de l'espace. Commandant Kimmund, dans votre rapport, vous évoquez avoir observé ce que vous avez pris pour de la surprise sur les visages des prisonniers lorsqu'ils ont découvert le *Chimaera* pour la première fois.

— Oui, amiral, je pense que cela a été leur réaction. Avec un peu de chance, nous en saurons davantage lorsque les droïdes médicaux auront fini d'analyser les biosenseurs connectés à leurs entraves.

Faro réprima une grimace. Cela avait été *son* idée. Une idée que Kimmund avait soi-disant rejetée au motif que l'*Épervier noir* ne disposait pas de l'équipement nécessaire et qu'attacher des senseurs risquait de mettre la puce à l'oreille des prisonniers. Manifestement, sur le chemin du retour, il avait fini par trouver l'équipement et l'audace d'essayer.

Et comme sa suggestion avait été faite à l'oral, sur une transmission fermée, quand son rapport à lui était rédigé et pleinement officiel, il ne faisait aucun doute qu'il en tirerait tout le mérite.

Au sein de la flotte du grand amiral Thrawn, de telles choses n'avaient que peu d'importance. Dans le reste de la marine, et certainement sur Coruscant, elles revêtaient une importance capitale.

Elle était prête à parier que c'était aussi le cas pour Vador.

— Cela viendrait conforter votre supposition qu'ils ne sont pas nomades, fit remarquer le Seigneur Noir. S'ils l'étaient, un vaisseau de la taille d'un Destroyer Stellaire ne devrait pas les impressionner.

— Peut-être, concéda Thrawn en inclinant la tête. Mais ne vous y trompez pas, poursuivit-il en adressant un regard circulaire à l'ensemble de la tablée, les Grysks ne doivent pas être sous-estimés. S'ils ont fui le combat aujourd'hui, c'est parce qu'ils ont *choisi* de le faire.

— Comme nous l'avons fait ? demanda Kimmund.

Thrawn plissa légèrement les yeux.

— Expliquez-vous.

— Ce que je veux dire, amiral, c'est que nous aussi avons eu le choix entre combattre ou agir autrement, expliqua le commandant d'une voix ferme. Ma question est de savoir si nous avons l'intention de mêler l'Empire aux affaires de ces Grysks, une espèce belliqueuse qui ne semble pas nous chercher de problèmes.

Un silence de plomb tomba sur la salle de conférences. Thrawn et Kimmund se dévisagèrent, sans bouger de leur siège. Faro réalisa que son propre regard passait du stormtrooper à Vador, curieuse de voir comment le Seigneur

Noir allait rabrouer son commandant de légion pour une telle insubordination.

Sauf qu'il n'en fit rien. Cela signifiait-il que Vador lui-même avait ordonné à Kimmund de poser la question ?

— Lorsque j'ai été conduit pour la première fois devant l'Empereur, finit par répondre Thrawn d'une voix calme, je l'ai mis en garde contre les nombreux dangers tapis dans les Régions Inconnues. Il m'a cru sur parole et a fini par me décerner le rang de grand amiral. Remettriez-vous en question son jugement ?

Kimmund plissa les lèvres et décocha un regard à Vador avant de tourner de nouveau les yeux vers Thrawn.

— Non, amiral.

— Bien. Alors soyez assuré, commandant, que lorsque nous engagerons le combat avec les Grysks – notez que je n'ai pas dit *si* mais *lorsque* –, précisa-t-il en balayant à nouveau la tablée du regard, ce sera en effet parce qu'ils représentent une menace pour l'Empire.

Ses yeux s'arrêtèrent sur Kimmund.

— Avez-vous d'autres questions ?

Le commandant lança un nouveau regard à Vador.

— Non, amiral.

Thrawn se tourna vers Faro.

— Commodore, dans combien de temps atteindrons-nous les coordonnées que je vous ai transmises ?

— Vingt-trois heures et quatorze minutes, amiral.

— Bien. Cela devrait laisser assez de temps aux techniciens pour terminer leurs premières analyses, et permettre aux officiers comme aux membres d'équipage de se reposer.

Il se redressa de toute sa taille. Même assis, le mouvement était impressionnant.

— Dans précisément vingt-deux heures, le *Chimaera* commencera un test de fonctionnement général. Deux heures plus tard, ce vaisseau se transformera en station de combat.

Il regarda Vador, et Faro crut voir un petit sourire danser sur les lèvres de l'amiral.

— Et juste après cela, ajouta-t-il, nous aurons les réponses à nos questions.

***

— Une minute, lança le timonier, le lieutenant Agral, si Vador ne faisait pas erreur sur son nom.

— Toutes les armes sont prêtes ! ajouta la lieutenant-chef Pyrondi depuis la console de l'artilleur.

— Vos ordres, amiral ? s'enquit la commodore Faro.

Vador regarda Thrawn et nota l'expression sereine et déterminée sur son visage.

— Tenez-vous prêts pour la balise de navigation.

— Prêts pour la balise de navigation, lança Faro.

Elle jeta un coup d'œil à Vador, comme si elle s'attendait à ce qu'il fasse un commentaire ou donne peut-être ses propres ordres.

Mais Le Seigneur Noir demeura silencieux. Pour l'instant, du moins, les projecteurs étaient braqués sur Thrawn.

— Balise de navigation ! annonça-t-elle. Déploiement de l'ensemble des senseurs.

— Balise, OK.

— Aucun vaisseau ennemi sur les senseurs, indiqua Pyrondi.

— Autres objets à portée ? demanda Faro.

— Aucun.

— Retour à la trajectoire précédente, ordonna Thrawn. Nouvelle trajectoire, comme indiqué.

Faro fixa l'écran de navigation, le front plissé.

— Amiral ?

— La trajectoire est la bonne, commodore. Un micro-bond jusqu'à ce point-ci, un second jusqu'à celui-là, puis hyperdrive normal jusqu'à notre position actuelle.

— Mais selon un angle différent.

— Oui.

— Compris, amiral, dit Faro, même s'il était clair au ton de sa voix que ce n'était pas le cas.

Mais au moins elle et le reste des officiers de Thrawn avaient visiblement appris à suivre les ordres.

— Timonier : exécution.

Le *Chimaera* fit trois incursions de plus dans l'hypervoie bloquée. Les senseurs firent trois analyses additionnelles. Le timonier ajouta trois balises de navigation supplémentaires.

Le quatrième essai était en bonne voie lorsque Vador décida qu'il en avait assez vu.

— Qu'espérez-vous trouver ? demanda-t-il en faisant un pas en direction de Thrawn.

— La source de la perturbation.

— Il n'y a rien, ici.

— Peut-être. Avez-vous lu le rapport d'analyse des techniciens sur les débris du cargo ?

— Oui.

Changer de sujet, avait-il remarqué, était l'une des tactiques préférées du Chiss. Malheureusement pour lui, Vador avait trouvé le moyen de contrecarrer le subterfuge.

— Le pourcentage de métaux dans les fragments était semblable à la répartition dans les projecteurs de puits de gravité des croiseurs *Interdictor*.

— En effet. Donc vous savez ce que nous traquons.

— Vous chassez en vain.

Vador regarda à droite et à gauche pour s'assurer que personne d'autre n'était à portée de voix. Cette conversation ne concernait que Thrawn et lui.

— Vous pensez que les cylindres grysks détruits étaient des projecteurs de puits de gravité.

— Cela expliquerait les perturbations au cœur de l'hypervoie et pourquoi le *Chimaera* a été extirpé de l'hyperespace.

— Votre conclusion ne tient pas la route, affirma Vador, catégorique. Pour ne pas être détecté, le projecteur devrait être protégé par un champ de dissimulation. Or, comme vous l'avez dit vous-même, et comme les techniciens l'ont confirmé, un puits de gravité et un champ de dissimulation ne peuvent fonctionner en même temps au même endroit.

— Les techniciens et leurs conclusions peuvent parfois faire erreur.

— Pas cette fois, rétorqua fermement Vador.

— Je suis d'accord.

Vador fronça les sourcils.

— Vous êtes d'accord qu'il n'y a rien à trouver ? Alors que faisons-nous ici ?

— Je vous l'ai déjà dit : nous cherchons la source de la perturbation de l'hypervoie.

— Développez.

— Des incertitudes demeurent. C'est pourquoi je préfère ne pas m'exprimer pour le moment.

La main gauche de Vador lâcha son ceinturon pour se déplacer de quelques centimètres et se poser sur la poignée de son sabre laser. Le moment était venu de mettre les choses au clair.

— Je suis le représentant de l'Empereur, dit-il en chargeant sa voix de toute la menace dont était capable un Seigneur Sith. Vous *parlerez* si je vous en donne l'ordre.

— L'Empereur m'a placé aux commandes de ce vaisseau et de cette mission.

— L'Empereur ne permet pas à ses subordonnés de jouer à de petits jeux.

Pendant ce qui dura peut-être cinq secondes, Thrawn ne parla pas. Vador resserra son étreinte sur son sabre laser…

— Au cours de mes années passées au service de l'Empire, il m'est parfois arrivé d'offrir des explications sans preuve, répondit-il tout bas. Cela ne s'est jamais bien terminé.

— Que voulez-vous dire ?

— La plupart des gens ne me croient pas. Ce manque de confiance les pousse même à douter des preuves lorsqu'elles paraissent au grand jour.

— Je ne suis pas la plupart des gens, lui rappela Vador.

— Ça, je le sais, monseigneur. Mais je vous demanderai malgré tout de me faire confiance.

Le Sith le dévisagea et sonda la Force. LE Jedi aussi avait suscité de la méfiance et vu ses opinions rejetées avec désinvolture, souvent par les gens dont il était le plus proche. Lui aussi savait ce que cela faisait d'être puissant, mais de rester malgré tout une sorte d'étranger.

— Parlez-moi des prisonniers qui ont été enlevés de Batuu.

— Je ne peux pas. Tout ce que je peux dire c'est qu'il est vital de les retrouver.

— Et si j'exige une réponse ?

— Je ne peux pas répondre, répéta Thrawn. Je peux juste vous demander de me faire confiance.

Vador sentit sa mâchoire se crisper.

— La confiance n'est pas une chose qu'on se contente de demander, amiral, le prévint-il d'un ton rude. Elle se mérite.

— Je suis d'accord. Je ne vous demande qu'une heure de plus.

Vador plongea son regard dans le flot hypnotique de l'hyperespace.

— Une heure. Ensuite, amiral, vous *répondrez* à mes questions, que vous le vouliez ou non.

CHAPITRE 10

— Tout ce que je demande, dit Anakin, c'est que vous me fassiez confiance.

Thrawn ne répondit pas. Il s'était montré plutôt bavard au début du voyage, interrogeant le Jedi à propos de la République, des Séparatistes et de la Guerre des Clones. Les questions posées par Anakin à propos du Chiss, en revanche, n'avaient eu droit qu'à de courtes réponses, si ce n'est aucune.

Mais une fois que le Jedi avait commencé à exposer son plan pour pénétrer dans l'usine de Mokivj, les choses avaient quelque peu changé. Désormais, c'était surtout Anakin qui parlait et le Chiss qui ne répondait pas.

D'un certain côté, il ne pouvait pas vraiment en vouloir à son partenaire. Le plan était limite, voire totalement fou, et, sans un Jedi aux commandes, voué à l'échec dès les premiers instants.

Mais Anakin *était* un Jedi. Mieux encore, il savait comment les Séparatistes réfléchissaient et agissaient.

Et il était très bon face à leurs droïdes de combat.

— Je suis un commandant de la Flotte de Défense et d'Expansion, déclara Thrawn. Mon uniforme atteste de mon autorité.

— Une autorité qui n'a aucune valeur sur Mokivj, de toute façon, lui rappela patiemment Anakin. Même si les locaux ont déjà entendu parler des Chiss, les Séparatistes en charge de la base ne seront pas impressionnés.

Il fit un geste en direction de son uniforme constellé de marques de blaster et ajouta :

— Et franchement, ce que votre tenue atteste, c'est que vous vous êtes retrouvé au cœur d'une bataille importante, et que vous avez probablement perdu.

— Je suis toujours en vie, fit remarquer Thrawn. La survie modère toujours la défaite.

— Je suppose. Mais croyez-moi, on peut y arriver.

Thrawn posa les yeux sur R2-D2, qui se tenait sagement dans un coin.

— Vous procédiez à des modifications sur votre droïde tout à l'heure. Ces modifications font-elles partie du plan ?

— Oui.

— Peuvent-elles être détectées par l'ennemi ?

Anakin réfléchit. Techniquement, si l'ennemi était *très* observateur… mais ce ne serait certainement pas le cas.

— Non, à moins qu'ils ne le démontent entièrement.

Thrawn réfléchit encore quelques instants.

— C'est un plan risqué. Mais son audace est justement ce qui nous permettra de prendre l'ennemi par surprise. Très bien, nous allons essayer. Au pire, cela nous conduira au moins de l'autre côté des défenses extérieures.

— Bien, dit Anakin, soulagé.

C'était en théorie un plan que R2-D2 et lui pouvaient mettre en œuvre seuls, mais les choses de ce genre apparaissaient toujours plus crédibles lorsqu'il y avait une équipe.

— Il y a des vestiaires à l'arrière, dans les quartiers de l'équipage. Avec un peu de chance, vous y trouverez des vêtements à votre taille.

— Oui.

Thrawn indiqua la tenue d'Anakin.

— Et pour votre uniforme ?

— Les Jedi ne portent pas d'uniforme, dit Anakin en baissant les yeux vers ses habits. Ni les Séparatistes, d'ailleurs : leurs soldats sont des droïdes de combat, les nôtres des clones en armure. Nos officiers de marine et nos membres d'équipage ont des uniformes, en revanche. Quoi qu'il en soit, vous avez raison, je ferais mieux de mettre quelque chose qui fasse plus local.

— Et qui ressemble moins à la tenue d'un guerrier.

Anakin fronça les sourcils.

— De quoi parlez-vous ?

— Vos manches sont taillées pour permettre à vos bras de faire des mouvements extrêmement amples. De même, cette longue tunique qui pourrait donner l'impression d'entraver vos déplacements vous confère également une grande liberté de mouvement. Détail tout aussi important : au cours du combat, les virevoltes du tissu sauront détourner l'attention de l'adversaire.

— Intéressant, nota Anakin en contemplant ses habits d'un nouvel œil.

Il avait toujours trouvé sa tenue pratique pour se battre, mais ne s'était jamais arrêté sur les détails auparavant.

— Je vais voir si je trouve quelque chose qui soit aussi fonctionnel.

— Sans vous donner pour autant une allure de guerrier, précisa le Chiss.

— Voilà. Pas simple, donc : le fond, la forme, tout ça…

Anakin fit un geste et poursuivit :

— Si les coordonnées sont exactes, nous devrions atteindre la base quatre heures après la tombée de la nuit. Nous allons trouver de quoi nous habiller, puis revoir l'ensemble du plan. Ils vont forcément nous poser des questions et je veux être sûr que nous aurons des réponses à leur fournir.

*
* *

— Non, je ne suis *pas* le capitaine Boroklif, expliqua Anakin pour la troisième fois, une pointe d'impatience dans la voix.

Un coup d'œil à travers la verrière du cockpit lui apprit que les deux droïdes *Vautour* qui l'escortaient continuaient de garder leurs distances. C'était toujours ça.

— Le capitaine Boroklif est, disons, indisposé.

— Je dois lui parler, insista la voix à l'autre bout.

L'accent était sérennien si Anakin ne faisait pas erreur : cette personne venait de la planète natale du Comte Dooku, Serreno. Se pouvait-il que le Duc soit un ami ou un associé que Dooku aurait placé là pour diriger les choses à sa place ?

— Le capitaine Boroklif n'est pas ici, gronda Anakin. Il y a eu du grabuge à Black Spire. Boroklif et son équipage n'étaient pas en condition de voler. Dois-je vous faire un dessin ?

— Êtes-vous en train de me dire qu'ils sont morts ? *Tous* morts ?

— Je ne sais pas, confia Anakin, parce que nous ne nous sommes pas attardés pour voir comment cela se terminait. Mais je peux vous dire que vos hommes étaient très clairement en train de perdre.

Il y eut un temps de silence.

— Pourquoi êtes-vous là ?

— Parce que nous avons votre cargaison. Je me suis dit que ça vous intéresserait. Pour peu que vous puissiez payer.

Une autre pause ; plus longue, celle-là.

— Vous pouvez vous poser dans la cour centrale. Je vous transmets les coordonnées.

— Et pour le bouclier ? demanda Anakin en étudiant l'affichage des senseurs. Ou alors souhaitez-vous que je me faufile par en dessous ?

— Ne jouez pas au petit malin, grommela l'autre. Je le lèverai lorsque ça sera nécessaire. Pas avant. Une fois posé, vous quitterez le vaisseau – *tous* autant que vous êtes – et attendrez votre escorte au pied de la rampe. Désarmés. Si nous voyons la moindre arme, nous vous abattrons.

— D'accord, d'accord. J'ai compris, dit Anakin. À plus.

Il coupa la comm.

— Vous avez les coordonnées ? demanda-t-il à Thrawn.

— Oui, répondit le Chiss en regardant, l'air pensif, l'écran sur lequel apparaissait la base. Les boucliers des Séparatistes ne descendent pas jusqu'au sol ?

— C'est le cas de la plupart des boucliers. Lorsqu'ils touchent terre, les gens qui se trouvent à l'intérieur finissent par manquer d'air. À moins que ce ne soit un bouclier à rayon. Dans ce cas, ça n'a pas d'importance. Mais les boucliers à rayon laissent passer les missiles et les torpilles, donc ils sont loin d'être aussi efficaces.

— Ah, fit Thrawn. Je note également qu'il est rare que les usines possèdent une cour centrale.

— Il est probable que ce soit juste le nom qu'ils ont l'habitude de donner à la piste d'atterrissage. L'avoir à l'intérieur permet de placer les vaisseaux sous la protection du bouclier.

— Cela requiert également que le bouclier soit levé à chaque atterrissage et décollage, fit remarquer Thrawn. Ce qui rend la base vulnérable. Il aurait été préférable de placer la zone d'atterrissage en dehors de la base de sorte qu'il soit uniquement nécessaire de rétracter le bouclier vers les fortifications de l'usine pour permettre aux vaisseaux de se déplacer.

— Donc cet endroit a d'abord été construit dans un autre objectif, conclut Anakin. Ce n'est pas une énorme surprise. C'est toujours plus simple de reconvertir le bâtiment de quelqu'un d'autre que d'en construire un soi-même.

— En effet. Mais on en revient encore à la même question : pourquoi *ici*?

— C'est ce que nous sommes venus découvrir, lui rappela Anakin. Bon, allons-y.

Le Jedi avait vu juste : la base semblait bel et bien avoir eu une autre vie avant celle-ci.

Mais laquelle, toutefois, cela n'était pas si clair.

— Ce genre de construction anguleuse est fréquente dans les forteresses, remarqua Thrawn tandis qu'Anakin les plaçait sur leur ultime vecteur. La grande cour centrale peut servir d'entrepôt pour les véhicules aériens.

Anakin hocha la tête. La cour était inoccupée pour l'instant, mais avait une taille suffisante pour contenir quatre cargos aussi gros que le *Larkrer* ou tout un tas de vaisseaux plus petits. Aux quatre coins de la base se dressaient des plates-formes verticales pour droïdes *Vautour*, actuellement inoccupées, elles aussi. Chaque côté de la bâtisse rectangulaire mesurait environ cinq cents mètres de long pour cent de large et s'élevait probablement sur deux étages. Il y avait là tout l'espace nécessaire pour contenir une usine, un important centre de recherche ou une armée de droïdes de taille non négligeable.

— Ça pourrait dater d'avant l'installation du bouclier.

— Les remparts sont trop bas pour une ancienne forteresse, fit remarquer Thrawn. Est-ce le générateur de bouclier, au centre?

— Oui, répondit Anakin en observant la silhouette basse et irrégulière posée sur un socle en permabéton au milieu de la cour.

— Ça ressemble à une série KR. Les Séparatistes en sont friands.

— Incroyablement compact, nota Thrawn. L'alimentation se fait sous terre ?

— Probablement. Mais si vous aviez en tête de le neutraliser, vous pouvez oublier. À moins d'avoir une flotte prête à intervenir, ça ne nous apportera pas grand-chose.

— Malheureusement, je n'ai pas de flotte, murmura Thrawn.

— Je m'en doutais. Ça n'a pas d'importance. Si Padmé est ici, on va la faire sortir.

Il pointa quelque chose à travers la verrière et poursuivit :

— On dirait qu'ils veulent qu'on atterrisse là-bas. Vous avez vu les quatre droïdes qui forment un rectangle lumineux ?

— Oui. L'espace attribué semble à peine suffisant pour un vaisseau de cette taille.

— Ouais, j'ai remarqué, dit Anakin avec un sourire pincé. J'imagine qu'ils ont envie de voir mes talents de pilote en action. Ils vont en avoir pour leur argent !

Des années de guerre lui avaient appris à utiliser la Force pour maîtriser le décollage, le pilotage et l'atterrissage de vaisseaux de toutes tailles et de tous styles. Non seulement républicains et séparatistes, mais de fabrication indépendante également. Le *Larkrer* n'y faisait pas exception, et il parvint à se poser parfaitement dans l'espace qui lui avait été accordé.

Il coupait les moteurs lorsque la cour se retrouva brusquement baignée de lumière.

— Je vois qu'ils ont des éclairages finalement, commenta calmement Thrawn.

— C'est ce qu'on dirait, oui, acquiesça Anakin en regardant à travers la verrière, les yeux plissés.

L'éclairage provenait d'une série de six projecteurs, répartis le long du mur oriental de la cour, face au *Larkrer*. Il se pencha en avant, regarda de chaque côté et constata qu'il n'y avait pas de telles lumières sur les murs sud et nord. À en croire les ombres, il était également clair qu'il n'y en avait pas non plus sur le mur occidental, derrière eux. Au-dessus de leur tête, les droïdes *Vautour* qui les avaient escortés jusqu'ici virevoltèrent brièvement dans la lumière avant de repartir en patrouille.

— Sans doute juste pour les visiteurs inattendus et d'autres occasions spéciales, estima le Jedi.

— Voilà qui est mal pensé et dangereux. L'éclairage en provenance d'une seule direction crée des zones d'ombre qui peuvent être exploitées.

— Ce qui est exactement ce que nous allons faire. Si nous avons de la chance, les commutateurs de l'éclairage seront ici, dans la cour, et nous pourrons y avoir accès, alors ouvrez l'œil pour tenter de les repérer. Sortons avant qu'ils deviennent nerveux.

Une minute plus tard, Thrawn, R2-D2 et lui se rassemblaient au pied de la rampe…

… sous le regard vide de deux escouades entières de droïdes de combat B1, leurs fusils blaster E-5 braqués sur les nouveaux venus.

— Design intéressant, murmura Thrawn. Petits et armés de manière modérée, mais étroits et donc difficiles à viser.

— Ce sont les droïdes à tout faire de l'armée séparatiste, lui chuchota Anakin. Mais ne vous mettez pas trop à l'aise : ils en ont aussi des beaucoup plus gros, mieux armés et au blindage plus performant. Tiens, d'ailleurs, en voilà deux qui approchent. En compagnie, j'imagine, de notre hôte.

Deux super droïdes de combat B2 traversaient la cour d'un pas lourd, un humain grand et élancé marchant à grandes enjambées entre eux. Avec les lumières qui se déversaient dans son dos, les traits et les insignes de l'homme étaient impossibles à discerner.

Mais une cape à l'apparence caractéristique flottait derrière lui : un symbole de la noblesse sérennienne.

Le même type de cape que celle portée par le Comte Dooku.

— Sur notre gauche, murmura Thrawn. Regardez le véhicule dans le coin.

— Plus tard, souffla Anakin, l'air tendu, alors qu'il se projetait dans la Force.

S'il s'agissait de Dooku, l'ensemble du plan était sur le point de tomber à l'eau.

De fait, c'était sans doute déjà le cas. Avec la lumière illuminant le visage d'Anakin, il était inconcevable que le Sérennien ne l'ait pas reconnu.

Toutefois, il ne sentait aucun avertissement du côté de la Force. Et la silhouette en approche n'avait pas montré la moindre hésitation dans son pas énergique. Pas Dooku, alors ?

— Regardez le véhicule dans le coin, répéta Thrawn.

Avec réticence, le Jedi jeta un coup d'œil oblique dans la direction indiquée. Abrité dans le coin nord-ouest du patio, surveillé par une autre escouade de droïdes de combat, se trouvait un petit truckspeeder sombre et crasseux dont la partie arrière était découverte. Un véhicule local, très certainement. Deux humains à l'apparence aussi crasseuse se tenaient devant sa rampe de chargement, et discutaient avec un homme et une femme vêtus des mêmes capes d'origine sérennienne.

— Un véhicule atmosphérique, précisa Thrawn. Je pense que…

— Hmm, plus tard, le coupa Anakin en reportant son attention sur la silhouette et les deux B2 qui les rejoignaient.

Le visage de l'humain était toujours dans l'ombre, mais à mesure qu'il approchait, il ressemblait de moins en moins à Dooku. Son escorte et lui s'immobilisèrent à cinq mètres d'eux…

— Eh bien ?

Anakin ressentit un soupçon de soulagement. Ce n'était pas la voix de Dooku.

— Eh bien quoi ? rétorqua-t-il.

D'un autre côté, il s'agissait bien de la voix du contrôleur de trafic avec qui il avait discuté tout à l'heure. Quelqu'un de sacrifiable au cas où les visiteurs se montreraient dangereux ?

— Nous avons votre cargaison. Vous avez notre argent ?

— Nous sommes encore à des lieues de parler argent, répliqua froidement le Sérennien. Commencez par me dire qui vous êtes, suggéra-t-il en faisant glisser son regard vers R2-D2. Et pourquoi vous voyagez en compagnie d'un droïde astromécano de la République.

— Non, c'est vrai ? demanda Anakin en posant les yeux sur R2.

C'était un commentaire ridicule, bien sûr : les droïdes astromécanos étaient bien trop répandus pour qu'une unité prise au hasard soit instantanément reliée à la République. Le Sérennien cherchait manifestement à provoquer une réaction.

— Ça veut dire que ça vaut beaucoup plus, alors ? ajouta le Jedi.

— Vous partez de l'idée que nous allons payer, rétorqua le Sérennien. Qu'est-ce qui vous fait croire qu'on ne va pas se contenter de se servir ?

— Le fait qu'on possède bien plus que de la marchandise. Nous détenons aussi des informations, précisa Anakin avant de baisser la voix. Comment nous avons trouvé ce droïde, par exemple. Mais nous ne parlerons qu'à celui qui a le pouvoir de dénouer les cordons de la bourse.

— Et que diriez-vous de ceci : vous *me* dites tout ce que vous savez et je vous promets de ne pas vous faire abattre sur place ?

— Désolé, mais ce n'est pas le genre de choses que l'on confie à un simple homme de main, renifla Anakin avec dédain. Ne prenez pas la peine de le nier : je sais que vous êtes le larbin qui nous a guidés jusqu'à ici.

— Ah, mais les larbins aussi peuvent avoir de l'autorité, répondit calmement le Sérennien.

Il leva la main…

Aussitôt les droïdes B2 levèrent leurs blasters de poignet en position de tir.

— Parlez ou mourez. À vous de choisir.

Anakin échangea un regard avec Thrawn.

— Vous en pensez quoi ?

— Le courage est une vertu, déclara le Chiss. Pas la stupidité.

— Vous n'avez pas tort.

Anakin se retourna vers le Sérennien.

— D'accord. Commençons par la femme.

Le Sérennien eut un petit mouvement de recul.

— Quelle femme ?

— Vous savez très bien, répliqua Anakin. Celle que vos gens ont prise en train de fouiner autour de votre vaisseau à Black Spire et qu'ils ont tuée.

— Ah oui. Elle. Eh bien qu'y a-t-il ?

— Eh bien, pour commencer, elle n'était pas seule. Elle avait toute une équipe avec elle.

Il indiqua le *Larkrer* d'un signe de tête et poursuivit :

— C'est comme ça qu'on a pu mettre la main sur votre vaisseau. Le capitaine Boroklif n'allait plus en avoir l'utilité.

— Je vois.

Le Sérennien fit un geste vers R2-D2.

— Est-ce qu'il était à elle ?

— Je n'en sais rien. On l'a trouvé… D'accord, voilà comment ça s'est passé : quand on est montés à bord du vaisseau, on est tombés sur un gars qui essayait de forcer la barre et on l'a chassé de là. On ne s'est pas rendu compte qu'il avait laissé le droïde avant de passer en vitesse lumière. Et ensuite…

Il hésita un instant, comme réticent à dire le reste.

— La trajectoire du vaisseau avait été préétablie, intervint Thrawn. C'était verrouillé. On n'avait pas d'autres choix que de venir ici.

— Qui a fait ça ? demanda le Sérennien.

— J'imagine que c'est Boroklif, avant de se faire prendre, répondit Anakin. Alors on s'est dit : comme on ne peut aller nulle part d'autre, on n'a qu'à faire la livraison et peut-être que vous pourrez déverrouiller ou effacer l'ordinateur pour le redémarrer.

— Je vois, dit le Sérennien, l'air pensif. Une histoire intéressante. Vous avez conscience, j'imagine, que vous n'avez plus rien à marchander ?

— Ouais, ben, c'est ça, le truc, reprit Anakin. Vous voyez, on vous a dit que la trajectoire avait été préétablie. Ce qu'on ne vous a pas dit, c'est qu'il y avait un autre programme dissimulé en dessous.

— Qu'est-ce que vous dites ?

— Ce que je dis, c'est que les deux camps jouaient au même jeu, répondit patiemment Anakin. Vous voyez, Boroklif a entré cette trajectoire dans l'ordinateur, comme je l'ai dit. Mais il l'a enregistrée par-dessus une *autre* trajectoire que la femme avait déjà entrée. Je suppose qu'elle préparait le vaisseau à rejoindre l'endroit où son gang avait sa base ; vous savez, juste au cas où ils devraient partir en urgence. J'imagine que Boroklif est tombé dessus et n'a pas pu l'effacer, alors il a juste entré sa trajectoire par-dessus. Je ne sais pas… Ça commence à devenir un peu confus.

— Ne vous inquiétez pas, je vous suis parfaitement, lui assura le Sérennien d'un ton sec.

— Tant mieux parce que c'est sacrément embrouillé. Bref, l'autre gars – celui qu'on a pris en train de bidouiller l'appareil –, je suppose qu'il faisait partie de son groupe et qu'il essayait de revenir en arrière quand on s'est débarrassé de lui.

— Et il avait ce droïde avec lui, compléta le Sérennien d'une voix grave. Qu'est-ce qui vous fait penser qu'il faisait partie du gang de voleurs de la femme ?

— Eh bien…

Anakin regarda Thrawn et haussa les épaules.

— Qui ça aurait pu être d'autre, sinon ?

— Avec un droïde astromécano dans son sillage ?

— Ouais, ça ne semble pas logique, reconnut Anakin en plissant le front comme s'il essayait de démêler l'imbroglio. Eh bien… vu qu'ils essayaient de voler votre cargaison, peut-être qu'il avait aussi volé le droïde à quelqu'un d'autre.

— Peut-être. Autre chose ?

— Ouais, un dernier truc.

Anakin indiqua les B2 dont les blasters de poignet étaient toujours braqués sur Thrawn et lui.

— Je me suis dit que vous aimeriez savoir où elle envoyait le vaisseau. Brix, là – c'est Brix, ajouta-t-il en montrant Thrawn du menton –, Brix a pensé que vous pourriez ne pas avoir envie de nous payer, ou même nous tirer dessus. Alors, on a… eh bien, on a comme qui dirait verrouillé l'ordinateur.

— Verrouillé, comment ?

— Avec un mot de passe de cryptage à deux clés. J'ai une clé, et Brix a l'autre. Vous avez besoin de nous deux pour entrer dans l'ordinateur si vous voulez gratter le préréglage pour découvrir la trajectoire qu'elle a entrée auparavant.

— Je vois.

Pendant de longues secondes, le Sérennien les observa l'un et l'autre à tour de rôle. Anakin se projeta dans la Force et l'incita mentalement à repérer la faille dans leur plan. Sans quoi, ils allaient devoir lui donner un autre petit coup de coude.

Puis soudain un éclair de compréhension lui traversa le visage. Si R2-D2 avait été présent pendant l'encodage, il y avait des chances pour qu'il ait un enregistrement visuel du cryptage. Si les Séparatistes pouvaient lui extraire cela de sa mémoire, les deux voleurs de vaisseau n'auraient de nouveau plus rien à échanger.

— Vous avez vraiment pensé à tout, déclara le Sérennien en s'efforçant de paraître chagriné. Je suppose qu'on ferait mieux d'entrer pour discuter de ce que pourrait valoir une telle information.

Il indiqua R2-D2 d'un signe désinvolte.

— Nous prendrons le droïde avec nous. Il pourrait en savoir plus sur ces voleurs.

— Tant qu'on est payés, il est tout à vous, dit Anakin. Passez devant.

Le Sérennien fit un geste méprisant à l'intention des B2, qui s'exécutèrent aussitôt en baissant leurs bras et blasters intégrés.

— Vous aussi, lança-t-il en direction de l'escouade de droïdes de combat dont les blasters étaient encore pointés sur Anakin et Thrawn. Allez aider Palter avec la livraison.

— Devons-nous vérifier le cargo ? demanda le chef des droïdes.

— L'Équipe 4 s'en chargera, décida le Sérennien. Attendez avec Palter jusqu'à ce que l'Équipe 3 ramène les ouvriers ici, puis aidez-les à s'assurer que tout a bien été déchargé et empilé correctement.

— Bien reçu, bien reçu, lança le chef des droïdes.

Ils tournèrent les talons d'un seul mouvement puis commencèrent à traverser la cour en direction du véhicule poussiéreux dans le coin. Le Sérennien les observa un instant, puis il fit volte-face et se mit en marche en direction d'une porte nichée dans le coin sud-est de la cour, sa cape virevoltant derrière lui.

Anakin le suivit, R2-D2 roulant à ses côtés, Thrawn quelques pas derrière eux. Les deux B2 attendirent que les nouveaux venus les aient dépassés pour leur emboîter le pas, placés de part et d'autre du petit groupe.

Le Jedi entendit un bruit de pas derrière lui lorsque le Chiss combla l'écart qui les séparait.

— Près de la porte, murmura-t-il. Plusieurs commutateurs. Des gaines blindées courent le long des murs jusqu'aux projecteurs.

Anakin lui répondit d'un hochement de tête imperceptible. Donc non seulement la base avait été construite à l'intérieur d'un ancien bâtiment, mais les Séparatistes avaient procédé au réaménagement à la hâte en se contentant de fixer l'éclairage de sécurité à ce qui était déjà sur place plutôt que d'installer quelque chose de plus permanent.

Ce qui suggérait que la base n'avait pas été pensée pour être utilisée sur le long terme. Quel que soit leur projet, ils avaient l'intention de le mener à bien et de repartir.

Un autre groupe de B1 traversait la cour en direction du *Larkrer*, l'Équipe 4 que le Sérennien avait mentionnée, vraisemblablement. Anakin examina les droïdes et calcula rapidement la distance la plus courte qui les séparait de lui. Ce ne serait pas idéal, mais ça devrait suffire. Tendant le bras, il tapota gentiment le flanc de R2-D2.

Le droïde acquiesça d'un petit grondement étouffé et fit coulisser la trappe d'un compartiment secret sur le sommet de son dôme. Thrawn se glissa de l'autre côté d'Anakin, dépassa le Jedi et R2, puis accéléra le pas pour rattraper le Sérennien…

— Halte ! ordonna l'un des B2.

Obéissants, Anakin et R2 s'immobilisèrent. Mais Thrawn poursuivit dans son élan.

— Je dois vous parler ! lança-t-il au Sérennien.

Les super droïdes de combat braquèrent leurs blasters sur lui et, passant devant le Jedi et l'astromécano, s'empressèrent de le rejoindre.

Avec l'attention de tous détournée ailleurs, Anakin puisa dans la Force et fit jaillir le sabre laser du dôme de R2-D2. Il le laissa retomber à quelques centimètres du sol, puis l'envoya flotter derrière eux à travers la cour. Il quitta l'ombre du Jedi, scintilla brièvement dans la lumière qui tombait en cascade des fortifications, puis bifurqua vers le ciel et alla se glisser le long du bras replié de l'un des deux droïdes de queue. Du coin de l'œil, il vit le Sérennien se figer sur place et faire volte-face.

— Stop ! cria-t-il.

— Mes excuses, dit Thrawn en s'arrêtant enfin à son tour.

Les droïdes B2 firent de même, leurs blasters toujours braqués sur lui.

— Je voulais simplement vous poser une question.

— Les questions peuvent attendre, grommela le Sérennien en lançant un regard noir au Chiss.

Il se tourna vers les B2 et leur fit signe de baisser leurs armes.

— Poursuivons.

— La question est importante, insista Thrawn, sans bouger.

À nouveau, les blasters des B2 se braquèrent sur lui.

— Et moi, j'ai dit le contraire, affirma le Sérennien.

Pendant un instant, l'humain et le Chiss se dévisagèrent, comme pour jauger la détermination de l'autre. Anakin resta où il était, observa la patrouille de droïdes de combat poursuivre sa traversée de la cour, le sabre laser toujours dissimulé derrière le bras du B1. Cela allait demander un timing d'une précision chirurgicale…

— J'espère pour vous que c'est une bonne question, lâcha finalement le Sérennien.

— Vous avez suggéré que ce droïde pourrait venir de la République, commença Thrawn. Les voleurs ont essayé de forcer le cargo à regagner leur propre destination. Or, en temps de guerre, certains pensent que si l'on ne peut pas obtenir quelque chose, cela ne devrait revenir à personne d'autre…

L'espace de deux battements de cœur, le Sérennien se contenta de le fixer. Puis, brusquement, sa tête tourna vers R2-D2.

— Droïdes ! cria-t-il en repartant vivement en arrière. Cet astromécano : scan urgent pour voir s'il ne contient pas d'explosifs !

Anakin regarda par-dessus l'épaule du Sérennien en direction de la rangée de commutateurs alignée sur le mur. Il se projeta dans la Force et les bascula tous avant de reporter son attention sur la patrouille de droïdes. Avant que les projecteurs s'éteignent, il eut un dernier aperçu de son sabre laser qui tombait de sa cachette et s'en saisit mentalement grâce à la Force. R2-D2 poussa une longue plainte…

Et tandis qu'un chœur de cris de surprise à la fois humains et électroniques résonnait à travers la cour, Anakin alluma son sabre laser et l'envoya tournoyer au milieu de la patrouille de droïdes.

Dans le feu d'un vrai combat, une telle manœuvre aurait été synonyme de mort rapide. Non seulement avait-il une maîtrise limitée de son arme à cette distance, mais l'absence du sabre à ses côtés le laissait totalement vulnérable aux tirs ennemis.

Néanmoins, pour donner l'impression qu'un Jedi était subitement sorti de sa cachette, il n'y avait pas mieux.

Ce n'était toutefois pas une illusion qu'il pouvait maintenir longtemps. Il transperça le dernier droïde d'un dernier revers de sa lame, puis désactiva le sabre laser et le projeta sur le toit du bâtiment oriental. Il détestait s'en séparer, même pour un temps limité, mais quelqu'un pouvait rallumer les lumières d'une seconde à l'autre et la dernière chose qu'il voulait était que le Sérennien voie une arme Jedi voler jusqu'à sa paume ouverte.

Il avait bien fait de ne pas s'attarder. L'instant d'après, les projecteurs revinrent à la vie et l'un des faisceaux éclaira même la poignée du sabre laser pendant une fraction de seconde avant que l'arme lui échappe dans un arc de cercle pour disparaître dans l'obscurité.

Et dans l'éclairage fraîchement revenu, il découvrit que la cour avait sombré dans le chaos.

Il y avait des droïdes partout : les deux groupes de B1 survivants qui trottaient à travers l'espace ouvert, leurs longues têtes cylindriques tournant de gauche à droite en quête d'une cible ; quatre B2 supplémentaires apparus de nulle part qui titubaient en tous sens, le bras tendu, leur blaster de poignet braqué stoïquement devant eux. Les deux Sérenniens qui se trouvaient dans le coin couraient maintenant en direction du tas de métal fondu qu'Anakin avait créé à partir de la patrouille de droïdes, leur cape claquant derrière eux, tenant d'une main fébrile un comlink dans lequel ils aboyaient des ordres. Une porte s'ouvrit dans le coin nord-est de la cour et un autre groupe de B1 en jaillit.

— C'était quoi, *ça* ? s'écria Anakin.

— Pauvre idiot, rétorqua Thrawn. Le droïde n'était pas une bombe. Il était là pour faire diversion pendant que *l'autre s'incrustait à bord de notre vaisseau* !

— Oh, *esehigi* ! grimaça Anakin en poussant un juron local que le Chiss lui avait appris. Venez ! Fichons le camp d'ici !

Il s'élança, donna une tape sur l'épaule de Thrawn au passage pour faire bonne mesure et dépassa en courant le Sérennien qui continuait de reculer vers la porte.

— Attendez ! cria ce dernier.

Anakin continua sur sa lancée, se fiant à la Force pour le prévenir d'un danger. Pour peu que l'autre se montre méfiant ou que les B2 soient programmés pour agir par eux-mêmes…

Mais aucune vision dédoublée ne vint l'avertir qu'un tir de blaster fusait dans son dos. Le Sérennien avait vu le sabre laser ; et s'il n'avait pas vraiment vu de ses yeux quelqu'un le manier, Anakin savait que la mémoire et le cerveau humains avaient le don d'ajouter toutes sortes de détails, même inexistants, dès lors qu'ils semblaient faire sens.

Anakin avait parcouru la moitié de la distance qui le séparait de la porte lorsqu'il entendit des bruits de pas dans son dos. Il tourna légèrement la tête, présumant qu'il s'agissait de Thrawn, lorsqu'une main s'abattit lourdement sur son épaule.

— J'ai dit *Attendez !*, gronda le Sérennien en forçant le Jedi à ralentir. Vous ne pouvez pas entrer là tout seul.

— Vous ne comprenez pas, insista Anakin.

Du coin de l'œil, il vit Thrawn légèrement à la traîne, courir dans le sillage des B2 à la foulée pesante en compagnie de R2-D2 qui s'efforçait vaillamment de suivre le rythme.

— On l'a chassé du vaisseau. C'est après nous qu'il en a.

— Ne soyez pas stupide, rétorqua le Sérennien avec mépris. Vous n'avez pas entendu votre ami ? Il vous a *laissé* le chasser pour se cacher à bord ensuite.

— Quoi ? demanda Anakin en décochant au Sérennien un regard confus qui lui fit gagner cinq pas de plus en direction de la porte.

S'il parvenait à maintenir la mascarade assez longtemps pour que Thrawn et lui disparaissent de la vue de tous les autres, ils pourraient se débarrasser du Sérennien et s'enfoncer dans le dédale de pièces et de couloirs qu'ils trouveraient à l'intérieur.

Ils n'étaient plus qu'à dix pas de l'entrée, et il commençait à penser que le plan allait se dérouler sans accrocs, lorsque la porte s'ouvrit violemment pour laisser sortir deux B2 supplémentaires qui se figèrent sur place, bloquant totalement l'accès.

— Mais vous avez raison : on ne voudrait pas qu'il réussisse à vous attraper, poursuivit le Sérennien en retenant de nouveau Anakin par l'épaule. Ne vous inquiétez pas. J'ai un abri tout ce qu'il y a de plus confortable pour vous.

*
* *

— Est-ce que c'est une plaisanterie ? protesta Anakin, debout sur le seuil de son nouveau foyer.

La porte, un panneau pivotant relevé au-dessus de lui à la manière d'une verrière de vaisseau, consistait en une dalle de transparacier fixée à la partie supérieure du mur de la cellule par une paire de gonds de la taille de son avant-bras. À l'exception de deux fentes horizontales de trente centimètres de long, la porte était entièrement pleine. La cellule elle-même mesurait quatre mètres carrés au sol pour trois mètres de haut et se composait de dalles de permabéton entièrement blanches.

À la droite du Jedi, Thrawn avait déjà été conduit à l'intérieur de sa propre cellule, et du coin de l'œil, Anakin observa l'un des B1 que le Sérennien avait récupérés en chemin rabattre la porte pour sceller l'ouverture et glisser une paire de goupilles effilées dans les fixations situées de part et d'autre du bord inférieur. De l'autre côté du couloir,

R2-D2 se tenait nerveusement aux côtés du Sérennien, flanqué de deux B2. L'un d'eux portait les comlinks et les armes des prisonniers, y compris le mini blaster caché dans la botte de Thrawn qu'il avait curieusement oublié de mentionner.

— Et si c'était vraiment après nous qu'il en avait ? demanda à nouveau Anakin. Vous ne faites que supposer qu'il a fait exprès qu'on le chasse.

— Je ne *suppose* pas, voleur, rétorqua le Sérennien en mettant finalement son comlink de côté.

Il n'avait cessé de s'en servir depuis qu'ils s'étaient enfuis de la cour, déblatérant des ordres pour que quelqu'un aille tirer les techniciens de leurs lits et les mette au travail. Qu'est-ce que les techniciens étaient censés faire, Anakin n'avait pas été en mesure de le déduire des seules paroles du Sérennien.

— Il voulait venir jusqu'ici, et c'était la méthode la plus simple pour le faire, poursuivit l'homme en levant son blaster. Et rien que pour cela, je devrais vous abattre.

— Votre patron ne serait pas tout à fait d'accord avec ça, l'avertit Anakin. Vous avez encore besoin de nous pour récupérer votre cargo.

— Le *Larkrer* ? demanda le Sérennien, le nez froncé. Cela vaudrait presque le coup d'y renoncer pour ne plus avoir à entendre le son de votre voix.

Il se redressa de toute sa taille et ajouta :

— Et à titre d'information : c'est *moi*, le patron. Je suis le Duc Solha du Système libre de Serenno.

Anakin ricana.

— Et c'est censé m'impressionner ?

— Ça viendra, lui promit Solha, l'air sombre. Faites-moi confiance. Maintenant : entrez.

Le regard noir, Anakin recula dans la cellule. Le B1 tendit le bras et saisit l'un des fermoirs latéraux, puis rabattit la porte avant d'insérer les deux goupilles dans leurs œillets. Solha tourna les talons et s'éloigna à grands pas en sortant à nouveau son comlink. Les deux B2 l'accompagnèrent, l'un devant, l'autre derrière, suivis d'un R2-D2 visiblement réticent. Les deux B1 fermèrent la marche.

Et lorsque R2-D2 passa devant lui, Anakin eut la chance – pour la simple raison qu'il avait voulu le regarder partir – de repérer les petites gouttes de lubrifiant qui commençaient à dégouliner lentement du dessous du droïde. Une traînée qui, avec un peu de chance, resterait inaperçue des Séparatistes et permettrait à Anakin de remonter la piste jusqu'à l'endroit où Solha emmènerait le droïde.

Pour peu, bien sûr, que le Jedi et Thrawn parviennent à sortir d'ici.

Les bruits de pas résonnèrent le long du couloir jusqu'à ce qu'ils atteignent la porte extérieure qui menait au bloc de détention, puis le battant se referma dans un bruit sourd.

Et Thrawn et lui se retrouvèrent seuls.

— Vous allez bien ? demanda Anakin à mi-voix en regardant autour de lui.

Tout comme la porte de la cellule, chacun des murs était percé d'une paire de fentes. Sa première idée avait été qu'elles servaient à observer ou à nourrir les prisonniers, mais il comprenait maintenant qu'il s'agissait d'ouvertures de ventilation.

— Je ne suis pas blessé, répondit Thrawn. Je suppose que c'est aussi votre cas. Faisons le point de la situation : nous sommes à l'intérieur de la base, comme voulu, mais peut-être pas dans les meilleures conditions qui soient.

— Ce n'est rien : cela a toujours été l'un des scénarios probables, lui assura Anakin. Je connais les Séparatistes et leur premier réflexe face à un problème consiste toujours à le jeter derrière une porte verrouillée.

Bien sûr, il aurait préféré que la porte verrouillée soit celle d'un bureau, ou d'un endroit équipé d'un dataport où R2-D2 et lui auraient pu percer à jour les secrets de la base et découvrir où se trouvait Padmé.

En attendant, la soudaine révélation de la présence d'un Jedi sur Mokivj les avait bel et bien conduits à l'intérieur de l'usine, dans un endroit où ils n'étaient pas surveillés. Ce n'était déjà pas si mal.

— Ravi de l'entendre, répliqua Thrawn, peut-être un peu trop sèchement. Connaissez-vous ce Duc Solha ?

— Pas vraiment. Mais Padmé a parlé de lui, une fois. Il vient de la même planète que le Comte Dooku. Il a de la famille… un frère, je crois, et peut-être une sœur.

— Les deux autres humains de la cour ?

— Possible. Padmé disait que toute la famille partageait les mêmes ambitions.

— Le Duc est-il mêlé à la politique et à l'armée séparatistes ?

— Eh bien, il l'est *ici*. À part cela, comme je l'ai dit, je ne sais pas grand-chose. Outre ce commentaire de Padmé, je crois que je n'avais même jamais entendu son nom être mentionné.

— Justement. Le Comte Dooku avait sans doute besoin de quelqu'un dont l'absence ne serait pas remarquée pour diriger cette usine.

— Et qui soit assez ambitieux pour accepter de travailler contre l'assurance d'une gloire à venir, ajouta Anakin avec amertume. Je me demande ce que Dooku lui a promis.

— Face à quelqu'un d'ambitieux, il y a de nombreuses options. Que proposez-vous que nous fassions maintenant ?

— On va faire un test. Attendez une seconde.

Il s'installa en tailleur sur le matelas fin de la couchette de la cellule, ferma les yeux et sonda la Force.

Il retint son souffle. Elle était là.

Padmé était là.

Pas ici, dans une des cellules, mais quelque part tout proche, ça ne faisait aucun doute. Dans cette région de la planète au moins, et peut-être même à côté de l'usine.

— Elle est ici, annonça-t-il à Thrawn avant de se projeter plus profondément encore dans la Force pour essayer de percevoir toutes les nuances de son état d'esprit et de ses émotions.

Elle ne semblait pas être prisonnière, mais il y avait quelque chose de lugubre dans son humeur.

— Quelque part à proximité. Elle a peut-être des soucis… Je n'arrive pas à dire si elle est inquiète ou simplement concentrée sur une tâche.

— Pouvez-vous communiquer avec elle ?

Il secoua la tête et rouvrit les yeux.

— Désolé. Ce n'est pas comme ça que ça marche.

— Dommage. Je me demande ce qu'elle a prévu de faire.

— Quoi que ce soit, ce sera bien, lui assura Anakin. Elle est beaucoup plus maligne que ce que la plupart des gens s'imaginent en la voyant.

— Une personne remarquable. Le lien que vous avez avec elle est tout aussi remarquable, d'ailleurs.

Anakin sentit ses yeux s'étrécir. Il s'était donné beaucoup de mal pour cacher son lien avec Padmé.

— Que voulez-vous dire ?

— À la façon dont vous parlez d'elle, il est clair qu'elle n'est pas qu'une ambassadrice de la République à vos yeux. Il y a un lien plus personnel entre vous.

— Bien sûr ! Je connais Padmé depuis que j'ai neuf ans. On a partagé les affres des combats comme de la prison…

Il sentit son cœur se serrer lorsque le souvenir de la mort de Qui-Gon lui traversa l'esprit.

— … et vu beaucoup de compagnons et de collègues mourir. Beaucoup trop. Sans mentionner le fait qu'on a survécu à une longue guerre. Oui, nous sommes devenus des amis proches. Mais c'est tout.

Thrawn resta silencieux un long moment. Anakin sonda la Force pour essayer de lire en lui, regrettant de ne pas se trouver dans la même cellule et donc de ne pas pouvoir voir au moins l'expression de son visage.

— Je comprends, finit par dire le Chiss. La première chose à faire pour la localiser, c'est déjà de réussir à nous échapper. Vous avez un plan pour ça ?

— Oui. On commence par attendre.

Il y eut un autre temps de pause.

— Attendre quoi ?

— De voir si Padmé a eu vent du raffût qu'on vient de faire. Si elle est libre et seule, elle saura que je suis là et trouvera un moyen de nous contacter.

— Elle reconnaîtra votre arme ?

— Elle reconnaîtra mon style. Et la prison est le premier endroit où elle viendra me chercher.

— Est-ce que le fait de tomber aux mains de l'ennemi fait partie de votre style ?

— *Non*, grommela Anakin.

Thrawn avait le don de porter sur les nerfs lorsqu'il le voulait.

— C'est juste qu'elle commencera par le scénario le plus urgent. Si j'ai été fait prisonnier, j'ai besoin d'aide au plus vite. Si je suis encore libre, la situation est beaucoup moins critique.

— Et si elle ne vient pas ?

— On va lui laisser deux heures, suggéra Anakin. Si elle n'est pas intervenue d'ici là, ou n'a pas au moins provoqué son propre chahut en guise de diversion, ça voudra dire qu'elle n'est pas en position d'agir. Dans ce cas, nous sortirons par nos propres moyens et trouverons une autre solution pour la trouver.

— Je vois. Vous vous connaissez vraiment bien, manifestement. Comme je le disais : un lien remarquable.

Anakin prit une grande inspiration, se préparant à repousser à nouveau les insinuations du Chiss…

— Le véhicule terrestre dans la cour, dit Thrawn. Vous l'avez reconnu ?

— Pas vraiment. J'aurais dû ?

— On aurait dit une sorte de transporteur de minerai. Sa carlingue était couverte de poussière et d'impacts de cailloux.

— Donc cet endroit serait bel et bien une manufacture ou une usine de production et pas une simple plaque tournante, commenta Anakin avec un sentiment de soulagement.

Il ne se réjouissait pas à l'idée de devoir s'occuper de toute une armée de droïdes à lui tout seul. Les effectifs d'une usine, en revanche, lui paraissaient beaucoup plus raisonnables.

— C'est ce que semble confirmer la disposition du site, reconnut Thrawn. Mais la cargaison du transporteur de minerai ne ressemble pas à de la roche locale.

— Elle pourrait avoir déjà été raffinée.

— Peut-être. Pourtant, ça ressemblait plus à un matériau fibreux, comme des céréales ou des plantes. Est-ce que cette usine pourrait servir au raffinage de denrées alimentaires ?

— J'en doute. Pas quand la grande partie de l'armée séparatiste est constituée de droïdes. En même temps, s'il y a de la nourriture exotique qu'ils peuvent vendre de manière profitable, cela pourrait valoir tous ces efforts. La guerre saigne à blanc les Séparatistes, tout comme la République.

— Peut-être, fit Thrawn, l'air dubitatif. Néanmoins, je pense que cette cargaison est la clé.

— D'accord. D'autres intuitions que vous voudriez partager ?

— Je pense que l'aile est de l'usine constitue le centre principal d'intérêt. Il y a aussi de l'activité dans l'aile nord, bien qu'à un degré moindre. L'aile sud abrite les ouvriers humains, probablement des gens du coin, potentiellement des esclaves, tandis que l'aile occidentale ne semble pas être utilisée.

Tardivement, Anakin se rendit compte qu'il fixait le mur de séparation entre les deux cellules.

— D'accord, vous allez devoir m'expliquer, ce coup-ci.

— Mes yeux détectent un peu mieux les rayonnements infrarouges que les vôtres, expliqua le Chiss. Les sources de chaleur principales sont situées dans les ailes sud et est. Il y en a un peu moins dans la partie nord.

— Donc les machines et le personnel se trouvent dans ces zones, en conclut Anakin avec un hochement de tête.

— Exact. Les droïdes sont tous sortis des extrémités nord et sud de l'aile orientale ce qui, une fois de plus, confirme l'importance de cette zone. J'ai également remarqué que les fenêtres des ailes nord et est ont été scellées de façon permanente avec de gros blocs de céramique, ce qui identifie ces zones comme celles qu'ils souhaitent le plus préserver d'attaques ou de la curiosité extérieures. Les fenêtres des ailes ouest et sud sont toujours ouvertes.

— Là où ils n'ont que faire d'être vus. Comment en avez-vous déduit qu'ils utilisent des esclaves comme main-d'œuvre ?

— N'est-ce pas une hypothèse raisonnable quand il s'agit de Séparatistes ? Mais j'ai également noté que les bords des couloirs étaient moins propres que la partie centrale. Soit les ouvriers sont des esclaves, qui font le minimum de ce qu'on leur demande, soit ce sont des gens du coin, que le Duc Solha pousse à s'acquitter rapidement de leurs tâches ménagères de peur qu'ils aperçoivent quelque chose qu'il voudrait garder secret.

— Et le fait que ces cellules soient également dans l'aile ouest implique que c'est ici qu'ils peuvent nous surveiller le plus efficacement, devina Anakin.

— En effet. Même si le design de ces espaces suggère qu'il s'agissait autrefois de compartiments de rangement et non de cellules. Cela pourrait ainsi faciliter notre évasion.

— Ça pourrait, oui. Donc maintenant nous savons au moins où commencer nos recherches une fois que nous serons dehors. *Et* que nous aurons trouvé Padmé.

— Oui.

Thrawn marqua un temps de pause puis reprit :

— Vous vous rappelez ce que j'ai dit à propos de la victoire qui était notre objectif principal ?

— Oui, dit Anakin.

Oui, il s'en rappelait. Il s'en rappelait même très bien.

Mais cela ne voulait pas dire qu'il ait jamais été d'accord.

CHAPITRE 11

Le premier jour, comme Padmé s'y était attendue, fut le plus difficile.

Elle passa toute la journée dans la cabine du bateau inachevé, à faire de son mieux pour bouger le moins possible, à écouter le bruit occasionnel des droïdes *Vautour* qui volaient au loin, à guetter les cliquetis cadencés annonçant le passage de droïdes de combat en patrouille le long de la berge asséchée ou au milieu des buissons et des hautes herbes qui l'entouraient.

Heureusement, les *Vautours* ne s'approchèrent jamais. Et elle n'entendit aucun indice de la présence de droïdes de combat.

Le bateau en lui-même se révéla davantage un problème. Le métal du pont chauffait lentement à la lumière du soleil, et en milieu d'après-midi la température devenait suffocante. Néanmoins, cette chaleur supplémentaire offrait le précieux avantage de minimiser le risque que les droïdes *Vautour* repèrent sa présence par sa signature infrarouge.

Même s'il n'était pas simple de nourrir une pensée positive à ce sujet lorsque ses vêtements, trempés de sueur, lui collaient à la peau.

LebJau avait promis de revenir ce soir-là avec de la nourriture et de quoi lui faire un lit. Mais sachant qu'il valait mieux ne pas se fier aux promesses faites par des étrangers, elle ne s'accorda qu'une seule barre de ration et un litre d'eau pour la journée.

Elle avait faim et se sentait déshydratée lorsqu'elle fut surprise et quelque peu soulagée de voir LebJau se faufiler à bord du bateau deux heures après le coucher du soleil avec un sac de couchage léger, de la viande séchée, du pain, de la pâte végétale et quatre litres d'eau.

Il apportait également l'information, bienvenue elle aussi, que les têtes d'enclume ne semblaient pas avoir remarqué sa présence.

Cette possibilité le rendait toutefois suffisamment nerveux pour qu'il ne s'attarde pas. Mais, avant de partir, il promit qu'il reviendrait la nuit suivante avec davantage de nourriture et d'eau. Il lui assura également que Grubs avait l'intention de se rendre en ville le lendemain pour envoyer ses messages.

Padmé passa la deuxième journée assise devant l'un ou l'autre des hublots à la forme irrégulière de la cabine, à l'affut du passage des patrouilles de droïdes pour commencer à prendre en notes leur routine. Mais aucune ne s'approcha à portée de vue. Pendant l'après-midi, elle se mit à scruter le ciel en quête de droïdes *Vautour*. Elle en repéra quelques-uns, mais pas assez pour en déduire un schéma récurrent.

Au début, cela la perturba. Les Séparatistes avaient pour habitude d'être beaucoup plus performants en matière de sécurité. Peut-être que l'opération était moins importante que ce que Duja avait jugé.

Et cette pensée la perturba *vraiment* beaucoup. Que Duja ait sacrifié sa vie pour une cause importante était une chose; qu'elle l'ait sacrifiée pour quelque chose de mineur qui n'avait que peu de répercussions sur l'effort de guerre en était une autre.

Malgré tout, LebJau avait dit qu'il y avait eu beaucoup plus de gens auparavant, et Cimy avait suggéré que le gros du travail qui avait précédé se concentrait sur la recherche et le développement. Le fait que cela *avait* été une usine importante, ajouté au fait qu'ils ne s'étaient pas contentés de la fermer et de partir, suggérait que Cimy avait vu juste.

Quoi qu'il en soit, cependant, Padmé veillerait à ce qu'elle soit détruite. Elle le devait bien à Duja.

Toutefois, l'emplacement de l'usine continuait à lui poser question. Quel que soit ce qu'ils y faisaient, pourquoi ne pas le faire ailleurs ? Il existait des milliers d'endroits plus proches où les Séparatistes auraient pu implanter une usine sans que personne ne le sache.

Y avait-il un rapport avec la mine ? Même dans ce cas, cela n'avait aucun sens. Certes, les cargaisons de grande valeur comme celles de doonium ou de quadranium avaient tendance à attirer les pirates et les voleurs, et pouvaient plus facilement éveiller les soupçons de la République. Mais perdre une cargaison ou deux en cours de route n'avait rien de catastrophique, même si cela augmentait le risque que cette base secrète ne reste pas un secret.

À moins qu'elle ne soit censée rester un secret pour *tout le monde*. Pouvait-il s'agir d'une faction indépendante de Séparatistes cherchant à réunir des fonds ou des ressources à l'insu du reste de la Confédération ?

Dans ce cas, cela pourrait être la faille dans l'unité séparatiste que Coruscant attendait tant de ses vœux. Si les systèmes membres ou les sociétés qui les soutenaient commençaient à se quereller entre eux, le mouvement entier pourrait s'écrouler en quelques semaines à peine.

Cela pourrait expliquer l'étonnant manque de sécurité, ainsi que l'absence de droïdes à la programmation de pointe. Moins il y avait de personnel et moins il y avait de droïdes, plus il était facile de dissimuler la disparition inexpliquée de ressources de valeur.

C'était une pensée intéressante. Cela la conduisit à une autre, plus intéressante encore : si les patrouilles de droïdes séparatistes étaient vraiment réduites au point d'être à peine visibles, peut-être que Padmé pourrait remonter discrètement le cours du fleuve et aller voir ce qui était extrait de la mine.

Anakin désapprouverait un tel plan. Probablement avec véhémence. Mais Anakin n'était pas là, et jusqu'à ce qu'il arrive, il n'y avait pas grand-chose d'autre que Padmé puisse faire. Si elle pouvait au moins déterminer s'il s'agissait de doonium, de quadranium ou de quelque chose d'autre, cela pourrait leur donner un indice de plus pour comprendre ce que les Séparatistes trafiquaient ici.

Elle passa les deux jours suivants à étudier les cartes de Mokivj que Duja avait intégrées à son rapport, en quête d'un moyen de rejoindre la mine sans se faire repérer. Le plus rapide consistait à traverser le fleuve et à se frayer un chemin à travers la ville pour atteindre le côté opposé où la plupart des routes de la région se rejoignaient. Mais pour se mêler aux habitants, il lui faudrait de l'argent et des vêtements locaux, ainsi que, dans l'idéal, une connaissance de l'argot et des habitudes du coin.

Pour l'argot et les us locaux, il n'y avait pas grand-chose qu'elle puisse faire. Mais l'argent et les vêtements, c'était une autre affaire.

Une façon évidente de se les fournir consistait à demander à LebJau. Mais développer une amitié avec le grand gaillard s'avérait étonnamment difficile. Sa deuxième visite avait été aussi brève que la première. Malgré toute sa bonne volonté et les risques qu'il prenait pour l'aider, il était visiblement toujours inquiet que les têtes d'enclume puissent les surprendre ensemble. Padmé eut beau essayer de le faire s'asseoir et d'entamer la discussion, il repoussa chacune de ses tentatives et repartit dans la nuit en direction de l'usine.

Cependant, outre sa peur manifeste, il était également évident qu'il trouvait sa protégée intrigante, et pas seulement à cause de la richesse supposée de sa famille. Le troisième soir, elle parvint finalement à échanger quelques phrases avec lui, en veillant à centrer ses questions sur sa journée et ses projets pour le bateau une fois les Séparatistes partis. Le quatrième soir vit la conversation s'étendre un peu plus.

Finalement, le cinquième soir, elle évoqua le sujet des vêtements, lui confiant que sa tenue commençait à l'irriter étant donné qu'elle ne pouvait pas la nettoyer correctement et du fait de son exposition répétée à sa propre sueur à cause des fortes chaleurs. Mais même ses plus beaux sourires et toute la panoplie de ses talents diplomatiques ne purent le pousser à dépasser ses craintes. La disparition d'une tenue, selon lui, risquait d'être remarquée encore plus facilement que celle de nourriture et d'éveiller les soupçons des Séparatistes.

Elle passa le jour suivant à transpirer, à étudier les cartes et à essayer de trouver une voie alternative pour rejoindre la zone de la mine. Lorsque LebJau réapparut comme à son habitude deux heures après la tombée de la nuit, elle sentit que quelque chose était différent.

En commençant par la nourriture elle-même.

— C'est vraiment bon, lui dit-elle après avoir avalé une bouchée du poisson séché qu'il lui avait tendu à la place de l'habituelle tranche de viande. Est-ce l'un des poissons que vous avez attrapés la nuit de mon arrivée ?

— Oui. L'est pas trop sec, si ?

— Non, ça va. Le mélange d'épices se marie parfaitement avec. Merci.

— Pas de soucis.

Il resta assis en silence tandis qu'elle mangeait quelques bouchées de plus.

— J'ai réfléchi à votre demande de nouveaux habits, finit-il par ajouter.

— Ça m'aiderait *vraiment* beaucoup, dit-elle en courbant les épaules pour lui montrer combien le tissu lui collait à la peau.

— Je vous ai dit que je ne pouvais rien apporter dont la disparition risquait d'être remarquée. Y a pas beaucoup de femmes là-bas et personne n'a plus de deux tenues de rechange. Mais il y a peut-être autre chose que je pourrais faire.

— Toute aide que vous pourrez m'apporter sera fantastique.

— Mouais.

Il prit une profonde inspiration et poursuivit :

— D'accord. Alors voilà : vous ne pouvez vous rendre dans aucune des zones de travail ou de vie sans l'un de ces machins.

Il retroussa sa manche pour lui montrer le bracelet jaune vif qui était attaché à son poignet.

— Ça vous permet de passer les différentes portes. Pas les principales, ajouta-t-il, mais toutes les petites où ça ne les dérange pas qu'on aille.

— Alors il y a une sorte de transpondeur à l'intérieur ?

— J'imagine. Les têtes d'enclume font aussi des contrôles aléatoires parfois dans l'aile sud, là où nous vivons pour la plupart. Si on vous prend sans bracelet, ils vous envoient aux Cachots.

Padmé fronça les sourcils.

— Les usines de Mokivj sont équipées de prisons ?

— Non, les Cachots, ce sont d'anciens compartiments de rangement réservés aux trucs qui ont vachement de valeur, expliqua LebJau. Le Duc les a transformés en cellules pour emprisonner les gens qui désobéissaient aux règles ou qui allaient là où ils ne devaient pas. Bref, ce que je voulais dire, c'est qu'on n'utilise pas du tout l'aile ouest. Si vous êtes discrète et n'approchez pas des fenêtres pendant la journée, vous pourriez probablement vous cacher là le temps qu'oncle Anakin arrive avec l'argent.

— Vraiment ? dit Padmé en sentant monter en elle l'espoir.

Avec ou sans bracelet, si elle pouvait entrer dans l'usine, elle pourrait au moins amorcer une surveillance rudimentaire.

— C'est comment là-dedans ?

Il haussa les épaules.

— Silencieux. Vide. Tout le mobilier a été retiré lorsque le Duc s'est pointé et qu'il a viré tout le monde. Mais la porte dérobée qui permet d'entrer dans l'aile n'est pas facile à emprunter. Une fois que vous êtes à l'intérieur, vous ne pourrez pas en ressortir sans mon aide.

— Ça me va, lui assura Padmé. Ce n'est pas tellement différent d'ici, en fait, sauf que c'est plus confortable. Quand pouvons-nous y aller ?

— Je veux être sûr que vous compreniez, insista-t-il. Vous ne pouvez pas aller dans l'aile sud où nous sommes, pas sans un bracelet. La seule façon d'entrer dans l'aile ouest, c'est de passer par l'étage de service qui se trouve tout en dessous.

Padmé dressa l'oreille. Il y avait une zone de service qui donnait accès à tout le bâtiment ?

— Ils ne l'ont pas condamné ?

— Ils ont condamné l'accès à tout ce qui était important.

— Comme les raffineries ?

— Y a pas de raffineries ici, dit LebJau, l'air perplexe. Pourquoi y en aurait ? Le matos qu'ils apportent a juste besoin d'être passé au crible et trié, et tout est fait dans la partie occidentale de l'aile nord. Après ça, ils emportent le matos dans l'aile est et la partie orientale de l'aile nord.

— Ah.

Ce n'était donc pas du doonium, finalement ?

— Vous avez dit que vous travailliez avant dans l'une des usines d'électronique. Où était-ce ?

— L'aile ouest, troisième étage. Mais comme je vous ai dit, une fois que vous êtes à l'intérieur, vous ne pouvez plus en sortir. Et rien ne garantit que vous ne vous fassiez pas attraper par les têtes d'enclume.

— Vous avez dit que tout le travail important se faisait dans les ailes nord et est, lui rappela Padmé. C'est donc de ce côté que les têtes d'enclume regarderont. Il ne devrait pas en rester beaucoup pour s'occuper de l'aile ouest.

LebJau soupira.

— D'accord, si vous êtes sûre de vous. Je voulais juste m'assurer que vous savez ce que vous faites.

— C'est le cas. Faites-moi juste entrer dans l'aile ouest. Je m'occuperai de tout le reste.

Ses yeux se plissèrent.

— Qu'est-ce que vous voulez dire par « tout le reste » ?

— Juste que je ne me ferai pas attraper, dit Padmé en cillant légèrement.

Elle avait passé tellement de temps à réconforter des gens effrayés et à leur assurer que la République était de leur côté que les mots lui avaient échappé des lèvres.

— Mmh-mmh, marmonna-t-il, le regard noir. J'avais raison, hein ? Lorsqu'on vous a vue la première fois. Vous êtes une espionne !

— Je suis là pour vous aider, lui assura Padmé. Vous tous. Cet endroit, avec tous ses secrets… Vous pensez vraiment que les Séparatistes vont vous laisser la vie sauve lorsqu'ils en auront terminé ici ?

— Qu'ils essaient pour voir ! grommela-t-il. C'est pas parce qu'on fait pas partie des pôles importants et chic de la galaxie qu'on sait pas se battre !

— Vous n'avez pas vu ce que des droïdes *Vautour* pouvaient faire à une ville, fit Padmé, l'air grave. Et croyez-moi, vous n'en avez pas envie. Je suis le seul espoir dont vous disposez pour empêcher que ça arrive ici.

LebJau baissa les yeux vers le papier d'emballage vide posé sur les genoux de la jeune femme.

— Je ne vous crois pas, marmonna-t-il. Mais j'imagine que ça n'a pas tellement d'importance. Quand voulez-vous y aller ?

— Tout de suite, dit Padmé en mettant l'emballage de côté pour ramasser son sac à dos. Plus tôt on saura ce qu'ils manigancent, plus tôt on pourra les arrêter et les chasser de votre monde.

— Ouais. La victoire ou la mort, hein ? Mouais. La mort, probablement. Bon. Venez, restez près de moi.

***

Quelque temps auparavant, au cours d'une des longues nuits tendues qu'elle avait passées, coincée à bord du bateau, Padmé avait songé essayer de trouver par elle-même la porte dérobée dont LebJau se servait pour sortir de l'usine.

À présent, alors qu'il la guidait à travers l'obscurité, elle était heureuse de ne pas l'avoir fait.

Pour commencer, le lit asséché du fleuve était plus difficile à arpenter qu'elle ne l'avait pensé. Non seulement était-il jonché de débris, provenant sans doute de l'ancienne route emportée par les pluies, mais de plus, les blocs les plus massifs abritaient toutes sortes de bêtes, quand ce n'était pas des familles entières. Padmé ignorait lesquelles pouvaient être dangereuses, et ce n'était pas quelque chose qu'elle souhaitait apprendre à ses dépens. Heureusement, LebJau savait par où passer pour éviter de faire de mauvaises rencontres.

L'entrée elle-même, lorsqu'ils furent arrivés, lui réservait également une surprise. La porte dont LebJau avait parlé était toujours là, panneau imposant enchâssé dans le mur à cinq mètres environ au-dessus du sol rocailleux, un petit fragment de l'ancienne route toujours fixé à sa base, suspendu dans vide. Mais LebJau ne lui accorda pas un seul coup d'œil, et conduisit Padmé vers un autre tas de débris et une brèche cachée, nichée derrière un gros bloc de permabéton brisé. Vingt mètres et trois virages en épingle à cheveux plus tard, ils pénétrèrent finalement à l'intérieur.

— Faites attention, l'avertit LebJau en allumant un bâton lumineux. Regardez où vous mettez les pieds.

— D'accord, acquiesça Padmé en regardant autour d'elle.

La zone dans laquelle ils se trouvaient était entièrement en permabéton, avec un plafond bas et d'épaisses colonnes espacées de dix mètres environ. Le sol était jonché de bouts de fils électriques, de serre-câbles abandonnés et parfois même de bobines de câbles. Un second coup d'œil au plafond révéla par endroits d'autres câbles aux extrémités enroulées.

— C'est l'étage de service ?

— Oui, répondit LebJau en tournant à gauche et en se déplaçant avec précaution parmi les débris.

— Et vous avez dit qu'il s'étendait sous l'ensemble du complexe ? demanda Padmé en sortant son propre bâton lumineux et en le réglant sur « faisceau étroit ».

En tout cas, il n'y avait pas de murs ou d'autres cloisons aussi loin que portait la lumière.

— Je sais ce que vous avez dans la tête. Mais laissez tomber. Le permabéton fait deux mètres d'épaisseur

– obligé, vu le poids que ça doit supporter – et il n'y a que huit points d'accès au reste du bâtiment. Et les têtes d'enclume ont scellé tous ceux conduisant aux ailes nord et est.

— Oui, ça pourrait être un problème, admit Padmé.

Sauf qu'Anakin serait bientôt là… et deux mètres de permabéton ne faisaient pas le poids face à un sabre laser. Pour peu que LebJau ait envoyé ces messages.

— Quelles nouvelles de mes messages ?

— Grubs dit qu'il les a envoyés il y a deux jours. Il faut compter combien de temps avant que quelqu'un vienne avec notre argent ?

— Une fois qu'oncle Anakin les aura reçus, quelques jours tout au plus.

LebJau poussa un grognement.

— Bien. D'accord. Par ici.

Ils passèrent les dix minutes suivantes à se frayer un chemin à travers les gravats jusqu'à une échelle rouillée s'élevant vers un renflement conique dans le plafond. Au sommet se trouvait une trappe à charnières, dont l'ouverture sembla demander à LebJau l'usage de toute sa force.

— Les bracelets n'ouvrent pas ces trappes de service, dit-il en lui tendant la main pour l'aider à gravir l'échelle. On peut ouvrir celles de l'aile sud, mais seulement pour une minute ou deux à chaque fois.

— L'alimentation est coupée ici, je suppose ? demanda Padmé tout en grimpant.

— Ouais. Et je vais devoir refermer ça derrière moi quand je partirai. La laisser ouverte créerait des courants d'air que les têtes d'enclume pourraient remarquer. Vous ne pourrez pas utiliser votre bâton lumineux ici, non plus.

— Je sais, dit Padmé en regardant autour d'elle.

La pièce dans laquelle ils venaient d'entrer était beaucoup plus grande et moins confinée que l'étage de service, avec de hauts plafonds et des fenêtres de chaque côté. Sans la lumière de leurs bâtons lumineux, l'endroit était plutôt sombre, uniquement éclairé par la lueur des étoiles. Toutes les fenêtres semblaient être obstruées par des filets, empêchant tout passage dans un sens comme dans l'autre.

— Je vous rappelle une fois de plus que vous n'aurez pas la possibilité de sortir. Vous avez bien compris, hein? Sans alimentation, ces trappes sont très lourdes. Trop lourdes pour quelqu'un de votre taille.

— Je comprends, lui assura Padmé en scrutant la pièce d'un regard circulaire.

L'étage était quasiment vide avec, pour rompre la monotonie, une rangée unique de piliers coupant le bâtiment en son centre.

Peut-être pourrait-elle trouver quelque chose d'utile dans l'un des niveaux supérieurs?

— Combien y a-t-il d'étages?

— Deux.

LebJau indiqua l'autre extrémité de la pièce.

— Il y a un escalier là-bas au milieu, et deux autres dans les coins. Venez : mon ancien atelier était au deuxième étage. Ce sera probablement l'endroit le plus sûr.

Quelques minutes plus tard, ils émergèrent de la cage d'escalier pour déboucher dans une autre usine désertée. Celle-ci était disposée différemment de celle du rez-de-chaussée : l'espace était séparé en petits box confinés entre de fines cloisons d'un mètre de haut.

— Mon poste était là-bas, indiqua-t-il en la guidant à travers le labyrinthe.

Padmé le suivit tout en observant ce qui l'entourait. Même à cette hauteur, les fenêtres étaient obstruées de filets. Quant à l'usine elle-même, outre les cloisons des box, il n'y avait plus rien. Les bureaux et les sièges avaient tous été enlevés, comme les outils, les composants électroniques et les fournitures de bureau habituelles. Les étagères le long des murs étaient difficiles à distinguer dans la pénombre, mais elles semblaient également avoir été vidées.

— C'était le mien, commenta LebJau en s'arrêtant devant l'un des box au centre de la pièce. On avait quelques lits de camp pliables à disposition à l'époque, mais j'imagine que le patron les a emportés quand les têtes d'enclume les ont fait partir.

— Ce n'est pas grave. Je me débrouillerai. Allez-vous continuer à m'apporter de la nourriture et de l'eau ?

— Il y a un distributeur d'eau près des toilettes là-bas, dit-il en indiquant un côté de la pièce. Ça devrait toujours fonctionner. Pour la nourriture... J'essaierai. Mais ils ont modifié nos heures de nettoyage récemment, et je ne pourrai peut-être pas venir ici tous les jours.

— Ne vous inquiétez pas. Il me reste encore des rations alimentaires. C'est l'eau qui m'inquiétait le plus. En quoi ont-ils modifié vos heures de travail ? C'est plus tôt, plus tard ou plus souvent ?

— Plus souvent. Ils recouvrent tout, nous poussent à l'intérieur, on nettoie le bazar et ils nous chassent à nouveau.

— Et ensuite, ils reprennent le travail ?

LebJau haussa les épaules.

— Je suppose. Écoutez, je dois y retourner. Huga est nerveux depuis que quelqu'un a remarqué que je sortais toutes les nuits. Si l'un ou l'autre finissait par le dire aux têtes d'enclume, on serait envoyés aux Cachots en moins de deux.

— On va tout faire pour éviter ça alors.

Donc se faire capturer par les droïdes permettait d'être conduit dans l'aile est. Elle remisa l'idée de côté en vue d'une utilisation future.

— Dans quelle mesure est-ce sécurisé, d'ailleurs ? ajouta-t-elle.

— C'est du haut niveau, répondit LebJau en lui décochant un regard suspicieux. Les Cachots sont dans un bloc, tout en permabéton, à l'intérieur d'une autre enceinte qui n'a qu'une porte d'accès.

— Verrouillée ?

— Un système à double clé, ouais.

— Y a-t-il des Cachots similaires dans cette aile-ci ?

Si elle savait précisément à quoi s'attendre, elle pourrait peut-être trouver un moyen de s'échapper. Dans ce cas, cela pourrait valoir le coup de se laisser capturer par les droïdes.

— Non, seulement dans l'aile est. Ils ont souvent parlé d'en mettre ici, mais ça ne s'est jamais fait. J'aurais aimé qu'ils le fassent : les gens passaient leur temps à voler les affaires des autres. Ça ne s'est plus reproduit dans l'aile est après qu'ils ont aménagé les Cachots. Pourquoi vous voulez savoir tout ça ?

— Je suis seulement inquiète que vous puissiez être jeté dans l'un d'eux. Si ça devait arriver, j'aimerais savoir comment vous sortir de là.

Il ricana.

— Ouais, ben… bonne chance avec ça. Écoutez, je ferais mieux de partir.

— Bien sûr. Prenez un peu de repos. On se reverra quand vous aurez une occasion de revenir. Et encore un grand merci.

— De rien. Bonne nuit.

La minute d'après, il était parti. Et deux minutes plus tard, Padmé sentit un bref et léger courant d'air lorsqu'il ouvrit, puis referma à nouveau la trappe de l'étage de service.

Sa première tâche fut de vérifier les fenêtres. Elle commença avec la rangée donnant sur l'extérieur du complexe, s'approchant de chacune de biais et le plus près possible du sol. En théorie, une aile inutilisée et condamnée n'avait pas de raison d'être sous surveillance rapprochée, mais il suffisait du coup d'œil fortuit de l'un de leurs droïdes ou de l'un des superviseurs pour tout faire capoter.

Malheureusement, les filets occultant les fenêtres étaient aussi solides qu'ils en avaient l'air. Ceux qui avaient bâti cet endroit avaient vraiment eu l'intention d'empêcher toute intrusion.

Ce qui avait tendance à confirmer ce que LebJau avait dit à propos de la sécurité des compartiments de rangement. Peut-être que se laisser capturer et enfermer là-bas n'était pas une si bonne idée après tout.

Le contrôle des fenêtres côté cour donna lieu aux mêmes résultats négatifs. Si elle devait trouver un moyen de sortir de cette partie de l'usine, ce ne serait pas par les fenêtres. Pas sans quelques outils et *beaucoup* de temps.

S'ensuivit une fouille de la salle entière. Là encore, ses premières intuitions se virent confirmées : pas d'outils, pas d'équipement, pas le moindre composant électronique, rien.

Au moins n'était-elle plus dans le bateau mais à l'intérieur de l'usine elle-même. Il y avait du progrès, quoique léger.

Demain, décida-t-elle, elle s'installerait près de l'une des fenêtres sur cour où, avec un peu de chance, elle ne se ferait pas repérer, et d'où elle pourrait observer les autres ailes le temps de quelques heures. Elle serait attentive à la fréquence des déplacements dans la cour intérieure, repérerait les fenêtres derrière lesquelles il y avait le plus d'activité et essaierait d'obtenir un décompte des droïdes et des personnes qui les supervisaient.

Toutefois, elle se verrait contrainte d'utiliser sa monolunette sans ses options renforcées, de peur que quelqu'un repère son empreinte électronique et remonte la piste jusqu'à elle. En attendant, le simple grossissement optique serait déjà mieux que rien…

Et pile au moment où elle pensait cela, les fenêtres intérieures donnant sur l'usine s'illuminèrent d'une lumière flamboyante.

Elle s'aplatit aussitôt à terre, le cœur battant, ses yeux plissés s'efforçant de se remettre de l'éblouissement et de s'accoutumer à la nouvelle luminosité. Son sac à dos était par terre, à un mètre d'elle ; elle le récupéra du bout du pied, le fit glisser jusqu'à sa main et en sortit son blaster de sécurité S-5. Les parois des box ne lui offriraient pas la meilleure des protections, mais elles lui permettraient de jouer au chat et à la souris pendant quelque temps avant qu'ils parviennent à lui mettre la main dessus. Elle passa une tête et le canon de son blaster de l'autre côté du box de LebJau, pointa son arme sur la cage d'escalier…

Une ombre passa soudain à travers le flot de lumière. Elle se retourna vivement pour voir une paire de droïdes *Vautour* en formation d'escorte se maintenir brièvement dans la lumière, puis s'élever à nouveau pour disparaître hors de vue.

La main qui tenait son blaster tomba lourdement sur le sol tandis que tout son corps s'affaissait de soulagement. C'était donc ça : ni une alerte intrusion ni la découverte soudaine qu'un espion avait pénétré leurs défenses, rien que l'allumage des feux de piste pour l'atterrissage d'un vaisseau accompagné de son escorte.

Elle laissa passer encore deux minutes, par simple mesure de prudence, puis elle glissa son blaster dans sa ceinture et rampa jusqu'aux fenêtres sur cour. Si elle avait de la chance, ce serait peut-être un vaisseau de passagers et elle verrait quelqu'un qu'elle connaissait. Dans ce cas, cela pourrait lui donner une idée de la faction séparatiste concernée. Une fois le mur atteint, elle se hissa prudemment le long d'une des fenêtres et jeta un coup d'œil à l'extérieur.

Le cargo n'appartenait à aucune catégorie de sa connaissance, même si on pouvait deviner la patte du Techno-Syndicat. Deux passagers et un droïde astromécano en avaient émergé et, dos à elle, se tenaient au milieu de la cour où ils discutaient avec un humain, lui-même flanqué d'une paire de super droïdes de combat B2. Sur le côté, six droïdes B1 braquaient leurs blasters sur les nouveaux venus.

Donc : il ne s'agissait pas de personnes ayant autorité, ou en tout cas n'étaient-ils pas attendus. Dommage. Elle porta son attention sur l'autre homme dont la cape suivait les mouvements tandis qu'il parlait et gesticulait.

Elle retint sa respiration. Ce n'était pas une simple cape. Le style, les fermoirs du col, la couleur et le tissu : tout en elle l'identifiait comme une cape royale sérennienne. L'homme appartenait à la même noblesse que le Comte Dooku. Il en était peut-être même l'associé.

Et si Dooku n'était même que partiellement associé à cet endroit, son importance prenait subitement une autre dimension.

Elle sentit ses yeux se rétrécir. Ne venait-elle pas d'apercevoir une lumière vive se réverbérer non loin du groupe en discussion ? Mais quoi que ce fût, cela avait déjà disparu. Le Sérennien se dirigeait de l'autre côté de la cour, vers une porte située dans le coin sud de l'aile est. Les nouveaux venus le suivaient, les B2 avançant d'un pas lourd à leurs côtés. Les B1 avaient visiblement été congédiés et se dirigeaient vers un véhicule terrestre stationné dans le coin nord-ouest de la cour. Un autre groupe de droïdes de combat s'y trouvait déjà, en compagnie de deux autres silhouettes humaines. Les lumières s'éteignirent et la cour se retrouva de nouveau plongée dans l'obscurité.

Au même instant, une nouvelle lumière apparut en plein milieu du premier groupe de B1. Une lumière bleue : dense, compacte, brillante.

Un sabre laser.

Alors même que Padmé étouffait un cri de surprise, la lame se mit en mouvement, tranchant et virevoltant avec une vitesse vertigineuse à travers la patrouille, réduisant les droïdes en miettes. Elle acheva le dernier puis se désactiva…

Alors les projecteurs se rallumèrent et donnèrent vie à une soudaine scène de chaos tandis que droïdes et humains convergeaient vers ce qui s'était brièvement transformé en champ de bataille.

Sauf que l'assaillant – et son sabre laser – avait disparu.

Padmé s'éloigna vivement de la fenêtre. Maintenant qu'un Jedi s'était introduit et avait disparu au cœur du site, la chasse à l'homme allait partir dans tous les sens en même temps et elle ne voulait pas prendre le risque que quelqu'un remarque sa présence.

Mais alors qu'elle se tenait adossée contre le mur, elle sentit subitement un frisson d'excitation lui remonter la colonne. Il n'y avait qu'un seul Jedi qu'elle connaisse qui possédait à la fois le talent et l'audace de monter une combine de ce genre.

Anakin était là.

Il était vraiment préférable qu'elle reste cachée, elle en était consciente. Mais la tentation était trop forte. Une fois encore, elle jeta un coup d'œil par-dessus le rebord de la fenêtre. Se cachait-il quelque part, ou était-il l'un des deux arrivants ?

Oui, c'était bien lui. Bien qu'il soit toujours dos à elle, et bien qu'il soit vêtu d'habits étranges, elle voyait bien à présent qu'il s'agissait de son mari.

Il marchait désormais en direction de deux autres B2 postés de chaque côté de la porte sud-est, leurs blasters de poignet pointés sur lui, les deux premiers super droïdes de combat sur ses talons.

Les mains d'Anakin et celles de son compagnon furent plaquées dans leur dos et menottées.

Une fois de plus, Padmé s'éloigna de la fenêtre, la bouche subitement sèche. Anakin s'était fait capturer. Son sabre laser n'était sans doute plus à sa portée maintenant, qu'il ait été récupéré par les Séparatistes ou délibérément caché après son attaque à distance des droïdes de combat. Son mari était sans doute en route pour les Cachots à présent.

Et voilà que Padmé était là. Bloquée à l'intérieur d'une cellule quasiment aussi hermétique que celle d'Anakin.

Dans l'incapacité de lui venir en aide.

CHAPITRE 12

À sept reprises, le *Chimaera* avait renouvelé sa tentative dans la même région de l'espace. À chaque fois, l'incursion s'était faite depuis un angle différent. À chaque fois, ils n'avaient rien trouvé. À chaque fois, ils n'avaient rien obtenu.

Le grand amiral Thrawn avait échoué à sept reprises. Il se préparait à sa huitième tentative.

Vador observait le Chiss, l'étudiait donner des ordres, scruter les écrans d'affichage ou contempler le tourbillon hyperspatial. La folie, affirmait un vieil adage, consistait à recommencer encore et toujours la même action en espérant obtenir des résultats différents. À en croire cette définition, Thrawn était clairement fou.

Pourtant, il ne l'était pas. Vador le savait. Plus important encore, l'Empereur le savait.

Et l'heure du grand amiral était presque écoulée.

Ce que le Seigneur Noir n'arrivait pas à déterminer, c'est ce qu'il espérait obtenir avec tout ça. Thrawn avait déjà admis qu'il n'y avait pas ici de générateur de puits gravitationnel caché par un champ de dissimulation. Et puis tout appareil de ce type assez grand pour projeter ses effets au-delà de la portée des senseurs internes du

Chimaera aurait dû posséder un générateur de puissance si gigantesque qu'il devrait pratiquement illuminer l'espace.

Qu'est-ce que Thrawn fichait ? Pensait-il vraiment encore trouver quelque chose après sept essais infructueux ?

Ou essayait-il seulement de gagner du temps ?

Les Grysks s'étaient enfuis avec la source de la perturbation dans la Force. Thrawn l'avait également admis implicitement. Mais de quoi s'agissait-il ? D'individus sensibles à la Force ? *D'animaux* sensibles à la Force ? Pour peu que de telles créatures existent vraiment ?

De Jedi renégats ?

Certes, les pensées et les émotions que Vador avait perçues ne ressemblaient à rien qu'il ait déjà expérimenté. Mais cela pouvait être lié à une distorsion causée par le processus d'hibernation.

Les Grysks aidaient-ils des Jedi à échapper à la justice impériale ?

Thrawn les aidait-il, lui aussi ?

Impensable. Le Chiss avait juré fidélité à l'Empereur et à l'Empire. Une telle tromperie reviendrait à de la haute trahison.

Et pourtant…

L'amiral avait prétendu que s'il avait échoué à capturer ou à tuer Kanan Jarrus sur Atollon, c'était à cause de l'étrange créature qui était intervenue de façon inattendue au cours du combat. Les rapports de sa garde de death troopers avaient semblé confirmer cela.

Et s'ils s'étaient trompés ? Et si Thrawn avait délibérément laissé Jarrus s'enfuir ?

Devant eux, le tourbillon hyperspatial laissa place à des traits lumineux puis à des étoiles.

— Balise de navigation ! ordonna Faro. Déploiement de l'ensemble des senseurs.

— Balise, OK.

— Aucun objet détecté, rapporta l'officier des senseurs.

— Très bien, fit Thrawn. Encore.

— À vos ordres, déclara Faro. Timonier : nouvelle trajectoire enregistrée. Exécution.

— Oui, commodore.

Le *Chimaera* commença à virer de bord en préparation à son retour en hyperespace.

Vador prit brusquement une décision. Cela faisait désormais huit échecs, et l'heure que Thrawn avait mendiée était presque terminée.

— Amiral.

Le Chiss se retourna face à lui. Ce qu'il vit dans la posture de Vador et ce qu'il perçut dans sa voix l'avertirent que la situation était grave.

— Oui, monseigneur ?

— Nous devons parler.

Là encore, le grand amiral comprit qu'il valait mieux ne pas argumenter. Il hocha la tête et fit signe au Seigneur Noir de s'éloigner vers la baie avant où ils ne seraient plus à portée de voix de Faro ou de l'équipage présent dans les fosses.

Vador s'exécuta et sentit le malaise de Faro lorsque sa cape frôla l'épaule de la commodore. Thrawn lui emboîta le pas, puis tous deux poursuivirent côte à côte.

Le Sith s'arrêta à une longueur de bras de la baie d'observation. Par respect, Thrawn attendit jusque-là pour s'immobiliser également. L'espace d'un instant, ils restèrent en silence, toujours côte à côte, le regard plongé dans le tourbillon tacheté de l'hyperespace.

— Vous m'avez demandé de vous faire confiance, déclara Vador à voix basse.

— En effet. Je continue à vous le demander.

— Alors vous allez me dire ce que nous faisons. Et je refuse de vous entendre à nouveau me parler d'armes qui ne sont manifestement pas là.

— Alors je n'en parlerai pas. Mais ce n'est pas la seule raison pour laquelle vous vous opposez à cette expérimentation.

Donc Thrawn l'enjoignait à aborder le sujet ? Très bien.

— Non, en effet. Vos actions sur Batuu et votre refus continuel de parler des prisonniers des Grysks suggèrent sans ambiguïté que vous flirtez avec la tromperie et la trahison.

— De quelle manière ?

— Vous avez fait serment d'allégeance à l'Empire. Pourtant, vous semblez bien décidé à placer les besoins de votre propre peuple au-dessus des souhaits et des désirs de l'Empereur.

Thrawn se tourna vers lui, une expression étrange sur le visage.

— Est-ce là ce que vous craignez ?

— Ce n'est pas ce que je *crains*, gronda Vador. C'est ce dont je vous accuse.

— Je vois.

Thrawn fit de nouveau face à la baie d'observation.

Mais Vador eut le temps de le voir esquisser un sourire.

— Trouveriez-vous cela amusant ?

— Non, pas du tout, monseigneur. J'étais simplement… peut-être que « flatté » n'est pas le bon mot.

Vador fronça les sourcils.

— Flatté ? Par quoi ?

Thrawn resta un long moment à regarder à travers la baie, traversé par un flot régulier de pensées et d'émotions.

— J'ai fait l'expérience de nombreuses oppositions au cours de ma carrière dans l'Empire, finit-il par dire. Une partie de cette hostilité était due à mes origines étrangères. Cela découlait aussi du fait que je ne faisais pas partie de l'élite politique et sociale de l'Empire, et ne possédais pas de famille ou d'amis liés à cette élite.

Il se retourna vers Vador, son léger sourire désormais teinté de tristesse.

— Jusqu'à aujourd'hui, je n'avais jamais rencontré d'opposition suscitée uniquement par une question de loyauté. *Votre* loyauté, en particulier, envers l'Empereur. Je suis heureux, et flatté, que ce soit la raison de vos réserves, monseigneur. Car moi aussi, j'accorde une grande valeur à la loyauté.

— Extraction dans dix secondes, amiral ! lança Faro derrière eux.

— Très bien, commodore, répondit Thrawn puis, se tournant vers Vador, son sourire s'évanouit. Et c'en sera fini, dit-il à mi-voix. Puis-je avoir votre confiance une dernière fois ?

Le Seigneur Noir scruta le tourbillon hyperspatial. Il devrait dire non, bien sûr. Ordonner au *Chimaera* de suivre un nouveau cap, et enchaîner avec une leçon que Thrawn n'oublierait pas de sitôt. Le Chiss dépassait les limites – avait *déjà* dépassé les limites – et toute personne de rang inférieur aurait été punie depuis longtemps, à la fois pour son impertinence et pour lui avoir fait perdre son temps.

Mais il sentait cet esprit ordonné en pleine ébullition, percevait sa confiance et son excitation. Que les prévisions de Thrawn se révèlent ou non exactes, le Chiss *croyait* manifestement dur comme fer qu'elles allaient se vérifier.

Et en dépit de son impatience, Vador devait reconnaître qu'il était curieux.

— C'est la dernière fois.

Un instant plus tard, les étoiles brillaient à nouveau autour d'eux.

— Balise de navigation ! lança Faro dans sa litanie désormais familière.

— Balise, OK.

— Aucun objet détecté.

— Très bien, dit Thrawn en levant son datapad pour noter l'emplacement de la balise aux côtés de celles qu'il avait déjà compilées. Ne bougez pas.

Pendant une minute, il étudia son datapad en silence. Puis il leva un doigt, marqua une pause et nota un nouvel emplacement sur la carte.

— Là, dit-il en transmettant l'information aux autres. Lieutenant Pyrondi, voici la zone à cibler. Couverture complète ; canons à ions uniquement.

— Couverture de toute la zone aux canons à ions, répéta-t-elle d'un ton vif. Prêt.

— Feu.

Les grappes de faisceaux ioniques verts teintés de rouge fusèrent des flancs du *Chimaera* et déchirèrent la zone sélectionnée par Thrawn. Vador observa la scène, se demandant s'il s'agissait encore d'un moyen de gagner du temps. En dépit du laïus du Chiss sur la loyauté, le Sith avait remarqué qu'il s'était bien gardé de répondre à sa question.

Soudain, l'un des faisceaux ioniques sembla exploser dans un petit nuage. Vador fronça les sourcils et activa les électro-jumelles de son casque. Un deuxième amas ionique frappa la même zone, et se désintégra en créant le même genre d'éclaboussures…

Et soudain, il apparut : un grand cylindre flottant dans l'obscurité de l'espace.

— *Là*, amiral ! s'écria l'officier des senseurs. Azimut…

— Je le vois, commandant, dit Thrawn d'un ton calme. Commodore Faro, en avant pour intercepter et récupérer l'objet.

— À vos ordres, amiral. Timonier : placez-nous à portée de rayon tracteur.

— Comme vous le voyez, monseigneur, déclara Thrawn à mi-voix, votre confiance n'était pas injustifiée.

Vador contempla l'objet. Il avait en effet la taille et la forme des cylindres que le commandant Kimmund avait vus dans la soute dévastée du cargo.

— Comme vous l'avez dit, il est impossible pour un projecteur de gravité et un champ de dissimulation d'opérer en même temps, poursuivit l'amiral. Mais les concepteurs de cet appareil savaient que ce n'était pas nécessaire. Au moment où un projecteur de gravité extrait un vaisseau de l'hyperespace, on observe une brève surtension. Les concepteurs se sont simplement servis de cette surtension pour éteindre le projecteur et activer le champ de dissimulation. Le temps que le vaisseau ait totalement rejoint l'espace réel, le projecteur a complètement disparu. Lorsque le vaisseau n'est plus à portée de senseurs, le champ de dissimulation est désactivé et le projecteur remis en marche.

— Oui, grogna Vador.

Comme tout ce que Thrawn voyait ou déduisait, cela semblait toujours très simple une fois expliqué.

— Ce qui veut dire que nous aurions pu regagner l'hyperespace immédiatement ?

— En effet, confirma Thrawn. Enfin, on aurait pu le regagner jusqu'à ce que nous croisions le projecteur suivant. En fait, c'est exactement ce qui s'est passé lors de notre premier passage ici. Plusieurs projecteurs avaient été placés le long de l'hypervoie pour empêcher toute circulation.

Il pointa le doigt en direction de l'objet lointain.

— La difficulté pour le trouver était liée au fait que le puits gravitationnel n'était pas sphérique mais projeté de façon asymétrique pour couvrir la zone la plus large possible de l'hypervoie. J'avais besoin de trouver les limites du champ depuis plusieurs directions différentes de façon à calculer l'asymétrie et de définir sa position exacte.

Alors que jusqu'à présent il dérivait lentement dans l'espace, le projecteur fila brusquement en direction du *Chimaera* quand le rayon tracteur du vaisseau, après l'avoir capturé, commença à l'attirer à lui. Vador repensa à leur précédente tentative de passer à travers l'hypervoie, aux heures de voyage et à leurs vaines tentatives de regagner l'hyperespace.

— Pourquoi ?

Thrawn se tourna à moitié vers lui.

— Comment cela ?

— Pourquoi les Grysks ont-ils fait ça ? Qu'espéraient-ils obtenir en bloquant l'accès à Batuu ?

— J'ignore encore si Batuu en elle-même revêt une importance quelconque à leurs yeux. Condamner le couloir menant à Batuu pourrait être un projet expérimental, la première étape dans la fermeture de cette partie des Régions Inconnues à toute incursion impériale.

— Donc ils souhaitent échapper à la puissance de l'Empire ?

— Ils souhaitent bloquer les incursions impériales, répéta Thrawn. Ce n'est pas nécessairement la même chose.

— Et pourquoi donc ?

— Les hypervoies ne sont pas les seuls chemins d'accès aux Régions Inconnues. La méthode du bond par bond permet également de traverser la frontière. Mais cette méthode est beaucoup plus lente. De façon plus significative, elle ne se prête pas au passage d'une armada.

Voilà, ils y étaient, enfin.

— Non, en effet. Donc vous craignez que lorsque ces Grysks attaquent votre peuple, vous soyez incapable de faire venir les forces impériales à leur rescousse ?

— C'est une considération…, concéda Thrawn. Parmi d'autres.

— Mais aucune n'a autant d'importance à vos yeux.

Le Chiss resta silencieux un moment.

— Nous avons déjà parlé de loyauté. L'Empereur aussi m'a un jour demandé vers quoi mes pensées et mon cœur pencheraient s'il me fallait choisir entre défendre l'Ascendance ou l'Empire.

— Votre réponse ?

— Ma réponse à l'époque est identique à celle que je vous fais aujourd'hui : je suis un guerrier. Il arrive qu'un guerrier batte en retraite, mais il ne fuit pas. Il arrive qu'il se tapisse en embuscade, mais il ne se cache pas. Dans la victoire comme dans la défaite, il ne cesse de servir.

— Mais servir qui ? rétorqua Vador. C'est la question à laquelle vous n'avez pas répondu.

— Je ne pense pas avoir à faire un choix. Je crois que dans cette situation, nous pouvons servir les deux.

— *Nous* ne servons pas les deux, contra Vador en indiquant d'un geste ample le *Chimaera* et l'ensemble de son équipage. *Nous* servons uniquement l'Empire. Et tant que vous vous trouvez à bord de ce vaisseau, c'est également votre devoir.

— Les Grysks constituent une menace pour les deux, monseigneur, insista Thrawn. Je pense pouvoir démontrer en quoi notre service envers l'Empire requiert leur défaite.

Vador secoua la tête.

— Cela ne suffit pas, amiral.

Une fois encore, Thrawn resta silencieux. Vador sonda la Force pour essayer de lire l'humeur de l'individu qui se tenait devant lui. Mais les pensées du Chiss lui étaient toujours aussi fermées.

— Il y a de nombreuses années de cela, j'ai brièvement servi aux côtés du général Anakin Skywalker, finit par dire l'amiral.

Vador éprouva la sensation désagréable que quelque chose remontait le long de sa colonne vertébrale. Le Chiss allait-il vraiment invoquer le nom du Jedi *maintenant* ?

— Il est arrivé un moment où j'ai fini d'accomplir la tâche que m'avait confiée l'Ascendance chiss, poursuivit Thrawn. À cet instant, j'étais libre de l'abandonner à ses propres devoirs.

Il se tourna vers Vador et continua :

— Vous avez cette même liberté de choix à présent. Je vous demande de rester à mes côtés.

Le Seigneur Noir plongea son regard dans ces yeux rougeoyants. Non… C'était impossible.

Son lien entre LE Jedi et lui était l'un des secrets les plus opaques et impénétrables de la galaxie. Il était impensable que le Chiss ait pu se frayer un chemin à travers ces barrières.

À moins que l'Empereur le lui ait révélé.

Au ceinturon de Vador, son sabre laser tressaillit, réagissant à travers la Force à la vague d'émotions qui montait en lui. Non… c'était encore plus improbable. Le lien qui unissait Maître et Apprenti ne pouvait être brisé. Peu importe la confiance que l'Empereur pouvait avoir en Thrawn – peu importe la proximité qui avait grandi entre eux au fil des ans –, il existait une limite que le Maître de Vador ne franchirait jamais.

Il se renfrogna et réprima ses émotions. Ce n'était pas ce que le Chiss avait voulu dire. Vador avait simplement mal interprété son commentaire, voilà tout.

— Anakin Skywalker est mort.

— C'est ce que l'on m'a dit, reconnut Thrawn en inclinant légèrement la tête. Mais par égard pour lui, et par égard pour la République qu'il servait et l'Empire que la République est devenue, je vous demande de rééquilibrer les choses en me rendant la pareille aujourd'hui.

Vador serra la mâchoire. L'équilibre des dettes. *L'équilibre de la Force*. Sans y penser, Thrawn enchaînait tous les mots sensibles et, ce faisant, provoquait la remontée de beaucoup trop de souvenirs indésirables en lien avec LE Jedi.

— Je n'ai aucune dette envers vous. Vous étiez libre de choisir. Vous l'avez fait. L'Empire ne vous doit rien.

— Non, en effet.

Ils se dévisagèrent un long moment en silence, puis Vador déclara :

— Nous allons poursuivre. Pour le moment. Quel est votre plan ?

Thrawn inclina la tête en signe de respect et de gratitude.

— L'équipage du cargo grysk s'est donné beaucoup de mal pour détruire tout indice sur leur foyer et leur base. Il va nous falloir une autre source d'information.

— Et vous savez où la trouver ?

Thrawn sourit.

— Je pense savoir, oui. Vous rappelez-vous votre suggestion que les Grysks aient été surpris par le *Chimaera* parce qu'ils n'avaient jamais vu de vaisseau de guerre de cette taille auparavant ?

— Oui, dit Vador en fronçant les sourcils. Suggérez-vous que j'ai eu tort ?

— Nous le découvrirons très bientôt. Venez, allons étudier notre nouveau trophée, puis rassemblons les autres.

*
* *

Assis dans le siège de copilote du cargo, Kimmund contemplait l'étendue de l'hyperespace. Quelque part au milieu de ça, si le grand amiral Thrawn avait raison, se trouvait leur cible.

Il secoua mentalement la tête. C'était complètement dingue.

Près de lui, Tephan marmonna quelque chose dans sa barbe.

— Qu'est-ce qu'il y a ?

— J'ai dit que ce cargo ondulé se maniait aussi bien qu'une enclume, grommela la pilote. Je croyais qu'on était censé avoir une vraie pochette-surprise suréquipée.

— Je me suis dit que toutes les options cool étaient peut-être invisibles, se défendit Kimmund. Comme le blindage, les boucliers renforcés et le reste…

Il montra du doigt une section du tableau de bord de Tephan et ajouta :

— Sans oublier cette paire de canons blaster à tir couplé.

— Dont on ne peut pas se servir.

— Pas encore en tout cas, concéda Kimmund. Ça ne veut pas dire que…

Quand bien même il s'y attendait, la brusque transition du tourbillon aux étoiles en passant par les traits lumineux réussit à le prendre par surprise.

Manifestement, Tephan aussi :

— Waouh ! Thrawn avait raison, on dirait.

— On dirait, confirma Kimmund en activant un balayage des senseurs tout en enfonçant le bouton de l'intercom. On y est. Deux vaisseaux en approche. De forme elliptique et à peu près aussi grands que des frégates de classe *Corona*…

Le cargo tressaillit lorsque des décharges laser percutèrent une partie de la coque.

— Et lourdement armés ! ajouta le commandant d'un ton sec. Dégâts ?

— Impact juste au-dessus de l'hyperdrive, annonça Tephan. Dégâts… la coque extérieure, rien de plus. Bon sang… à croire que cette boîte de conserve est bien suréquipée finalement.

— On dirait, dit Kimmund. Il semblerait que l'un des vaisseaux garde ses distances et que l'autre se prépare à nous aborder.

Il fit sauter les attaches de son harnais et donna une petite tape sur l'épaule de Tephan.

— Je vais à l'arrière m'équiper, ajouta-t-il en s'extirpant du siège étroit. N'oublie pas d'avoir l'air effrayé au cas où ils jetteraient un coup d'œil par la verrière.

— D'accord… assise là, avec l'apparence d'une clocharde, se lamenta Tephan.

— Arrête de faire la snobinarde, la maugréa Kimmund en regardant sa combinaison crasseuse de personnel de vaisseau marchand. Beaucoup de gens dans la galaxie sont forcés de porter ça *tous les jours*. Reste vigilante.

Trente secondes plus tard, il était dans la salle des vestiaires. Deux minutes après ça, il avait revêtu son armure complète de stormtrooper. Une minute plus tard, il se tenait devant le sabord de charge du cargo en compagnie de ses camarades de la Première Légion.

Dix secondes après avoir pris sa place, il entendit un crissement métallique tandis que la frégate d'assaut agrippait le flanc du cargo, suivi de deux bruits sourds lorsque le tunnel d'amarrage créa un couloir étanche entre les deux écoutilles. Kimmund attendit…

Soudain, une multitude d'étincelles s'entrecroisèrent autour et au centre de la trappe lorsque les assaillants commencèrent à la transpercer.

— Tenez-vous prêts, murmura-t-il dans son système comm. Rappelez-vous, on se contente de dégager l'écoutille.

Le grésillement atteignit son paroxysme puis, dans un grincement de métal froissé, la trappe se désintégra. Une douzaine de Grysks en armures chargèrent à travers l'ouverture et posèrent un genou à terre aussitôt entrés lorsqu'ils commencèrent à échanger des tirs avec les stormtroopers placés en embuscade. Des projecteurs situés à l'arrière de la soute s'illuminèrent, avec pour objectif d'éclairer les assaillants tout en les éblouissant.

Et à travers cette luminosité aveuglante, sans doute visible uniquement sous la forme d'une ombre indistincte, surgit le Seigneur Vador.

Il était fort probable que les Grysks, pleinement occupés par les stormtroopers, ne l'aient même pas vu arriver. Mais alors que les assaillants commençaient à tomber sous le feu nourri des défenseurs, Vador atteignit la ligne de tir, la lame rouge de son sabre laser taillant à travers l'ennemi à la manière d'une faux sectionnant le grain mûr. Deux Grysks légèrement en retrait de la zone de combat le repérèrent et braquèrent leurs armes sur lui ; le Seigneur Noir réagit en projetant l'un d'eux contre le chambranle de l'écoutille d'un simple geste de la main et en parant les tirs de l'autre à l'aide de son sabre laser avant de l'envoyer voltiger à travers les airs pour le laisser s'écraser sur le pont aux pieds de Kimmund.

Le Grysk eut tout juste le temps de lever son arme par réflexe, les yeux écarquillés par l'incrédulité et la confusion, avant que le commandant ne sonne pour lui la fin du combat d'une décharge paralysante.

— Attache-le, ordonna Kimmund à Viq avant de relever les yeux.

Maintenant que la première vague avait été neutralisée, Vador pénétrait à grands pas à l'intérieur du vaisseau ennemi, son sabre flamboyant à la main, et prenait la direction de la passerelle.

— Soldats : encadrez le Seigneur Vador ! ordonna Kimmund, et il joignit le geste à la parole en s'élançant à la suite du Sith.

— Commandant, la seconde frégate entre en action, toutes armes dehors, rapporta Tephan depuis le cockpit. Quels sont vos ordres ?

— On a déjà celui-ci. Conformément aux ordres de l'amiral Thrawn, vous pouvez ouvrir le feu et le réduire en poussières.

— Bien reçu, commandant.

Et tandis qu'il s'enfonçait dans les entrailles du vaisseau ennemi à la suite de la lame rougeoyante, Kimmund sentit un petit sourire lui étirer les lèvres. On allait voir si les Grysks essaieraient encore de détruire toutes leurs données cette fois-ci. Qu'ils essaient, juste pour voir !

C'est exactement ce qu'ils firent. Sans toutefois y parvenir.

*
* *

Les lignes courbes sur la moitié gauche du casque désignent un peuple élégant, possédant sans doute une affinité particulière pour les créatures du ciel et de la mer de leur planète. La partie droite du casque a été tordue et striée par des outils métalliques, les zones colorées ayant reçu une attention particulière. Plus de la moitié du casque est ainsi défigurée, mais les marques ne sont pas récentes, ce qui semble indiquer que le niveau désiré de dégradation avait été atteint.

— Alors ? demanda Vador. Est-ce que cela suffira ?

— Tout à fait, répondit Thrawn. Votre légion et vous-même avez réussi avec brio.

— Comme l'Empereur nous l'a ordonné, nous sommes au service du grand amiral.

Le ton de sa voix dénote du respect, peut-être même de la fierté.

— Comment saviez-vous qu'il y aurait une embuscade ?

— Je n'en étais pas totalement certain, mais soupçonnais que cela puisse arriver, précisa Thrawn. Si l'objectif principal des projecteurs de gravité est de bloquer la circulation à travers l'hypervoie, il arrive rarement qu'un peuple de maraudeurs passe à côté d'une occasion de piller. Quand le *Chimaera* est tombé la première fois dans le piège, sa taille a découragé les observateurs de lancer une attaque. J'ai pensé qu'un plus petit vaisseau, provenant de l'autre extrémité de la voie, ferait une proie plus engageante et pousserait l'ennemi à sortir.

— Et c'est ainsi qu'avec une intervention militaire appropriée, on a pu récupérer leurs archives intactes, ajouta Vador.

Sa voix exprime de la satisfaction, ou peut-être de la compréhension.

— Voilà pourquoi les prisonniers du cargo ont été surpris en voyant le *Chimaera*, poursuivit-il. Pas à cause de sa taille, mais parce qu'ils l'avaient déjà vu dans l'hypervoie et ne s'attendaient pas à le revoir près de Batuu.

— En effet. Peut-être est-ce également la raison pour laquelle tous les vaisseaux grysks sont arrivés en même temps. Leurs chefs craignaient que quelqu'un ait remarqué leur présence et leur avaient ordonné de quitter rapidement la région de Black Spire.

— Oui.

Vador indiqua la rangée de casques et d'armes alignée sur le mur du carré des officiers.

— Qu'est-ce que cela vous inspire ?

— La clé, peut-être, que les Chiss ont longtemps recherchée. Je pense qu'il s'agit de la collection de trophées de ce groupe de maraudeurs grysks. En partant du principe que ce soit représentatif de l'ensemble de l'histoire militaire grysk, je pourrais être capable de m'en servir pour découvrir l'emplacement de leur monde.

— Développez.

— Vous voyez comme chaque casque ou arme a été dégradé selon un mode rituel sur le côté droit ? J'émets l'hypothèse que le degré de destruction est lié à l'intensité de l'animosité que les Grysks ont pour cette espèce en particulier, ou indique peut-être la durée et la violence de ce conflit en particulier.

— On dirait aussi qu'ils sont rangés par ordre chronologique, suggéra Vador. Les dégâts de celui le plus à gauche semblent davantage marqués par le temps.

— Je suis d'accord. Des récits circulent sur certaines des guerres grysks, une histoire que j'essaierai de relier à ces artefacts.

— Récits et histoires manquent souvent d'exactitude.

— C'est vrai. Mais deux de ces casques pourraient pallier cette difficulté. Vous êtes au courant, je suppose, que je possède un certain talent pour anticiper les tactiques de l'ennemi en partant de l'étude de leurs œuvres d'art.

— En effet.

— Ce talent peut également fonctionner dans l'autre sens. Si je suis familier avec les tactiques d'un guerrier, je peux, dans une certaine mesure, identifier les œuvres de ce guerrier.

— Intéressant. Vous avez déjà combattu certaines de ces espèces auparavant ?

— Les Chiss possèdent des archives sur de nombreuses batailles. Certaines auxquelles nous avons participé, d'autres que nous nous sommes contentés d'observer. Je crois que je connais les espèces à qui appartiennent ces casques. Si je ne me trompe pas, je peux faire correspondre cette partie de la chronologie grysk avec des événements historiques connus.

— Est-ce que cela vous révélera leur emplacement ?

— Cela permettra de réduire le champ des possibles.

— Et ensuite ?

La voix de Vador exprime soit de la curiosité, soit de la suspicion.

— Nous n'attaquerons pas, si c'est ce qui vous inquiète. Pas avec un seul Destroyer Stellaire. De toute façon, notre première responsabilité consiste à trouver leur base locale et à libérer les prisonniers qu'ils ont emmenés de Batuu.

— Ceux qui ont créé la perturbation dans la Force.

— Oui.

— Vous avez dit que vous me révéleriez leur identité.

— Si nous les récupérons vivants, je vous le dirai. Sinon, cela n'a pas d'importance que vous le sachiez.

— Je ne suis pas d'accord. Cette question concerne l'Empereur. Elle me concerne donc également.

— Je vous révélerai ce secret si nous les libérons. C'est tout ce que je peux faire.

— Tout ce que vous pouvez faire ?

Le ton de Vador se fait grondant, voire même menaçant.

— Vous avez juré fidélité à l'Empereur, amiral. Cette loyauté lui revient-elle ou sert-elle vos propres intérêts ?

— Les deux ne sont pas incompatibles, monseigneur.

— C'est ce que vous dites, rétorqua Vador.

Sa voix exprime de l'impatience et une colère croissante. Sa main va se poser sur son ceinturon, près de son sabre laser.

— Mais vous n'avez toujours apporté aucune preuve, ajouta-t-il.

— L'Empereur nourrit un grand intérêt pour les Régions Inconnues, monseigneur. Ce secret est profondément lié à cet intérêt, et à ses objectifs ultimes dans cette partie de l'espace.

La main de Vador se crispe sur son ceinturon.

— Allez-vous donc vous servir de cette excuse à chaque fois, amiral ? L'Empereur et ses objectifs ? L'Empereur est mon Maître, comme il est le vôtre. Suggérez-vous que je pourrais le trahir ?

— Pas du tout, monseigneur.

— Alors vous pouvez me le dire. Tout me dire.

La posture de Vador est pleine de menaces. Mais sa main ne se rapproche pas plus du sabre laser. Sa voix est hostile, mais semble aussi sous contrôle.

— Je vous propose un compromis, monseigneur. Je vais vous dire une partie de la vérité maintenant, et le reste lorsque les prisonniers auront été retrouvés.

Vador garde le silence quatre secondes. Sa main ne bouge pas.

— Vous exigez de moi une grande dose de confiance, amiral.

Sa voix se fait peut-être un peu moins menaçante.

— Je refuse que l'on puisse se moquer ou se jouer de moi.

— Je ne me moque pas, monseigneur. Quand vous entendrez la vérité, vous comprendrez mes raisons et mes inquiétudes, ainsi que celles de l'Empereur.

Une fois encore, Vador reste silencieux. Mais deux secondes seulement, cette fois.

— Très bien. L'Empereur a confiance en vous. J'honorerai cette confiance. Pour le moment.

— Merci, monseigneur.

Thrawn activa son comlink.

— Commodore Faro.

— Faro, amiral.

Sa voix dénote de l'impatience.

— Amenez le *Chimaera* à notre emplacement. Nous avons fait dix-sept prisonniers grysks supplémentaires que vous enfermerez dans le bloc de préparation tribord.

— Pas dans la zone de détention, amiral ?

— Non. Je ne souhaite pas qu'ils puissent communiquer avec les autres Grysks.

— À vos ordres, amiral.

— Vous veillerez également à faire embarquer la frégate ennemie à bord pour de plus amples examens. Il ne fait aucun doute que ses secrets seront bientôt à notre merci.

— Oui, amiral.

Thrawn coupa la communication.

— Et maintenant, monseigneur, je vais vous révéler tout ce qu'il m'est possible de révéler.

CHAPITRE 13

Les pilotes de TIE du bloc de préparation tribord ne furent pas ravis de se voir chassés de leurs dortoirs et vestiaires pour que la commodore Faro puisse y enfermer quelques prisonniers grysks. Heureusement pour eux, ils purent partager leur frustration avec la Première Légion en les chassant à leur tour de leurs quartiers attenants au hangar.

La chef de hangar Xoxtin avait donc une double raison de se sentir contrariée, quoique ce soit principalement dû aux bouleversements que cela créait dans sa routine et son petit fief personnel. La rumeur voulait qu'elle ne se soit pas privée d'exprimer son mécontentement auprès de la commodore Faro, elle non plus.

— C'est ridicule ! fulminait le sergent Aksind, face à Kimmund, en jetant son sac de couchage sur le pont de la salle commune de l'*Épervier noir*. Qu'est-ce qui est passé par la tête de Thrawn pour qu'il les mette dans les quartiers du personnel plutôt que dans la zone de détention du *Chimaera* ?

— Il a dit qu'il ne souhaitait pas qu'ils traversent tout le vaisseau pour rejoindre les cellules, expliqua Kimmund.

La décision ne le réjouissait pas tellement non plus. Mais cela faisait partie de son rôle de commandant de la Première Légion de « lisser » autant que possible les ordres de ses supérieurs auprès de ses stormtroopers.

Sous le commandement de Vador, cela signifiait souvent *beaucoup* de lissage. Cela ne l'avait pas nécessairement rendu populaire, mais ça l'avait certainement gardé en vie.

Au final, c'était ainsi que les choses fonctionnaient dans la Flotte Impériale moderne. Trop de commandants ne semblaient s'intéresser qu'à la politique, passaient leur temps à essayer de se damer le pion ou encore à jouer les tyrans de plein droit. Le reste de l'équipage de ces vaisseaux n'avait d'autre choix que de garder un profil bas en espérant s'en tirer sans devenir le pion ou le bouc émissaire de qui que ce soit.

C'était le cas partout ; à l'exception, manifestement, du *Chimaera*.

Il y avait des limites à ce qu'un visiteur intégrant un vaisseau de la taille d'un Destroyer Stellaire pouvait apprendre dans le peu de temps que Kimmund et ses hommes avaient passé à bord. Mais dès le début, il avait été frappé par l'attitude des officiers et de l'équipage. Bien sûr, le vaisseau avait sa part de dictateurs de bas étage – Xoxtin en était un bon exemple. Mais en même temps, aucun des officiers supérieurs ne semblait souffrir du nombrilisme d'hommes et de femmes uniquement intéressés par leurs propres intérêts, ou de l'inertie mortifère de ceux qui se laissent porter par le courant. Tous, depuis Faro jusqu'au dernier, semblaient déterminés à travailler ensemble pour mener à bien et de leur mieux les tâches qui leur avaient été confiées.

La raison, bien sûr, était évidente : Thrawn.

Le grand amiral était intelligent et subtil, mais ne se servait jamais de son génie pour se mettre en avant ou humilier qui que ce soit. Il exigeait des résultats, mais jamais la perfection, et disposait d'une réserve incroyable de patience pour ceux qui se dévouaient entièrement à leur tâche. Il avait le souci de son équipage, au point de prendre leur défense même face à la désapprobation d'hommes influents comme le Seigneur Vador.

Ce qui ne signifiait pas qu'il tolérait les paresseux, ceux qui lui faisaient perdre son temps ou qui ne se consacraient pas entièrement au service de l'Empire. Kimmund avait entendu des rumeurs sur la façon dont ces poids morts étaient mis à la porte en moins de deux, et renvoyés généralement auprès de commandants peu enclins, eux aussi, à faire de leur mieux. En certaines occasions, ils finissaient par revenir sur Coruscant pour passer en cour martiale au grand soulagement de ceux qui auront eu à les supporter.

Le résultat était éloquent : un degré de loyauté que Kimmund avait rarement vu si l'on exceptait les rangs de la Première Légion elle-même.

Il était regrettable que les méthodes de commandement de Thrawn ne se soient pas étendues au reste de la marine. Toutefois, il ne faisait aucun doute qu'il exerçait une influence sur les plus jeunes officiers. Pour peu qu'il reste en poste assez longtemps, il se pourrait qu'un jour ces leçons deviennent la norme au sein de l'armée.

Si cela devait arriver, songea-t-il, l'Empire pourrait subsister éternellement.

— Et la zone de détention se trouve, quoi, à trois ponts d'ici ? ricana Aksind.

— Les prisonniers du cargo s'y trouvent toujours, lui rappela Kimmund. Peut-être qu'il ne veut pas que les deux groupes communiquent ensemble.

— Il n'a qu'à essayer de les enfermer dans deux sections séparées ? grommela Aksind.

— Sens-toi libre d'aller râler avec les autres dans le mess des pilotes, lui suggéra Kimmund. Ça doit être plus confortable qu'ici.

— Ce qui nous conduit à la question suivante, rétorqua Aksind en haussant les sourcils.

— Parce que je n'aime pas laisser l'*Épervier noir* sans surveillance avec des prisonniers dangereux au bout du couloir, répliqua Kimmund avec amertume. Comme je l'ai dit, rien ne te force à rester.

— Non, ça va. Je suivrai mon commandant jusqu'au bout, que ce soit dans les affres de l'enfer, de la mort ou du mal de dos. Être une inspiration pour les troupes, tout ça.

— Tu me vois honoré. Alors pourquoi ici plutôt qu'à l'arrière, dans ton vestiaire ?

— Parce que je manque toujours d'air là-dedans. Ici, il y a plus d'espace. Et puis, si je n'arrive pas à dormir, la table de jeu est juste à côté.

— Que Tephan aura sans doute déjà réquisitionnée.

— Ce n'est pas grave. Perturber Tephan pendant qu'elle joue est presque aussi divertissant que de jouer moi-même. En parlant du loup…

Il plaça ses mains en porte-voix et cria :

— Tephan ?

— Quoi ? répondit la voix étouffée de la pilote depuis l'arrière.

— Tu prépares quelque chose à manger, là-derrière ?

— À cette heure-ci ? Tu te crois où, sur Coruscant ? Si tu veux manger un morceau, tu te le prépares toi-même.

Aksind huma l'air.

— Ouais, elle cuisine quelque chose. Vous en voulez un bout aussi ?

— Juste un peu, répondit Kimmund. La cuisine de Tephan n'est pas ce qu'il y a de plus…

Il s'interrompit et fronça les sourcils lorsqu'un autre bruit étouffé lui parvint de l'autre côté.

— T'as entendu ça ?

— Une sorte de bruit sourd ? demanda Aksind, le front plissé.

Il posa l'oreille sur la cloison de la salle commune.

— Je n'entends… attendez une seconde. On dirait qu'il y a du mouvement à l'extérieur.

Kimmund sortit son comlink et appela la pilote :

— Tephan, laisse tomber ce que tu es en train de faire et ramène-toi, murmura-t-il. Embarque des E-11 avec toi.

— C'est sans doute quelqu'un qui a oublié quelque chose, suggéra Aksind à mi-voix.

Mais il passait déjà à l'action, s'approchant de l'écoutille selon un angle oblique pour se maintenir à couvert. Un autre bruit sourd s'éleva, un peu plus fort, cette fois…

Kimmund retint son souffle en sentant une brise légère parvenir jusqu'à lui.

Quelqu'un avait ouvert l'une des écoutilles de l'*Épervier noir*.

Il y eut un autre courant d'air, et il se retourna pour voir Tephan les rejoindre, trois carabines blaster E-11 dans les bras.

— Qu'est-ce qui se passe ? souffla-t-elle en tendant une arme à Kimmund puis à Aksind.

— On a de la compagnie, murmura le commandant en réglant le fusil en position de combat et en retirant la sécurité d'une pichenette. On ignore encore qui. Je passe en tête, Tephan à l'arrière.

Ils se dirigèrent vers l'avant et se déplacèrent aussi silencieusement que possible. Ils traversèrent le reste de la salle commune, puis franchirent le seuil menant au compartiment de stockage situé au milieu du vaisseau, une coursive étroite bordée de chaque côté de vestiaires et de placards. Pas le bon endroit pour se retrouver coincés en cas de grabuge. Aussi, Kimmund leur fit presser le pas pour gagner le seuil à l'autre extrémité et rejoindre la zone de rassemblement.

La pièce, aménagée dans l'ancienne soute de l'*Épervier noir*, était plus large que le compartiment de stockage, mais d'une certaine manière plus encombrée. Il y avait des baudriers suspendus au plafond pour les soldats s'apprêtant à passer à l'attaque, une paire de longues banquettes placées dos à dos au centre de la pièce, tournées vers les côtés, et de petits vestiaires d'équipement situés sous l'assise. Plus importantes à cet instant étaient les deux grandes écoutilles situées de part et d'autre du vaisseau que les stormtroopers utilisaient en cas de déploiement rapide. Si leurs visiteurs, quels qu'ils soient, étaient entrés par là…

Mais ce n'était pas le cas. Les deux portes étaient encore scellées et rien n'indiquait qu'elles aient été récemment ouvertes.

— On avance encore ? murmura Aksind.

Kimmund hocha la tête, avant de lancer un dernier coup d'œil vers les écoutilles. Toutes deux étaient percées de longues fentes vitrées et, l'espace d'un instant, il se demanda s'ils ne feraient pas mieux de s'arrêter pour regarder à travers. Mais l'angle des fenêtres ne leur permettrait pas de voir la proue de l'*Épervier noir*, qui était clairement l'endroit où se déroulait l'intrusion.

Bien sûr, déverrouiller l'une des écoutilles leur permettrait de sortir dans le hangar et leur offrirait la possibilité de s'approcher par l'arrière des intrus entrés dans la partie avant du vaisseau. Mais à eux trois uniquement, un mouvement en tenaille n'était pas vraiment envisageable.

Ouvrant la voie, il contourna la banquette tribord et poursuivit vers l'avant. Au-delà de cette ultime écoutille se trouvait la petite coursive menant jusqu'au sas avant et dans le cockpit.

Il était à mi-chemin lorsque la trappe s'ouvrit en coulissant et qu'il en sortit un Grysk armé d'un E-11.

Kimmund se doutait déjà que les intrus n'étaient autres que les guerriers ennemis. Le Grysk, en revanche, sembla totalement surpris de se retrouver nez à nez avec un adversaire.

Cette seconde d'hésitation fut ce qui lui coûta la vie lorsque Kimmund lui envoya une paire de décharges de blaster en pleine poitrine.

Mais la victoire fut de courte durée. Alors même que le non-humain s'écroulait sur le pont, le stormtrooper en vit d'autres qui s'affairaient derrière lui.

Et avec l'éclair lumineux et le cri perçant des tirs de blaster, le groupe entier avait été averti à présent.

— En arrière ! aboya Kimmund en arrosant la masse sombre qui se ruait vers l'écoutille.

Alors qu'il n'avait fait que quelques pas en arrière, les ombres disparurent et les Grysks se jetèrent à couvert de chaque côté. Les stormtroopers eurent peut-être le temps de reculer de trois pas supplémentaires lorsqu'un barrage de décharges fusa des deux côtés de l'ouverture.

— En arrière ! cria à nouveau Kimmund, et il recula aussi vite que possible tout en continuant à faire feu, s'efforçant de ne pas tressaillir à chaque fois que les tirs de riposte d'Aksind et de Tephan le frôlaient d'un peu trop près.

Jusqu'ici, les salves des Grysks avaient manqué de précision, mais il ne faisait aucun doute qu'ils finiraient rapidement par maîtriser les armes impériales qu'ils avaient volées.

Heureusement, les trois stormtroopers parvinrent à regagner le compartiment de stockage avant que la précision des tirs de leurs ennemis ne s'affine trop. Alors qu'il continuait de battre en retraite, Kimmund ouvrit des portes de placard à la volée pour s'en servir comme bouclier et leur faire gagner quelques secondes de répit supplémentaires.

Mais ce stratagème ne pouvait au mieux durer qu'un temps. Le compartiment de stockage était un long goulot d'étranglement de dix mètres et il leur fallait rejoindre la salle commune où ils bénéficieraient au moins de la protection offerte par le chambranle de l'écoutille.

La situation devint critique au cours des dernières secondes, les Grysks gagnant en précision. Mais les trois stormtroopers rejoignirent la salle commune sans avoir reçu plus que quelques brûlures superficielles. La seconde suivante, ils encadraient l'écoutille ouverte, Kimmund et Aksind debout de part et d'autre, Tephan accroupie sous le sergent.

— Tephan ? la pressa Kimmund tandis que les Grysks traversaient la zone de rassemblement et se regroupaient de part et d'autre de l'écoutille avant du compartiment de stockage.

— Déjà essayé, rétorqua Tephan. Ils ont brouillé nos comlinks.

Kimmund poussa un juron entre ses dents serrées. Et maintenant qu'ils avaient déjoué le système de sécurité que Thrawn avait mis en place à l'extérieur de leurs cellules improvisées, la seule personne à même de les aider était l'officier de service qui surveillait le hangar. Étant donné qu'il n'avait pas encore déclenché l'alerte, cela signifiait qu'il n'avait pas vu les non-humains se faufiler à travers le pont.

Ce qui signifiait que Kimmund et ses soldats ne pouvaient compter que sur eux-mêmes.

— Bon. Il doit y avoir une ou deux armures dans le local de maintenance. Va t'équiper ; Aksind et moi, on va les retenir ici.

— D'accord.

Bondissant sur ses pieds, Tephan piqua un sprint à travers la salle commune et disparut par l'écoutille menant à la poupe.

— Y a tout un tas d'E-11 supplémentaires là-bas, avertit Aksind. S'il les trouve, on est mal, avec ou sans armure.

— Ouais, merci, j'y avais pensé, répliqua Kimmund, l'esprit en ébullition.

Comme Askind l'avait fait remarquer, le gros de leur équipement se trouvait dans le compartiment de stockage et la zone de rassemblement, deux secteurs déjà maîtrisés, ou sur le point de l'être, par l'ennemi. Tout ce que Tephan allait trouver dans le local de maintenance c'était une ou deux armures en attente de rénovation, quelques packs énergétiques en charge et, s'ils étaient extrêmement chanceux, peut-être un blaster lourd E-Web qu'Elebe ou Dorstren avaient renvoyé pour révision.

Mais dans l'espace exigu de l'*Épervier noir*, la supériorité numérique risquait d'être un facteur plus décisif que la possession d'artillerie lourde. Même si les Grysks se contentaient de laisser les choses s'enliser…

Avec un fracas métallique à faire grincer les dents, deux des caisses d'équipement provenant de sous les banquettes de la zone de rassemblement furent projetées dans la coursive de stockage.

Kimmund crut d'abord que les Grysks essayaient de bloquer les stormtroopers où ils étaient, de les neutraliser à l'arrière du vaisseau. Mais la seconde d'après, les caisses se mirent à bouger tandis que les deux Grysks cachés derrière commençaient à les pousser le long du compartiment.

Kimmund grimaça. Pas des obstacles. Des boucliers mobiles.

Voilà qui mettait à mal la théorie de l'enlisement.

Toutefois, les caisses ne remplissaient pas entièrement la coursive et il y avait d'autres Grysks derrière la ligne de front. Kimmund passa donc des salves de barrage aux tirs de sniper, s'efforçant de viser soigneusement et délibérément entre et par-dessus les caisses de façon à toucher tout ce qui avait l'imprudence d'offrir une cible. Les Grysks répliquèrent en appliquant la même stratégie. Aksind poursuivait son tir de volée, concentrant le feu sur la caisse la plus à droite avec l'espoir de la faire voler en éclats ou du moins de la rendre inutilisable comme bouclier.

Ce qui, Kimmund en avait conscience, ne ferait que retarder l'ultime confrontation. Libérer un côté de la coursive pourrait leur permettre d'abattre un ou deux Grysks supplémentaires avant que les autres puissent battre en retraite, mais il y avait six autres caisses d'équipement similaires que l'ennemi pouvait utiliser en guise de remplacement.

Ce fut à cet instant qu'à mi-chemin entre les stormtroopers et les Grysks la porte d'un des placards s'entrouvrit, puis se referma.

Kimmund crut d'abord que c'était le fruit de son imagination. Il lui effleura ensuite l'esprit que le loquet du battant avait peut-être sauté sous les effets de la fusillade.

Mais cela n'expliquait pas comment la porte avait pu se refermer.

Puis, alors même qu'il essayait de se concentrer à nouveau, le phénomène se reproduisit : le battant s'entrouvrit juste assez pour qu'il s'en aperçoive puis se referma à nouveau.

Il retint son souffle. Ce placard, s'il visualisait correctement l'agencement de l'*Épervier noir*, se trouvait dos à dos avec l'une des armoires à munitions extérieures, l'une des *grandes* armoires à munitions…

Les Grysks poursuivaient leur progression, avançant lentement mais sûrement le long de la coursive derrière leurs boucliers. Un peu *trop* lentement, songea Kimmund. Eh bien, c'était quelque chose qui pouvait s'arranger.

— On se replie, ordonna-t-il à Aksind. On se regroupe à l'écoutille de la cambuse.

— Quoi ? fit le sergent, l'air confus.

— Tu m'as entendu. Vas-y, je te couvre.

— D'accord.

Aksind s'appuya contre la paroi pour se donner une impulsion puis traversa la salle commune à reculons sans cesser de tirer. Kimmund compta jusqu'à cinq puis se replia à son tour, tout en continuant lui aussi d'arroser l'ennemi.

Les Grysks n'étaient pas dupes. Malgré les salves continues, ils voyaient bien que les stormtroopers étaient en train de battre en retraite. Ils intensifièrent leurs tirs de suppression tout autour des caisses et le crissement du métal sur le pont s'accentua tandis qu'ils accéléraient la cadence dans l'espoir de rattraper les stormtroopers avant qu'ils puissent atteindre leur prochain point de repli.

Il y avait de grandes chances pour qu'ils y arrivent, d'ailleurs. Les boucliers mobiles avaient dépassé le placard capricieux maintenant et il ne restait aux Grysks qui se trouvaient derrière plus que trois mètres environ pour atteindre le bout de la coursive. Derrière lui, Kimmund entendit Aksind étouffer un cri et pousser un juron lorsqu'il fut touché par un tir ennemi…

Brusquement, l'avancée des Grysks s'interrompit. Deux ultimes décharges fusèrent, puis les blasters se turent. Il y eut un seul cri étouffé, suivi de deux bruits sourds.

Puis, plus rien.

— Merde ! fit une voix altérée derrière lui.

Il se retourna et vit Tephan, désormais en armure complète, s'accroupir à côté du corps d'Aksind.

— Mort ?

— Ouais, répondit Tephan avant de se redresser. Tu as eu tous les autres ?

— Moi, non. Tu te rappelles de cette porte dérobée qui permettait d'accéder à l'intérieur du vaisseau, celle qu'on n'a jamais réussi à trouver ?

— Quoi ? fit Tephan d'un air désorienté.

— Eh bien, je pense savoir où elle est maintenant.

Et pile à cet instant, l'un des boucliers des Grysks bascula en avant sur le pont.

Derrière lui, un bâton de combat se balançant nonchalamment dans chaque main, debout au milieu des Grysks morts ou inconscients, se tenait Rukh.

— C'est quoi, ce bordel…, grommela Tephan. Je croyais que tu l'avais viré du vaisseau à coup de bottes dans le train ?

— C'est une occasion un peu spéciale, nota Kimmund en baissant son E-11, puis il rejoignit le Noghri d'un pas rapide. Bienvenue à bord. Comment avez-vous su ?

— J'ai aperçu des tirs de blaster à travers les hublots de l'écoutille, expliqua Rukh.

Ses yeux se posèrent sur le cadavre d'Aksind, et Kimmund crut voir l'expression du Noghri se durcir un peu.

— Je me suis dit que vous pouviez avoir besoin d'aide, ajouta-t-il.

— Et ce n'est sûrement pas moi qui vais la refuser, répliqua Kimmund en jetant un coup d'œil par-dessus l'épaule du non-humain.

Il y avait six Grysks étendus à travers le pont du compartiment de stockage, le résultat de l'attaque furtive de Rukh combiné aux tirs antérieurs des stormtroopers entre les boucliers. L'extrémité des bâtons de combat du Noghri luisait légèrement – il s'agissait probablement des deux moitiés de son bâton électrique habituel – mais même sans ce coup de pouce, il ne faisait aucun doute que le garde du corps de Thrawn se serait occupé de ses adversaires sans la moindre difficulté.

Donc : six ici, plus les trois ou quatre autres que ses hommes et lui avaient abattus lors du premier échange…

— Je suppose qu'il en reste sept ou huit à l'avant, conclut-il. Peut-être même onze s'ils ont pris les prisonniers du cargo avec eux.

— Je ne les ai pas comptés, admit Rukh, mais j'en ai vu dans le cockpit, penchés sur les tableaux de bord.

— À essayer de comprendre comment le piloter, en déduisit Kimmund, le visage grave.

— Alors ça, sûrement pas ! gronda Tephan. Ils n'auront *pas* mon vaisseau.

— Ils ne l'auront pas, lui assura Kimmund après avoir pris une décision rapide.

Tant que les Grysks à l'avant ignoraient que leurs forces avaient été neutralisées ici, à l'arrière, les Impériaux bénéficiaient de l'élément de surprise. Utilisé à bon escient, cela valait autant qu'une demi-escouade de stormtroopers en armure complète.

— On les attaque maintenant. Un assaut rapide. Et violent.

— Pendant qu'ils attendent que leurs amis reviennent faire le récit de notre mort, comprit Tephan. D'accord. Allons-y.

— Que voulez-vous que je fasse ? demanda Rukh.

Kimmund fronça les sourcils.

— Alors *maintenant* vous acceptez de recevoir des ordres de ma part ?

— J'ai toujours obéi à vos ordres, répliqua Rukh en indiquant l'*Épervier noir* d'un geste ample d'un de ses bâtons. C'est le vaisseau de la Première Légion. Ce sont les ordres de la Première Légion. Autrement, je serais intervenu lors de l'attaque du cargo, que vous le vouliez ou non.

— Cela aurait été une bonne chose de le savoir plus tôt, marmonna Tephan.

— Eh bien, nous le savons maintenant, dit Kimmund. Vous avez votre dispositif de dissimulation individuel avec vous ?

— Non, dit Rukh. Mais je n'en ai pas besoin.

— Sans doute que non, concéda Kimmund. D'accord. On fonce dans le tas en gardant une ligne de feu en hauteur. Vous avancez tête baissée dès que vous repérez une ouverture et faites le plus de dégâts possible.

Rukh esquissa un sourire machiavélique et fit tournoyer avec dextérité l'un de ses bâtons de combat entre ses doigts.

— Faire des dégâts, ça me connaît, assura-t-il.

— Vous ne serez pas le seul à en faire, promit Kimmund. Mais n'oubliez pas qu'on veut garder le vaisseau en état de voler. Il est possible que le Seigneur Vador veuille s'en resservir un jour.

*
**

Entre le moment où les dix-sept Grysks s'étaient échappés de leur cellule improvisée jusqu'à celui où ils étaient montés à bord de l'*Épervier noir* s'étaient écoulées environ quatre minutes. De cet instant jusqu'à celui où le commandant Kimmund et son équipe reprirent le contrôle du vaisseau, passèrent approximativement huit minutes supplémentaires. Ramener les prisonniers survivants – quatre en tout – prit dix minutes de plus. En tout et pour tout, l'incident dans son ensemble avait duré moins d'une demi-heure.

Et tout indiquait, songea Faro d'un air sombre, que la mort et la désolation ne faisaient que commencer.

Le grand amiral Thrawn dominait généralement toutes les pièces dans lesquelles il se trouvait. Pas cette fois. Il distillait habituellement un calme qui s'étendait à tous ceux qui l'entouraient. Pas cette fois. Il semblait toujours avoir une maîtrise complète de toutes choses…

Pas cette fois. Debout dans l'espace exigu du cockpit de l'*Épervier noir*, face au Seigneur Vador situé à moins de trente centimètres de lui, il semblait petit et sans défense, un homme confronté à la mort elle-même.

Il ne se laissa toutefois pas démonter.

— Le commandant Kimmund ne peut pas être blâmé pour ses actions, déclara-t-il, les yeux levés vers le casque noir. Au contraire, ses actions comme celles de ses stormtroopers se sont révélées exemplaires.

— Ce qui ne change rien au fait qu'ils ont fait échouer tout le plan, gronda Vador.

— Je vous avais prévenu que garder secret la sécurité relative de leur emprisonnement et les balises de repérage pouvait avoir des conséquences indésirables, lui rappela Thrawn.

— Il était nécessaire que l'équipage du *Chimaera* se comporte de façon normale, répliqua le Seigneur Noir.

Aussi étonnant que cela paraisse à Faro de voir Thrawn faire des reproches à Vador, il était encore plus surprenant de voir ce dernier lui répondre calmement.

— Les prisonniers devaient croire que leur évasion était réelle, ajouta-t-il.

— Je ne dis pas le contraire, concéda Thrawn. Je ne fais que suggérer l'idée qu'un juste milieu aurait pu être trouvé. Le commandant Kimmund, au moins, aurait dû être mis dans la confidence, ainsi que tous les soldats ou stormtroopers qui se trouvaient entre les cellules des prisonniers et leur frégate.

Vador ne répondit pas. Mais en même temps, qu'aurait-il pu dire ?

Faro avait assisté à la réunion privée durant laquelle le Sith avait proposé ce plan. Thrawn avait accepté, et avait de fait ajouté quelques petites suggestions. Aucun d'eux n'aurait pu imaginer que Kimmund et ses stormtroopers iraient à leur insu se mettre en plein dans le passage.

Ils ne pouvaient pas deviner non plus que la chef de hangar Xoxtin déciderait d'envoyer trois membres d'équipage de repos à cet endroit précis à l'instant même où les Grysks s'évaderaient.

Xoxtin était furieuse. Pour une fois, Faro ne pouvait lui en vouloir.

Quatre morts… et ils n'avaient rien gagné en retour.

Les techniciens du *Chimaera* avaient effectué une fouille minutieuse de l'ordinateur de l'*Épervier noir*. Ils n'en avaient tiré que la trajectoire reliant le terrain de chasse des Grysks à Batuu, où ils avaient visiblement installé leur base, sans que ne soit référencé aucun autre système. L'analyse par Thrawn de tout ce qu'il y avait d'artistique à bord de leur vaisseau avait relevé quelques points intéressants, mais ne leur avait rien appris sur leur base locale.

— Néanmoins, même un succès mitigé peut générer des résultats à long terme, nota l'amiral dans le silence embarrassé. En l'état, nous avons appris beaucoup de choses sur nos nouveaux ennemis.

— Comme le fait qu'ils n'ont pas de dents ? rétorqua Vador avec une pointe d'amertume.

— Oui, cela aussi, acquiesça Thrawn. Retirer les dents d'un guerrier et les remplacer par des moulages contenant des armes en pièces détachées, des communicateurs et des outils de crochetage est plutôt ingénieux. Les signaux à ultrasons qu'ils ont envoyés à leurs collègues à travers les cloisons métalliques constituent également une technologie qui pourrait s'avérer utile à l'avenir à l'Empire.

— Rien de tout cela ne nous rapproche de notre objectif.

— À vrai dire, monseigneur, je pense que si.

Thrawn se tourna vers Faro et ajouta :

— Commodore, vous détenez l'enregistrement des communications entre les deux groupes de prisonniers. Quelle quantité d'informations pensez-vous qu'ils aient pu se transmettre dans ce laps de temps ?

Faro sursauta. Elle s'était prise à espérer que l'amiral l'avait fait venir dans le cockpit pour servir uniquement de témoin à la conversation. À mesure qu'elle avait vu l'humeur de Vador continuer de s'assombrir, elle s'était même mise à espérer que sa présence avait fini par être oubliée.

Au lieu de quoi, Thrawn venait de lui jeter une grenade entre les mains.

Comment donc était-elle censée répondre à une telle question ?

— Ils ont communiqué, dans un sens comme dans l'autre, pendant un total de deux minutes et huit secondes, répondit-elle. Nous ne pouvons pas dire pour le moment quel signal provenait de quel groupe de prisonniers. De plus, sans connaître la méthode de cryptage qu'ils ont employée – ni même leur langue, au demeurant –, il est impossible de connaître la quantité d'informations transmises.

— Compris. Alors imaginons qu'il s'agisse d'un langage clair, crypté d'une manière ou d'une autre mais sans que le message ait été alourdi ou allongé. Selon ces paramètres, quelle information pourriez-*vous* transmettre dans ce laps de temps ?

Faro sentit sa gorge se serrer. En temps normal, les petites énigmes de Thrawn ne la dérangeaient pas. Elles l'aidaient à étendre sa réflexion, et tout ce qui participait à faire d'elle un meilleur officier valait le coup d'être expérimenté.

Mais le faire ici et maintenant ? Tout particulièrement avec Vador à deux doigts de tout détruire dans le cockpit ?

Dans le cockpit.

Elle regarda autour d'elle d'un nouvel œil. Avoir cette conversation à bord de l'*Épervier noir* avait été l'idée de Thrawn, pas de Vador. Et le Chiss ne faisait jamais rien sans une bonne raison.

Elle se retourna vers l'amiral. Son visage affichait un petit sourire, indiquant qu'il avait une fois de plus quelques coups d'avance sur elle.

— Je pourrais parler aux guerriers grysks de ce vaisseau, répondit-elle. Leur fournir une description brève et son emplacement dans le hangar.

— Ainsi que des instructions pour le piloter ?

— Non, amiral, répondit fermement Faro. Pas en deux minutes. Impossible.

— Merci, commodore, fit Thrawn en inclinant la tête dans sa direction avant de se retourner vers Vador. Votre navette personnelle était plus proche de leur prison. Leur propre frégate était plus éloignée, mais au moins savaient-ils la piloter. Et pourtant, ils ont choisi l'*Épervier noir*.

Il indiqua le tableau de bord d'un geste et poursuivit :

— De plus, nous pouvons voir qu'ils avaient déjà activé les moteurs et commencé la séquence prévol quand ils ont été interrompus.

Il marqua une pause, s'attendant visiblement à ce que Vador fasse une remarque. Mais le Seigneur Noir resta silencieux, le regard fixé sur le tableau de bord.

— L'*Épervier noir* est doté d'armes et d'équipement modernes, reprit Thrawn. Les prisonniers du cargo grysk l'avaient vu au combat et savaient que c'était un trophée qui méritait d'être capturé. Mais en même temps, il s'agit au fond d'un vestige de la Guerre des Clones. Et il n'y a qu'un seul endroit dans cette région où ils auraient pu étudier ce genre de vaisseau et apprendre à le piloter.

Vador grommela quelque chose dans un souffle :

— Mokivj.

— En effet, monseigneur. Plus spécifiquement, l'usine séparatiste de Mokivj que nous avons autrefois prise d'assaut.

Vador se redressa de toute sa taille.

— Que *vous* avez autrefois prise d'assaut, corrigea-t-il. Personne d'autre à bord du *Chimaera* n'était présent.

— Bien sûr, dit Thrawn en inclinant la tête. Ma langue a fourché.

L'espace d'un long moment, ils se dévisagèrent en silence. Faro réalisa qu'elle retenait son souffle, sensible au surcroît de tension dans le cockpit. Il y avait quelque chose qui se passait devant elle, quelque chose d'enfoui en profondeur.

Sauf qu'elle n'avait aucune idée de ce dont il s'agissait.

— Le commandement vous revient, finit par dire Vador. Si vous pensez que cette usine est la clé, c'est par là que nous commencerons.

— Merci, monseigneur.

Thrawn se tourna à nouveau vers Faro :

— Commodore, calculez une trajectoire pour Mokivj. Nous partons dans deux heures.

— Oui, amiral.

— Cela vous laisse le temps, monseigneur, ajouta Thrawn en regardant Vador, d'aller parler aux prisonniers. Si tel est votre choix.

— En effet, amiral, gronda le Seigneur Noir d'une voix qui fit frissonner la commodore. Vous avez percé à jour certains de leurs secrets. *Je* me charge du reste.

CHAPITRE 14

Padmé perdit encore vingt minutes à fouiller les trois niveaux de l'aile ouest dans les moindres recoins, à la recherche de quelque chose d'utile que les occupants précédents auraient laissé derrière eux. Mais l'endroit avait été nettoyé de fond en comble.

Les cloisons basses qui délimitaient l'ancien espace de travail de LebJau, cependant, étaient maintenues en place par des montants métalliques : des tiges solides, creuses, à section carrée de cinq centimètres de côté. Les attaches de l'une d'entre elles avaient du jeu, et elle réussit à les déloger entièrement avec ses ongles. Une fois qu'elle eut détaché la tige, elle se servit de son extrémité pour dévisser les autres.

Même avec cet outil de fortune, bon nombre de vis étaient trop bien fixées pour qu'elle parvienne à les retirer. Mais au final, elle réussit à rassembler vingt-trois de ces tiges épaisses.

Et les vingt-trois furent nécessaires – toutes finirent cassées ou tordues – pour soulever la trappe assez haut de façon à ce qu'elle puisse se glisser par l'ouverture.

Elle ne savait pas avec précision où se situait la trappe correspondante pour rejoindre l'aile sud, mais si les points d'accès étaient disposés de façon symétrique, elle devrait être en mesure de la localiser. Resterait alors à l'ouvrir, à son tour. Avec un peu de chance, la réflexion de LebJau concernant le poids énorme qu'avaient les trappes non alimentées signifiait que celles de l'aile sud, elles, étaient sous tension, et que le panneau de commande se trouvait en un endroit accessible. Sinon, elle allait devoir faire preuve d'inventivité.

D'après la façon assurée avec laquelle LebJau avait traversé l'étage de service, elle en déduisit que les droïdes ne devaient pas s'y rendre souvent, voire jamais. Mais elle n'était pas prête à risquer sa vie sur une supposition. Elle utilisa donc son bâton lumineux avec parcimonie tandis qu'elle se frayait un chemin à travers le sous-sol en permabéton : elle le régla au minimum et ne l'allumait que pendant une demi-seconde tous les dix pas, juste pour vérifier qu'elle ne se dirigeait pas droit vers un pilier ou un tas de débris. Mieux valait privilégier la prudence.

Et elle avait eu raison d'agir de la sorte. Arrivée à mi-chemin de l'endroit où LebJau et elle étaient entrés, elle repéra une faible lueur au loin.

Elle s'immobilisa et se colla au pilier le plus proche, tous ses sens à l'affût. La lueur était toujours là, qui oscillait doucement au rythme de la marche de quelqu'un. Elle ne percevait aucun son, mais la lumière était assez éloignée pour qu'une conversation à voix basse lui reste inaudible.

Des voix, ou le cliquetis étouffé de pas de droïdes sur le permabéton.

Donc : c'était soit LebJau et ses amis qui retournaient vers l'aile sud, soit une patrouille de droïdes de combat qui finirait par rejoindre l'aile est. Dans un cas comme dans l'autre, c'était un endroit où elle devait se rendre. Elle prit une grande inspiration, puis repartit en direction de la lueur, se servant de son bâton lumineux avec encore plus de précautions.

Elle s'était beaucoup rapprochée lorsque la lumière se figea soudain, avant de bifurquer vers le plafond. Padmé ralentit son allure et, quelques secondes plus tard, elle sentit le courant d'air familier qui accompagnait l'ouverture d'une trappe.

Enfin, elle fut assez proche pour entendre des voix humaines étouffées et apercevoir deux silhouettes gravir l'échelle d'accès. La trappe se referma, et l'obscurité silencieuse régna à nouveau.

Padmé s'élança en avant, s'éclairant sans crainte à présent. Devant elle se trouvaient le cône et l'échelle, avec la trappe à son sommet. Elle contourna le dernier pilier…

Et elle faillit lâcher le bâton quand deux bras lui encerclèrent les épaules pour la tirer violemment en arrière contre un torse musclé. Les bras la soulevèrent et la projetèrent sur la droite pour tenter de la plaquer au sol, tandis qu'un genou percutait rudement l'intérieur du sien, menaçant un peu plus son équilibre.

— Qui que vous soyez…, murmura une voix à son oreille.

L'homme s'interrompit à la vue du blaster que Padmé venait de sortir de son holster à la hanche et de presser contre son cou.

— Vous feriez mieux de me lâcher, conseilla-t-elle à mi-voix.

Le corps de l'homme tressaillit, et l'étau de ses bras se desserra, sans toutefois la libérer complètement.

— Padmé ?

— Oui, Huga, répondit-elle en reconnaissant la voix. Je suis sérieuse. Lâchez-moi.

Cette fois, les bras s'ouvrirent. Padmé s'avança d'un pas et fit volte-face, le blaster et le bâton lumineux braqués sur lui.

— La pêche a été bonne, cette nuit ?

Il avait les yeux écarquillés et restait bouche bée.

— Comment êtes-vous entrée ici ? bredouilla-t-il.

Au-dessus d'elle, la trappe se rouvrit.

— Tu l'as eu ? fit la voix de Cimy depuis l'étage supérieur.

— On peut dire ça, répondit-elle.

— Padmé ? s'exclama Cimy dans un hoquet. Mais vous êtes dehors !

— Plus maintenant, grogna Huga. C'est LebJau, pas vrai ? Il vous a fait entrer. Fichu abruti… Il va tout faire échouer.

Il pointa l'index en direction de leur issue secrète et aboya :

— Dehors. Tout de suite !

— Pas encore. J'ai besoin de votre aide.

— M'en fiche, grommela Huga. Il faut que vous déguerpissiez d'ici avant que les têtes d'enclume vous attrapent.

Elle sentit son ventre se nouer. Donc il arrivait aux droïdes de descendre ici ?

— Pas encore, répéta-t-elle avant d'ajouter, sous le coup d'une inspiration soudaine : oncle Anakin est ici. Mais il se trouve dans le secteur des droïdes…

— Il est *ici* ? coupa Cimy. Déjà ? En voilà, une bonne nouvelle !

— Il a notre argent ? fit Huga.

— Bien sûr.

Anakin devait forcément avoir *un peu* d'argent sur lui…

— J'ai juste besoin de deux ou trois petites choses pour m'introduire là-bas et le faire sortir, ajouta-t-elle.

— Oui, mais vous ne pouvez pas faire ça, marmonna Cimy, son enthousiasme douché. Vous introduire là-bas, je veux dire.

— Il a raison, renchérit Huga sans quitter l'arme des yeux. À moins que vous ayez l'intention de vous frayer un chemin à coups de blaster.

— Je pense que nous pouvons trouver un moyen un peu plus efficace, assura-t-elle. Où est LebJau ? Son aide nous serait utile.

— Il est là-haut dans les baraquements, répondit Huga sur un ton brusquement désinvolte. Mais on peut se débrouiller sans lui.

En d'autres termes, une récompense divisée en deux parts était plus alléchante que divisée en trois ?

— D'accord, dit-elle. Il va me falloir emprunter quelques vêtements à l'une des femmes, parce que ma tenue ne fait pas vraiment couleur locale. Et aussi l'un de ces fameux bracelets.

— Nous n'en avons pas en réserve, répondit Cimy. Et une fois qu'on le retire, on ne peut pas le remettre.

— Vraiment ? s'étonna Padmé. Et comment le savez-vous ?

Il y eut un moment de silence embarrassé, puis Cimy expliqua :

— Un des ouvriers est mort, il y a quelques semaines. On a pensé qu'on pourrait faire venir quelqu'un d'autre et qu'il récupère son poste. Mais on n'a pas réussi à joindre les deux bouts du bracelet.

— Vous n'auriez pas pu les coller, tout simplement ?

— On a essayé, intervint Huga, l'air sombre. La première tête d'enclume qui l'a vérifié a tout de suite compris que le bracelet avait été volé. Ou qu'il n'était pas porté par la bonne personne, je ne sais pas. Beppi a tenté de s'enfuir, et le droïde l'a abattu.

La gorge de Padmé se serra.

— Je suis désolée.

— On l'a toujours, proposa Cimy. Ils nous ont rendu le corps pour qu'on l'enterre, et on a récupéré le bracelet. Mais il est inutilisable.

— Vous ne croyez pas qu'on ferait mieux de continuer cette conversation là-haut ? dit Huga en lançant des regards anxieux aux alentours. On n'est pas supposés se trouver ici.

— Bien sûr, répondit Padmé. Vous pourrez commencer par me trouver de nouveaux vêtements. Après quoi, je veux bien jeter un coup d'œil à ce bracelet inutilisable.

***

Anakin avait dit à Thrawn qu'ils attendraient deux heures avant de s'évader de leurs cellules. En réalité, dès que Solha et son escorte étaient sortis, il avait consacré tous ses efforts à trouver un moyen d'y parvenir.

Et maintenant que les deux heures étaient écoulées, il n'était pas plus proche de la solution qu'à la première minute.

La porte était solide. Les goupilles étaient profondément enfoncées et juste en dehors de son champ de vision lorsqu'il regardait par la fente de la porte. Or s'il ne les avait pas en visuel, il lui était impossible d'exercer une prise suffisante grâce à la Force pour les dégager. Les cloisons de la cellule paraissaient anciennes, et un moment il avait envisagé arracher les lattes autour de la ventilation jusqu'à obtenir un espace suffisant pour se faufiler à travers. Mais les parois avaient été vitrifiées autour des ouvertures, et là encore il ne parvenait pas à assurer une prise suffisante sur les rebords. L'armature du lit de camp était trop peu résistante pour servir de levier, et trop légère pour faire un projectile efficace.

— Structures intéressantes, lui parvint la voix de Thrawn qui résonnait étrangement entre les parois au revêtement dur de la cellule voisine. Je me demande ce qu'ils pouvaient bien stocker ici.

— Je n'y ai pas vraiment réfléchi, répondit Anakin d'un ton sec en tendant une main vers la porte pour tenter de se concentrer.

S'il se servait de la Force pour la tirer, et la repousser juste après…

Inutile. Ce genre de manœuvre exigeait qu'il existe un léger jeu dans les attaches, ce qui permettrait alors d'accroître le mouvement du panneau dans un sens, avant de le rejeter brutalement dans l'autre. Mais le système de fermeture était presque parfait, sans plus d'un millimètre de jeu. Pas suffisant.

— Les deux heures sont passées.

— Oui, je sais, gronda le Jedi en scrutant de nouveau la cellule d'un regard circulaire.

Toujours rien.

— Avez-vous repéré une issue ?

— Non, admit Anakin sans desserrer la mâchoire. Mais ne vous en faites pas… Je vais finir par trouver quelque chose.

— Peut-être que ça peut vous aider.

Sourcils froncés, le Jedi tourna son attention vers le mur mitoyen.

Et il vit avec stupéfaction une corde épaisse de deux mètres s'insinuer à travers la grille d'aération et atterrir en tas sur le sol.

— D'où vous sortez ça ? demanda-t-il tout en se baissant pour la ramasser.

Elle était faite de fines bandelettes de tissu tressées, avec un nœud coulant à une extrémité.

— Je l'ai confectionnée avec les fibres de mes vêtements.

— Pas mal…

Anakin avait entendu le son léger d'un tissu qu'on déchire un peu plus tôt, mais les tenues qu'ils avaient prises dans le *Larkrer* étant un peu justes, il avait cru que Thrawn se mettait simplement à l'aise.

— Puisque les goupilles sont fuselées, j'ai pensé que vous pourriez peut-être accrocher ça à leur tête pour les retirer.

— Ça vaut le coup d'essayer. Attendez un instant…

Anakin apporta la corde jusqu'à la porte et la glissa avec précaution à travers l'ouverture de la ventilation. Elle était assez longue pour qu'il la tienne à une extrémité tandis que l'autre arrivait au niveau de la goupille de gauche. Elle n'avait pas besoin d'être aussi longue, bien sûr. Soit Thrawn avait oublié que le Jedi était capable d'en diriger une plus courte grâce à la Force, soit le Chiss avait voulu mettre toutes les chances de leur côté. Anakin resserra le nœud coulant sous la tête de la goupille, exerça une traction légère pour assurer sa prise et se mit à tirer en douceur.

Rien. Il tira un peu plus fort, cruellement conscient qu'une corde bricolée de la sorte ne tiendrait pas longtemps sous la tension avant de rompre. Hélas, la goupille était trop profondément enfoncée.

— Peut-être que si vous essayez de faire osciller la porte vous parviendrez à la faire sortir un peu de la fixation, suggéra Thrawn.

Anakin sourit. Non : pas osciller.

Graisser.

— Vous auriez un autre morceau de tissu disponible ? demanda-t-il. Pas besoin qu'il soit très grand.

— Celui-là, ça fera l'affaire ?

Un carré de tissu irrégulier, de cinq centimètres environ de côté, jaillit par la ventilation et tomba vers le sol en tournoyant.

— Parfait, remercia le Jedi.

Il le saisit en plein vol grâce à la Force et le fit passer à travers la ventilation de sa porte. Tendant une main pour mieux se concentrer, il le déposa sur le sol à l'extérieur de sa cellule.

Dans la première tache d'huile que R2-D2 avait laissée derrière lui.

Il attendit que le chiffon s'en soit totalement imprégné pour passer à la suivante, et ainsi de suite à travers le couloir jusqu'à ce que ce dernier sorte de son champ visuel. Ensuite, il fit revenir le chiffon bien imbibé et le glissa contre la tête de la goupille, sous le nœud coulant. Il secoua la porte une fois, puis tira à nouveau doucement sur la corde.

Et avec une ultime traction, il délogea la goupille.

— J'ai réussi, annonça-t-il au Chiss alors que la pièce métallique se balançait sous ses yeux au bout de la corde improvisée.

Il ouvrit le nœud coulant pour libérer la goupille, puis il dirigea la corde ainsi que le chiffon huilé vers sa jumelle de l'autre côté de la porte. Trente secondes plus tard, il était libre.

— Excellent, commenta Thrawn.

— Sans vous, je n'y serais pas arrivé, lui rappela Anakin tout en poussant la porte en douceur et en risquant un coup d'œil dans le couloir.

Le fait que personne ne soit intervenu pendant son opération sur la porte laissait penser que Solha n'avait posté aucun droïde pour les surveiller. Il ne se trompait pas : le couloir était désert, et l'unique porte à son extrémité fermée.

Néanmoins, il doutait que le Sérennien ait été assez négligent pour les laisser sans aucune surveillance. Ce qui supposait la présence de droïdes de l'autre côté de cette porte ; or il n'avait aucun moyen de déterminer leur modèle ni le nombre qu'ils étaient.

Il était temps de remédier à cela.

— Tenez-vous prêt, dit-il à Thrawn en posant les mains à plat contre la porte. Ça risque de faire un peu de bruit, là-dedans.

*
* *

La première femme qu'ils trouvèrent dont les mensurations convenaient était déjà profondément endormie. Sans prendre la peine de la réveiller, Huga se contenta de récupérer sa robe, sa ceinture et ses bottes de rechange qu'il donna ensuite à Padmé. L'étape suivante se révéla plus macabre : le coin où l'on avait entassé les possessions des ouvriers morts.

— Il y a beaucoup de décès, ici ? demanda Padmé tandis qu'elle s'habillait.

La robe de l'ouvrière était rêche et sentait la transpiration. Mais elle aussi, naturellement.

— Un à la fois, répondit sèchement Huga pendant que Cimy fouillait dans l'amas de vieux vêtements. Allez, allez…

— C'était pire au début, précisa Cimy tandis que Padmé nouait la ceinture autour de sa taille. Leur chef, le Duc Solha, poussait tout le monde…

— Le *Duc Solha* ? l'interrompit Padmé en ouvrant de grands yeux. Solha est ici ?

— Vous le connaissez ? demanda Huga d'un ton devenu subitement méfiant.

— Je l'ai rencontré une fois, répondit-elle en repensant à l'un de ces voyages diplomatiques d'avant-guerre qui lui avaient parfois semblé constituer le gros de son travail de Sénatrice. Il y a longtemps.

— Assez longtemps pour qu'il ne vous reconnaisse pas ? voulut savoir Huga. Parce que s'il risque de vous reconnaître, nous, on jette l'éponge.

— Tout ira bien. Allons simplement là-bas, d'accord ?

— Eh, ce n'est pas *moi* qui nous retarde, protesta Huga dans un grognement. Cimy, tu as dix secondes pour trouver ce truc, sinon je te jure que…

— Il est là, il est là, répliqua Cimy sur le même ton irrité. Une seconde… Bref, le Duc Solha se comportait trop durement avec tout le monde. Il fallait soulever et trimballer des charges, et parfois c'était juste trop lourd.

— Je suis désolée, murmura Padmé.

— Ça va mieux maintenant, précisa Huga. Ah… enfin.

— Je l'ai, annonça Cimy qui, se relevant, tendit le bracelet inutilisé à Padmé. Mais Huga l'a déjà dit, nous n'avons pas réussi à recoller les deux bouts.

— Ça ne m'étonne pas, répondit Padmé en examinant le bracelet à la lueur de son bâton lumineux.

Jaune vif, l'objet était simple, constitué de plastoïde peu épais, avec quelques fils à peine visibles qui dépassaient des extrémités.

— Il y a un circuit d'induction inséré dedans, poursuivit-elle. Si les bouts ne sont pas correctement alignés, ou si de la colle ou autre chose coupe le circuit, il ne donnera pas le bon écho quand on l'activera.

— Et si on le refermait avec un ruban adhésif, ou quelque chose de ce genre ? demanda Cimy.

— Du ruban adhésif ordinaire ne collera pas assez solidement à cette matière, expliqua Padmé. Et il faudrait vous assurer que les extrémités du circuit restent bien soudées.

— Alors qu'est-ce qu'on fait ? voulut savoir Huga.

Padmé pinça les lèvres. Sa solution était risquée, mais à cet instant aucune autre ne lui venait à l'esprit :

— Il y a des têtes d'enclume qui patrouillent dans cette aile, n'est-ce pas ?

— Quelques-unes, oui. Surtout vers le périmètre extérieur, pour nous empêcher de sortir.

— Et ils patrouillent par deux ou seuls ?

— Seuls, en général, précisa Huga.

— Ceux qui montent la garde devant les portes de l'aile est le font par paires, ajouta Cimy.

— Elle n'a pas parlé des gardes devant les portes, imbécile, l'admonesta Huga.

— Non, il faut que je sache pour ceux-là aussi, fit Padmé. Vous avez dit que vous travailliez par équipes. Celles-ci portent un nom, ou une désignation numérique ?

— Une désignation quoi ? répéta Cimy.

— Elle veut dire un numéro, intervint Huga. Oui, on appartient à l'équipe de maintenance Herf 2. Qu'est-ce que vous allez faire ?

— D'une pierre deux coups.

Padmé passa le bracelet rigide à son poignet gauche, sans chercher à le fermer, puis elle glissa son blaster S-5 dans l'une des poches latérales de sa robe et coinça l'ELG-3A plus compact dans le creux de ses reins, sous la ceinture, là où il serait difficile à repérer tout en restant facilement accessible.

— Allons trouver l'une de ces têtes d'enclume solitaires.

***

Anakin ouvrit la porte d'un mètre, puis la lâcha et retourna d'un bond dans la cellule en la laissant se refermer.

Le claquement fut moins bruyant que ce que le Jedi avait escompté. Mais cela devrait suffire. Et sinon, il lui faudrait simplement recommencer.

— Si vous espérez faire venir les gardes, n'oubliez pas que je ne peux pas faire grand-chose tant que je reste enfermé, le prévint Thrawn.

— Pas de souci. Restez tranquille et profitez du spectacle.

* * *

Le plan de Padmé prévoyait qu'avec la présence supposée d'un Jedi en liberté le Duc enverrait des patrouilles dans toute l'usine.

Mais Solha ne le fit pas. Alors qu'elle se dirigeait vers l'aile est avec ses deux compagnons, ils ne croisèrent personne. À en croire les apparences, le Duc aurait pu se barricader dans sa forteresse avec l'espoir que le Jedi finirait par abandonner la partie et s'en aller.

Cela n'impliquait pourtant pas qu'il ait laissé les abords de son refuge sans protection. Ils tournèrent le dernier coin et se retrouvèrent face à deux droïdes de combat B1 postés de chaque côté d'une porte d'aspect très solide, blasters E-5 au poing.

— Halte ! ordonna l'un d'eux dès l'apparition des trois humains. Où allez-vous ?

— On fait quoi ? chuchota Cimy à Padmé. Vous avez dit qu'on avait besoin que d'*une* tête d'enclume.

— Ne vous inquiétez pas, on va improviser, répondit-elle dans un souffle et, redressant les épaules, elle s'avança vers les droïdes. Équipe de maintenance Herf 2, déclara-t-elle. Nous avons reçu l'ordre de nettoyer quelque chose au rez-de-chaussée.

Les B1 échangèrent un regard.

— On ne nous a pas prévenus, dit celui qui avait déjà parlé. Qui vous a donné cet ordre ?

— Un des autres, répondit-elle sans cesser d'avancer. Je ne sais pas lequel : vous vous ressemblez tous.

— Où est votre bracelet ? demanda le second droïde.

— Ici.

Elle s'arrêta devant lui et retroussa la manche de sa robe pour dévoiler la bande de plastoïde passée à son poignet.

Le B1 pointa son blaster sur elle.

— Il n'est pas correctement fermé. Vous allez venir avec moi pour inspection.

— Et eux ? demanda-t-elle en désignant Huga et Cima de la main droite. Nous avons une tâche à accomplir, vous vous souvenez ?

— Ils vont attendre ici, décréta le premier droïde qui braqua son arme sur chacun d'eux alternativement. Je vais appeler un supérieur.

— D'accord, mais on nous a dit que c'était urgent, insista-t-elle.

Elle se remit à avancer tout en surveillant du coin de l'œil les deux B1. Le premier continua de tenir les deux hommes en respect avec son E-5 tout en déverrouillant la porte. Le second pivota vers elle pour suivre son déplacement du canon de son arme avec l'intention claire de la laisser passer devant lui avant de la suivre. Elle arriva directement entre les deux droïdes…

Puis s'immobilisa soudainement. L'espace d'un instant, le blaster du second B1 continua de pivoter et ne menaça plus son corps…

De son avant-bras gauche, elle repoussa le blaster pour l'écarter encore plus d'elle, saisit de l'autre main l'ELG glissé dans sa ceinture, planta le canon sous le long menton du droïde, à la jonction du cou et de la tête, et fit feu.

Son processeur vaporisé, le B1 s'affaissa. Padmé n'attendit pas qu'il s'écroule et pivota vivement vers son autre adversaire. Il tentait de ramener son propre blaster dans la bonne direction, mais avant qu'il y parvienne, elle l'abattit à son tour.

Dans le silence de l'étage, le bruit que firent les deux B1 en s'effondrant au sol se mua en fracas retentissant et couvrit presque le juron stupéfait de Huga.

— Ils sont morts ? demanda Cimy, l'air impressionné. Je ne savais pas qu'on pouvait faire ça.

— Il faut avoir un blaster assez puissant, répondit Padmé.

Elle s'accroupit auprès du second droïde. Son tir lui avait transpercé le crâne, laissant derrière lui un trou rouge et fumant.

— Venez me donner un coup de main.

— Vous avez besoin de quoi ? demanda Cimy en posant prudemment un genou à terre à côté d'elle.

— Prenez l'autre extrémité, indiqua-t-elle en saisissant une moitié de son bracelet. À deux centimètres du bout. Voilà. Et tenez-la fermement.

Avec le plus grand soin, elle rapprocha son extrémité de l'autre, en vérifiant que les fils du circuit d'induction étaient bien alignés. Ensuite, et en gardant les deux bouts joints, elle pressa le plastoïde contre le bord incandescent de l'impact de blaster.

— Que je sois damné, marmonna Huga en regardant par-dessus l'épaule de la jeune femme. Ça va marcher ?

— On va bientôt le savoir, répondit Padmé en humant la faible odeur de plastoïde brûlé qui montait dans l'air. On relâche doucement, Cimy… C'est bon.

Il écarta sa main, et elle leva le poignet devant ses yeux pour observer le résultat de plus près.

— Ça m'a l'air d'aller. Nous serons fixés une fois à l'intérieur.

— Holà, fit Huga. Comment ça, « *nous* serons fixés » ? Cimy et moi, on n'entre pas là-dedans !

Padmé se remit debout.

— Je croyais que vous alliez m'aider à faire sortir Anakin.

— On vous aide à entrer, rectifia Huga. Mais on n'y va pas sans autorisation. Pas après ça…, ajouta-t-il en remuant l'un des droïdes inertes de la pointe du pied.

Elle se tourna vers l'autre homme.

— Cimy ?

— Désolé. Je suis d'accord avec Huga pour le coup.

— Je comprends…

Padmé se sentait un peu coupable. Ce n'étaient que des gens normaux, qui s'efforçaient de vivre, et même de survivre, sous la férule des Séparatistes. Et maintenant, par sa faute, ils avaient mis leur vie et celle de leurs amis en danger.

— Où se trouvent exactement ces fameux Cachots ?

Cimy désigna la porte.

— De l'autre côté, vous prenez à gauche, longez un mur en permabéton et vous tomberez sur le portail d'accès à cinquante mètres sur votre droite.

— Merci, dit-elle. Un dernier service : vous pouvez aller voir LebJau pour lui expliquer où je suis allée ?

Huga renifla avec dédain.

— Pourquoi ? Parce qu'il croit toujours qu'il y aura une récompense ?

— De quoi parlez-vous ? J'ai fait une promesse.

— Ça, c'était quand vous aviez besoin que votre oncle sache où vous trouver. Mais il est ici, *maintenant*, avant d'avoir pu recevoir vos messages, et donc je suppose qu'il a très bien su vous retrouver tout seul. Mais vous allez peut-être me dire qu'il peut lire l'avenir et qu'il savait qu'il devait apporter de l'argent. Hein… c'est ce que vous allez me dire ?

Padmé soupira. Ils avaient risqué leur vie *et* étaient désormais convaincus qu'ils n'en tireraient aucun bénéfice.

— Prévenez juste LebJau. Et ne vous en faites pas : je vais le trouver, votre argent.

La porte gardée par les B1 s'était refermée à nouveau durant les deux dernières minutes. Mais comme l'avait suggéré LebJau, son bracelet nouvellement réparé la déverrouilla dès qu'elle s'en approcha. Après avoir glissé à nouveau l'ELG dans sa ceinture et sorti le S-5, plus puissant, elle poussa le battant et se faufila de l'autre côté.

*
* *

Un impact assourdi et lointain se fit entendre, un léger courant d'air filtra par les fentes de la ventilation, et Anakin perçut le tintement métallique des droïdes qui approchaient au pas de course.

Les gardes étaient là.

— Plus vite ! souffla le Jedi, assez fort pour que l'ennemi entende, mais assez doucement pour laisser croire qu'il s'adressait à Thrawn ou à un autre complice. Ils arrivent !

Il se prépara… et soudain ils apparurent : deux B1, blasters au poing, se précipitant pour voir ce qui avait pu produire le son qu'ils avaient perçu depuis l'extérieur. Ils atteignirent les portes des cellules…

… et se figèrent sur place, leur tête tournant d'un côté puis de l'autre, sans savoir quoi faire.

Et alors qu'ils se tenaient là, déconcertés, Anakin se projeta dans la Force pour repousser vigoureusement le droïde de tête à travers l'étroit passage, jusqu'à ce qu'il percute violemment le mur en permabéton. Le second B1 réussit presque à braquer son arme et à viser avant que le Jedi l'envoie rejoindre le premier et qu'il s'effondre lui aussi, pour ne plus bouger.

— Impressionnant, fit Thrawn.

— Merci, répondit Anakin.

Il ouvrit la porte de sa cellule et s'avança dans le couloir. L'un des E-5 avait été endommagé quand le droïde qui le tenait avait heurté le mur. Il ramassa l'autre arme et la pointa en direction de la porte d'entrée de la prison, plus loin. Si ce bref vacarme avait été entendu, ils pouvaient recevoir de la visite d'une seconde à l'autre.

Mais le passage demeurait désert, et la porte tout au bout s'était apparemment refermée d'elle-même derrière les droïdes. Cela ne durerait pas, il le savait, mais au moins cela leur offrait un petit répit bienvenu.

— On dirait que la voie est libre, dit-il en gardant un œil sur la porte tandis qu'il ôtait les goupilles qui verrouillaient la cellule de Thrawn.

— Merci, dit le Chiss. Ce qu'on raconte sur le compte des Jedi ne vous rend pas entièrement justice.

— On va faire en sorte de vous renvoyer chez vous avec autre chose à raconter sur nous, promit Anakin tandis que Thrawn poussait la porte et sortait de sa cellule. Bon, la priorité, c'est de récupérer mon sabre laser. Ensuite, nous jetterons un coup d'œil aux alentours pour déterminer ce que mijotent Solha et ses amis.

— Vous avez un plan pour retrouver votre arme ? demanda Thrawn tandis qu'ils se dirigeaient vers la porte.

— Pas vraiment. Ça dépendra probablement de la facilité avec laquelle on peut gagner le toit. Je l'ai laissé près d'un des projecteurs, donc aucun des droïdes *Vautour* n'a dû le remarquer.

— Espérons qu'il n'y ait pas de patrouille pédestre assignée à la surveillance du toit.

— À notre arrivée, je n'ai vu personne d'autre sur le toit.

— Il n'y avait pas encore de Jedi en liberté dans le complexe…

— Vous marquez un point, lui concéda Anakin en ouvrant la porte. Nous verrons bien.

La première chose qu'il vit fut le blaster braqué sur lui, à moins d'un mètre de distance. Et la seconde…

— Ani ! s'exclama Padmé, les yeux agrandis par la surprise et un sourire de soulagement lui étirant les lèvres. Tu n'as rien ?

— Je vais bien, répondit le Jedi en baissant son blaster.

Il avait été tellement concentré sur le problème de son sabre laser que l'approche de Padmé lui était totalement passée inaperçue.

— Et toi ?

— Ça va.

Dans une réaction spontanée, elle ouvrit les bras pour l'étreindre…

— Je te présente Thrawn, dit prestement Anakin en l'avertissant d'un petit geste de la main. Il est là pour m'aider à te retrouver. Oh, et il parle le meese caulf.

— Ah…, dit Padmé en baissant vivement les bras pour regarder par-dessus l'épaule d'Anakin. Merci, ajouta-t-elle en meese caulf.

— Tout le plaisir est pour moi, répondit le Chiss avec solennité. Vous êtes l'ambassadrice Padmé, de toute évidence. Est-ce bien un lance-grappin que je vois fixé à votre arme ?

Un peu surprise, elle baissa les yeux sur son blaster. Elle ignorait que le Chiss possédait un don d'observation particulièrement aiguisé.

— Oui. C'est un modèle qui combine le blaster classique et le pistolet ascensionnel.

— Alors la suite du plan est évidente, déclara-t-il. Vous et moi grimpons sur le toit afin de récupérer le sabre laser du général Skywalker. Quant à lui, il restera ici pour détourner l'attention de l'ennemi.

— Une minute, objecta le Jedi, sourcils froncés. *Vous* et Padmé ? Il ne serait pas plus logique que *je* monte là-haut chercher mon arme ?

— Nous ne serons pas en mesure de créer une diversion aussi efficace que la vôtre, argumenta Thrawn.

Soudain, une alarme se déclencha quelque part au loin.

— Aïe, voilà quelque chose qui va les réveiller, pour le coup, commenta Anakin.

Il n'aimait vraiment pas la perspective de laisser Padmé seule avec le Chiss.

Mais ce dernier avait raison. Grâce à la Force qui le rendait capable de projeter des objets et même de déclencher à distance le tir des blasters, Anakin pouvait faire croire aux Séparatistes qu'ils se trouvaient face à une armée entière. Même en coordonnant leurs efforts, Padmé et Thrawn n'arriveraient pas à créer la même illusion.

Et ce n'était pas comme si elle n'était pas apte à se débrouiller sans lui.

— Entendu, grogna-t-il à contrecœur. Si Padmé est d'accord.

— Aucun problème, affirma-t-elle en dévisageant le Chiss d'un regard pensif. On m'a dit qu'il y avait une grande chaîne d'assemblage étendue sur deux niveaux, au fond de l'entrée. L'escalier est juste derrière moi.

— Je vais vérifier, fit Anakin.

Il lui prit le bras et la détourna de la porte.

— Nous allons y aller ensemble, et ensuite tu pourras grimper sur le toit.

— Nous ferions mieux de passer par le trou qu'il y a à l'étage de service de l'aile sud, objecta-t-elle. Il y a deux trappes qui donnent sur le niveau inférieur depuis cette aile, que les gens du coin empruntent pour aller et venir en toute discrétion. Je ne pense pas que les droïdes soient au courant de l'existence de cette issue, donc nous pouvons sortir du bâtiment et aller chercher ton sabre laser en grimpant par l'extérieur. Il se trouve sur le toit de l'aile est, n'est-ce pas ?

— Oui. Juste à côté d'un des projecteurs.

Anakin avait du mal à se retenir de ne pas la prendre dans ses bras... Mais Thrawn était présent, et le Chiss soupçonnait déjà la nature véritable de leur relation.

Le Jedi ne savait pas trop pourquoi cela le chiffonnait. Le Chiss ne risquait pourtant pas de se rendre sur Coruscant pour le dire à tout le monde.

— On va te le rapporter, lui promit Padmé. On te retrouve au deuxième niveau de la chaîne d'assemblage ?

Anakin acquiesça. Il lui faisait confiance pour saisir tous les détails, ainsi que leur signification sur un plan tactique. L'étage supérieur d'une opération se déroulant sur deux niveaux lui offrirait la meilleure des vues d'ensemble, et lancer une attaque sur la chaîne d'assemblage elle-même représentait sa meilleure chance d'empêcher le Duc Solha de regarder ailleurs dans son petit royaume.

— Je vais faire une Marg Sabl à moi tout seul, lâcha-t-il.

— Bonne idée, approuva-t-elle. Sois prudent.

Elle eut un geste vers lui, qu'elle suspendit, comme si elle aussi mourait d'envie d'une étreinte. Puis elle tourna les talons et s'éloigna en hâte.

Avant que Thrawn la suive, Anakin lui saisit le bras.

— Assurez sa protection, dit-il à voix basse, et il lui confia l'E-5 du droïde.

— Je m'y engage, répondit le Chiss.

Puis ils disparurent.

Malgré le hululement persistant de l'alarme, le Jedi perçut des voix et le bruit de pas pressés. Il inspira à fond, s'obligea à remettre la vie et la sécurité de Padmé aux bons soins de la Force, et s'apprêta à combattre.

CHAPITRE 15

Padmé et Thrawn étaient repassés devant les deux droïdes abattus. Ils n'étaient plus qu'à mi-chemin de la trappe qu'elle visait lorsque LebJau apparut soudain au coin d'un couloir.

— Attention ! s'écria l'homme imposant en bondissant vers elle.

— Tout va bien, s'empressa-t-elle de dire en tendant la main devant lui et en redressant le canon de son blaster à la verticale.

La dernière chose qu'elle souhaitait était de voir s'affronter ses alliés, en particulier si elle se trouvait entre les deux.

— C'est un ami, ajouta-t-elle.

— Ce n'est pas l'impression qu'il me donne, grommela LebJau. Ni celle d'un oncle.

— C'est un ami d'oncle Anakin. Écoutez, j'ai une mission à vous confier. Cet endroit va devenir très malsain. J'ai besoin que vous alliez réveiller tout le monde pour les évacuer d'ici.

— Hein ? s'étrangla LebJau. Qu'est-ce que vous racontez ?

Il plissa les yeux et ajouta :

— Qu'est-ce que vous mijotez ?

— Je suis désolée, mais je crains que nous devions fermer cette usine. J'ai besoin que vous emmeniez tout le monde au fleuve…

— Non, la coupa-t-il en serrant les poings. C'est *notre* usine ! *Nos* emplois. *Notre* monde. Vous ne pouvez pas débarquer ici et… Bon sang, Padmé, ce n'est pas juste. Ce n'est pas *bien*.

— Laissez-moi vous expliquer la situation, intervint Thrawn. Votre usine va être détruite. Ce n'est pas négociable.

— Mais pour qui vous pre…

— Vous n'avez que deux options, reprit Thrawn, observer cette destruction de l'extérieur, ou la vivre de l'intérieur.

Un frisson parcourut l'échine de Padmé. Le ton adopté par le Chiss était resté mesuré, sans émotion ni emphase. Mais ses paroles contenaient une puissance et une conviction qu'elle avait rarement perçues, même dans les discours les plus enflammés du Sénat.

LebJau le sentit, lui aussi. Il déglutit, glissa un regard vers elle et finit par acquiescer à contrecœur.

— Très bien, dit-il d'une voix un peu chevrotante. Je voudrais juste… J'ai combien de temps devant moi ?

— Nous vous en donnerons autant que nous le pourrons, affirma le Chiss. Mais comprenez que nous ne maîtrisons pas totalement le compte à rebours.

— Faites vite, ajouta Padmé. Je vous en prie.

LebJau pinça brièvement les lèvres. Puis il hocha de nouveau la tête et s'éloigna rapidement.

— Où se trouve cette trappe dont vous avez parlé ? demanda Thrawn.

Avec un autre frisson, elle nota qu'il n'avait pas changé de ton.

— Par ici, répondit-elle en se remettant en route. Vous avez vraiment l'intention de détruire toute l'usine ?

— La décision vous revient, à vous et au général Skywalker. Il s'agit de votre guerre. De vos ennemis. Mais les ouvriers doivent se préparer au pire.

— Je suppose, oui…

Vue sous cet angle, la chose ne paraissait pas aussi dépourvue d'humanité.

Mais la façon de l'exposer continuait de la tracasser.

— C'est là, dit-elle en faisant halte devant la trappe.

Il s'accroupit pour examiner le système d'ouverture.

— C'est par là que vous êtes montée ? demanda-t-il.

— Non, j'ai emprunté celle située à l'autre extrémité de cette aile. Mais celle-ci est la plus proche. Pour peu qu'on arrive à l'ouvrir.

— Voyons cela.

Il posa son E-5 sur le sol, agrippa la trappe et tira vers le haut. Au grand soulagement de Padmé, le panneau s'ouvrit sans problème ni même un grincement.

— Celle-là a été utilisée il y a peu, estima-t-il en reprenant son arme et en scrutant l'ouverture. Vous avez une lampe ?

— Tenez, dit-elle en lui tendant son bâton lumineux.

Il ne fit aucun geste pour le prendre.

— Vous connaissez le chemin. Vous passez devant.

— D'accord, répliqua-t-elle en réprimant une grimace.

Elle saisit les premiers barreaux de l'échelle et entama la descente. Une fois encore, la décision était logique. Mais savoir qu'un inconnu armé la suivait n'atténuait pas vraiment la sensation de vulnérabilité, déjà intense, qui la tenaillait.

Néanmoins, Anakin s'était porté garant du Chiss. Et cela comptait beaucoup.

Là encore, l'étage de service semblait désert. Thrawn toujours derrière elle, Padmé progressa en direction de l'issue secrète de LebJau, et cette absence d'obstacle lui parut quelque peu étrange. Plus tôt, elle avait envisagé que le Duc Solha se soit barricadé quelque part avec sa chaîne d'assemblage principale. Si tel était le cas, elle risquait d'avoir envoyé Anakin droit au cœur d'une armée de droïdes. Seul, et sans même son sabre laser.

— Qu'est-ce qu'une Marg Sabl ?

Padmé chassa ses craintes d'un battement de cils.

— Quoi ?

— Le général Skywalker a dit qu'il serait une Marg Sabl à lui tout seul, lui rappela le Chiss. Qu'entendait-il par là ?

— Oh, ça, fit-elle en s'efforçant de se remémorer les détails.

Cela faisait bien longtemps qu'Anakin lui avait parlé de cette manœuvre inspirée par Ahsoka.

— C'est une tactique de combat inventée par son ancienne Apprentie Padawan, expliqua-t-elle. Un vaisseau de guerre oriente ses hangars hors de vue de l'ennemi et lance ses chasseurs sans que l'adversaire les voie. Tout en restant dissimulés par l'infrastructure du cuirassé, les appareils se mettent en formation et prennent de la vitesse. Ensuite, ils jaillissent des différents côtés de l'unité porteuse et attaquent l'ennemi de toutes les directions à la fois.

— Intéressant. Je conçois que cela puisse se révéler efficace contre certaines espèces. En particulier celles qui ont des difficultés à se concentrer sur plus d'une seule direction.

— Elle a très bien fonctionné contre les chasseurs droïdes qu'Ahsoka affrontait à l'époque. Anakin m'a expliqué qu'une marg sabl était une variété de fleur togruta dont les pétales s'épanouissent en forme de soleil chaque matin.

— Je vois. Donc la « Marg Sabl à lui tout seul » à laquelle il fait référence signifie qu'il surgira pour frapper dans toutes les directions à la fois ?

— Probablement.

L'inquiétude monta d'un cran chez Padmé. Une telle tactique menée par une seule personne semblait très risquée.

— Quand vous êtes arrivés, avez-vous remarqué si le toit était bordé d'un parapet qui permettrait qu'on y accroche un grappin ? s'enquit-elle.

— Non, il n'y en a pas. Sa surface est légèrement en creux et s'incline vers une rigole d'écoulement au centre. Il y a bien un rebord sur le pourtour, mais trop mince pour y arrimer solidement un grappin. Il nous faudra trouver une autre solution.

— Ne vous inquiétez pas, j'en ai une.

*
* *

Anakin avait espéré que le Duc Solha les garderait ensemble, Thrawn, R2-D2 et lui, pour l'interrogatoire précipité auquel il pensait avoir droit suite à la démonstration de sabre laser dans la cour. Mais voir l'astromécano séparé d'eux avait toujours été une possibilité et c'est pourquoi le Jedi avait également prévu le stratagème de la fuite d'huile.

Après avoir passé la porte du bloc de détention, il suivit cette piste le long d'un couloir plus large qui menait vers le nord en bordant le côté occidental de l'aile est…

… jusqu'à ce qu'elle disparaisse derrière une porte blindée et verrouillée, scellée dans un mur en permabéton.

Anakin examina l'obstacle d'un regard noir. Depuis qu'ils avaient quitté en hâte la cour, toutes les portes que Thrawn et lui avaient franchies étaient de simples battants munis d'un loquet datant probablement de l'installation d'origine de l'usine, sans aucun autre système de sécurité.

Apparemment, Solha ne se souciait pas que les résidents locaux mentionnés par Padmé puissent entrer et sortir de ces zones.

En ce qui concernait la salle principale d'assemblage, c'était une autre affaire. Un instant, Anakin songea à revenir jusqu'à l'escalier que Padmé lui avait indiqué pour voir si la sécurité y était plus facile à contourner. Mais à moins que Solha soit incroyablement stupide, ce passage devait être aussi bien protégé.

Malgré tout, ils devaient tout de même avoir besoin de faire entrer des ouvriers, de temps à autre, et bien sûr les gardes droïdes devaient pouvoir eux aussi emprunter ce passage. Et il n'était pas impensable que dans un lieu aussi reculé, auprès d'une main-d'œuvre primitive n'ayant peut-être jamais entendu parler des Séparatistes, la commodité puisse passer avant la sécurité.

Anakin l'avait appris depuis longtemps : les droïdes de combat étaient plus lourds qu'on ne le pensait. Cette particularité s'était révélée utile, par exemple, lorsque ses soldats clones ou lui-même avaient eu besoin d'immobiliser un prisonnier de façon provisoire et ne disposaient pas d'entraves : deux B1 allongés en travers des bras et des jambes du captif faisaient très bien l'affaire.

Ce poids ne représentait aucun problème pour un Jedi, bien sûr. Recourant à la Force, Anakin récupéra l'un des droïdes qu'il avait neutralisés dans le bloc de détention et le fit flotter dans l'escalier jusqu'à l'étage supérieur. Croisant mentalement les doigts, il plaça le torse du droïde face à la porte. Ce dernier se trouvait à un mètre du panneau quand Anakin perçut le déclic de la serrure qui se déverrouillait.

Avec un mince sourire, il ouvrit la porte et fit flotter le droïde à l'intérieur. La commodité avant la sécurité… Et il n'allait pas commettre la même erreur que Solha. Il referma la porte derrière lui et la cala avec le B1 dont le transpondeur resterait assez proche pour garder le panneau déverrouillé quand Padmé et Thrawn reviendraient. Mais l'ouverture de la porte et le vacarme que ferait le droïde en basculant devraient provoquer assez de bruit pour le prévenir.

L'accès donnait sur une petite entrée au bout de laquelle se dressait un échafaudage. Ramassé sur lui-même, sa main tendue par réflexe vers le sabre laser qui n'était pas là, il s'approcha de l'échafaudage et regarda en contrebas.

La 501e et lui avaient attaqué quantité de chaînes de montage de droïdes au cours des années et la plupart du temps, elles suivaient une configuration standard. Mais pas celle-là. Cette chaîne créait une version des super droïdes de combat B2 – c'était évident d'après les moules et les tapis roulants, sans parler des huit exemplaires terminés, alignés contre le mur du fond. Toutefois, à la différence des autres usines de droïdes, les composants blindés n'étaient pas produits par des forges à injection, mais disposés sur deux tapis séparés, et on n'apercevait que des moules en plastoïde basse température. Entre les tapis roulants se trouvaient des baquets contenant du métal, des boulettes de plastoïde et quelque chose qui semblait vaguement fibreux. Certainement le matériau que Thrawn et lui avaient aperçu dans la cour, et dont la nature exacte lui échappait toujours. Le processus d'assemblage s'écartait également beaucoup de la norme, avec l'emploi d'un procédé de collage ou de catalyse pour associer les pièces en lieu et place des chalumeaux habituels. Des piliers de soutènement s'élevant tous les dix mètres couraient au centre de la salle, et il se demanda un instant si des surprises désagréables n'étaient pas tapies derrière eux.

Les seules personnes présentes – trois hommes et deux femmes – travaillaient fiévreusement à une grande table de contrôle, au centre de l'atelier. Un B2 se tenait immobile derrière eux, un câble épais reliant la console au port d'accès de programmation situé sous le bras gauche du droïde. Trois autres B2 montaient la garde un peu en retrait, mais il était difficile de déterminer s'ils étaient là pour protéger les techniciens ou les empêcher de s'en aller.

R2-D2 se trouvait de l'autre côté de la table, et l'espace d'un instant Anakin se demanda si les techniciens travaillaient aussi sur lui. Mais à y regarder de plus près, aucun câble ne connectait le petit astromécano au reste de l'installation. Apparemment, les techniciens essayaient de charger des programmes spécifiques dans le cerveau du B2, et R2-D2 avait simplement été placé là pour ne gêner personne.

Anakin fronça les sourcils. En temps normal, la programmation faisait partie intégrante du processus d'assemblage : chaque nouvel exemplaire sortait de la chaîne parfaitement fonctionnel et prêt au combat. Il semblait donc que cette série soit produite sans programmation spécifique d'origine, laquelle était ajoutée par la suite.

Une décision que Solha regrettait, manifestement. Tous les B1 qu'Anakin avait vus dans la cour – à l'exception de ceux qu'il avait taillés en pièces – semblaient être là, aux côtés de sept énormes B2 en plus des trois de la table de contrôle. Solha s'était caché quelque part à l'abri, et le fait qu'il ait donné pour tâche à ses techniciens d'activer les nouveaux droïdes non programmés prouvait qu'il ne se sentait pas en sécurité.

D'un autre côté, si le Duc avait pris peur, pourquoi n'était-il pas présent ici même pour bénéficier de la protection des droïdes ? À côté de cela, plus le Jedi étudiait les B2, plus il avait l'impression que ceux qui ne se trouvaient pas près de la table avaient été déployés principalement pour défendre les baquets de matière fibreuse, près des moules d'armures.

Thrawn avait souligné la présence du véhicule minier dans la cour et suggéré que son chargement était important. Mais sur le moment, Anakin avait été trop occupé à chorégraphier son spectacle de Jedi invisible pour lui accorder beaucoup d'attention.

À l'autre bout de la salle, la porte blindée s'ouvrit…

Il sentit sa mâchoire se décrocher. Pénétrant dans la pièce comme s'il était le propriétaire des lieux, armé d'un blaster au poing et escorté par deux B2, apparut un soldat clone.

La première pensée d'Anakin, aussi folle soit-elle, fut qu'il souffrait d'hallucination. La seconde, que c'était une coïncidence délirante et que, d'une façon inexplicable, ce monde lointain avait réussi à se procurer une armure imitant celle des soldats de la République.

Aucune des deux hypothèses n'était juste. L'individu qui marchait à grands pas en contrebas portait une authentique tenue de soldat clone. De plus, le marquage de son armure indiquait qu'il appartenait à la 212e, l'unité d'Obi-Wan Kenobi.

Ce qui faisait de lui… Quoi donc ? Un clone loyal qui s'était retrouvé, malgré lui, mêlé à la situation actuelle ? Un clone ayant trahi, et qui s'était délibérément mis au service de Solha et des Séparatistes ? Ou n'était-ce qu'un leurre, dont l'unique objectif était précisément de susciter la confusion et l'incertitude qu'Anakin ressentait à l'instant ?

Le soldat s'approcha de la table de programmation. Il rengaina son blaster et ôta son casque.

Ce n'était pas un clone, loyal ou traître. C'était le Duc.

Le Jedi relâcha son souffle. Au moins, cela répondait à la question de l'absence de Solha. Il s'était manifestement absenté pour dénicher une protection supplémentaire.

Où il avait pu se procurer une armure de soldat clone, voilà qui suscitait toute une autre série de questions. Mais, pour le moment, Anakin n'avait pas le temps de se demander comment le Duc disposait de telles ressources.

Alors même que Solha posait son casque sur le bord de la console, la porte s'ouvrit une nouvelle fois et deux autres silhouettes en armure de clones entrèrent dans la salle. Celles-là précédaient un groupe de B1 transportant des baquets emplis du même matériau fibreux. Deux B2 fermaient la marche.

Les deux soldats retirèrent leurs casques tandis que la porte se refermait derrière eux, révélant l'homme et la femme qu'Anakin avait vus dans la cour. De leur côté, les B1 se dirigèrent vers le tapis roulant des armures et les autres bacs, suivis des B2 destinés à renforcer la sécurité des lieux. Solha s'écarta de la table et alla à la rencontre des deux autres Sérenniens. Le trio s'immobilisa et entama une conversation à mi-voix mais visiblement intense.

Anakin fit la moue. Tout cela commençait à se révéler beaucoup plus compliqué qu'il l'avait prévu.

Toutefois, démêler la situation pouvait attendre que Padmé soit revenue saine et sauve auprès de lui. Et la meilleure manière d'assurer sa sécurité était de veiller à ce que Solha et ses droïdes soient occupés ici.

Se projetant dans la Force, il se concentra sur l'un des B1 près de la porte. Un léger déplacement du canon de son blaster, une petite pression sur la détente…

La déflagration résonna à travers toute l'usine quand la décharge toucha de plein fouet l'un des B2 qui gardaient les baquets.

Le coup était superficiel, et la cible tressaillit à peine sous l'impact. Mais alors que le B1 lâchait un couinement d'incompréhension, les réflexes programmés du super droïde de combat s'enclenchèrent : il pivota et braqua le double canon laser de son poignet droit vers la source de l'attaque.

Par chance pour le B1, Solha fut plus rapide :

— Stop ! s'écria-t-il en interrompant sa discussion pour dégainer sa propre arme.

Anakin envisagea un instant lui arracher le blaster des mains, puis estima plus judicieux de laisser se prolonger ce moment de confusion.

Malheureusement, le Duc comprit aussitôt la manœuvre. Il tourna lentement sur lui-même, le regard aux aguets.

— C'est le Jedi ! lança-t-il. Il est ici, quelque part, et il cherche à déclencher une fusillade entre vous. Déployez-vous et trouvez-le.

C'était là – Anakin le savait – que les choses allaient commencer à être amusantes.

Première étape : accentuer la confusion ambiante. Il tendit son esprit vers les interrupteurs à l'autre bout de la salle et coupa l'éclairage.

*
* *

Quatre des dix lunes de Mokivj étaient hautes dans le ciel nocturne lorsque Padmé franchit en premier la porte dérobée. C'étaient des satellites de taille modeste, plus petits que n'importe lequel des trois de Naboo, mais même avec l'atténuation due au bouclier d'énergie leur éclat suffisait à éclairer le mur extérieur de l'aile sud dressé devant eux.

— Quel est votre plan ? s'enquit Thrawn en la rejoignant.

— Dans l'aile ouest, les fenêtres étaient recouvertes d'un filet de protection en métal, lui dit-elle en retirant une sangle de son sac à dos pour en sortir sa monolunette. Celles-ci aussi, confirma-t-elle après avoir regardé à travers l'instrument. Le maillage est assez large pour que le grappin s'y accroche, et il devrait tenir sous nos poids combinés. On lance le grappin, il se coince et le moteur intégré nous hisse jusqu'en haut.

— Combien de grappins avez-vous ?

— Trois, mais un seul suffira, dit-elle en rangeant sa monolunette. Le cylindre de vision télescopique peut pivoter de quatre-vingt-dix degrés et se bloquer dans cette position ; il est renforcé pour servir de seconde poignée. Vous vous accrochez à celle-ci, moi à la principale, et on grimpe ensemble.

— Une fois au bout du filin, comment proposez-vous que nous atteignions le toit ?

Padmé étudia de nouveau le mur. La question n'était pas sans pertinence. La partie supérieure de la fenêtre la plus haute culminait à un bon mètre sous la ligne du toit, et elle ne distinguait aucun relief de façade sur lequel prendre appui.

— Je crois qu'un de nous deux devra se dresser sur les épaules de l'autre pour agripper le bord du toit.

— Une manœuvre délicate, avertit Thrawn. Je doute que vous puissiez supporter mon poids, et les muscles de mes épaules et de ma poitrine ont été quelque peu fragilisés.

— Par ?

— Des tirs ennemis. Je suggérerais plutôt que vous accrochiez deux grappins à deux fenêtres voisines. Si votre enrouleur est assez solide, les filins formeront un V que l'un de nous pourra utiliser comme prise pour atteindre le toit.

Padmé estima les distances du regard.

— Oui, ça devrait marcher…

Son sac à dos pendait toujours à une seule de ses épaules. Elle allait enfiler l'autre sangle quand il le lui subtilisa d'un geste vif.

— Je m'en charge, dit-il.

— Ça reste avec moi, protesta-t-elle en essayant de le lui reprendre, mais il s'éloigna pour l'endosser. *Thrawn…*

— J'ai besoin de ces sangles.

Il coinça alors l'E-5 qu'Anakin lui avait donné entre les courroies. Elle remarqua la grimace qu'il réprima quand le blaster glissa contre sa poitrine.

— Vos armes sont plus petites et peuvent être rangées en sécurité sans que vous vous serviez de vos mains, expliqua-t-il. Pas la mienne.

Elle lui décocha un regard noir. Mais cette fois encore, il avançait des arguments valables.

— D'accord. Mais je le récupère une fois là-haut.

— Entendu, dit-il en désignant le mur. Après vous, ambassadrice.

Padmé n'avait jamais tenté d'utiliser simultanément deux filins et deux grappins distincts avec son pistolet ascensionnel. Mais elle se rappelait que le manuel affirmait la chose possible, et l'opération se déroula sans grande difficulté. L'étape suivante, consistant à gravir le dernier mètre pour atteindre le toit, se révéla un peu plus périlleuse. Mais Thrawn donna l'impression d'avoir déjà effectué une prouesse comparable. Tandis qu'elle était suspendue au pistolet, il utilisa les filins pour se hisser jusqu'à leur intersection puis, sans cesser de se tenir d'une main à l'une des deux lignes, tâtonna de l'autre l'étroit rebord du toit, à la recherche d'une prise. Une fois en haut, il posa de côté le blaster et le sac à dos, puis s'allongea au bord du toit d'où il tira le filin jusqu'à ce que l'arme soit à sa portée. Ensuite il lui suffit de saisir le poignet de Padmé, de la hisser progressivement à son niveau pour qu'elle puisse atteindre le toit de son autre main, puis de récupérer le S-5 et les grappins. Un moment plus tard, Thrawn ouvrait la voie arme au poing à travers le toit baigné par la clarté lunaire et Padmé le suivait non sans avoir récupéré son sac à dos et repassé son S-5 en mode blaster.

La jeune femme s'était préparée à ce que ce soit la partie la plus dangereuse de leur expédition. Même si le Duc Solha n'avait envoyé aucun de ses B1 jusqu'ici, les droïdes *Vautour* devaient certainement surveiller l'usine de près. Pourtant Thrawn et elle atteignirent le bord oriental de l'aile sud et poursuivirent sur l'aile est sans avoir aperçu un seul vaisseau.

Le Chiss paraissait trouver cela curieux, lui aussi. Six pas devant elle, il marmonna quelque chose dans une langue inconnue, comme pour tenter de réfléchir à voix haute.

Ils finirent par rejoindre la rangée de projecteurs. Padmé leva les yeux et scruta rapidement le ciel. Tôt ou tard, au moins *un* des *Vautours* allait forcément se manifester.

— Attendez une minute, dit-elle en fronçant les sourcils, son attention attirée par quelque chose.

Au loin, à l'est, une petite sphère d'un blanc brillant tombait lentement vers le sol. Elle la désigna du doigt.

— Thrawn… Là-bas.

Elle regarda autour d'elle à nouveau…

… et se tendit, les yeux fixés sur l'horizon. Partout autour d'eux, à plusieurs kilomètres de distance, d'autres globes luisants chutaient vers le sol. Trois… Cinq… Dix… *Vingt*…

— Thrawn !

Brusquement, deux des sphères directement en face d'elle s'embrasèrent d'une lumière verte éblouissante. Elles scintillèrent brièvement, puis disparurent.

Mais pas avant que leur lumière résiduelle ait dessiné le contour des silhouettes sombres qui fonçaient entre elles.

Les droïdes *Vautour* avaient fini par entrer dans la danse.

— Ne vous inquiétez pas, la rassura le Chiss alors que les droïdes *Vautour* faisaient demi-tour pour prendre un autre globe pour cible.

Elle tourna la tête vers lui. Il s'était accroupi à côté d'un projecteur et avait le sabre laser d'Anakin dans la main. Il lui fit signe d'approcher.

— Venez !

Deux autres sphères furent détruites avant qu'elle le rejoigne.

— Qu'est-ce que c'est ? demanda-t-elle.

— Des leurres. Donnez-moi le pistolet ascensionnel.

— Des leurres ? Lancés par qui ?

Elle frémit quand les *Vautours* anéantirent trois globes de plus. Mais il en restait encore plus d'une quinzaine, qui dérivaient dans le ciel.

— Mon vaisseau, dit-il en lui prenant le pistolet ascensionnel. Vous le voyez ?

Padmé scruta l'horizon, prêtant particulièrement attention aux zones sombres où aucune des sphères ne chutait. La doctrine militaire conventionnelle recommandait de disperser des leurres là où vous souhaitiez que l'ennemi regarde.

Mais elle ne voyait rien.

— Où ça ?

— Pas là-bas, répondit-il en arrimant les crochets du grappin aux montants du projecteur et en ajustant la crosse du pistolet ascensionnel dans sa main. Là-haut.

Levant les yeux, elle finit par discerner une forme sombre, visible uniquement parce qu'elle bloquait l'éclat discret des étoiles, qui descendait droit vers eux.

— Qu'est-ce que…

Mais Thrawn n'était déjà plus là. Il avait basculé à la renverse et tombait en rappel le long du mur en direction de la cour.

Et il avait emporté le sabre laser avec lui.

Dans un exercice de rappel exécuté par deux personnes et un filin unique, le manuel militaire de Naboo conseillait au premier arrivé au sol de remettre le pistolet en mode « enrouleur » afin de le renvoyer au coéquipier encore en haut. Mais Padmé n'avait nullement l'intention d'attendre aussi longtemps. Elle retira son sac à dos, noua les sangles autour du filin en guise de rembourrage de fortune, s'accrocha des deux mains et se lança dans le vide.

Thrawn semblait encore plus pressé qu'elle. Le temps qu'elle touche le sol, il avait déjà traversé la moitié de la cour.

— Attendez ! lui lança-t-elle avant de ramasser le S-5 où il l'avait laissé et de sectionner le filin. Vous croyez aller où, comme ça ?

Une seconde plus tard, elle eut sa réponse. Il fit halte à côté du générateur de bouclier, étudia un moment le sabre laser…

… et fit jaillir la lame d'un bleu étincelant.

Padmé se figea et braqua son blaster sur le Chiss, croyant qu'il s'apprêtait à retourner le sabre contre elle. Elle en était encore à se demander où il avait appris à manier une telle arme que Thrawn plantait la lame dans le sol à gauche du générateur. Il fit un pas de côté et répéta son geste sur la droite de l'appareil.

Padmé plissa le nez. Bien sûr. Le vaisseau du Chiss venait le récupérer, et le bouclier de l'usine l'empêchait d'approcher. Il se servait donc du sabre laser d'Anakin pour trancher les câbles d'alimentation du générateur. Au-dessus d'elle, le ciel nocturne devint subitement plus lumineux lorsque le bouclier s'évanouit.

Mais elle fut surprise de voir Thrawn s'accroupir pour porter un autre coup, horizontal celui-là, et entailler le socle en permabéton sous l'appareil.

— Il est déjà hors-service, s'étonna-t-elle.

— Je sais.

Il acheva la découpe, considéra le ciel au-dessus d'eux, puis désactiva le sabre laser et s'approcha de Padmé.

— L'arme du général Skywalker, dit-il en la lui tendant de la main droite, et votre système comm, ajouta-t-il, l'appareil dans la main gauche.

Elle contempla le sabre laser et le comlink. Ainsi donc il ne soliloquait pas à voix basse sur le toit. Elle se demandait justement comment son vaisseau avait pu savoir que le moment était venu de le récupérer.

— Qu'est-ce que vous faites ? murmura-t-elle, sans faire un geste pour prendre aucun des deux objets.

— On m'a confié une mission, ambassadrice Padmé. Nous avions observé cette usine de loin et repéré le générateur de bouclier qui protégeait ce bâtiment. Nous ne possédons rien qui dispose d'une puissance comparable sous une forme aussi compacte. J'ai reçu pour ordre de m'en emparer et de le rapporter chez nous.

— Anakin a dit que vous étiez là pour l'aider à me retrouver.

— Nous avions observé la venue de votre amie sur Batuu, mais n'avions pas pu déterminer ce qui lui était arrivé. Alors que je surveillais la planète, le général Skywalker est arrivé. Il m'a semblé que nous pouvions nous aider mutuellement à effectuer nos missions respectives.

— Savait-il que c'était *ça*, votre mission véritable ? voulut savoir Padmé, l'estomac noué par la sensation, trop familière, d'avoir été trahie.

— Non, fit le Chiss avant de soulever un peu plus haut le sabre laser. Il va avoir besoin de cette arme. Et de vous.

— Donc vous partez, juste comme ça ? s'offusqua-t-elle. Le Duc Solha prépare quelque chose ici, quelque chose de terrible. Vous n'allez pas nous aider à découvrir ce dont il s'agit ?

— On m'a confié une mission.

— Nous avons besoin de vous !

Elle s'étonnait presque de batailler ainsi sur ce point, consciente qu'il était souvent préférable de n'avoir aucun allié plutôt qu'un allié réticent. Et pourtant, elle se refusait à baisser les bras.

— Est-ce ainsi qu'on se comporte, chez vous ? poursuivit-elle. Suivre le mouvement jusqu'à ce que vous ayez obtenu ce que vous vouliez, puis abandonner les autres à leur sort ?

— Est-ce ainsi que votre République procède ? rétorqua Thrawn.

— Il n'est pas question de politique, mais d'individus. De personnes. D'honneur.

— La politique est faite par des individus, lui fit-il remarquer. Les Séparatistes ont souhaité quitter la République. Pourquoi ne pas leur avoir permis de le faire, tout simplement ?

— Parce qu'ils nous ont attaqués ! Ce sont eux qui ont commencé la guerre, dit Padmé avant de repousser la question d'un revers de main. Mais le sujet n'est pas là.

— Peut-être que si. Nous avons besoin de vous comprendre. Nous avons besoin de savoir ce qui vous motive.

— Pour le moment, ce qui me motive, c'est de savoir que mon... ami... Anakin risque la mort si je ne lui porte pas secours. Et je ne peux pas le faire seule, Thrawn. J'ai besoin de votre aide.

— Ma mission passe avant le reste. Mon peuple passe avant le reste.

Pendant un long moment, elle plongea son regard dans celui, rougeoyant, du Chiss. Mais elle n'y décela aucune émotion : nul regret, nulle honte, nul triomphe. Elle avait face à elle un simple soldat qui obéissait aux ordres, sans satisfaction ni état d'âme.

Il aurait aussi bien pu être un droïde de combat.

— Je lui transmettrai vos adieux, fit-elle sèchement.

D'un geste vif, elle récupéra son comlink et le sabre laser d'Anakin, puis tourna les talons.

— La porte à l'extrémité sud est plus proche de l'endroit où il sera, lui lança Thrawn alors qu'elle courait vers l'aile est.

Padmé ne répondit pas.

Peut-être qu'elle avait raison. Peut-être qu'Anakin et elle ne pouvaient pas s'en sortir seuls.

Mais ils allaient devoir essayer.

CHAPITRE 16

— Là, dit Faro en désignant un point à travers la baie d'observation principale du *Chimaera*. Cette lune, juste là.

— Je la vois, déclara Thrawn calmement.

Calmement, mais Faro sentit la gravité qui imprégnait cette réponse.

Derrière eux un pas lourd se fit entendre.

— Nous sommes arrivés ? demanda le Seigneur Vador.

— Oui, monseigneur, répondit Thrawn. Sommes-nous arrivés à temps ?

Vador fit halte à côté du Chiss, et sa longue cape retomba lentement autour de ses épaules. Pendant un moment, il regarda par la baie en silence.

Du moins, c'est ce que Faro supposait qu'il faisait. De ce qu'elle pouvait décrypter en observant ce masque, il pouvait tout aussi bien s'être assoupi.

Elle s'infligea une petite gifle mentale. *Arrête ça.* On racontait que le Seigneur Noir était capable de lire dans les esprits, et elle ne souhaitait surtout pas qu'il capte cette pensée.

Vador changea de position.

— Oui, lâcha-t-il, ils sont là.

— Excellent, murmura Thrawn. J'avais espéré que les Grysks s'y sentiraient suffisamment à l'abri. Pouvez-vous déterminer avec précision où ils se trouvent ?

— Pas à cette distance. Il va falloir nous rapprocher.

— Commodore ? questionna Thrawn.

— Vitesse stable, amiral. Voulez-vous qu'on enclenche les propulseurs ?

Le Chiss contempla la planète lointaine.

— Pas tout de suite. Réduisons encore un peu la distance avant de signaler notre présence.

— Ces vaisseaux, dit Vador en levant une main gantée pour désigner un point à travers la baie d'observation, que font-ils ?

— Ce qu'ils ont déjà fait à quatre reprises au moins : ils déplacent l'une des lunes.

Vador resta silencieux un moment.

— Ça n'a aucun sens, déclara-t-il finalement.

— Au contraire, monseigneur, c'est parfaitement sensé, rectifia Thrawn d'un ton sinistre. Nous avons déjà compris que leur objectif était de rendre impossibles les voyages rapides et faciles en hyperespace dans cette région. Les projecteurs de puits gravitationnel sont performants, mais coûteux, avec un rayon d'action et une durée de vie limités. À long terme, il est beaucoup plus efficace de déplacer des masses telles que des lunes ou des planètes au milieu des hypervoies, là où elles continueront de perturber les voyages pendant des dizaines, voire des centaines d'années.

— Comment s'y prennent-ils ? voulut savoir Vador. Quelle technologie emploient-ils ?

Pour une fois, le Seigneur Noir lui-même paraissait impressionné. Faro songea que cela ne devait pas arriver très souvent.

— Je ne sais pas, avoua Thrawn.

Vador émit un grondement de gorge.

— Quelle qu'elle soit, je suis sûr qu'elle sera anéantie par le feu des turbolasers.

— C'est également mon avis, approuva l'amiral. Mais pas encore.

Intérieurement, Faro sourit. Bien sûr, pas encore. Pour le Chiss, rien n'avait plus de valeur que la collecte de renseignements et de connaissances. Il se refusera absolument à attaquer tant qu'il n'aura pas imaginé un moyen d'infiltrer une équipe dans le réseau de vaisseaux entourant la lune, afin de découvrir les secrets des Grysks.

— Commandant Hammerly ? appela Thrawn.

— Pas encore, amiral, répondit l'officier des senseurs depuis son poste dans la fosse.

— Qu'est-ce que nous attendons ? voulut savoir Vador.

Faro se retint pour ne pas lever les yeux au ciel. Ils attendaient que Thrawn ait établi son plan d'infiltration, bien entendu.

— La lune qu'ils déplacent met toujours en danger la planète, expliqua le Chiss. Nous devons attendre qu'ils lui aient conféré sa vitesse de libération.

Faro fronça les sourcils. Mettre en danger Mokivj… mais cela serait certainement sans importance si Thrawn se contentait de s'introduire au sein de la flotte ennemie. Pensait-il vraiment à…

— C'est bon, amiral, confirma Hammerly. Vitesse de libération atteinte. La lune ne peut plus percuter la surface.

— Préparez-vous à l'attaque, ordonna l'amiral. Commodore, mon vaisseau est-il prêt ?

— Il l'est, répondit-elle, prise d'une légère sensation de vertige.

Quand il lui avait donné pour consigne de préparer le *Chimaera* au combat, elle avait cru que ce n'était qu'une solution d'urgence, au cas où son véritable plan ne se déroulait pas comme prévu.

Cela signifiait-il que son véritable plan se résumait à foncer dans le tas et à détruire les forces grysks ?

— Activez tous les systèmes, ordonna Thrawn.

— Activation de tous les systèmes, amiral, répondit-elle en écho.

Elle consulta le panneau de contrôle général. Les voyants passaient rapidement de l'orange au vert, à mesure que se rallumaient les systèmes restés en veilleuse pendant que le *Chimaera* glissait, invisible, vers la planète.

— Paré au combat dans vingt secondes.

Il la remercia d'un hochement de tête.

— Seigneur Vador, j'aurai besoin de savoir dès que possible à bord de quels vaisseaux se trouvent les prisonniers.

Les vingt secondes s'étaient écoulées, le *Chimaera* avait activé ses propulseurs et se dirigeait vers la lointaine flotte grysk quand Vador répondit enfin :

— Un petit nombre se trouve à bord de l'un de ces bâtiments. Deux, peut-être trois. Les autres sont au sol, sur la planète.

— Compris, dit Thrawn. Commodore Faro, vous allez déclencher une attaque contre les forces grysks. Seigneur Vador, je requiers une faveur : l'*Épervier noir* et un détachement des stormtroopers de la Première Légion pour m'accompagner à la surface.

— Et qu'en est-il de vos devoirs envers le *Chimaera* ? répliqua Vador.

— La commodore Faro est tout à fait capable de diriger l'assaut. Commodore, la riposte de l'ennemi consistera très probablement en des contre-attaques multiples, lancées depuis…

— Ces directives adressées à la commodore sont inutiles, amiral, l'interrompit Vador. Vous allez rester à bord du *Chimaera* et mener l'attaque.

— Monseigneur…

— C'est *moi* qui conduirai la Première Légion sur Mokivj. Chargez-vous des vaisseaux, amiral. Je me charge de la planète.

Thrawn resta muet quelques secondes, avant d'incliner la tête.

— Très bien, monseigneur. Préparez vos stormtroopers. Nous engageons la bataille.

*
* *

Vador l'avait déjà remarqué : il existait une forme étrange de symétrie dans la Force, un équilibre qui se manifestait souvent par des schémas, des résonances et de curieuses retrouvailles. Des personnes séparées depuis longtemps se retrouvaient de façon inopinée ; des événements importants trouvaient une résonance dans de nouveaux événements ; des endroits déjà visités par le passé vous attiraient de nouveau à eux, pour créer de nouvelles expériences, fussent-elles bonnes ou mauvaises.

Mokivj.

Le lit asséché du cours d'eau décrit par Padmé au Jedi se trouvait toujours là, en accord avec les données récentes que Vador avait extirpées aux prisonniers grysks. Il le longea sans se soucier des airspeeders qui filaient au-dessus de sa tête et échangeaient des tirs avec ses stormtroopers. Manifestement, les airspeeders ne s'étaient pas attendus à ce genre d'attaque : en général, ils perdaient l'affrontement, prenaient feu et allaient s'écraser un peu plus loin, hors de vue.

Vador y prêtait à peine attention. Il était entièrement concentré sur les sensations qui se rapprochaient peu à peu : le tourbillon des pensées et des émotions, le mélange d'espoirs et de craintes, le tout se propageant dans l'espace à travers la sensibilité à la Force des prisonniers.

Au milieu de tout cela se mêlaient les souvenirs du Jedi… et la colère ardente que ressentait Vador de ne pas avoir reconnu dès le début la vraie nature de la perturbation ressentie par l'Empereur.

Vador ne l'avait pas vu avant. Mais LE Jedi, si. Certes, cela faisait bien longtemps ; mais il l'avait déjà vu.

L'entrée secrète de l'usine était étroite et exiguë. Sans même ralentir, Vador découpa une large ouverture à l'aide de son sabre laser et la franchit à grands pas. Deux de ses stormtroopers – le commandant Kimmund et le sergent Viq – se glissèrent devant lui tandis que les stormtroopers investissaient l'étage de service, les deux hommes prenant la position d'avant-garde devant Vador et le reste de l'escouade.

Ils ne rencontrèrent aucun système de défense ou d'obstacles quelconques. Non que Vador se soit attendu à en trouver. Les Séparatistes que LE Jedi avait affrontés avaient scellé l'aile est pour prévenir toute intrusion venant de cette direction, et les Grysks avaient indubitablement renforcé la sécurité de cette protection quand ils s'étaient installés.

Que l'ennemi *soit* dans l'aile est était indiscutable. Vador pouvait déceler les esprits chiss, à présent droit devant lui.

La même sensation que LE Jedi avait éprouvée à bord du vaisseau de Thrawn, lors de cette première rencontre au-dessus de Batuu.

Il s'agissait de la pilote chiss de Thrawn, à l'époque. Des Chiss donc, mais pas uniquement. Cela était clair à présent. Ces Chiss-là étaient sensibles à la Force, et savaient sans aucun doute s'en servir.

Était-ce sur ce sujet que l'amiral et l'Empereur se montraient aussi secrets lors de leurs discussions privées ? Y avait-il des Jedi chiss dans les Régions Inconnues ? Et si oui, constituaient-ils l'une des menaces contre lesquelles

Thrawn avait mis en garde l'Empereur lors de leur première rencontre, une menace dont ils discutaient ensemble ? La guerre contre les Jedi, qui avait été si longue et si douloureuse à remporter, était-elle sur le point de renaître ?

Ou se pouvait-il que ces Chiss sensibles à la Force soient des Sith ?

Ce serait encore plus désastreux. La Règle des Deux était la seule chose qui avait sauvé les Sith de la République d'une guerre interne qui les aurait menés à une autodestruction totale. Un écho de cette même guerre larvée résonnait-il actuellement dans les mondes chiss ?

Vador fronça les sourcils lorsqu'une prise de conscience vint interrompre le cours de ses pensées : un peu plus tôt, alors que l'*Épervier noir* se posait près du fleuve, il avait détecté huit esprits chiss à l'intérieur de l'ancienne usine. À présent, curieusement, le flot de ces pensées avait diminué.

Et les esprits restants avaient basculé dans la même terreur irrépressible qu'il avait sentie sur Batuu.

Les Grysks les remettaient en chambres d'hibernation. Ou pire encore.

— Droit devant, ordonna-t-il aux stormtroopers, et il pressa le pas.

Qui que soient ces Chiss – et *quoi* qu'ils soient –, il avait promis à Thrawn de les ramener. Et aucun soldat grysk n'allait l'en empêcher.

***

Le lit asséché du fleuve était tel que le Seigneur Vador l'avait décrit à Kimmund et aux autres stormtroopers. Idem pour l'accès au niveau inférieur, et l'étage de service en lui-même.

Manifestement, l'interrogatoire des Grysks avait été fructueux.

Bien sûr, si Vador avait eu raison pour tout ça, il avait probablement raison au sujet de la zone ciblée dans l'aile est qui, selon lui, était encombrée de machines et d'objets imposants derrière lesquels l'ennemi pouvait s'abriter. Kimmund avait connu assez de combats urbains pour savoir que ce genre d'affrontement faisait partie des plus risqués pour un stormtrooper.

Ses hommes finiraient par s'en sortir, bien sûr, et leur mission serait un succès. Mais combien d'entre eux Kimmund perdrait-il avant la victoire ? Cela dépendrait surtout de l'acuité avec laquelle Vador avait anticipé les réactions de leurs adversaires, et du bon fonctionnement de l'arme secrète que Podiry et Tephan tiraient derrière eux.

Avec un peu de chance, aucun des airspeeders qui les avaient attaqués plus tôt n'était équipé de senseurs capables de scanner le contenu de cette caisse de la taille d'un cercueil. Les armes secrètes ne fonctionnaient jamais aussi bien quand l'ennemi était averti de leur arrivée.

La trappe qu'ils avaient pour objectif se trouvait juste devant eux, et l'échelle y menant saillait de la dalle en permabéton qui avait été coulée pour en interdire l'accès. Sur un ordre de Vador, Kimmund et Viq s'écartèrent afin de le laisser passer et il plongea son sabre laser dans la dalle. Il y découpa un cercle et, une fois l'opération terminée, maintint le bloc en place assez longtemps pour faire un pas de côté avant de le laisser s'écraser sur le sol.

L'échelle pendait toujours de façon précaire au bord du trou. Mais Vador n'était clairement pas d'humeur à choisir la solution la plus lente. Kimmund sentit quelque chose d'invisible l'envelopper et, une seconde plus tard, il s'envolait pour franchir l'ouverture de la trappe. Il entrevit du matériel délabré et des caisses de stockage disséminés dans une pièce au plafond haut…

… puis fut projeté sur le côté quand une dernière poussée de Vador lui évita de retomber dans le trou, et le laissa choir lourdement sur le sol. Il activa ses scanners et dénombra au moins une douzaine de taches de chaleur correspondant à autant d'ennemis cachés tandis que Viq jaillissait du trou pour retomber de l'autre côté.

Alors que Dorstren surgissait à leur suite, son impressionnant DLT-19 serré dans les bras, et atterrissait auprès de Viq, la pièce entière s'embrasa dans un déluge d'éclairs bleutés.

Kimmund plongea sur le côté et sentit un fourmillement soudain quand l'une des décharges le manqua de peu. Une seconde plus tard, il vacillait sous l'impact d'un projectile petit et compact qui avait percuté son armure. Aucune idée de la provenance du tir ; l'arme lançant des éclairs, en revanche, laissait une trace nette menant à celui qui le maniait. Kimmund envoya une volée de son blaster dans cette direction tandis qu'un autre éclair claquait dans l'air, avec cette fois Viq pour cible. Kimmund changea d'objectif et riposta.

Ce dernier tir s'égara lorsqu'il fut touché successivement à l'épaule et à la poitrine. Une sorte d'arme à projectiles, semblait-il, qu'heureusement l'armure de la Première Légion était assez résistante pour arrêter.

Il poussa un grognement irrité. Celui qui dirigeait la défense connaissait son affaire. Les armes à éclairs n'étaient pas précises, mais faisaient de gros dégâts quand elles atteignaient leur cible. Les armes à projectiles, au contraire, ne causaient pas de grands dommages, mais étaient presque impossibles à repérer et pouvaient déséquilibrer les stormtroopers, les laissant à la merci d'armes plus destructrices. De plus, les éclairs surchargeaient momentanément les senseurs de visée des stormtroopers, ce qui rendait plus difficile l'élimination des tireurs d'armes à projectiles. Du coin de l'œil, Kimmund vit

Morrtic bondir hors du trou, et son BlasTech E-11 se mit à arroser toute la pièce d'un tir de couverture. Elle retomba au sol et visa aussitôt une autre source de tirs ennemis…

C'est alors que, dans un mouvement spectaculaire et théâtral qui ne manquait jamais d'envoyer un frisson le long de la colonne de Kimmund, il entra en scène.

Les tirs ennemis changèrent instantanément de cible. En pure perte. L'armure noire ne semblait pas importunée par les éclairs, et Kimmund ne la vit même pas tressaillir sous la pluie de projectiles. La silhouette se mit en marche, telle une créature issue d'un mythe sinistre, et se dirigea vers l'entassement de machines rouillées le plus proche qui, d'après les senseurs de Kimmund, abritait au moins quatre ennemis. Les autres stormtroopers profitèrent de la diversion pour sortir à découvert et ajouter leur puissance de feu à la bataille. Un dernier déluge d'éclairs embrasa la pièce et…

… du plus profond des ombres baignant l'extrémité de la pièce, des nuées d'insectes se matérialisèrent.

La silhouette sombre fit halte, son sabre laser brandi, et on aurait pu croire qu'elle défiait les insectes de l'attaquer. Pendant quelques secondes, ils bourdonnèrent sans ordre puis soudain, comme en réponse à un ordre muet, déferlèrent en avant.

Sous son casque, Kimmund esquissa un mince sourire. Une fois de plus, le Seigneur Vador avait vu juste. L'adversaire appliquait un plan d'attaque identique à celui de Batuu : des nuées d'insectes dirigés par des contrôleurs invisibles et porteurs de liquide durcissant. Ajoutée aux armes à projectiles et à éclairs, c'était une stratégie que les Grysks devaient juger insurpassable.

Ils avaient seulement oublié un petit détail : cette fois-ci, il y avait une escouade de stormtroopers en face d'eux. Des stormtroopers particulièrement doués pour l'esquive et la contre-attaque. Des stormtroopers aux casques équipés de senseurs améliorés.

Des stormtroopers qui savaient que cet instant précis se présenterait.

— Viq ? appela Kimmund dans sa comm intégrée.

— Je les ai, répondit le soldat avec une joie mauvaise. J'entre les coordonnées.

La première vague d'insectes atteignit sa cible, et l'armure d'un noir luisant se couvrit d'une multitude de taches grises lorsque les assaillants ailés lâchèrent leur charge et moururent. Sur l'affichage tête haute du casque de Kimmund, six points d'un rouge nébuleux apparurent, marquant l'endroit où les nuées s'étaient matérialisées, comme venues de nulle part.

— Cibles acquises, annonça-t-il. Éliminez-les.

Toute la pièce s'illumina tandis que les stormtroopers concentraient leur puissance de tir sur les Grysks enveloppés dans leur dispositif de dissimulation.

Cela ne changea rien pour les insectes, bien évidemment. Ils poursuivirent leur assaut obstiné alors que leurs maîtres, devenus brusquement visibles, hoquetaient, criaient ou grognaient, avant de mourir. Les pistoles à projectiles ouvrirent le feu avec un temps de retard, mais les armes à éclairs restèrent silencieuses, leurs propriétaires hésitant sans doute à tirer à travers les nuées bourdonnantes, ce qui aurait sapé l'attaque des insectes.

Il n'y avait pourtant rien à craindre de ce côté-là. La quasi-intégralité de l'armure de Vador était maintenant recouverte de gris, chaque vague volante ayant apporté une couche supplémentaire de fluide, au point que sa silhouette n'était plus que vaguement humaine. Seul le sabre laser demeurait intact, et sa lame figée dardait inutilement vers le plafond.

L'ultime nuée s'écrasa sur son objectif et périt. Kimmund regarda prudemment autour de lui. Il ressentait l'impact des projectiles, et savait que les armes à éclairs allaient bientôt s'exprimer à nouveau. Avec les stormtroopers cloués sur place et la plus grande menace immobilisée dans la pierre, les Grysks croyaient certainement avoir gagné.

Ils avaient oublié que Dark Vador avait déjà survécu à l'unc dc leurs attaques et n'avaient peut-être pas réalisé que le Seigneur Noir était lui-même un tacticien de génie.

Ils ignoraient également très certainement que Vador possédait *deux* armures complètes.

Les pistolets à éclairs venaient de se remettre à tirer lorsque le Seigneur Noir des Sith jaillit de l'étage inférieur, pour de bon cette fois. Il s'avança et fit voler à lui son sabre laser qui échappa au gant de l'armure vide manipulée à distance pour servir d'appât.

Quelqu'un caché parmi les machines poussa un cri de surprise. Mais il était trop tard. Alors même que les éclairs convergeaient furieusement sur Vador, celui-ci alla à leur rencontre, et à l'aide de la Force dévia les tirs vers le plafond. Dans le même temps, il projeta son sabre laser pour faire s'effondrer des pièces de machines sur l'ennemi et s'empara de tous les adversaires qui se présentaient à lui pour les précipiter dans le feu de moins en moins nourri des armes à éclairs.

— Trouvez les prisonniers, ordonna-t-il dans le système comm de Kimmund.

— À vos ordres, Seigneur Vador.

Le stormtrooper se releva et scruta les alentours. Sur sa droite, il repéra une poignée de points lumineux coincés derrière un mur d'engins rouillés. Tout en gardant un œil sur la bataille et en s'assurant que ses hommes maintenaient leurs tirs de couverture, il se dirigea vers sa cible. Au passage, il fit signe à Viq et Elebe de l'accompagner. D'un geste, il leur ordonna d'aller de l'autre côté de la cachette. Il attendit qu'ils soient en position, puis contourna l'amoncellement de ferraille situé à l'opposé…

… et écarquilla les yeux de surprise. Deux Grysks étaient accroupis dans une posture défensive et pointaient leurs pistolets à éclairs dans des directions opposées, afin de couvrir les deux angles d'approche. Le visage pétrifié par la peur et l'horreur, les prisonniers étaient recroquevillés entre eux.

Cinq fillettes chiss.

Des Chiss ? Des *enfants* ?

Dans un coin de son esprit, Kimmund nota que Vador aurait pu avoir l'amabilité de les prévenir, au moins en partie. Mais les stormtroopers de la Première Légion n'étaient pas du genre à laisser l'inattendu les détourner de leur plan de bataille.

— Ne tirez pas ! s'exclama-t-il en pointant le canon de son E-11 vers le plafond. *Ne tirez pas !*

Le Grysk devant lui le visa de son arme. L'autre, par réflexe, tourna la tête en direction de sa voix.

Aucun des deux n'eut le temps de réagir avant que Viq et Elebe surgissent du coin opposé et les abattent froidement d'un tir dans le crâne.

Kimmund s'approcha en hâte des enfants, son blaster toujours à la verticale.

— Tout va bien, les rassura-t-il.

Les fillettes levèrent vers lui des visages crispés par la peur, plissèrent leurs yeux d'un rouge vif et se pressèrent contre la machine. L'une d'elles, peut-être plus courageuse que les autres, tendit une main hésitante et indiqua du doigt quelque chose face à elles.

Kimmund regarda dans cette direction et sentit son estomac se nouer. Nichés sous le surplomb que formait une vieille machine se trouvaient des appareils familiers : huit cylindres d'hibernation pareils à ceux que Vador et Thrawn avaient récupérés sur Batuu. Trois semblaient en activité, ce qui expliquait sans doute pourquoi cinq enfants étaient assis ici, au lieu des huit prisonniers que le Seigneur Noir avait mentionnés.

— Vous les avez ? demanda la voix de Vador par le système comm du casque.

— Oui, monseigneur, confirma Kimmund. Cinq enfants chiss. Et peut-être trois de plus dans des chambres d'hibernation.

— Bien.

Kimmund remarqua l'absence de toute surprise dans la voix du Seigneur Sith. *Lui* au moins savait ce qu'ils étaient venus chercher.

— Préparez-les pour le transbordement, ordonna Vador. Les défenses de la cour détectées lors de votre approche sont-elles toujours en place ?

— Je le crois, monseigneur, répondit Kimmund en chassant ses questions pour se focaliser sur la situation tactique. Mais maintenant que nous nous trouvons à l'intérieur, nous devrions être en mesure de les neutraliser en les prenant à revers.

— Alors faites-le, commandant. Quand vous aurez sécurisé la cour, dites à l'*Épervier noir* de nous y retrouver. Je ne tiens pas à faire sortir les protégées de l'amiral Thrawn par les passages souterrains.

— Bien compris, monseigneur. Drav ?

— On y travaille, commandant, répondit le sergent d'un ton bref. Vous pourrez décoller dans dix minutes, monseigneur.

Kimmund fit signe à Viq et à Elebe.

— Allez aider.

Il regarda les deux stormtroopers s'éloigner, puis il s'approcha des enfants et posa un genou à terre devant elles.

— N'ayez pas peur.

Pas de réponse. Les petites ne comprenaient probablement pas un mot de basic.

Mais Thrawn saurait communiquer avec elles. Une fois à bord du *Chimaera*, on leur expliquerait qu'elles n'étaient plus prisonnières des Grysks.

En attendant, on lui avait donné pour ordre de les préparer à partir.

— Allons-y, dit-il en se relevant et en indiquant du pouce la direction derrière son épaule.

Il regarda autour de lui, à la recherche d'un refuge sûr où les abriter au cas où la bataille pour le contrôle de la cour refluerait par ici.

Il sentit ses lèvres se plisser. Sur le côté, loin de la zone où les Grysks s'étaient installés pour combattre, s'étirait un tapis roulant flanqué de nombreuses pièces de machinerie. Sur ce tapis et à divers stades d'assemblage se succédaient cinq autres de ces projecteurs de puits gravitationnel que les Grysks avaient utilisés pour bloquer l'hypervoie de Batuu.

C'était un projet auquel l'ennemi avait manifestement consacré beaucoup de temps et d'efforts, un équipement qu'il hésiterait sans doute à endommager. Donc un endroit approprié où cacher quelqu'un que vous ne souhaitiez pas voir pris pour cible par l'adversaire.

— On y va.

Il fit signe aux enfants de le suivre et se dirigea vers le tapis roulant. À son avis, il faudrait nettement plus que la capacité de stockage de l'*Épervier noir* pour rapporter tout ce matériel à bord du *Chimaera*.

Mais cela n'était pas grave. Une fois que Vador et le reste des stormtroopers auraient anéanti les défenses ennemies de la cour, ils disposeraient de tout le temps nécessaire.

*
**

— Deux vaisseaux rompent les rangs, annonça l'officier d'artillerie Pyrondi. Ils cherchent à nous attaquer par le flanc.

— Ordonnez aux Escadrons 3 et 5 de les intercepter, ordonna Thrawn.

Les vaisseaux en question ne traversent pas le filet mais le contournent pour attaquer. Conclusions possibles : le filet est difficile à franchir, ou bien ne peut être abaissé dans des secteurs individuels, ou bien est maintenu en place à d'autres fins. Il est vraisemblable que les Grysks gardent toutes leurs options ouvertes pendant qu'ils testent la détermination des forces impériales, et qu'ils conservent l'espoir de s'échapper avec leurs prisonniers.

— Escadrons 3 et 5 en mouvement pour interception, confirma la commodore Faro. On dirait qu'ils lancent des chasseurs.

Des appareils plus petits émergent les uns à la suite des autres de leur vaisseau de transport. L'ouverture dans le vaisseau mère n'est pas blindée. L'accélération de ces petits appareils est lente tandis qu'ils s'écartent sur les côtés pour laisser sortir les autres. Leurs buses de propulsion sont espacées pour une meilleure maniabilité, et excessivement grosses.

— Ce ne sont pas des chasseurs, commodore, plus probablement des remorqueurs, indiqua Thrawn. Sans doute lancés pour mettre en place les nodules du filet.

— Ils ne viennent pas pour combattre, mais pour détourner notre attention et occuper les TIE, de façon à ce qu'ils n'attaquent pas les vraies cibles, résuma Faro.

Sa voix indique qu'elle a compris.

— Donc nous les évitons ? ajouta-t-elle

— Exact. Visez-les avec les turbolasers du *Chimaera*, mais n'ouvrez pas le feu sans mon autorisation. Que les TIE continuent vers le filet et les vaisseaux principaux.

— Bien, amiral.

Son ton et sa posture trahissent une anxiété et une méfiance croissantes.

— Je m'inquiète, poursuivit-elle, du fait qu'ils n'aient pas déjà abandonné la lune et essayé de s'enfuir. Ils sont pourtant certainement conscients qu'ils ne sont pas de taille face à nous.

— Le lancement de remorqueurs pour tenter de ralentir notre approche semble l'indiquer. Pourquoi pourraient-ils s'attarder ainsi ?

— Peut-être attendent-ils des renforts ?

— C'est une possibilité. Une autre ?

— Ils pourraient estimer être encore en mesure de s'enfuir en remorquant la lune. Ils devraient être sortis du puits de gravité de Mokivj, maintenant. Quelle que soit la façon dont fonctionne un hyperdrive avec une telle masse, quelques minutes de plus devraient suffire.

— Certes, convint Thrawn. Il existe une troisième possibilité.

— Une troisième…, murmura Faro.

Sa voix dit l'intensité de sa concentration. Les TIE contournent en masse le groupe de remorqueurs et continuent en direction de la lune et du filet grysk.

— Une question peut-être pas très loyale, reconnut Thrawn. Vous ne disposez pas de tous les éléments.

Le dos et les épaules de Faro se raidissent. Cette réaction corporelle traduit une compréhension nouvelle.

— Les prisonniers chiss.

Sa voix est imprégnée de la satisfaction d'avoir résolu l'énigme.

— L'ennemi veut conserver la lune, continua-t-elle, mais il veut encore plus conserver les prisonniers. Le vaisseau où ils sont détenus souhaite fuir, mais son hyperdrive n'est pas encore prêt. *Et* il se trouve toujours dans le puits de gravité de la lune. Tant qu'ils ne seront pas prêts, ils n'osent pas s'échapper, parce que cela nous indiquerait dans quel appareil sont les prisonniers.

— Très bien, commodore, la félicita Thrawn. Et la raison pour laquelle tous leurs vaisseaux ne partent pas maintenant, ce qui, dans la masse, garderait secrète l'identité de l'apparcil des prisonniers ?

— Parce qu'ils en sont incapables.

Une note d'amusement froid imprègne sa phrase.

— Les deux appareils qui se sont écartés pour nous leurrer étaient positionnés sur les bords du filet, poursuivit-elle. Les autres sont plus à l'intérieur, et ils ne peuvent pas se désengager, tout simplement. Le vaisseau que nous recherchons se trouve soit en bordure de leur dispositif…

Elle s'interrompt, et son attitude révèle la progression de son raisonnement.

— Soit il est accroché au filet mais n'est pas à l'intérieur du dispositif.

Elle hausse le ton pour être entendue sur la passerelle.

— Hammerly ?

— Oui, commodore, répondit l'officier des senseurs. Nous scannons comme l'a ordonné l'amiral. Les émissions du filet brouillent encore les relevés, mais ils deviennent de plus en plus clairs à mesure que nous nous rapprochons.

— Combien de temps ? demanda Thrawn.

— Deux minutes, peut-être moins.

— Prévenez le lieutenant Skerris, déclara le Chiss. Lancement immédiat de l'Escadron Défenseur.

— Escadron Défenseur : lancement.

Les TIE dépassent à pleine vitesse les remorqueurs. Ceux-ci pivotent de quelques degrés et ouvrent leurs propulseurs au maximum. Les émissions expulsées touchent les chasseurs, mais sans effet sur eux. L'accroissement momentané de la poussée augmente la vélocité des remorqueurs qui continuent sur leur trajectoire initiale.

— Détruisez tous les remorqueurs ennemis, ordonna Thrawn. Maintenant.

Les turbolasers du Chimaera *ouvrent le feu sur leurs cibles.*

— Amiral ?

La voix de Faro exprime de la perplexité.

— Si leur rôle avait été d'intercepter ou de ralentir les TIE, ils auraient viré pour attaquer les escadrons par-derrière. Ils ne l'ont pas fait. En conséquence, leur prétendu assaut sur les chasseurs était une ruse.

— Ils sont armés, en déduisit Faro. Ou porteurs de bombes.

— Je pencherais plutôt pour la seconde explication. Leur commandant doit savoir à présent que je suis en quête de renseignements, et que je préfère la capture à la simple destruction. Il cherche à utiliser ce fait contre moi.

Les remorqueurs commencent à se désintégrer sous le tir de barrage des turbolasers. Les explosions sont plus puissantes que celles que l'on peut attendre de réacteurs ou de propulseurs. Conclusion : ils transportaient effectivement des bombes.

— Je vois cela, dit Faro. Et maintenant que la ruse a échoué, et avec les Défenseurs qui se dirigent vers eux…

— Amiral, l'un des vaisseaux s'écarte des autres, lança Hammerly. En dehors du filet. On ne pouvait pas le savoir jusqu'à maintenant. Il accélère en direction de l'ombre de la lune.

— Défenseurs : interceptez-le et neutralisez-le, ordonna Thrawn. Ne le détruisez pas. Je répète : *ne le détruisez pas.*

Les Défenseurs survolent la surface de la lune à la poursuite de leur cible. Le vaisseau grysk n'est pas visible derrière le satellite, mais le calculateur de navigation a affiché son vecteur sur l'écran tactique. Les chasseurs réduisent la distance. Ils effectueront l'interception avant que l'appareil ennemi échappe au puits de gravité de la lune.

Deux zones en bordure de la lune explosent et projettent des nuages denses de poussière et de fragments rocheux sur la trajectoire des TIE.

— Turbolasers : visez au-dessus et en dessous de la lune, ordonna Thrawn. Puissance réduite ; tir continu.

— Ils ont changé de vecteur ? demanda Faro.

— C'est ce que je pense. À cette distance, les débris causés par ces explosions ne peuvent pas endommager les Défenseurs. J'en conclus que le but était de créer une obstruction visuelle pendant que le vaisseau ennemi décrochait de son cap initial.

— Un message de Skerris, amiral, annonça le lieutenant Lomar depuis la station comm.

Sa voix est pleine de tension et de frustration.

— Le vaisseau grysk est passé en vitesse lumière, ajouta-t-il. Les Défenseurs ont été dans l'incapacité d'opérer l'interception.

— Bien compris, dit Thrawn.

Le filet autour de la lune se désintègre. Les vaisseaux grysks se déploient vers l'extérieur, avec l'intention d'échapper au puits de gravité.

— Escadrons de chasseurs, turbolasers : attaque maximale. Détruisez-les tous, ordonna l'amiral.

Les turbolasers entrent en action. Dans le paysage stellaire, les TIE engagent le combat avec l'ennemi.

— Devons-nous essayer de faire des prisonniers, amiral ? voulut savoir Faro.

Sa voix est teintée d'une appréhension contenue.

— Les Grysks ont déjà tenté une fois de nous attirer dans un piège mortel. Nous ne pouvons pas prendre le risque qu'ils recommencent.

— Oui, amiral.

Faro reste silencieuse un moment. Dans son attitude, on sent toujours une inquiétude diffuse.

— Amiral… les prisonniers chiss. Si nous ne capturons pas l'un des vaisseaux ennemis, comment allons-nous les retrouver ?

— Nous ne les retrouverons peut-être pas. Mais qui sait ? Lieutenant Lomar, des nouvelles du Seigneur Vador ?

— Le commandant Kimmund vient de transmettre son rapport, amiral. Ils ont les prisonniers et se sont débarrassés de l'ennemi dans la cour. Ils font se poser en ce moment même l'*Épervier noir* pour les emmener et estiment pouvoir regagner le *Chimaera* dans l'heure. Ils demandent également un transport afin de charger du matériel supplémentaire.

— Demande rejetée, décida Thrawn. Informez le commandant Kimmund que nous nous contenterons de recueillir les prisonniers. Veillez à ce que des quartiers soient préparés pour les recevoir, et informez le Seigneur Vador que je souhaite m'entretenir avec lui dès son retour.

CHAPITRE 17

Les vaisseaux grysks avaient été détruits et la lune errante dérivait vers l'éternité lorsque Vador et l'*Épervier noir* rejoignirent le *Chimaera* avec les fillettes libérées. Des quartiers avaient été préparés pour elles, près de la suite de Thrawn, et le grand amiral avait pris quelques minutes pour échanger avec elles.

Vador ne pouvait comprendre ce qu'ils disaient, et leur esprit était nimbé de la même opacité que celui de Thrawn. Mais il sentit l'apaisement progressif des fillettes quand elles comprirent enfin que leur cauchemar avait pris fin. L'une d'elles parlait un peu le sy bisti ; la commodore Faro trouva un technicien de la maintenance qui connaissait lui aussi un peu de cette obscure langue commerciale et lui confia les enfants.

Le moment était venu pour Thrawn de passer en jugement.

— Vous m'avez menti, déclara Vador quand ils se retrouvèrent seuls dans le bureau de l'amiral.

— Je n'ai pas menti, monseigneur, répliqua le Chiss en inclinant la tête.

— Vous avez tu une partie de la vérité.

Le Seigneur Noir garda sa colère sous contrôle et sonda la Force. Le pont de sable sur lequel Thrawn s'était tenu continuellement depuis leur arrivée sur Batuu avait été érodé avec constance par ses paroles et ses actes, et à présent il était d'une minceur dangereuse. Un faux pas de plus, une dérobade ou un mensonge supplémentaire, et Vador oublierait que l'Empereur estimait encore cette personne utile.

— Ce qui revient à mentir, ajouta-t-il.

— Je vous ai dit ce que je pouvais. Ce que j'estimais que l'Empereur me permettrait de révéler.

— L'Empereur connaît toute la vérité, donc ?

Thrawn marqua un temps d'hésitation. Son esprit logiquement ordonné ployait quelque peu sous la tension qu'imposaient le regard et la présence de Vador.

— Je ne le lui ai pas dit, reconnut-il. Mais je suis convaincu qu'il est au courant, en effet.

Vador sentit ses pouces se crisper sous son ceinturon. Sur ce point, le Chiss avait probablement raison.

— Vous allez tout me dire, et tout de suite.

— Comme je l'ai promis, répondit Thrawn en baissant à nouveau la tête.

Sa déférence n'était pas feinte, Vador pouvait le sentir, tout comme sa prudence, en arrière-plan. L'amiral savait exactement où il en était, et il avait conscience que sa vie ne tenait qu'à un fil.

Bien.

— Tout d'abord, vous comprendrez aisément qu'il s'agit d'un des secrets les mieux gardés de l'Ascendance chiss, commença-t-il. Comme je l'ai précisé lorsque nous avons atteint pour la première fois cette région de l'espace, il existe peu d'hypervoies stables menant aux Régions Inconnues ou qui les traversent. De ce fait, les diverses espèces restent majoritairement proches de leurs systèmes respectifs, parce qu'elles préfèrent emprunter des voies plus courtes et rechignent à prendre le temps nécessaire pour le voyage par sauts multiples, qui est beaucoup plus lent.

— Mais les Chiss n'apprécient pas de rester aussi limités ?

— Non, en effet, répondit Thrawn, et un soupçon de mépris perça dans sa voix. Malgré tous leurs beaux principes de non-ingérence dans les activités d'autrui, les Aristocra sont habités par un grand désir de découvrir en quoi elles consistent. Nos éclaireurs s'aventurent loin et dans toutes les directions ; ils se risquent même dans des secteurs de l'espace jadis revendiqués par la République, et aujourd'hui par l'Empire. Comme vous le savez fort bien.

— J'ai été informé de ce point par l'Empereur, répliqua Vador avec raideur.

Une fois de plus, Thrawn s'approchait dangereusement de la ligne rouge.

— Parlez-moi des enfants.

— Nous n'avons pas de navordinateur capable de définir des itinéraires sécurisés à travers le chaos qu'est l'hyperespace dans les Régions Inconnues. Et nous ne comptons qu'un nombre restreint d'individus sensibles à la Force, même si nous qualifions leur don de « Troisième Vue ». Or lorsque des individus aussi rares naissent, ils ne sont dotés que d'une seule aptitude particulière, mais pas des moindres : la précognition.

Et subitement Vador comprit : ce même don qui lui permettait de percevoir le futur assez en avance pour déterminer quand et où une attaque allait advenir était employé par les Chiss pour anticiper et éviter les périls qui menaçaient leurs appareils dans l'hyperespace.

— Ils guident et pilotent vos vaisseaux, déclara le Seigneur Noir. Ils décèlent puis tracent des hypervoies temporaires presque en même temps qu'ils les parcourent.

— Exactement, approuva Thrawn qui, d'un geste vague, désigna les quartiers des fillettes. Vous comprenez maintenant pourquoi nous entretenons un tel secret. Un ennemi qui voudrait reproduire notre réussite ne peut se contenter de nous dérober un ordinateur ou un logiciel. Il doit nous enlever des êtres vivants, aussi rares que précieux. Cela ne peut être toléré, conclut-il en plissant les yeux.

— Et maintenant que votre secret n'en est plus un, vos peurs sont devenues réalité.

— Précisément, admit Thrawn d'un ton abattu. Il faut contrer les Grysks, leur prouver qu'ils ne peuvent pas défier la volonté de l'Ascendance chiss.

Tout comme les Rebelles au sein de l'Empire devaient apprendre cette même leçon.

— Pourquoi des enfants ? demanda Vador. Et s'agit-il uniquement de filles ?

— L'aptitude s'estompe malheureusement avec le temps. Aucun type d'entraînement ou de pratique ne peut entraver ce phénomène. Les jeunes adultes conservent peut-être la moitié de la puissance du don qu'ils avaient dans leur enfance, et les adultes plus âgés seulement une petite fraction. Seuls les enfants possèdent une prescience assez forte pour guider en toute sécurité nos vaisseaux à la vitesse que les Aristocra exigent.

Ses épaules se voûtèrent un peu et il ajouta :

— Quant à leur sexe, oui, ceux qui possèdent ce don sont presque toujours des filles. Il existe des exceptions, mais c'est la règle générale. Personne ne sait pourquoi.

— Je vois, murmura Vador.

Les souvenirs du Jedi défilèrent devant lui : sa formation avec Obi-Wan, son observation des initiés au Temple au cours de leurs enseignements et de leurs exercices, cette évolution progressive au fil des étapes sur le long chemin menant à la puissance et à la maîtrise…

Manifestement, il en était tout autrement pour les Chiss : les individus sensibles à la Force travaillaient et s'entraînaient des années durant, pour finir par voir leur puissance s'étioler et leur don s'évanouir.

— Et ils finissent par tomber dans l'oubli, devina Vador.

Même les Jedi ne se montraient pas aussi cruels envers leurs esclaves « volontaires ».

— Oui. Ce sacrifice… Pour la plupart, ils l'acceptent de plein gré, pour le bien de l'Ascendance. Mais de toute façon, tous les enfants qui ont le don ont l'obligation de l'accepter.

L'espace d'un instant, son regard sembla se voiler, comme s'il affrontait des pensées et des souvenirs déplaisants, puis il se ressaisit :

— Mais ce n'est pas ce qui nous préoccupe en ce moment. Nous devons trouver la base des Grysks et exfiltrer les enfants avant que l'alerte soit donnée et qu'ils soient en mesure de se défendre. Venez, monseigneur, conclut-il en se levant.

— Un instant, répondit Vador sans bouger. Qu'est-ce que vous proposez, au juste ?

L'amiral fronça les sourcils.

— Vous ne m'avez pas entendu ? Nous devons localiser la base des Grysks.

— Laquelle se situe dans les profondeurs des Régions Inconnues ?

— Sans doute pas si loin. On suppose que leur monde natal, qui est aussi le principal centre de leur puissance, se trouve à une distance considérable, mais ils ne l'utiliseraient certainement pas comme base pour mener une opération aux frontières de l'Espace Impérial. Venez, ajouta-t-il en se dirigeant vers la porte.

— Non, dit Vador.

Le Chiss se figea.

— Monseigneur ?

— Vous suggérez de risquer un vaisseau de guerre impérial et un équipage impérial pour un sujet qui ne concerne que votre seul peuple. Je ne peux le permettre, et je ne le permettrai pas.

— C'est *moi* que l'Empereur a placé aux commandes de cette mission.

— Tout comme il a cru à votre parole lorsque vous avez dit être loyal avant tout à l'Empire, rappela Vador. Ce qui ne semble plus être le cas. Pour peu que ça ait été le cas un jour.

Thrawn resta immobile un long moment avant de revenir sur ses pas pour se rasseoir.

— Si nous n'agissons pas au plus vite, tout risque d'être perdu, fit-il sur un ton grave. Les Grysks seront prévenus. Ils abandonneront cette base et se réinstalleront ailleurs. Les enfants disparaîtront dans l'immensité de leur territoire et ne reverront jamais leur foyer ni leur famille.

Leur famille. Un tourbillon de souvenirs du Jedi déferla devant les yeux de Vador. Sa mère… Sa femme et son enfant disparus…

Il chassa ces pensées. Ces souvenirs appartenaient au Jedi, pas à lui.

— C'est le problème de votre peuple, pas le vôtre. À moins que vous n'envisagiez de rompre le serment de loyauté juré à l'Empereur ?

— Les Grysks ont déjà effectué une intrusion dans l'Espace Impérial, souligna Thrawn. Leur fermeture de l'hypervoie de Batuu est un acte d'agression incontestable.

— On peut difficilement considérer Batuu comme un système majeur de l'Empire.

— Et leur tentative de déplacer les lunes de Mokivj afin de bloquer de façon permanente les mouvements de l'Empire ?

— Rien ne prouve qu'ils ne cherchaient pas simplement à s'isoler pour se protéger de menaces éventuelles.

— Pourtant, cette menace éventuelle fait bel et bien partie des desseins de l'Empereur. Il est très intéressé par la perspective d'étendre son emprise dans les Régions Inconnues.

Vador accusa le coup. Thrawn venait-il de laisser entendre que…

— Perspective dont vous êtes bien sûr très au fait.

L'amiral parut battre en retraite, comme s'il se rendait compte un peu tard qu'il en avait trop dit.

— Comme je l'ai précisé, l'Ascendance chiss souhaite être tenue au courant de tout ce qui touche à cette question.

Vador comprenait, à présent. C'était donc cela. Toutes ces rencontres privées, toutes ces conversations secrètes. L'Empereur tirait avantage de ce que savait Thrawn pour préparer la prochaine grande expansion impériale.

— Ceci est hors de propos, rétorqua le Seigneur Noir. J'ai exigé la preuve que cette mission concernait l'Empire. Jusqu'à présent, rien de convaincant ne m'a pas été présenté.

— Je peux faire état d'une longue liste de services rendus à l'Empire et à l'Empereur, argumenta le Chiss. Vous ai-je déjà déçu ?

— Et si nous évoquions Atollon ? Vous avez été incapable d'y stopper les Rebelles. À présent, c'est à moi qu'il revient de devoir les retrouver et les anéantir.

— Ma guerre contre les Rebelles n'est pas achevée, fit Thrawn à mi-voix. Je les vaincrai.

— Bien, approuva Vador. Alors retournons sur Coruscant, afin que vous puissiez lancer votre campagne.

Le Chiss demeura silencieux quelques instants, avant de réagir :

— Vous avez parlé de preuve. Si je vous en présentais une démontrant que les Grysks constituent une menace autant pour l'Empire que pour les Chiss, m'aideriez-vous à récupérer les enfants et à détruire leur centre opérationnel ?

— Quelle est cette preuve ?

— Elle se trouve à bord du *Chimaera*. Avec le temps, j'espère que cette preuve sera suffisante. Mais si nous attendons jusque-là, je crains que les enfants soient perdus. Je dois vous demander, une fois encore, de me faire confiance.

La confiance. C'était une chose que Thrawn ne cessait de quémander. Une chose qui avait eu une grande valeur pour LE Jedi.

C'était un sentiment que Vador lui-même avait très peu expérimenté.

— J'avais raison au sujet des générateurs de gravité, poursuivit Thrawn. Je vous demande de maintenir cette confiance quelque temps encore.

Vador le dévisagea. *La confiance*. Si peu d'expérience dans ce domaine…

Et pourtant, l'Empereur accordait la sienne à Thrawn. Assez pour le promouvoir grand amiral et lui confier la Septième Flotte. Si son Maître était disposé à offrir une telle autorité au Chiss, Vador ne devait-il pas se comporter de même ?

La confiance.

— Très bien. Vous êtes autorisé à localiser, à attaquer cette base et à tenter de secourir ces enfants. Mais si la bataille tourne à votre désavantage, vous *devrez* vous replier.

— Entendu, merci, monseigneur, dit Thrawn en inclinant la tête. Mais j'aurais besoin de plus que votre simple permission. J'aurais besoin que vous m'aidiez, en personne.

— Comment ça ? voulut savoir le Seigneur Noir, méfiant.

Thrawn se remit debout.

— Si vous voulez bien me suivre jusqu'à la passerelle, je vais vous montrer.

***

Vador observait la console centrale depuis la passerelle de commandement. Il écoutait le Chiss expliquer son plan ainsi que ce qu'il attendait de lui.

Et il se demandait si le grand amiral n'avait pas perdu la tête.

— Il n'y a pas d'autre solution, disait Thrawn qui, s'il sentait le mécontentement du Seigneur Noir, n'en laissait rien voir. Les Grysks ont une avance importante sur nous. Mais ils sont obligés de compter sur les enfants chiss pour leur tracer l'itinéraire de retour à leur base.

— Ces enfants ont effectué cette tâche à maintes reprises déjà, lui rappela Vador. Et nous avons des enfants semblables à bord. Pourquoi ne peuvent-ils pas nous servir comme ils ont servi les Grysks ?

— Parce que les enfants présents sur le *Chimaera* ne sont pas plus puissants dans la Force que ceux aux mains des Grysks actuellement. Il faut que nous arrivions à leur base avant eux, et nos navigatrices chiss ne peuvent pas réussir cela.

— Mais vous croyez que *moi*, j'en suis capable ?

— Les enfants ne sont pas aussi puissants dans la Force que vous. Vous avez cette même aptitude à la précognition, mais avec plus de puissance et d'intensité.

Il désigna la fosse d'équipage en contrebas et ajouta :

— Vous devriez être capable de gagner l'ennemi de vitesse.

Le personnel de la passerelle avait fait silence. Le timonier veillait tout particulièrement à ne pas regarder Vador et son amiral. La commodore Faro se gardait de prendre part à la conversation. Les autres donnaient l'impression qu'ils auraient préféré se trouver ailleurs.

— Et si vous vous trompez?

— Alors nous arriverons après les Grysks. Nous les attaquerons quand même avec toutes nos forces, mais nous aurons perdu l'avantage de la surprise.

— Ou bien nous arriverons si tard qu'ils se seront déjà enfuis?

Le regard incandescent du Chiss glissa vers la baie d'observation et le champ d'étoiles qui scintillait dans les ténèbres.

— Oui, concéda-t-il à mi-voix.

— Et pourtant, vous me demandez de le faire au lieu de vous en remettre à des navigatrices à l'aptitude confirmée.

— Oui.

Vador projeta son esprit dans la Force. Il ne s'était jamais livré à une expérience comparable. En fait, l'idée de voyager sans le concours d'un navordinateur ou d'un astromécano ne lui était jamais venue à l'esprit.

Thrawn lui demandait de tenter cet exploit, en risquant le *Chimaera* et toutes les ressources impériales contenues dans le vaisseau.

Le silence régnait toujours dans la fosse d'équipage. Pensaient-ils qu'il allait défier l'ordre de leur amiral et refuser? Pensaient-ils qu'il ne le ferait pas?

Pensaient-ils qu'il n'était *pas capable* de le faire?

Il redressa les épaules sous son armure.

— Comment vais-je savoir quelle est notre destination?

— Vous avez touché l'esprit des enfants qui sont allés là-bas, répondit le Chiss.

Il n'y avait aucune note de triomphe dans sa voix, aucune trace de satisfaction pour avoir réussi à faire céder Vador. Tout ce que ce dernier pouvait déceler, c'était du soulagement, peut-être même de la gratitude.

— Ce savoir, en plus de l'aide de la Force, devrait vous indiquer où les autres enfants sont emmenés, ajouta Thrawn. Pour le reste, votre talent et votre puissance dans la Force vous guideront pour déterminer l'itinéraire le plus rapide et le plus sûr.

— Très bien, dit Vador.

Faisant voler sa cape derrière lui, il parcourut la passerelle jusqu'à l'escalier menant à la fosse d'équipage en contrebas.

Les officiers se collèrent un peu plus à leur console sur son passage. Le timonier avait déjà quitté son siège et s'était reculé pour laisser toute la place nécessaire au Seigneur Noir. Vador s'assit à son poste.

Le fauteuil avait déjà été réglé afin de convenir à sa stature imposante. Soit son précédent occupant l'avait ajusté le temps que son remplaçant arrive, soit Thrawn en avait donné l'ordre par avance.

Vador se rembrunit. Encore un exemple de la confiance hors norme que le Chiss avait en lui-même.

Ou peut-être une preuve de celle qu'il *lui* accordait.

Le Seigneur Noir saisit les commandes. Peu importait. Ce qui comptait, c'était que Thrawn avait besoin de quelque chose que Vador était en mesure de lui fournir, et que l'Empire bénéficierait de ses actes.

Du moins, mieux valait que l'Empire en bénéficie.

— Préparez-vous à passer en vitesse lumière, lança Thrawn depuis la passerelle de commandement. Tous les systèmes en phase.

Vador écouta la litanie familière des divers postes qui confirmaient être prêts. Ce n'était pas très différent des procédures de lancement que LE Jedi avait entendues à bord des croiseurs de combat de la République pendant la Guerre des Clones. Un vaisseau mère restait un vaisseau mère, quelle que soit la personne aux commandes.

Il perçut une modification subtile de l'humeur de Thrawn. Pivotant vers lui, il vit l'ombre d'un sourire sur son visage.

— Vous trouvez ça amusant, amiral ? demanda-t-il d'un ton de défi.

— Non, pas du tout, monseigneur, s'empressa de répondre Thrawn. Juste un souvenir qui m'est revenu. Je vous ai dit que les Chiss appelaient ce don « la Troisième Vue ». Ce dont je n'avais pas encore parlé, c'est du titre qu'on donne à ces navigateurs quand ils sont en poste.

— Qui est ?

— Le terme cheunh est *ozyly-esehembo*. En basic, il se traduit par « arpenteur du ciel » et, dans une langue très ancienne, par « sky-walker »...

Son visage s'illumina d'un autre sourire fugitif et il ajouta :

— Vous imaginez ma confusion momentanée quand j'ai rencontré pour la première fois le général Anakin Skywalker.

Vador répondit d'un simple hochement de tête. Il avait oublié que LE Jedi, lui aussi, s'était étonné de la réaction de Thrawn en cette même occasion. Un petit mystère à présent éclairci.

La litanie de la procédure de lancement s'acheva.

— Seigneur Vador, le *Chimaera* attend que vous le guidiez, annonça Thrawn.

Voilà qui était nouveau, au moins. Le Seigneur Noir se projeta dans la Force et enclencha l'hyperdrive.

Vision dédoublée : un objet de type comète en approche à tribord...

Il ne représentait pas un danger sérieux, mais une inflexion de leur trajectoire évita tout ennui potentiel. Devant lui, il détecta la frontière du Système Mokivj alors que le *Chimaera* revenait dans l'espace interstellaire.

Vision dédoublée : une masse imposante, de la taille d'une étoile, au-dessus du vaisseau…

Une nouvelle fois, une légère modification de la propulsion évita le risque de collision. Deux autres étoiles filèrent sur les côtés, sans déclencher aucune alarme.

Vision dédoublée : le vaisseau virant vers bâbord…

La bonne direction pour les mener à la base grysk ? Vador laissa son esprit plonger plus profondément dans la Force, à la recherche d'une confirmation.

Vision dédoublée : le vaisseau virant vers bâbord…

Il régla les contrôles pour aligner le *Chimaera* sur le vecteur de sa vision.

Il ne s'était jamais prêté à cet exercice auparavant. Mais il semblait capable d'y parvenir.

Faites-moi confiance, l'avait une fois de plus imploré Thrawn. *Vous ai-je jamais déçu ?*

Vision dédoublée : une naine blanche droit devant…

Il adapta leur trajectoire une fois encore, et s'installa confortablement en prévision du long périple qui l'attendait.

CHAPITRE 18

Les droïdes de combat B1 n'étaient pas très malins, mais assez vifs pour réagir à la chute d'objets, à leur projection et aux changements brusques de luminosité ou de visibilité. Les B2, plus massifs, se montraient encore plus limités et lents, mais disposaient d'une puissance de feu supérieure.

Les deux modèles faisaient preuve d'une opiniâtreté équivalente. Et que le Duc Solha et ses deux comparses les houspillent pour multiplier leurs efforts n'arrangeait rien.

Quelques minutes seulement s'étaient écoulées, et déjà leur supériorité numérique commençait à se faire sentir. Sans son sabre laser, Anakin voyait ses options dramatiquement réduites. Le seul atout qui l'avait gardé en vie aussi longtemps était sa mobilité, sans compter le fait que les Sérenniens semblaient extrêmement soucieux de ne pas endommager leur chaîne de montage.

Au moins, leur petite chasse au Jedi les accaparait suffisamment pour qu'ils ne s'en prennent pas à Padmé et à Thrawn. C'était le plus important.

Toutefois, même conscient de la complexité logistique qu'impliquait d'atteindre le toit, Anakin avait dans l'idée qu'ils auraient déjà dû être de retour. Avec un peu de chance, ils jouaient seulement la prudence.

Les droïdes se rapprochaient, et il cherchait un autre endroit où aller se réfugier quand il perçut un bruit sourd et distant.

Les Sérenniens et les droïdes l'entendirent aussi. Pendant un moment, les tirs de blaster faiblirent lorsque tout le monde s'arrêta pour écouter. Il y eut un second choc sourd, puis un troisième…

L'usine était-elle attaquée ? Un quatrième impact…

Subitement, les tirs de blaster cessèrent quand Solha cria des ordres sur un ton affolé. Au rez-de-chaussée, les droïdes firent demi-tour et convergèrent au plus vite vers les deux portes de sortie. Un autre ordre et les quatre B1 qui étaient montés au premier étage pour traquer le Jedi se replièrent de leur démarche pataude.

Anakin s'accroupit un peu plus bas derrière son abri du moment et resta sur le qui-vive. Il pouvait très bien s'agir d'une ruse : il suffisait que Solha inverse ses ordres dès que le Jedi sortirait de sa cachette pour transformer cette retraite simulée en piège.

Mais cela n'arriva pas. Quelques secondes plus tard, il ne restait plus que les cinq techniciens qui travaillaient toujours sur la programmation des B2, et les trois super droïdes en garde derrière eux.

Anakin jaugea l'ennemi. Trois contre un. Sans doute le rapport de forces le plus favorable de cette journée. Mais sans son sabre laser…

Il se figea et sonda la Force lorsqu'une brise soudaine caressa un côté de son visage. La porte par laquelle les droïdes étaient partis venait de s'ouvrir à nouveau. Il pivota dans cette direction, cherchant des yeux quelque chose qui pourrait lui servir de projectile…

— Anakin ? fit la voix douce de Padmé.

— Ici, répondit-il dans un murmure.

Après un dernier coup d'œil aux B2 du rez-de-chaussée, il exécuta un saut bas et long qui l'amena dans la zone près de la porte, là où avait commencé son petit jeu. Padmé se tenait au bord de la plate-forme, accroupie derrière l'abri partiel que lui offrait une poubelle rouillée, son blaster S-5 dans une main et le sabre laser du Jedi dans l'autre. Elle l'aperçut qui bondissait vers elle, et ses traits se décrispèrent un peu. Elle voulut se redresser mais il lui fit signe de rester tapie où elle était et se hâta de la rejoindre.

— Tout va bien ? dit-il en s'accroupissant auprès d'elle.

— Je n'ai rien, le rassura-t-elle en lui tendant son sabre laser.

Il prit l'arme. Son poids était agréable dans sa main.

— Où est Thrawn ?

— Parti, répondit-elle, sans donner plus de détails. Que se passe-t-il ici ?

— Solha et la plupart des droïdes sont sortis en vitesse pour contrer l'autre attaque, expliqua-t-il avec un froncement de sourcils car il avait senti en elle une pointe d'amertume qui ne lui était pas coutumière. Si tu étais arrivée trente secondes plus tôt, ils t'auraient certainement piétinée au passage.

— Oui, j'ai vu un groupe de B1 qui filait vers la cour, fit-elle, perplexe. Quelle autre attaque ?

— Tu n'as pas entendu une série d'impacts ? Je pense qu'on pilonne le mur extérieur. Comment ça, il est parti ?

— Il a fait venir son vaisseau, a volé le générateur de bouclier et a filé, résuma-t-elle. J'ai l'impression qu'il n'était venu que pour ça.

Anakin sentit son estomac se nouer. Il aurait dû se douter que le Chiss n'avait pas fait équipe avec lui par pure bonté d'âme.

— Bon, en tout cas, il aura été utile sur le départ en tirant quelques salves pour faire diversion. Je descends. Attends ici que je me sois débarrassé de ces droïdes, et ensuite tu pourras m'aider à y voir plus clair dans ce qui se passe ici.

— Compris, dit-elle en serrant brièvement sa main. Sois prudent.

— Comme toujours !

Puisant dans la Force, il se redressa et sauta de la plate-forme en direction d'un endroit dégagé sur la table de contrôle où il serait à portée des B2. Une réception genoux pliés, trois frappes éclairs avec son sabre laser, et ce serait fini.

Absorbés par leur tâche, les techniciens ne le virent pas arriver. Tous les cinq bondirent brusquement en arrière quand il atterrit avec fracas sur la table devant eux. Les B2 furent sans doute aussi surpris mais ne tressaillirent pas. Alors qu'Anakin activait son sabre laser, ils relevèrent leur bras à blaster intégré. Il abattit son arme sur le torse du plus proche…

… et la lame bleue disparut.

Pendant une demi-seconde, Anakin resta interdit. Il existait bien quelques armes, comme les bâtons électriques, capables de bloquer un sabre laser, mais c'était la première fois qu'il voyait son arme se faire désactiver de la sorte.

Les droïdes étaient encore en train de braquer leurs blasters. Rallumant son sabre laser, Anakin frappa une deuxième fois. Et de nouveau, la lame disparut sans avoir eu le temps de laisser autre chose qu'une éraflure sur le revêtement métallique du B2.

Il n'avait pas le temps de chercher à comprendre ce qui se passait. Les blasters ennemis étaient presque braqués sur lui. À l'aide de la Force, il bondit par-dessus l'un des droïdes, atterrit cinq mètres plus loin et réactiva son arme.

Les B2 pivotèrent pour lui faire face. Le premier à avoir son bras redressé ouvrit le feu.

Vision dédoublée : des décharges se dirigent vers son torse…

Anakin fit décrire une boucle à sa lame. Elle intercepta les deux premiers tirs et les dévia vers les murs. Ça, au moins, ça fonctionnait toujours. Il fit un pas de côté quand le deuxième droïde le prit à son tour pour cible.

Vision dédoublée : des décharges fusent vers son torse, sa tête, son torse, son torse…

Laissant la précognition et la Force guider ses mains, Anakin détourna la salve tout en essayant de réfléchir. D'accord. Quelque chose de spécifique à l'armure des B2 leur permettait d'éteindre son sabre laser.

Mais peut-être que cette technologie n'était pas aussi efficace pour bloquer les tirs de blaster. C'était le moment d'en avoir le cœur net.

Vision dédoublée : des décharges multiples le frappent au torse, au torse, à la tête, au torse, au torse, à la tête…

Anakin stoppa de nouveau la salve. Mais cette fois, au lieu de détourner les décharges vers les murs, il les renvoya droit sur l'ennemi.

Sans effet. Les impacts produisirent une réaction singulière, une sorte de grésillement étrange qui sembla éclabousser les cibles plutôt que de les transpercer. Mais aucun dégât n'était visible. En tout cas, cela ne ralentissait nullement les B2.

Les tirs étaient encore plus nourris maintenant que les trois droïdes avaient ouvert le feu. Il fit un bond sur la droite tout en parant les décharges. Deux tirs fusèrent depuis les hauteurs quand Padmé intervint avec son S-5, mais ses attaques créèrent ces mêmes éclaboussures inexplicables, sans causer davantage de dommages.

Anakin enchaînait les mouvements d'esquive et déviait les tirs tout en essayant de réfléchir. Les décharges de blaster n'affectaient pas les nouveaux B2 de Solha. Cette résistance était déjà inquiétante ; mais le fait que les super droïdes soient capables de désactiver un sabre laser était bien pire.

Ces créatures de métal devaient *quand même* avoir un point faible, une vulnérabilité quelconque. S'ils ne pouvaient être stoppés, alors les Séparatistes avaient d'ores et déjà gagné. Or Anakin refusait d'envisager cette éventualité. Il effectua un bond sur la gauche, cette fois, et observa les yeux fendus des droïdes suivre son mouvement tandis qu'ils tournaient leurs blasters sur lui…

Leurs blasters.

Les chances étaient infimes, il le savait, et la prouesse que cela impliquait presque impossible à accomplir. Mais à cet instant précis, c'est tout ce qu'il avait.

Malheureusement, la manœuvre l'obligerait aussi à se risquer très près d'un de ses adversaires. Il s'écarta sur la gauche à nouveau, en continuant de parer les tirs, puis bondit par-dessus les B2, pivota dans les airs et se reçut une fois de plus sur la table de contrôle.

Pile derrière le droïde immobile toujours branché par des câbles à la console.

Il nota que les cinq techniciens avaient eu la sagesse de fuir la zone de combat. Ses trois adversaires se tournèrent vers lui. Mais à présent, Anakin était partiellement abrité derrière le B2 figé, et un seul des trois autres pouvait l'avoir dans sa ligne de mire. Le droïde se mit dans la position adéquate.

Vision dédoublée : un tir de blaster jaillit vers son torse…

Anakin s'accroupit pour avoir les yeux au niveau du poignet du B2.

Et alors que la décharge se précipitait sur lui, il la frappa avec son sabre laser et la renvoya droit dans le canon de l'arme.

S'il trouva étrange le bruit sec que fit l'impact, le résultat combla ses espérances. Le poignet entier et le blaster explosèrent, projetant une pluie de petites pièces qui retombèrent en cascade sur le sol. Le droïde lui-même ne sembla se rendre compte de rien et garda le bras tendu, comme si son arme continuait de cracher la mort sur sa cible.

Vision dédoublée : des décharges proviennent des deux autres B2 en direction du torse, de la tête…

Le Jedi para et esquiva en s'efforçant de toujours garder le B2 stationnaire entre lui et ses deux adversaires encore fonctionnels.

Ce ne fut qu'à cet instant qu'il se rendit compte qu'il avait *deux* boucliers à sa disposition. Renvoyant leur dernière salve vers les blasters des droïdes – sans réussir à les toucher –, il bondit devant celui qui s'entêtait à le viser avec son arme détruite. Le B2 se dressa au-dessus de lui, son poignet déchiqueté tendu vers la poitrine du Jedi…

Obéissant à une impulsion subite, Anakin enfonça la pointe de son arme directement dans le photorécepteur droit du droïde.

Certains soldats clones de la 501e affirmaient avoir abattu des B2 d'un tir précis dans l'œil. Anakin n'avait jamais vraiment su si ces histoires appartenaient à la catégorie des faits réels, des vantardises ou des douces illusions. Désormais, et pour la première fois, il savait que ces histoires *pouvaient* au moins être vraies.

Parce que c'est ce qu'il venait de faire.

Le B2 vacilla en arrière, tel un boxeur frappé à la mâchoire. Anakin tourna les poignets, dans l'espoir que sa lame ravage un peu plus le processeur du droïde. Une fois de plus, dès que le sabre laser effleura le cadre métallique de l'œil, il se désactiva. Le Jedi recula d'un grand pas tandis que le B2 pliait les genoux et basculait en avant, pour s'écrouler sur le sol.

Vision dédoublée : des décharges fusent vers son torse, sa tête, son torse…

Anakin fit volte-face et ralluma son arme alors que les autres B2 contournaient les obstacles pour le reprendre dans leur ligne de mire. Un d'abattu ; plus que deux. Il se déplaça sur la droite, se préparant à bondir de nouveau dans l'ombre du B2 désactivé d'où, avec de la chance, il réussirait peut-être à neutraliser ses derniers adversaires.

Il lui restait trois pas avant de s'élancer quand un éclair venu des hauteurs où se trouvait Padmé frappa l'un des super droïdes.

Le résultat fut saisissant et vaguement comique. Au lieu de simplement s'effondrer, le B2 écarta brusquement ses quatre membres à la manière d'un enfant qui, allongé dans le sable, dessinerait un ange en agitant les bras et les jambes. Il tint la pose une fraction de seconde avant de s'écrouler, déséquilibré.

Il n'avait pas terminé sa chute qu'une seconde décharge déchira l'air et eut le même effet destructeur sur le dernier B2.

Pendant un moment, Anakin contempla les droïdes d'un regard fixe, et l'odeur âcre du plastoïde brûlé envahit ses narines. Puis il leva les yeux.

Padmé était campée au bord de la plate-forme que formait l'étage supérieur, son S-5 tenu nonchalamment dans la posture d'un tireur d'élite, la bouche quelque peu entrouverte par l'ébahissement qu'elle éprouvait elle aussi en découvrant la scène en contrebas. Deux pas derrière elle, légèrement sur le côté, se tenait Thrawn, un fusil à long canon calé dans le creux de son coude. Sous les yeux d'Anakin, le Chiss passa son arme dans son dos, suspendue à sa bretelle, s'avança et prit tranquillement le S-5 des mains de Padmé. Il accrocha le grappin à un entretoisement tout proche, sauta de la plate-forme et se laissa descendre sans à-coups jusqu'au rez-de-chaussée. Ensuite, il réinitialisa le mode ascensionnel et renvoya le blaster à l'étage.

— Bien joué, dit-il en s'avançant vers le Jedi tandis que son regard incandescent survolait les alentours. Une variante intéressante des machines de combat utilisées habituellement par les Séparatistes.

— Content que le spectacle vous ait plu, répondit Anakin en étudiant le fusil singulier du Chiss. Merci pour le coup de main. La prochaine fois, sentez-vous libre de rejoindre la fête plus tôt.

— Si je l'avais fait, vous n'auriez pas appris comment les vaincre, remarqua le Chiss. Et puis, cette arme n'a que trois projectiles.

Anakin se retint de grimacer. Ainsi donc Thrawn aurait *pu* neutraliser les trois B2, mais il avait préféré attendre pendant que le Jedi courait comme un fou dans tous les sens pour ne pas avoir le crâne explosé.

Néanmoins, il devait admettre que le Chiss avait raison sur un point. Si l'usine entière était équipée pour produire ces droïdes invulnérables en grand nombre, la République devait apprendre à les combattre.

— Eh bien, merci, en tout cas, dit-il avant de désigner d'un signe de tête le droïde qu'il avait abattu. Un avis sur la façon dont ils s'y prennent pour arriver à ça ?

— J'ai une petite idée… Si nous examinions ces baquets ?

Padmé les rattrapa avant qu'ils atteignent la chaîne de montage.

— J'ai cru que vous partiez, lança-t-elle à Thrawn.

Son regard était hostile, mais le ton employé oscillait entre la colère et le soulagement, peut-être un mélange des deux.

— Je n'ai jamais dit que je partais, lui répondit avec calme l'intéressé. J'ai juste précisé que j'avais été envoyé ici pour le générateur de bouclier, et que mon premier devoir était envers mon peuple. Une fois ce devoir rempli, j'ai été libre de revenir pour aider le général Skywalker.

— Eh ! cria une voix sur le côté.

Par réflexe, Anakin se tourna dans cette direction et activa son sabre laser. Du coin de l'œil, il vit que Thrawn avait fait repasser son arme devant lui en position de tir.

Un individu à la stature imposante venait vers eux depuis la porte donnant sur le rez-de-chaussée, un blaster E-5 de droïde de combat serré entre les mains. Il se figea et écarquilla les yeux en voyant l'arme du Jedi.

— Houlà ! souffla-t-il avant de se baisser en hâte pour poser l'E-5 sur le sol.

— Tout va bien, dit aussitôt Padmé. C'est LebJau. Il m'a beaucoup aidée.

— Que voulez-vous ? demanda Anakin en toisant l'intrus d'un regard aussi étincelant que la lame devant lui.

En général, il avait confiance dans le jugement de Padmé. Mais cet homme avait foncé sur eux sans prévenir, armé d'un blaster de Séparatiste.

Le regard de LebJau semblait aimanté par le sabre laser.

— J'ai fait décamper tout le monde, comme elle a dit, déclara-t-il. J'ai juste pensé qu'elle pourrait avoir besoin de moi, c'est tout.

— Je leur ai promis une récompense, à lui et à ses amis, s'ils ne me livraient pas au Duc Solha.

— Le paiement d'une rançon pour des ambassadeurs est une pratique courante dans la République ? s'étonna Thrawn.

Les yeux de LebJau s'agrandirent encore.

— Des *ambassadeurs* ? Vous n'avez pas dit que vous étiez ambassadrice !

— Ne vous inquiétez pas pour ça, intervint Anakin.

Il désigna le groupe de techniciens toujours recroquevillés près de la rangée de B2 immobiles :

— Ceux-là. Ils sont toujours ici. Débarrassez-nous d'eux.

— Tout de suite. Tu as entendu le chef, Vipke ? dit le grand gaillard en faisant signe aux techniciens. On y va. J'ai dit : *On y va.*

En silence, ils traversèrent la pièce. Leur expression, nota Anakin, passa de la nervosité à la peur, puis à la colère.

— Allez geler dans l'espace, marmonna l'un d'eux avec un regard oblique adressé à Anakin en passant devant lui. Vous avez tout gâché.

— On bouge ! gronda LebJau.

Sans quitter le Jedi des yeux, il se baissa et ramassa le blaster avec circonspection. Le dernier technicien le dépassa et il suivit leur procession, l'arme au poing. Le Chiss se dirigea vers les baquets, imité par Anakin et Padmé.

— Vous savez, dit cette dernière à mi-voix, nous aurions pu les interroger au sujet des droïdes.

— Ouais, on aurait pu, reconnut le Jedi. Mais je n'avais pas vraiment envie de les avoir dans les pattes. Bon, Thrawn… Vous avez la parole.

— Faisons une expérience, proposa celui-ci en pointant du doigt le baquet contenant la matière fibreuse. Touchez ça avec votre sabre laser.

Anakin s'exécuta. Une fois encore, sa lame disparut instantanément.

— Cette matière est appelée « cortosis », expliqua le Chiss, et elle est très rare. J'en ai beaucoup entendu parler, mais je n'en avais encore jamais vu. De ce qu'on raconte, elle possède des coefficients de transmission et d'absorption d'énergie très élevés, au point qu'un grand nombre de tirs d'armes à décharge se dilueraient dans ses fibres sans les endommager.

— Voilà pourquoi les blasters ne l'ont pas abîmée, murmura Padmé.

— Oui, dit Thrawn. Elle est également souple et fragile, et par conséquent inutilisable dans la confection d'armure ou d'autres équipements de protection.

— On dirait que Solha a résolu ce problème, remarqua Anakin.

— En effet. Il semblerait qu'ils aient trouvé une méthode permettant de tresser le cortosis en un tissage incorporé à une matrice protectrice. De cette façon, l'impact énergétique se dissipe dans tout le maillage et d'un bout à l'autre de l'armure du droïde.

— Ils en ont aussi recouvert les murs, intervint Padmé. Les décharges de blaster que tu as détournées dans les parois se sont diluées de la même manière que celles qui ont touché les B2.

— J'imagine qu'il a fallu un grand nombre d'expérimentations pour apprendre comment utiliser une quantité minimale de cortosis tressée selon un schéma où chaque fibre en touche au moins une autre, ajouta Thrawn. À mon avis, ils se sont servis de leurs expériences ratées pour augmenter la protection de leur usine.

— Donc les blasters ne serviront à rien, à moins de créer une secousse massive ? demanda Anakin en regardant les deux droïdes abattus par le Chiss avec son fusil à éclairs.

— Ou plutôt une secousse très spécifique, corrigea Thrawn. La décharge d'un blaster est une simple impulsion énergétique qui peut se dissiper à travers la matrice. Le fusil à arc électrique présente un profil énergétique prolongé qui surcharge même la capacité du cortosis à le disperser.

— Sans parler de la charge massive imposée au revêtement de l'armure qui a tendance à écarter les membres du corps, souligna Padmé. Un petit plus assez plaisant.

— Et complètement inattendu, je peux vous l'assurer, ajouta Thrawn. Certains effets secondaires dans le combat peuvent être imprévisibles.

— Et pour mon sabre laser? voulut savoir Anakin. Il présente un profil énergétique prolongé, lui aussi.

— Là, je ne peux que formuler des suppositions. Mais je soupçonne le phénomène d'être analogue au fonctionnement d'un supraconducteur. La plupart des matériaux de ce type peuvent être neutralisés par l'application d'une surcharge suffisante. Il se peut que le gradient énergétique qui est beaucoup plus aigu sur les contours de la lame d'un sabre laser bloque momentanément les effets du cortosis et envoie l'énergie ricocher dans la lame. Il doit y avoir quelque chose dans le retour d'énergie qui provoque la désactivation du mécanisme.

— Tout ça n'a aucun sens, insista le Jedi. Je peux croiser ma lame avec celle d'un autre sabre laser sans que rien de tel ne se produise.

Le Chiss secoua la tête.

— Comme je l'ai dit, ce ne sont de ma part que des spéculations. Mais il est certain que la capacité de bloquer les attaques des sabres laser serait un atout d'une importance capitale pour les Séparatistes.

— C'est évident, admit Anakin, le visage sombre, en activant de nouveau son arme.

La lame présentait son aspect et son vrombissement habituels.

— Donc il faut détruire tout ça afin qu'ils ne puissent plus produire d'autres super droïdes de ce genre, ajouta-t-il en indiquant le baquet de cortosis.

— On pourrait le faire. Mais il y a peut-être des réserves de cette matière auxquelles nous n'avons pas accès.

— Et puis il y a la mine, glissa Padmé. C'est là qu'ils la trouvent.

— Alors nous devons également la condamner, conclut Anakin avec impatience. Commençons tout de suite.

— Une minute, répliqua le Chiss, son regard étincelant plissé par la réflexion. Au lieu de nous évertuer à fermer l'usine, peut-être qu'une meilleure solution serait de laisser l'ennemi perdre son temps et gaspiller ses ressources dans un projet totalement déficient.

Anakin regarda brièvement Padmé. Elle semblait aussi déroutée que lui.

— Et comment proposez-vous de parvenir à ce résultat ?

— Nous avons le système de contrôle de la chaîne d'assemblage à notre disposition, dit Thrawn en pointant le doigt vers la table de contrôle. Nous avons votre droïde astromécano. Pourquoi ne pas reprogrammer les droïdes de guerre de sorte qu'ils échouent dans leur fonction ?

— Vous pensez à laisser certains points de leur armure vulnérables ? demanda Padmé. L'ennemi ne risque-t-il pas de s'en rendre compte ?

— Je suggérerais quelque chose de plus subtil. Le maillage englobe presque toute la surface du droïde. Nous pourrions nous contenter de l'étendre un tout petit peu plus en ajoutant quelques fibres à travers le condensateur de décharge, dans les cylindres d'émission du blaster.

Anakin fronça les sourcils un instant, avant de comprendre.

— Pour que chacun de ses tirs envoie une décharge d'énergie à l'intérieur de son propre système ?

— Exactement. Si nous déroutons également certaines fibres pour les rapprocher du processeur de contrôle…

— Alors plus vite il tirera et plus vite il se grillera le cerveau, termina Padmé, une légère note d'excitation dans la voix. Mais le phénomène se produira assez lentement pour que l'ennemi ne remarque rien. Le droïde paraîtra totalement opérationnel et passera tous les tests.

— Mais au bout de cinq minutes de combat, il commencera à se dégrader, ajouta Anakin. Un plan qui se tient. Connectons R2, histoire de voir ce qu'il peut faire.

Le protocole standard de la République exigeait que les droïdes astromécanos aient la mémoire effacée après chaque mission, afin d'éviter d'offrir à l'ennemi une mine d'informations secrètes s'ils devaient être capturés. Anakin avait pris l'habitude d'ignorer cette directive, malgré les ennuis que cela lui avait parfois valus avec le commandement militaire et le Conseil Jedi.

Mais par conséquent, R2-D2 avait conservé tous les fragments de données et de procédures glanés au fil des ans. Et l'un d'eux comprenait l'architecture manufacturière et la reconfiguration graphique.

— Bon, il s'est mis au travail, annonça Anakin après que le petit droïde eut pépié sa confirmation. D'autres suggestions ?

Thrawn pencha la tête sur le côté, comme s'il tendait l'oreille.

— Seulement qu'il se dépêche. L'attaque de mon pilote pour faire diversion vient de prendre fin. Ils peuvent revenir ici à tout moment.

Anakin se concentra sur les sons extérieurs. Les impacts sourds et rythmés entendus plus tôt avaient cessé, en effet.

— Vous n'aviez pas dit que vous ne vouliez pas faire venir votre vaisseau ?

— J'ai dit que je ne souhaitais pas arriver à son bord, rectifia le Chiss. Il se peut que nous ayons besoin d'une diversion, afin de permettre à l'ambassadrice Padmé et à notre droïde d'achever leur tâche.

— LebJau a expliqué qu'ils passaient au tamis et triaient le cortosis à l'extrême ouest de l'aile nord, indiqua Padmé. Ensuite, ils l'emportaient à l'est de l'aile nord, puis ici dans l'aile est.

— Ils produisent ici des B2 imbattables. Une idée de ce qu'ils fabriquent dans l'aile nord ? demanda Anakin.

— Il ne l'a pas précisé. Il n'en sait sans doute rien.

Le Jedi arqua un sourcil à l'attention du Chiss.

— Ça vous dirait de percer ce mystère ?

— L'endroit en vaut un autre pour faire diversion.

Anakin réprima une grimace tandis qu'il se dirigeait vers la porte nord de l'aile. Maintenant que sa mission *réelle* était achevée, Thrawn avait-il perdu tout intérêt pour ce que les Séparatistes pouvaient faire d'autre ici ?

Aucune importance. Le Jedi s'en souciait toujours, lui. Pour être plus précis, si le Chiss avait bien renvoyé son vaisseau, leur cargo d'emprunt était toujours le seul moyen pour Thrawn de quitter Mokivj.

Et il n'avait pas uniquement besoin du transport : il avait aussi besoin d'Anakin. La seule raison qui expliquait que Thrawn ait un pilote était qu'il ne pouvait piloter son vaisseau lui-même. Intéressé ou pas, il devrait suivre le mouvement.

— Très bien, dit Anakin. Je passe en premier. Essayez de ne pas vous laisser distancer.

***

Comme l'avait souligné Padmé, les murs étaient au moins partiellement protégés contre les sabres laser. Heureusement, ce n'était pas le cas de la porte donnant sur l'aile nord. Alors qu'elle l'observait depuis la table de contrôle, Anakin découpa soigneusement le verrou et les charnières. Un geste de la main, et le lourd panneau bascula en flottant loin de l'issue. Anakin et le Chiss la franchirent. Le premier, son sabre laser au poing, le second avec son fusil à long canon toujours glissé dans le dos.

Padmé les regarda s'éloigner et disparaître de sa vue avec des sentiments partagés. Elle était heureuse que

Thrawn soit revenu, d'autant qu'Anakin aurait pu mourir sans son intervention. Mais elle n'avait toujours pas digéré le fait qu'il ait semblé tout à fait disposé à les abandonner une fois obtenu ce qu'il souhaitait.

Peut-être n'était-ce pas aussi déraisonnable que cela. Peut-être qu'à sa place, elle aurait agi de la même façon.

Peut-être que ce qui la troublait *réellement* était ce qu'il avait laissé entendre, à savoir que la République et les Séparatistes jouaient tous selon les mêmes règles.

Parce qu'elle avait vu la chose se produire à trop de reprises déjà. Diplomates, Sénateurs, Gouverneurs, systèmes planétaires entiers : dès qu'ils avaient ce qu'ils voulaient, ils s'éclipsaient, sans une seule pensée pour les autres.

En était-il toujours ainsi ?

Un mouvement attira son attention. La porte qu'Anakin venait de déplacer se relevait et flottait à nouveau vers l'issue. Juste avant qu'elle bloque la vue de Padmé, elle aperçut le Jedi de l'autre côté, une moue irritée sur le visage.

Ce qui signifiait certainement que l'idée de remettre la porte en place venait de Thrawn, et pas de lui.

Padmé eut un petit sourire. Anakin n'avait jamais été du genre à accepter un ordre de bonne grâce. En certaines occasions, même les suggestions les meilleures l'exaspéraient.

R2-D2 émit un bip.

— Tu es entré dans le système ? lui demanda-t-elle en baissant les yeux vers lui. Encore combien de temps ?

Le droïde gazouilla une estimation : entre dix et quinze minutes.

— Bien.

Cela accorderait à Thrawn et Anakin le temps nécessaire pour découvrir ce que Solha manigançait dans cette aile. Avec un peu de chance, ils réussiraient à élaborer un stratagème aussi malin que celui du Chiss pour neutraliser les B2. Elle leva une main et toucha doucement le bras du super droïde de combat. Le métal était un peu moins froid que celui des armures habituelles, mais à part cela, il n'y avait pas vraiment de différences.

Au moins savait-elle maintenant pourquoi les Séparatistes avaient installé leur usine de droïdes ici, plutôt que de livrer le cortosis dans une autre région de leur territoire. Un vaisseau capturé alors qu'il transportait un matériau inconnu pourrait éveiller les soupçons et donner lieu à une enquête. Un vaisseau capturé alors qu'il transportait des super droïdes de combat n'étonnerait personne, mais serait simplement envoyé quelque part pour que sa cargaison soit détruite ou démontée. Et il y avait peu de chances que les ouvriers ou les droïdes en charge de cette tâche remarquent quoi que ce soit d'étrange à leur propos.

Sans aucun signe avant-coureur, le B2 tressaillit.

Padmé ôta vivement la main.

— R2 ? souffla-t-elle. Tu as bien interrompu le transfert de données, n'est-ce pas ?

Elle ne fut pas certaine d'avoir totalement compris la réponse du petit astromécano. Mais il semblait confirmer que le transfert était déjà achevé, et que le B2 attendait seulement que son processeur interne mette en ordre les données et installe la programmation.

— Dans combien de temps ?

La réponse était presque inévitable : entre dix et quinze minutes.

— Super, murmura-t-elle en levant les yeux vers l'énorme droïde de combat. Fais vite, R2.

Il répondit d'un trille légèrement vexé : *bien sûr* qu'il travaillait à vitesse maximale !

— Parfait, commenta-t-elle avec un sourire.

Quel que soit le danger qui menaçait, et en dépit du chaos qui l'entourait, R2-D2 continuait de faire ce qu'il avait à faire. C'était un exemple dont beaucoup de gens qu'elle connaissait auraient pu s'inspirer.

Elle contempla les B2 toujours alignés le long du mur. Avec un peu de chance, le tour de passe-passe inventé par Thrawn fonctionnerait pour tous les futurs droïdes de combat. Mais ces huit-là étaient terminés, et ils risquaient de poser un sérieux problème aux Forces de la République s'ils sortaient d'ici.

Il y avait peut-être moyen qu'elle les sabote, ou au minimum qu'elle les marque afin que les clones et les Jedi les voient arriver. Laissant R2-D2 à sa tâche, elle s'approcha des droïdes. Elle étudia leur torse et se demanda si elle oserait y graver un signe distinctif…

— Bonjour, Jedi, dit calmement quelqu'un depuis l'autre côté de la pièce.

Padmé se raidit et résista à l'envie de sortir l'un de ses blasters. À en croire le son de sa voix, le nouveau venu était sans doute entré par la porte sud. Et d'après celui de ses pas, il approchait sans hâte, avec assurance. S'il avançait vers elle, l'arme au poing – ce qui était presque certain –, elle n'aurait jamais le temps d'être en position de tirer avant qu'il l'abatte.

Elle fronça les sourcils. Une *seule* série de pas. Plus important encore, des bruits de pas qui n'étaient pas accompagnés du cliquetis étouffé habituel des droïdes de combat. Était-il vraiment venu seul ?

— Bonsoir, répondit-elle en réfléchissant à toute vitesse.

Anakin avait dit que le Duc Solha dirigeait cette opération, et c'était indéniablement un accent sérennien qu'elle avait perçu dans la voix. Mais se confronter seul à un Jedi ? Cela semblait excéder même la célèbre arrogance de la noblesse sérennienne.

Et puis, quelque chose n'allait pas dans le timbre de cette voix. Padmé fronça les sourcils…

— Je vois que vous admirez mon œuvre, ajouta l'inconnu tandis que les pas continuaient de se rapprocher. Si vous êtes sage, je vous dirai…

Soudain, les pas s'arrêtèrent.

— Qu'est-ce que… ?

Un mince sourire étira les lèvres de Padmé.

— Je vois que vous avez remarqué *mon* œuvre ? rétorqua-t-elle en faisant volte-face.

Elle retint son souffle. L'énigme de son étrange élocution, au moins, n'en était plus une : à la place du noble qu'elle avait vu depuis la fenêtre de l'aile ouest – un homme vêtu d'une tunique et d'une cape sérenniennes élégantes – se trouvait un soldat clone en armure. Il pointait un fusil blaster sur elle – non pas un DC-15, modèle standard de la République, assez curieusement, mais un E-5 de droïde de combat –, et son casque était orienté de côté, vers les trois B2 qu'Anakin et Thrawn avaient détruits.

— Impossible, marmonna-t-il, comme s'il se parlait à lui-même. Ils m'ont affirmé que… Ah.

Toute confusion avait disparu de sa voix lorsqu'il ajouta :

— Très malin. Où avez-vous trouvé un fusil à arc électrique pour les abattre ?

— Je suis pleine de ressources.

Il savait donc que l'arme à éclairs de Thrawn pouvait avoir raison des droïdes ? Intéressant.

— Des droïdes de combat invulnérables, ajouta-t-elle. Très impressionnant.

Le casque pivota vers elle et l'homme se pencha légèrement en avant, comme s'il scrutait son visage.

— Sénatrice *Amidala* ?

— Oui, répondit-elle. Duc Solha ?

L'autre marqua un temps d'hésitation, puis, sans lâcher son E-5, ôta maladroitement son casque avec les deux mains.

C'était bien le Duc. Mais il ne correspondait pas exactement à l'image qu'elle gardait de lui. Alors que l'ancien

Duc avait l'air de quelqu'un dont les ambitions et les désirs ont été systématiquement contrariés, les yeux et le visage de ce nouveau Solha n'exprimaient qu'espoir, détermination et impatience.

— Ainsi donc vous vous souvenez de moi. Je suis impressionné. Tant de gens dans la République ou au Sénat ne m'ont pas pris au sérieux, ou ne m'ont même pas remarqué…

— Ce n'est pas vrai, contra Padmé avec prudence.

Le Duc travaillait avec Dooku, c'était évident… mais dans ce genre d'alliances, il subsistait toujours une chance de convaincre l'un des éléments de changer de camp. De toute façon, il fallait qu'elle gagne du temps ; un délai qu'elle pouvait mettre à profit pour semer les graines du doute dans l'esprit de Solha.

— On vous considérait comme un des partisans les plus discrets mais aussi les plus solides de la justice et de l'ordre, poursuivit-elle.

— Quand on se rappelait mon nom, vous voulez dire ? railla-t-il. Eh bien, tout cela va changer. Après la victoire finale de la Confédération, plus *personne* ne m'oubliera.

— Je n'en doute pas. Je dois cependant vous mettre en garde : Dooku a promis la victoire nombre de fois, et pourtant la République a toujours réussi à survivre.

— J'espère que vous vous remémorerez cette vantardise lors de votre procès pour crimes contre la Confédération, répliqua-t-il avec un sourire venimeux. Dès que Dooku disposera d'une armée de ces droïdes, plus deux ou trois autres surprises, le sort de votre précieuse Grande Armée sera scellé. Si vous avez de la chance, le Comte autorisera peut-être la République à continuer d'exister. Sinon… Dans tous les cas de figure, j'imagine que les membres du gouvernement les plus gênants seront éliminés.

— J'imagine.

Elle glissa un coup d'œil discret vers la porte sud. Toujours pas le moindre signe des droïdes. Qu'attendait donc Solha ?

— Quoique, en ma qualité de politicienne professionnelle, je dois vous faire remarquer qu'élever le niveau de vos menaces à ce point n'est pas vraiment une attitude productive.

Manifestement, elle ne s'était pas montrée assez discrète.

— Si vous guettez l'apparition de ma famille et de mes droïdes, vous regardez dans la mauvaise direction, dit-il avec un rictus mauvais. Certains se trouvent toujours dans la cour, où ils s'assurent que le transport volé dans lequel vos amis sont arrivés ne sera pas en mesure de décoller, du moins pas avant longtemps. Les autres progressent en ce moment même à travers l'aile nord. Une fois qu'ils en auront fini avec vos amis, ils reviendront ici, en passant par cette autre porte, là-bas…

Il s'interrompit, le visage traversé par un éclair de compréhension.

— Mais bien sûr… *Skywalker.* Je me disais bien que ce voleur de transport ne m'était pas inconnu, mais je n'arrivais pas à mettre un nom sur son visage. Oh, comme c'est regrettable.

— Pourquoi, parce que vous avez déjà perdu la partie ? suggéra Padmé. Je peux vous proposer des conditions avantageuses si vous vous rendez.

— Non, non. C'est regrettable parce que cela signifie qu'un grand héros de la République va mourir ici, à l'insu de tous, et personne ne saura jamais ce qu'il est advenu de lui.

Son expression se durcit et il ajouta :

— Tout comme vous, bien sûr.

CHAPITRE 19

La partie de l'usine située dans l'aile nord ressemblait moins à une chaîne de montage qu'à un atelier d'artisan : plus petite et encombrée de tables, elle n'occupait qu'un seul niveau. Mais le travail qui y était exécuté était très familier.

— Voilà pourquoi Solha portait une tenue de soldat clone, déclara Anakin tandis qu'il se tenait avec Thrawn auprès d'une section de la chaîne. Ils installent ici le même système que sur les B2.

— Oui, murmura le Chiss. C'est une énigme, général.

— Comment ça ?

— Vous avez déclaré que les droïdes créés dans l'aile est combattaient pour les Séparatistes. Pourtant l'armure que nous voyons là est portée par les soldats clones au service de la République. Pourquoi les Séparatistes voudraient-ils une armure résistant aux sabres laser pour leurs ennemis ?

— C'est pourtant évident, répondit Anakin, l'air sombre. Dooku doit préparer une infiltration massive des Forces de la République.

Il désigna les armures terminées qui étaient suspendues à des crochets au centre de la pièce.

— En fait, il en a déjà assez pour fouler aux pieds tout le District du Sénat.

— Les Séparatistes ont aussi des soldats humains ?

— Assez pour endosser toutes ces tenues, répondit Anakin. C'est même certainement la raison pour laquelle Dooku a confié la direction de l'usine à Solha. Une opération menée par un Sérennien, avec des troupes sérennienne en armure, et Dooku aura une occasion en or de s'octroyer tout ce que Coruscant peut offrir de meilleur, une fois qu'il se sera emparé du Sénat.

— Et éliminé les Jedi, aussi ? suggéra le Chiss. Dans la République, ce sont les seuls à se servir de sabres laser, non ?

Anakin sentit sa gorge se serrer. Il acquiesça.

— Oui. Vous avez raison. Une armure comme celle-ci serait parfaite pour attaquer le Temple Jedi. Si Dooku parvenait à anéantir les Jedi, le Sénat, et peut-être même capturer le Chancelier Palpatine…

Il s'interrompit quand un déferlement d'émotions le submergea.

— Padmé a des ennuis, annonça-t-il en faisant volte-face pour se diriger vers la porte.

Mais il fut stoppé net par Thrawn qui le retenait par le bras.

— Non.

— Lâchez-moi.

Il se dégagea d'une saccade, mais le Chiss pivota à moitié et de son autre main le saisit par le col.

— J'ai dit : *lâchez-moi !*

— Vous ne pouvez pas faire ça. Le danger pour votre République se trouve ici. C'est ici que vous devez concentrer vos efforts.

— Nous reprogrammerons cette usine comme R2 est en train de le faire pour l'autre.

Anakin releva violemment le bras avec l'intention de lui frapper le poignet, mais Thrawn déjoua la manœuvre en le lâchant une seconde avant de réitérer sa prise.

— *Arrêtez*, bon sang ! Elle va *mourir*.

— Il nous est impossible de reprogrammer, ici, fit le Chiss. Les soldats clones n'ont pas d'armes intégrées, contrairement aux droïdes.

— Je ne peux pas l'abandonner.

— Et nous n'allons pas l'abandonner. Mais votre mission – votre *véritable* mission – doit passer avant.

Ma véritable mission, c'est Padmé, voulut répliquer le Jedi.

Mais une fois de plus, il ne pouvait pas dire cela. Thrawn ne connaissait pas la vérité, et Anakin n'osait pas la lui révéler.

De plus, tout au fond de lui-même, il savait que le Chiss avait raison. Il serait vain de secourir sa femme maintenant si c'était pour la voir exécutée lors d'une purge séparatiste après la chute de Coruscant.

— Vous avez un plan ? demanda-t-il.

— Oui. Voyons si nos adversaires nous laisseront le temps de l'appliquer.

*
**

— Je suis certaine que vous ferez de votre mieux, dit Padmé.

Elle s'efforçait de conserver un ton calme. Si les derniers B2 de Solha étaient aussi invulnérables que les trois affrontés par Anakin et Thrawn, son mari courait un danger mortel.

Derrière le Duc, le dôme de R2-D2 pivota pour faire face à Padmé.

Et subitement, elle se rendit compte d'un détail qui lui avait échappé jusque-là : étant donné la disposition de la table de contrôle, Solha n'avait pas dû repérer le bras d'interface informatique de l'astromécano lorsqu'il avait traversé la pièce.

Plus important encore, il n'avait pas dû se rendre compte que ce bras était branché au connecteur de données.

Mais il lui suffirait à présent de tourner la tête pour s'en rendre compte. Padmé devait à tout prix l'empêcher de le faire.

— Pourquoi ne pas m'exposer le grand projet de Dooku ? Je crois me souvenir que la coutume sérennienne accorde une dernière requête au prisonnier condamné.

— Quel goût pour la dramatisation, Sénatrice ! la réprimanda-t-il avec ironie. Franchement, je le ferais si je le pouvais. Mais je crois que le Comte règle encore quelques détails.

— Ah, tiens.

Le Comte Dooku qu'elle connaissait aurait déjà tout réglé au centimètre et à la milliseconde près. La logique voulait qu'il en soit effectivement à ce stade, et qu'il n'estimât pas Solha assez important pour le tenir au courant.

— Mais, vraiment, le plan devrait vous sembler évident, poursuivit le Duc. Des droïdes de combat invulnérables pour détruire vos armées de clones…

Avec un bruit sec et métallique, le B2 à côté de R2-D2 revint brusquement à la vie. Solha se tourna à moitié vers lui…

Padmé ramassa prestement son S-5 et visa le Duc au niveau des côtes flottantes. Un coup qui devrait retenir son attention sans lui infliger de blessure sérieuse. Elle tira. La décharge fila vers le bord de son plastron.

Et disparut.

Solha sursauta et se retourna vers elle d'un bloc. L'incrédulité se lisait sur son visage.

— Vous m'avez *tiré* dessus ?

Padmé recommença, plus vers le centre de sa poitrine. De nouveau, en pure perte.

Mais cette fois elle remarqua l'effet de dilution.

Comme chez les B2, l'armure du Duc était tissée de fibres de cortosis.

— Bel exemple de conversation civilisée, grinça-t-il, toute trace de son arrogance désinvolte disparue.

Il remit son casque, écarta les bras et ajouta :

— Allez-y. Visez bien. Ensuite, vous accepterez peut-être le fait que votre République est condamnée.

Padmé regarda R2-D2 par-dessus l'épaule de Solha. L'astromécano retira son bras de connexion informatique et le rétracta. Il avait terminé la reprogrammation.

Il était temps de sortir d'ici.

— Si vous insistez, marmonna-t-elle en se concentrant sur sa cible.

La décharge alla éclabousser le casque, de nouveau sans créer aucun dommage.

Du pouce, elle changea d'un cran le sélecteur de tir du S-5 et projeta son dernier grappin qui alla percuter le Duc entre les deux yeux.

Sous l'impact, sa tête bascula en arrière et il recula en titubant. Padmé s'élança vers lui tout en rembobinant le filin du grappin. Son équilibre retrouvé, Solha voulut pointer son E-5 sur elle.

Il tomba à la renverse quand elle projeta une deuxième fois le grappin dans son casque. Rembobinant à nouveau, elle rejoignit le Duc et, d'un coup de pied, fit sauter le blaster hors de sa main.

Il lui saisit la cheville et voulut se relever. Elle le frappa encore avec le grappin, en pleine face, et l'arrière du casque heurta violemment le sol. Cette fois, il s'effondra et resta immobile.

— Viens, lança-t-elle à R2-D2 avant de courir vers la porte nord.

Le frère et la sœur du Duc rôdaient à l'extérieur, quelque part, et Anakin et Thrawn ignoraient que leur armure de clone était aussi invulnérable que celle des B2.

Ils étaient à mi-chemin de la porte quand Padmé entendit le super droïde de combat ranimé remuer derrière eux. Il émit un son guttural étrange…

… et se mit à avancer vers eux d'un pas lourd.

*
* *

— Emplissez-le complètement, dit Thrawn.

Anakin baissa les yeux sur le casque de soldat clone dans ses mains qui n'était en effet qu'à moitié plein.

— D'accord.

Il le replongea dans le baquet de cortosis, toute sa concentration axée sur les sensations qui lui parvenaient depuis l'aile est. Padmé était toujours en vie, indemne, et son niveau d'angoisse semblait à nouveau sous contrôle. Mais c'était tout ce qu'il pouvait discerner. Il éprouvait une envie désespérée de confier le restant du travail de préparation au Chiss et de se précipiter au secours de sa femme.

Mais il ne le pouvait pas. Thrawn avait raison : ils devaient battre l'ennemi ici, et tout de suite, ou la République se retrouverait sujette à un péril mortel.

D'autant qu'il entendait déjà les droïdes approchant depuis l'extrémité ouest de l'aile nord. Le Chiss et lui n'avaient plus beaucoup de temps. Il déposa le casque sur le sol, à côté des autres.

— Vous êtes sûr que ça va marcher ?

— Je ne suis sûr de rien, répondit Thrawn. Les histoires et les légendes sont utiles pour évaluer une culture, mais ce ne sont pas toujours des sources fiables en matière de données tactiques. Pourtant, d'après ce que j'ai vu, je crois que ça a une bonne chance de réussir.

— Eh bien, dans le cas contraire, je m'assurerai que vous le regrettiez jusqu'à la fin de vos jours, lâcha Anakin.

Les droïdes continuaient de se rapprocher…

Un bruit sourd de chute se fit soudain entendre dans leur dos. Le Jedi fit volte-face, saisit son sabre laser et l'activa.

À son grand soulagement, il s'agissait de Padmé, accompagnée de R2-D2 qui volait à sa suite à l'aide de ses propulseurs.

— Padmé ! appela-t-il.

Elle tourna la tête vers sa voix et trébucha presque quand elle les aperçut, Thrawn et lui, engoncés dans leur nouvelle armure de soldat clone, puis elle s'élança dans leur direction.

— L'autre B2, s'écria-t-elle d'une voix tendue. Il est juste derrière moi.

Anakin jura entre ses dents serrées. Un B2 invulnérable derrière, et un nombre indéterminé de droïdes de combat devant. Génial.

— Je m'occupe de lui, affirma-t-il avant de courir vers elle.

— Attendez ! le héla Thrawn. Vous devez neutraliser le droïde de façon à bloquer la porte.

— Ne vous inquiétez pas, aucun des autres B2 n'a été activé, indiqua Padmé.

— Le blocage de la porte, c'est pour nous, précisa le Chiss. Ils ne doivent pas se demander pourquoi nous ne sommes pas retournés dans cette pièce pour tout y détruire.

— Oui, oui, j'ai saisi, répondit le Jedi avec impatience. Malheureusement, même un de ces énormes super droïdes de combat n'emplirait pas en totalité l'espace de la porte.

— Des suggestions ? demanda Anakin.

— Essayez de le figer avec les membres écartés, comme je l'ai fait aux deux autres avec mon fusil à arc électrique, répondit Thrawn.

— Et pourquoi vous ne le faites pas vous-même ? lui lança Padmé. Il vous reste un tir, n'est-ce pas ?

— Parce que nous en aurons besoin ici, intervint Anakin qui réfléchissait de son mieux à la situation. C'est bon, je m'en charge. Padmé, reste là et donne-lui un coup de main. Nous emplissons de cortosis le plus grand nombre de casques possible. R2, avec moi.

— Et ne laisse pas le B2 apercevoir ton sabre laser, lui dit sa femme au passage.

— Compris.

Il écarta le haut de son plastron, glissa l'arme entre sa poitrine et l'armure, puis courut vers la porte. Vêtu ainsi, il se sentait mal à l'aise et pris de claustrophobie. En temps normal, il combattait avec une protection minimale qui laissait ses bras et ses jambes libres de se mouvoir, comme Thrawn l'avait déjà remarqué. Aller au combat totalement enfermé de la sorte constituait pour lui une expérience inédite, loin d'être agréable.

Un tournevis sur le sol à quelques mètres de lui attira son regard, et il recourut à la Force pour que l'outil flotte jusqu'à sa main. Quelques instructions brèves à R2-D2…

Le petit droïde pépia un avertissement.

— Ah oui, dit Anakin, et il enfila son casque.

À présent, il se sentait mal à l'aise, claustrophobe *et* aveugle. Parfait.

Par chance, les B2 ne possédaient pas une vitesse de déplacement phénoménale, et le droïde de combat se trouvait encore à quelques pas de distance quand Anakin et l'astromécano franchirent la porte. Le B2 repéra le Jedi, stoppa net et leva son bras à blaster intégré.

— Identifiez-vous, dit-il d'une voix mécanique.

Sous son casque, Anakin sourit. C'était ce qu'avait voulu dire Padmé : les trois Sérenniens portaient eux aussi une armure de soldat clone, et ils n'avaient sans doute pas eu le temps d'établir un système d'identification adéquat avec leurs droïdes. Aussi longtemps que le B2 ne voyait pas son sabre laser, il n'avait aucun moyen de savoir que l'humain devant lui n'était pas un de ses maîtres.

— Duc Solha, tenta le Jedi, juste pour voir le résultat.

Le B2 se figea, pour réfléchir ou parce qu'il était dérouté.

— R2 ? murmura Anakin en désignant d'un mouvement de tête le droïde de combat.

L'astromécano pépia une réponse et s'élança en avant, aussi vite que ses petites roues lui permettaient. Il atteignit sa vitesse maximale, maintint le cap…

… et fonça droit dans les jambes du B2.

Étant donné la différence de taille et de poids, le Jedi ne s'était pas attendu à ce que R2 renverse son adversaire. Le droïde vacilla sous l'impact mais resta debout. Il inclina la tête, comme stupéfait de l'impudence que montrait son agresseur, et Anakin tira avantage de la distraction pour lever un bras et planter le tournevis dans le mur, juste au-dessus du linteau de la porte, en usant de la Force pour l'enfoncer dans la céramique presque jusqu'à la garde.

De son bras baissé, le B2 expédia R2-D2 sur le côté, puis il se remit en marche vers la porte. Anakin recula de trois pas avant de se ruer en direction de son adversaire. Au moment de franchir à nouveau le seuil, il bondit et agrippa le manche du tournevis. Il s'en servit comme pivot pour se projeter en avant, lâcha sa prise et, emporté par son élan, percuta des deux pieds le torse du B2.

Cette fois, le droïde de combat manqua de peu basculer en arrière et ne conserva son équilibre qu'à grand-peine. Anakin retomba sur le dos et se releva aussitôt.

Vision dédoublée : un tir fuse en direction du torse…

Quasi aussitôt, le blaster de poignet du B2 lui envoya une décharge à pleine puissance en pleine poitrine.

Anakin chancela de deux pas en arrière et sentit une tiédeur subite se propager rapidement du centre de sa poitrine pour envelopper ensuite tout son corps. Le super droïde fit feu à nouveau au moment où le Jedi franchissait la porte à reculons. Cette fois, l'impact créa une vague de chaleur presque douloureuse. Même le cortosis avait ses limites, apparemment.

Ayant retrouvé son équilibre, le B2 reprit sa marche en avant tandis que son blaster intégré traquait le torse de sa cible. Il semblait avoir oublié R2-D2 derrière lui, qui se préparait à foncer encore dans ses jambes. Anakin observa l'ennemi, calcula le bon moment…

— Maintenant, R2 ! cria-t-il avant de s'élancer.

En règle générale, les B2 n'étaient pas très malins. Mais celui-là l'était peut-être plus que la moyenne. Ou bien avait-il déjà analysé le mode préféré d'attaque de son opposant. Alors que le Jedi se ruait sur lui, il se planta au milieu du seuil de la porte, écarta les bras et saisit fermement le chambranle de chaque côté pour absorber l'impact imminent. Derrière lui, R2-D2 pépia une sorte de cri de guerre et accéléra. Le B2 réagit en écartant les deux jambes et en calant les pieds contre le bas du montant de la porte, afin de ne pas être déséquilibré par cet autre choc à venir.

De la sorte, il s'était mis précisément dans la position que Thrawn avait requise.

Bondissant vers le tournevis, Anakin en saisit le manche de sa main gauche et propulsa ses deux pieds contre le torse du droïde de combat. Ce dernier avait les bras et les jambes solidement verrouillés, et il ne tressaillit même pas. Sans lâcher le tournevis, Anakin arracha le plastron de son armure de sa main droite et saisit son sabre laser avant que l'arme tombe au sol.

Il colla l'extrémité du manche contre l'œil droit du B2 et activa la lame.

Un frisson parcourut toute la structure du droïde. Cette réaction ne dura qu'un instant, puis le B2 parut s'affaisser sur place. Pendant une seconde, Anakin craignit qu'il s'effondre, mais le droïde s'était accroché trop fermement pour cela, et il resta figé en travers de la porte. Condamnant ainsi toute approche, exactement comme Thrawn le souhaitait.

Condamnant l'accès avec, hélas, R2-D2 bloqué de l'autre côté.

Le sourire satisfait du Jedi s'estompa.

— R2 ? appela-t-il une voix hésitante.

L'astromécano répondit d'un grognement électronique exaspéré.

— Oui, désolé, lui dit Anakin après s'être laissé retomber sur le sol. Tiens bon. Je vais te sortir de là.

— Anakin ! s'écria Padmé sur le ton de l'urgence. Ils arrivent !

— Rectification : ils sont arrivés, ajouta Thrawn avec calme.

Le Jedi regarda en arrière. La porte menant à la partie ouest de l'aile nord s'était ouverte, et les B1 entraient un à un, blaster au poing, leur tête tournant de part et d'autre en quête d'une cible. Derrière eux, sept B2 dominaient de leur taille la foule de droïdes.

Anakin tressaillit. Si ces sept-là faisaient partie des indestructibles…

— Là-bas ! s'écria un B1 en braquant son blaster sur Anakin. Vous ! Immobilisez-vous pour interrogatoire !

— Ne tirez pas, répondit-il en s'avançant vers eux, les mains croisées derrière la nuque, cachant ainsi à leur vue son sabre laser.

Les B1 de tête avaient dépassé la rangée de neuf casques remplis de cortosis sans les avoir remarqués, semblait-il, ou en tout cas sans avoir compris la raison de leur présence. Tout ce qu'Anakin avait à faire maintenant, c'était de gagner du temps jusqu'à ce que tous les B2 aient franchi la porte et libéré l'accès.

Il grimaça. Neuf casques. Sept B2. La suite s'annonçait compliquée.

L'ennemi avançait toujours. Pour moitié, les B1 surveillaient Anakin. Les autres continuaient de scruter la pièce des deux côtés. Tous les super droïdes de combat étaient à présent entrés avec, pour fermer la marche, un dernier groupe de B1.

Sans crier gare, une décharge de blaster fusa à travers la salle et alla toucher l'un des B2.

Les droïdes pivotèrent aussitôt et pointèrent leurs armes en direction du tireur. Mais avant qu'ils aient le temps d'ouvrir le feu, une deuxième décharge jaillit vers eux. Celle-là alla éclabousser l'armure d'un autre B2.

Éclabousser...

Anakin esquissa un petit sourire. Bien sûr. Padmé et Thrawn ciblaient les B2 les uns après les autres, et guettaient les signes révélateurs d'une armure renforcée au cortosis.

Les droïdes se mirent à riposter. Mais les tirs adverses affluaient, et leur source changeait de position à chaque fois. Padmé et Thrawn se déplaçaient continuellement afin d'éviter la contre-attaque ennemie. Un... deux... trois...

Le septième et dernier tir fendit l'air.

Anakin disposait des chiffres à présent. Trois des sept B2 étaient du type ordinaire. Les quatre autres, regroupés au centre de la formation des droïdes, appartenaient aux invulnérables.

— Prêt ! cria le Jedi.

Il ramena ses mains devant lui et activa son sabre laser. L'un des B1 laissa échapper une sorte de couinement à la vue de la lame, et tous ceux formant le premier rang prirent le Jedi pour cible.

Anakin para les décharges et s'approcha d'un des piliers de soutènement en s'évertuant à attirer autant que possible leur attention. Ils n'auraient droit qu'à une seule chance. Il atteignit le pilier et s'abrita derrière.

Sans attendre, il contourna l'énorme colonne tandis qu'un tir fourni arrachait des fragments de céramique du côté d'où il venait de disparaître. L'espace d'une demi-seconde, les B1 perdirent leur cible de vue.

Le Jedi n'avait rien besoin de plus. Puisant dans la Force, il souleva du sol les neuf casques et les précipita à la verticale des super droïdes invulnérables. Une autre poussée et les casques se retournèrent pour déverser les fibres de cortosis qu'ils contenaient sur la tête des B2. Depuis l'autre bout de la pièce, le tir ultime du fusil à éclair de Thrawn claqua dans l'air.

Un instant plus tard, les quatre B2 se retrouvèrent coiffés d'un nuage électrique scintillant et palpitant tandis que les fibres se connectaient, se déconnectaient, puis se reconnectaient les unes aux autres, projetant et diffusant l'énergie entre elles et dans tout le tissage de cortosis contenu dans l'armure des droïdes.

Thrawn avait espéré que cet afflux soudain d'énergie détruirait leurs ennemis. Anakin n'en avait pas été convaincu. Mais cela n'avait pas tellement d'importance à ses yeux. Tout ce qui importait, c'était que les B2 restent sidérés assez longtemps pour qu'il puisse passer à l'action. Il contourna le pilier et se rua sur leur formation. Taillant en pièces tous les B1 sur son passage, il rejoignit les quatre B2 invulnérables, bondit dans les airs et transperça mortellement deux d'entre eux avant de retomber souplement au sol. Il fit instantanément volte-face et, alors que les deux premiers s'écroulaient, s'élança pour se percher sur les épaules du troisième. Deux coups de plus et les quatre B2 ne représentaient plus aucune menace. Lorsqu'il reprit contact avec le sol, il découvrit toutefois que les derniers droïdes, bien moins affectés par la tempête d'énergie que ceux à l'armure tressée de cortosis, se préparaient à l'attaque.

Vision dédoublée : des décharges fusent en direction de la poitrine, de la tête, des jambes, de la tête, des jambes, du torse…

Ils étaient peut-être encore une vingtaine, B1 et B2 confondus. Aucune importance. Anakin était totalement imprégné de la Force. Il tournoya, para, frappa et détruisit. À travers la brume du combat, il avait vaguement conscience des tirs de blaster qui transperçaient la mêlée : Padmé et Thrawn éliminaient les B1, plus vulnérables, dès qu'ils en avaient l'occasion.

Padmé menacée… la République en danger… le meurtre de Duja…

Vision dédoublée : des décharges au torse, à la tête…

Alors qu'il poursuivait son assaut, un souvenir tourbillonna dans son esprit : le massacre des Hommes des sables qui avaient torturé et assassiné sa mère. Il s'agissait de justice, à l'époque. Désormais, c'était la guerre.

Vision dédoublée : une décharge à la poitrine…

Il dévia ce tir unique et releva sa lame. Avant qu'il puisse riposter, le dernier B1 s'effondra, le torse transpercé par le S-5 de Padmé.

Il regarda autour de lui. Leurs ennemis jonchaient le sol. Tous détruits. Jusqu'au dernier.

— Tu n'as rien ? demanda Padmé en se précipitant vers lui.

— Non, bien sûr, répondit-il, un peu plus essoufflé qu'il n'aurait dû l'être, sans doute à cause de l'armure.

Il se retourna et demanda :

— Thrawn ?

Le blaster ELG-3A de Padmé à la main, le Chiss émergea de l'endroit où il se cachait et avança vers eux.

— Je suis là. Vous voulez toujours détruire cet endroit ?

Le Jedi contempla la rangée d'armures de soldats clones tressées de cortosis. Le plan ultime de Dooku pour remporter la victoire.

— Absolument.

— Alors faites-le, déclara Thrawn. L'ambassadrice Padmé et moi allons vérifier l'état du transport.

Anakin jeta un regard interrogateur à sa femme.

— Vas-y, lui dit-elle. Dooku peut avoir ses droïdes de combat, maintenant, pour le bénéfice qu'il en tirera… Mais ça…

— Entendu. Soyez prudents. Je vous rejoins au plus vite.

Les armures étaient peut-être immunisées contre les coups de son sabre laser, mais les piliers qui soutenaient le plafond et l'étage supérieur ne l'étaient pas, eux.

Il commença par celui situé le plus à l'est afin de condamner cet accès le plus rapidement possible au cas où Solha tenterait de retirer le B2 du passage. Le pilier se révéla plus résistant et mieux bâti qu'il l'avait pensé, et il lui fallut frapper à six reprises pour en venir à bout.

Mais quand il céda, ce fut spectaculaire. Ses concepteurs n'avaient jamais imaginé que le pilier pourrait s'effondrer, semblait-il, aussi l'avaient-ils fortement ancré dans le sol autant que dans le plafond. Dès lors, quand la partie supérieure chuta, elle entraîna avec elle une énorme section du plafond et du toit. Et en dépit de ses réflexes Jedi, c'est tout juste si Anakin eut le temps de se mettre à l'abri.

Les débris s'écrasaient encore sur le sol dans un épais nuage de poussière qu'il s'attaquait déjà au deuxième pilier.

Quand il arriva à l'extrémité de la pièce, il avait acquis une idée suffisamment précise des caractéristiques structurelles des colonnes pour faire tomber la dernière exactement sur les rangées d'armures de soldats clones.

Il consacra un moment à scruter le nuage de poussière pour examiner son œuvre et s'assurer que personne ne pourrait jamais extraire de ce chaos quoi que ce soit d'utilisable. Ensuite, il se fraya un chemin à travers les amoncellements de gravats et rejoignit la porte la plus à l'est.

À l'extérieur, Padmé et Thrawn étaient accroupis derrière un gros bloc de permabéton qui paraissait provenir du toit ou de l'étage supérieur de l'aile est.

— C'est fait ? lui demanda Padmé quand il vint s'abriter à côté d'eux. En tout cas, ça a fait un vacarme terrible.

— Tout est enseveli, écrasé, en miettes, confirma le Jedi avant de tapoter le bloc devant eux. Que s'est-il passé, ici ?

— Auriez-vous oublié l'attaque de diversion menée par mon vaisseau ? s'étonna Thrawn.

— On dirait, admit Anakin.

À l'autre bout de la cour, quatre autres B2 montaient la garde au bas de la rampe d'accès du transport.

— Laissez-moi deviner, reprit Anakin, les autres Sérenniens et le reste des droïdes se trouvent à bord ?

— Très certainement, acquiesça le Chiss.

— Solha a dit qu'ils allaient le neutraliser, ajouta Padmé. C'est sans doute déjà fait, à l'heure qu'il est.

— Sans doute, approuva Anakin. Alors, que faisons-nous ?

— Nous nous préparons à quitter ce monde, déclara Thrawn. L'ambassadrice Padmé et moi allons nous placer là-bas, ajouta-t-il en désignant un amas de débris situé à mi-chemin le long du mur de l'aile est. Vous, général, allez rejoindre l'endroit où se trouvait le générateur de bouclier, et vous engagerez le combat avec ces droïdes. Restez sur place et contentez-vous de vous défendre. Nous nous occuperons du reste.

Le Jedi fronça les sourcils. Un seul accès du vaisseau était ouvert, et jamais personne ne réussirait à se glisser derrière les B2, aussi occupés fussent-ils par un autre ennemi. Et même si Thrawn et Padmé parvenaient à monter dans le transport, il ne serait pas facile de désamorcer le sabotage opéré en un temps limité.

— Puis-je savoir comment vous compter vous y prendre ?

— Nous n'avons pas le temps, répliqua le Chiss qui leva les yeux vers les étoiles. Allez-y. Maintenant.

Anakin prit une grande inspiration.

— D'accord. Rappelez-vous simplement la promesse que je vous ai faite un peu plus tôt : celle que vous le regretterez jusqu'à la fin de vos jours en cas d'échec…

Il se mit en condition, activa son sabre laser et fonça dans la cour.

Les B2 se tournèrent vers lui dès qu'ils le virent et déplièrent leur bras avec blaster intégré.

Vision dédoublée : des décharges vers le torse, la tête, le torse, la tête…

Il s'installa en posture de défense et laissa la Force guider ses mains. La bataille s'intensifia ; il intensifia ses parades…

— Anakin !

La voix semblait provenir du fond d'un puits. Il pivota légèrement, et confia provisoirement l'intégralité de sa défense à la Force.

Quelle ne fut pas sa surprise de découvrir que, pendant qu'il était focalisé sur le cargo et les B2, un autre transport plus petit s'était posé dans la cour, derrière lui. Sa rampe était déployée, et deux hommes gisaient au sol à côté d'elle, inconscients ou morts. Padmé lui faisait de grands signes depuis le haut de la rampe ; elle croisa son regard, hocha la tête et disparut à l'intérieur. Thrawn se tenait à côté de l'accès, abrité par la rampe, et tirait sur les droïdes avec le S-5 de Padmé.

— Embarquez, général !

Une fois de plus, le Chiss semblait avoir usé de sa magie. Sans quitter les droïdes des yeux, Anakin se mit à reculer vers leur nouveau transport en continuant de bloquer les tirs adverses. Il atteignit le bas de la rampe, attendit que Thrawn le contourne et s'engouffre dans le vaisseau, puis lui emboîta le pas…

— Attendez ! lança une voix.

Le Jedi risqua un regard sur le côté. LebJau, l'ami de Padmé, approchait en chancelant, R2-D2 serré dans les bras.

— Il s'était emmêlé les roues dans des morceaux de plastoïde.

Anakin grimaça.

— Emmenez-le à bord ! Excuse-moi, R2.

Il attendit que LebJau et le petit astromécano soient en sécurité à l'intérieur du vaisseau pour gravir le reste de la rampe à reculons et se mettre lui aussi à l'abri. Il enfonça aussitôt le bouton de fermeture du sabord.

— On peut y aller !

Il dut s'agripper à la première prise venue quand Padmé propulsa l'appareil vers le ciel à pleine puissance en décrivant toutes sortes de zigzags et d'embardées pour esquiver les tirs des B2. Il attendit qu'elle ait stabilisé son vol puis alla les rejoindre dans le cockpit.

Quand il y arriva, Thrawn occupait déjà le poste du copilote.

— Je donne ma langue au chat, dit le Jedi en s'agrippant au dossier du siège qu'occupait Padmé. Vous le sortez d'où, celui-là ?

— Vous ne le reconnaissez pas ? s'étonna le Chiss. C'était un des appareils qui stationnaient sur la piste d'atterrissage de l'avant-poste de Black Spire.

Anakin fronça les sourcils.

— Et alors ? Ah, d'accord : les Séparatistes que nous avons laissés sur Batuu s'en sont servis ?

— Exactement. Vous vous rappelez peut-être mon commentaire, quand j'ai dit que tout irait bien tant qu'ils seraient à quelques heures derrière nous…

— Vous vous attendiez donc à ce qu'ils rappliquent ?

— Bien sûr, répondit Thrawn du même ton qu'adoptait Obi-Wan quand il jugeait que son élève ne comprenait pas assez vite. Ce sont des soldats. C'était inconcevable qu'ils ne fassent pas ce que leur imposait leur devoir.

— Évidemment, admit le Jedi avec une pointe d'aigreur. Et vous saviez qu'ils se poseraient précisément là où Padmé et vous pourriez les abattre en vous cachant sous la rampe parce que…

— Parce que c'était le meilleur endroit de la cour d'où ils pouvaient vous attaquer à revers sans risquer d'être pris dans le feu croisé de leurs propres droïdes.

— À propos de droïdes, c'est LebJau qui vient d'embarquer avec R2 ? voulut savoir Padmé.

Anakin acquiesça.

— Oui. R2 était dans le pétrin, et LebJau l'en a tiré. Là – juste devant nous –, c'est bien la mine d'extraction du cortosis ?

— Je l'ignore, avoua-t-elle. Mais ça semble correspondre au bon endroit.

— C'est bien là, confirma Thrawn.

— Amène-nous à la verticale, Padmé, ordonna Anakin. Il nous reste une dernière tâche à accomplir.

— Je vous invite instamment à reconsidérer votre projet, fit le Chiss. La présence d'étrangers a déjà assez nui à ce monde.

— Eh, ce n'est pas *nous* qui leur avons infligé ça, répliqua le Jedi. Ce n'est pas nous qui avons commencé. Mais c'est à nous qu'il revient d'en finir.

— Mais de quoi parlez-vous ? demanda Padmé d'un air perplexe.

— Le général Skywalker a pour projet de détruire la mine, lui répondit Thrawn d'un ton mesuré. Une fois encore, je vous invite…

— Là, coupa Anakin.

Le bras tendu par-dessus l'épaule de Padmé, il désigna une grande structure anguleuse au cœur des ténèbres, son éclairage éteint comme si elle avait été désertée.

— Il doit s'agir du puits principal.

— Anakin, tu es sûr que c'est une bonne idée ? demanda Padmé avec prudence.

Il baissa les yeux sur le sommet de la tête de sa femme, et une brève poussée de colère l'envahit.

— Tu prends son parti, maintenant ?

— Je ne prends le parti de personne, protesta-t-elle. J'essaie seulement de déterminer si c'est la meilleure chose à faire. Nous avons reprogrammé les droïdes, tu te souviens ? Pourquoi ne pas les laisser gaspiller le cortosis ?

— Et s'ils devinent ce que nous avons fait ? Thrawn affirme que le cortosis est une matière rare, mais ça ne signifie pas qu'ils ne trouveront pas un autre gisement ailleurs. Et puis, nous ne pouvons pas prendre le risque qu'ils fabriquent d'autres armures de soldats clones.

— Il y a des mineurs, en bas, murmura LebJau depuis le seuil du cockpit.

Anakin se retourna. Les traits crispés, LebJau déglutit avec peine.

— Nous allons les faire sortir d'abord, lui promit le Jedi. Thrawn et moi pouvons faire ça. Ou peut-être vous et Thrawn… Moi, il faut que je trouve des charges explosives et que je les place.

Durant plusieurs secondes, LebJau regarda fixement le bâtiment qui grossissait devant eux. Puis il baissa les yeux sur le sabre laser accroché à la ceinture du Jedi et poussa un soupir résigné.

— Oui, bien sûr. Ce n'est pas comme si on avait le choix, de toute façon. Pas sûr de l'avoir déjà eu, d'ailleurs.

— Bien, dit Anakin en reportant son attention sur leur cible. Il semble que l'entrée principale soit située là-bas, côté sud. Pose-nous près d'elle.

— J'espère que tu sais ce que tu fais, murmura Padmé.

— C'est le cas, dit-il en lui effleurant l'épaule. Fais-moi confiance.

CHAPITRE 20

— Seigneur Vador ? fit la voix de Thrawn dans l'obscurité. Revenez, monseigneur.

Vador ouvrit les yeux et fut quelque peu surpris de constater qu'il se trouvait toujours à la barre du *Chimaera*.

— Je n'étais pas parti, amiral, rétorqua-t-il avec une note d'avertissement dans le ton. Il n'est pas besoin que je revienne.

— Mes excuses, monseigneur, dit le Chiss en inclinant la tête.

Le Sith regarda autour de lui. Thrawn avait été assez intelligent pour vider cette zone de la salle, ne laissant personne dans la fosse d'équipage ou sur la passerelle en surplomb qui aurait pu être tenté de l'observer fixement.

Une chance pour le Chiss. Et une chance plus grande encore pour le malheureux qui aurait succombé à la tentation.

— Ils préparent le *Chimaera* pour l'attaque, répondit l'amiral à la question muette du Seigneur Noir.

— Je vois, dit celui-ci avant d'étudier les données qui s'affichaient devant lui.

Ils étaient arrivés à destination.

— Oui. Ce système n'a pas de nom chez nous, et il n'abrite pas de monde habité. À une certaine distance devant nous se trouvent deux vaisseaux en mode stationnaire, qui ont très certainement appartenu au groupe ayant tracté la lune. Ils sont en grande partie au repos et doivent attendre le retour des appareils de Mokivj.

— Il y a une base ?

— Rien d'autre que les vaisseaux.

— Peut-être que les Grysks sont des nomades, après tout. Notre présence n'a pas été détectée ?

— Pas jusqu'à maintenant, semble-t-il… J'ai un plan à vous soumettre, monseigneur. Il nécessitera votre participation, si vous le voulez bien.

Vador le dévisagea. Cette fois, le Chiss avait demandé au lieu d'ordonner ou de supposer.

— Exposez-moi ce plan.

— Je souhaiterais que la Première Légion et vous-même embarquiez dans l'*Épervier noir*. Que vous interceptiez le vaisseau grysk, montiez à bord et…

— Non.

Cette réaction sembla prendre l'amiral au dépourvu.

— Je vous demande pardon, monseigneur ?

— Je ne monterai pas à bord de cet appareil. Le commandant Kimmund et la Première Légion sont plus que capables de mener seuls une opération d'abordage et de sauvetage.

Les lèvres du Chiss se pincèrent très légèrement, juste un instant.

— Pourtant, monseigneur, de nous tous, vous êtes le seul à même d'utiliser la Force.

— Et cela vous tracasse, amiral ? Cette créature que vous avez décrite, sur Atollon. Elle a failli vous terrasser parce que vous ne pouviez pas la comprendre.

— Au final, elle a été vaincue.

— Vraiment ?

Thrawn serra les lèvres une fois de plus.

— Le moment paraît assez mal choisi pour débattre de ce sujet.

— C'est le moment parfait, au contraire, lâcha Vador qui désigna d'un geste la baie d'observation et les deux vaisseaux grysks dans le lointain. Vous proposez d'utiliser le *Chimaera* contre une espèce que l'Empereur n'a pas encore déclarée hostile. Vous proposez de le faire sans en avoir reçu l'ordre, et dans une opération qui bénéficiera uniquement à votre peuple, pas à l'Empire.

— Nous en avons déjà discuté. Je maintiens que cette opération bénéficiera aux deux.

— Ah oui ? Nous sommes en mission pour l'Empire, amiral. La réussite de cette mission prime sur n'importe quelle autre considération. La victoire est tout ce qui importe.

— L'avenir de mon peuple importe aussi.

— Non, trancha Vador. Seule la victoire est notre objectif.

— Et pas la vengeance ?

— Pas la vengeance, non. Pas même cette opération de sauvetage.

Le Chiss resta silencieux un moment.

— Je comprends, finit-il par dire. Mais je crois que nous pouvons mener les deux à bien.

Vador sonda la Force. Une fois encore, Thrawn paraissait tellement sûr de lui, tellement convaincu qu'il avait raison…

Le Seigneur Sith pouvait le stopper. Peut-être qu'il *devait* le stopper.

Mais il avait déjà vu une telle assurance, voilà bien longtemps, chez LE Jedi. Lui aussi avait eu la certitude absolue qu'il faisait ce qui était à la fois juste et nécessaire.

Et de nouveau, il eut envie de savoir si Thrawn pouvait vraiment accomplir ce qu'il promettait.

— Très bien, décida-t-il. Mais comprenez-le bien : toute la puissance de la créature que vous avez affrontée sur Atollon n'est rien en comparaison des pouvoirs de l'Empereur. Vous souhaitez vraiment prendre le risque de subir son courroux ?

— Il n'y a aucun risque, répondit posément le Chiss. Cette mission obtiendra l'assentiment de l'Empereur.

— Peut-être…

Il pouvait en être autrement, bien sûr. Mais la conviction paisible de l'amiral était indubitable. Qu'il ait ou non raison quant à l'approbation de l'Empereur, il était évident que Thrawn lui-même y croyait, en tout cas.

— Très bien, je vais permettre cette attaque. Mais *voilà* comment nous allons procéder…

*
**

— Rapport de la passerelle, amiral, annonça Faro.

Sa voix est tendue, son attitude empreinte d'appréhension. Elle n'est pas convaincue que la bataille puisse être gagnée.

— Tous les systèmes d'armement en attente, prêts à l'activation sur votre ordre.

— Merci, commodore. Et l'*Épervier noir* ?

— En position, amiral.

Le ton de sa voix dénote une incertitude accrue.

— Vous ne pensez pas que nous pouvons l'emporter, commodore.

Elle hésite, de la réticence transparaît dans son expression.

— J'ai vu le rapport des scans, amiral. J'ai compté le nombre d'emplacements d'artillerie. Chacun de ces vaisseaux est presque aussi grand que le nôtre… et il y en a deux.

— Certes. Mais nous avons un avantage.

— Lequel, amiral ?

— Les Grysks ont étudié l'Empire. En conséquence, ils doivent bien connaître les vaisseaux et l'armement impériaux. Nous allons utiliser cette connaissance contre eux.

— Et, avec un peu de chance, les faiblesses de leur propre culture ? suggéra Faro.

— Vaisseau en approche ! s'exclama soudain l'officier Hammerly au poste des senseurs. Il vient de quitter la vitesse lumière, juste devant nous. Configuration... Il s'agit de l'appareil que nous avons poursuivi hors du Système Mokivj, amiral.

— Parfait, dit Thrawn.

L'expression de Faro laisse entrevoir moins d'incertitude à présent.

— Allez-y, commodore. Voyons comment nous pouvons retourner leur supériorité numérique contre eux.

— Bien, amiral.

Sa posture est toujours pleine de tension, mais sa voix n'exprime qu'assurance et détermination.

— Prévenez le Seigneur Vador et l'*Épervier noir*, ordonna-t-elle dans le système comm. Dites-leur que leur cible est en chemin.

***

— Bien reçu, *Chimaera*, répondit Kimmund en direction du système comm de la passerelle sans quitter des yeux l'affichage tactique de l'*Épervier noir*.

Le vaisseau grysk se dirigeait vers les deux autres appareils toujours en mode stationnaire, selon une trajectoire le faisant passer à portée du bâtiment impérial qui guettait, silencieux, dans les ténèbres.

— Seigneur Vador, nous avons confirmation de la cible.

— Très bien, commodore, répondit la voix du Seigneur Noir dans le haut-parleur. Tenez-vous prêts.

— Prêts, fit Kimmund en écho.

Le vaisseau grysk se rapprochait… Il entra dans la zone d'intervention…

Et sans prévenir, les moteurs d'un Défenseur TIE se mirent à flamboyer juste derrière l'appareil. Le chasseur effectua un bond en avant et ses canons laser pilonnèrent les propulseurs du bâtiment ennemi.

Le Grysk fut complètement pris au dépourvu. Vador eut le temps de loger une double rafale dans les propulseurs avant que le pilote de sa cible se mette à zigzaguer afin d'échapper aux tirs de son assaillant.

Trop tard. Alors même que l'ennemi tentait de fuir, son accélération faiblit et cessa, le laissant continuer sa course sur un vecteur auquel il ne pouvait plus échapper.

— Tephan ? fit Kimmund.

— Prête, confirma la pilote.

Elle alluma les propulseurs de l'*Épervier noir* et accéléra à fond. Le vaisseau grysk passa devant eux comme une flèche. L'appareil impérial finit par égaler sa vitesse, puis commença à le rattraper. La distance entre les deux se réduisait. Tephan régla de nouveau leur vitesse…

… et dans un choc sourd et violent, l'*Épervier noir* heurta le flanc de l'ennemi, rebondissant une fois avant que les grappins collent les deux vaisseaux côte à côte.

— C'est parti ! s'écria Kimmund.

Il déboucla son harnais de sécurité et se précipita hors du cockpit en direction de l'écoutille. Il l'atteignit au moment où les chalumeaux se déclenchaient, découpaient l'écoutille ennemie et envoyaient voler la large plaque noircie et déformée à l'intérieur du bâtiment adverse.

C'était l'abordage le plus rapide que Kimmund ait jamais dirigé. Malgré cela, les Grysks avaient déjà pris leurs positions défensives, contre les parois ou dans le renfoncement de part et d'autre des portes. Ils ouvrirent le feu sur Drav et Jid tandis que ceux-ci s'accroupissaient derrière la protection relative offerte par la propre écoutille de l'*Épervier noir*.

Et alors que les tirs des blasters et des pistolets à éclairs grysks illuminaient la coursive, Kimmund repéra la très discrète bulle de distorsion à l'abri de laquelle une silhouette se glissait hors de l'*Épervier noir* pour remonter le passage sans être vue, ni touchée. La formation de défense ennemie commença à se déliter quand Rukh revint lentement sur ses pas, éliminant les Grysks un à un. Presque la moitié de leurs adversaires était neutralisée quand ceux en première ligne prirent conscience de ce qui se produisait.

Mais il était déjà trop tard. Prise en tenailles entre Rukh et le binôme formé par Drav et Jiv, toute la défense fut anéantie.

À la tête du reste des stormtroopers, Kimmund s'élança et passa devant les cadavres de leurs ennemis.

— Rukh ? appela-t-il. Allez, le Noghri, orientez-moi.

Une lueur fugitive, et la petite créature réapparut.

— Par là, gronda-t-elle en pointant son bâton électrique. Je détecte l'odeur des Chiss dans cette direction.

Kimmund le remercia d'un bref hochement de tête.

— Viq, Dorstren : devant. Rukh : vous restez derrière eux pour les diriger. Et gardez votre dispositif de dissimulation activé. Si nous devons vous jeter sur eux, je veux qu'ils ne sachent même pas que vous êtes là.

— Compris, dit la créature humanoïde.

Elle fit un geste au niveau de sa poitrine, et redevint invisible.

Kimmund secoua la tête mentalement. *Bon sang*… Il rêvait d'avoir un de ces machins.

— Très bien, stormtroopers, on se bouge ! lança-t-il. Montrons au grand amiral de quoi la Première Légion est capable.

*
* *

Le vaisseau grysk avait été arraisonné, immobilisé et investi. Jusque-là, le plan de Thrawn se déroulait exactement comme prévu.

C'était maintenant que le véritable test débutait, Faro en était consciente.

— Émanations signant une poussée accrue provenant des Ennemis 1 et 2, amiral, déclara Hammerly d'une voix tendue. Ils ont repéré l'accrochage et se mettent en mouvement.

— Très bien. Commandant des TIE : lancez les chasseurs par séquences.

— Oui, amiral.

Faro consulta l'affichage tactique. Trois escadrons de TIE se déversèrent un à un du hangar du *Chimaera* et se mirent en formation élargie sur trois vagues nettement espacées. Les deux imposants vaisseaux ennemis n'étaient pas encore totalement passés en mode combat, mais réagissaient déjà à cette nouvelle donne : Ennemi 1 ralentissait un peu tandis qu'Ennemi 2 virait vers les chasseurs.

Une manœuvre qui n'échappa évidemment pas à Thrawn.

— Commandant des TIE : tous les appareils sur Ennemi 2. Vague 2, ouvrez le feu dès que vous serez à portée.

Faro fronça les sourcils.

— La Vague 1 sera à portée plus tôt, amiral, souligna-t-elle dans un souffle.

— C'est vrai, reconnut-il. Mais j'ai une théorie que je souhaite mettre à l'épreuve, commodore.

Les chasseurs impériaux étaient encore hors de portée de tir lorsqu'un double panneau s'ouvrit dans le fuselage d'Ennemi 2. Deux appareils de la taille de croiseurs légers en surgirent. Ils se disposèrent en formation décalée et foncèrent sur les TIE.

— Intéressant, murmura Thrawn. Commodore, vous noterez qu'Ennemis 3 et 4 adoptent la même tactique que les vaisseaux principaux. Ennemi 3 se présente comme la cible première, tandis qu'Ennemi 4 se tient en retrait, comme en réserve.

— Oui, amiral, dit Faro, un peu perplexe.

C'était là une formation assez évidente, qu'elle avait déjà vue des dizaines de fois, et qui donc ne méritait pas spécialement d'être commentée.

— TIE : attaquez Ennemi 3, ordonna l'amiral. Je répète : attaquez Ennemi 3 uniquement. Deuxième vague : ouvrez le feu dès que vous serez prêts.

Les chasseurs et les croiseurs continuaient de se rapprocher.

— Et les Défenseurs, amiral ? souffla Faro à son supérieur.

— Escadrons TIE 4 et 5, tenez-vous prêts, dit le Chiss en guise de réponse. Défenseurs, tenez-vous prêts. Seigneur Vador ?

— Je suis là, fit la voix du Seigneur Noir. Je ne crois pas que trois vagues de TIE seront de taille face à la puissance de feu de deux croiseurs légers.

— Moi non plus, monseigneur, déclara l'amiral. TIE : maintenez votre trajectoire.

Faro prit une grande inspiration. Thrawn avait acquis une réputation de grande efficacité, et il risquait ses troupes avec la même prudence qu'un grippe-sou dépensait ses crédits. Mais il était aussi connu pour son côté impitoyable et sa détermination à faire tout ce qui était nécessaire afin d'atteindre ses objectifs. Pour le moment, Faro ne savait pas laquelle de ces caractéristiques présidait à l'opération en cours. Ils se trouvaient presque à portée de tir…

Les Grysks étaient prêts. Une fraction de seconde avant que les TIE puissent ouvrir le feu, le croiseur de tête se mit à tirer et arrosa la première vague impériale de ses canons laser.

Trois chasseurs furent désintégrés par la première salve, deux autres quittèrent la formation, amputés chacun d'un panneau solaire. Presque aussitôt, la deuxième ligne de TIE engagea le combat et se concentra sur les grappes d'armement d'Ennemi 3, selon les ordres. Le grand vaisseau grysk riposta d'une autre salve qui détruisit deux autres appareils de la première vague…

— Rompez le contact ! lança sèchement Thrawn. À tous les TIE : rompez le contact et repliez-vous en direction du *Chimaera*.

Il se tourna vers Faro, l'ombre d'un sourire sur les lèvres.

— Vous avez vu, commodore ?

Le ventre noué, elle étudia l'affichage tactique. Que cherchait à faire le grand amiral ? Prouver que les appareils ennemis disposaient d'une puissance de feu supérieure ? Que les chasseurs impériaux n'avaient causé que des dégâts mineurs aux capacités de combat du croiseur de tête ?

— Désolée, amiral, je crains que non.

— À tous les TIE, ordonna Thrawn : en trois vagues ; les Défenseurs dans la troisième vague. Reformez les vagues initiales et attendez la désignation de la cible.

Ses lieutenants accusèrent réception de ses directives, puis il se tourna vers Faro.

— Deux choses, commodore, dit-il à mi-voix. La première : le croiseur a ouvert le feu juste avant que nos appareils soient eux-mêmes en mesure de tirer. Qu'est-ce que cela vous inspire ?

Faro scruta encore l'affichage tactique où TIE et Défenseurs déferlaient dans le champ de bataille. Plus tôt, l'amiral avait suggéré que l'ennemi observait l'Empire depuis un certain temps…

— Ils connaissent parfaitement la portée de tir d'un TIE. En conséquence, ils laissent nos chasseurs s'approcher assez pour que leurs propres armes aient l'impact destructeur maximum tout en s'assurant d'être les premiers à engager le combat.

— Ce qui signifie ?

— Ce qui signifie qu'ils en savent beaucoup sur l'armement impérial.

Ce qu'il avait déjà suggéré.

— Exact. Et le second fait révélateur ?

Les deux groupes de TIE standard et les Défenseurs s'étaient réunis et se déployaient selon les directives de Thrawn.

— Toutes mes excuses, amiral, je ne l'ai pas remarqué, confessa-t-elle.

— Vous l'avez pourtant vu, lui affirma le Chiss. Quels TIE le croiseur a-t-il pris pour cibles ?

Faro réfléchit un moment, et elle comprit subitement où il voulait en venir :

— Les Grysks ont visé la première vague. Or c'était la *deuxième* qui lui tirait dessus.

— Exactement, approuva Thrawn sans dissimuler sa satisfaction. Je m'en doutais, d'après nos rencontres précédentes, mais j'avais besoin d'une confirmation. La faiblesse culturelle de l'ennemi, c'est de considérer l'adversaire le plus proche comme le plus dangereux, et d'adapter sa stratégie en fonction de cet a priori.

— Et nous venons de renforcer cette idée en n'attaquant que le plus proche de ses deux croiseurs, poursuivit Faro en esquissant à son tour un sourire.

— Exactement, répéta son supérieur. Et de la sorte, nous avons maintenant deux armes à utiliser contre eux.

— *Deux* armes, amiral ?

Il scruta le paysage stellaire par la baie d'observation.

— Ils pensent connaître l'armement impérial, commodore, dit-il avec calme et satisfaction, mais ils n'ont jamais affronté de Défenseurs TIE.

***

Selon ce que lui avait dit Sampa, le dispositif personnel de dissimulation dont se glorifiait Rukh était censé avoir une autonomie de trois minutes. En réalité – Kimmund prit soin de le chronométrer –, le camouflage se désactivait au bout de deux minutes et vingt secondes.

Et à présent, la légion se retrouvait dépourvue de son arme secrète.

Le commandant fit la moue tandis que leur formation continuait de progresser dans le dédale des coursives. Ce vaisseau était beaucoup plus vaste que le transport ordinaire qu'ils avaient attaqué auparavant, avec beaucoup plus d'espace sur les ponts et une capacité bien supérieure pour accueillir équipage et passagers.

Et pourtant, ils n'avaient pas rencontré beaucoup d'opposition jusqu'à maintenant. Soit les Grysks avaient été pris au dépourvu par cette attaque et essayaient toujours d'organiser une défense digne de ce nom, soit ils attendaient le bon moment pour attirer les stormtroopers dans un piège.

Kimmund penchait plutôt pour la seconde hypothèse.

— Tout près, marmonna Rukh.

Le commandant avait accéléré le mouvement de son groupe, et le Noghri avait réagi en tombant à quatre pattes et en courant à la façon d'un primate, son bâton électrique accroché dans le dos. Cette attitude le rendait encore plus bestial qu'il ne l'était déjà.

Un Grysk surgit devant eux et tira avec son fusil à éclairs. La décharge toucha Jid dans la partie supérieure droite de la poitrine et le fit basculer en arrière. Morrtic braqua son E-11 et riposta, mais l'ennemi s'était déjà remis à couvert. Morrtic se précipita à l'assaut, seulement pour voir l'écoutille lui claquer au nez. Avec un juron étouffé, elle fouilla dans son kit d'outillage.

— Condamnez-moi cet accès, lui ordonna Kimmund. Contentez-vous de le sceller, et laissez l'ennemi là.

Aussi satisfaisant qu'il aurait pu être de faire sauter ce panneau et de griller le Grysk, ils n'avaient pas de temps à gaspiller.

Le chef des stormtroopers posa un genou à terre auprès de son soldat blessé.

— Jid ?

— Ça va, commandant, répondit l'autre sans desserrer les dents, alors que Morrtic détruisait le panneau de contrôle de l'écoutille de deux décharges tirées à bout portant. Mais *bon sang*, ça secoue !

— Capable de marcher ?

Les accrochages précédents avec les Grysks leur avaient appris qu'un tir rapproché d'un de ces fusils pouvait tétaniser les muscles et le système nerveux d'un stormtrooper, l'immobilisant temporairement.

— Pas encore, maugréa Jid. Laissez-moi ici. Je vais couvrir vos arrières.

Le commandant réprima un juron. Sur les dix soldats avec qui il avait quitté le *Chimaera*, quatre manquaient déjà : deux montaient la garde afin de protéger l'*Épervier noir*, et deux autres avaient péri sous le feu ennemi. S'il devait également abandonner Jid, il n'aurait plus avec lui que cinq stormtroopers et un Noghri. La moitié de sa force de départ. Et les Grysks n'avaient pas encore tendu leur piège.

Elebe avait fait le même calcul, manifestement :

— Amiral, selon ce qui nous attend plus loin, il se pourrait que nous retournions à l'*Épervier noir* par un chemin différent, fit-il remarquer à voix basse. Si nous le laissons ici, nous ne serons peut-être pas en mesure de le ramener quand nous en aurons fini.

— Ne vous tracassez pas pour moi, insista Jid. Continuez… Je vous rattraperai.

— Bien sûr, dit Kimmund.

Ou bien un Grysk l'approcherait alors qu'il était encore incapable de se défendre et l'abattrait froidement.

Mais le commandant n'avait pas de solution satisfaisante au problème. Il ne pouvait pas se permettre de laisser un autre stormtrooper en arrière pour protéger Jid jusqu'à ce que celui-ci ait récupéré.

— Je pourrais le porter, proposa Elebe.

— Me porter et tirer en même temps ? ironisa Jid. Tu es déjà assez mauvais quand tu n'as qu'à tirer. Continuez… Ça va aller pour moi.

— D'accord, décida leur chef à contrecœur, car il répugnait à abandonner un homme de plus… mais la mission passait avant tout. Elebe, avec Morrtic en pointe. Rukh ?

— Cette coursive, sur la droite, indiqua le Noghri en joignant le geste à la parole.

— On bouge, dit Kimmund.

Il accorda trois pas d'avance à Elebe et Morrtic, fit signe au Noghri de passer devant lui et suivit le mouvement.

— Mais comment fait-il pour savoir ça ? gronda Drav dans son dos.

— Les variations dans les courants d'air, expliqua Rukh sans se retourner, avant de se remettre à quatre pattes. L'odeur est portée par ces courants.

— Assurez-vous seulement de ne pas vous embrouiller dans les directions, l'avertit Kimmund. On ne peut pas se permettre d'errer dans ce vaisseau toute la journée.

— Plus qu'une coursive, promit Rukh.

Morrtic arriva à une intersection double et tourna à droite, son E-11 braqué devant elle. Elle se figea une seconde, puis pivota sur cent quatre-vingts degrés afin de se retrouver face à l'autre branche de la coursive.

— Dégagé, murmura-t-elle.

Elebe la rejoignit et pointa le long canon de son fusil blaster lourd DLT-19 sur la droite, dans la direction qu'avait indiquée le Noghri.

— Une écoutille à vingt mètres, tout droit, annonça-t-il. Verrouillée. Aucun accès latéral.

— Là-bas, dit Rukh. Dans ce compartiment.

Kimmund jura entre ses dents. Vingt mètres à parcourir, sans possibilité de se mettre à couvert ou de s'enfuir. Un piège n'aurait pas été plus évident.

Mais il avait des ordres. Thrawn voulait que les enfants chiss soient extraits de ce vaisseau, et Vador n'avait élevé aucune objection. C'était donc ce que la Première Légion allait faire.

— Morrtic, Drav : en arrière-garde. Restez vigilants.

Il était déjà assez désolant de se jeter dans un piège tête la première sans risquer en plus d'être pris à revers par l'ennemi.

Il passa le coin à son tour tandis que Drav se collait dos à dos avec Morrtic et que les deux regardaient l'autre avancer. Elebe se glissa sur la droite du commandant, un peu en retrait, et Sampa flanqua leur chef sur la gauche. Rukh était quelque part, mais Kimmund portait toute son attention sur l'écoutille et il n'avait pas le loisir de regarder où le Noghri pouvait bien être passé.

Morrtic avait dit vrai : la coursive était rectiligne, nue, sans issue ni aucun endroit où s'abriter. Kimmund prit le temps d'étudier l'espace devant lui et les cloisons, à la recherche d'un sabord de batterie dissimulé, mais elles paraissaient tout d'une pièce, comme le sol et le plafond, d'ailleurs. Il n'y avait donc que cette écoutille, là-bas, qui s'ouvrirait vraisemblablement quand les Grysks auraient décidé de déverser sur eux un torrent de feu laser.

La Première Légion prenait grand soin de garder ses armures dans un état parfait, de façon à ce qu'elles soient en mesure d'arrêter à peu près n'importe quoi, mis à part une décharge à bout portant projetée par un blaster amélioré (illégalement, selon toute probabilité). Hélas, ils savaient déjà que les décharges électriques des Grysks n'avaient pas besoin de traverser son armure pour neutraliser un stormtrooper.

En fait, songea Kimmund, être laissé en vie mais assister, impuissant, au massacre de ses hommes était pire à ses yeux qu'être tué sur le coup.

Et c'était très certainement le scénario qui allait se dérouler. Que les Grysks disparus attendent derrière cette écoutille ou que l'ennemi attaque les stormtroopers alors qu'ils cherchaient à rejoindre l'*Épervier noir*, au final le résultat serait identique.

Tout cela pour quelques enfants. Et même pas des enfants impériaux.

Kimmund était prêt à donner sa vie pour ses stormtroopers, son commandant et son Empire. Il n'était pas ravi à l'idée de le faire pour des enfants d'une espèce inconnue.

Maudit soit Thrawn, de toute façon.

Ils se trouvaient à trois pas de l'écoutille, et Kimmund avait dans la main une charge pour la défoncer, quand le panneau coulissa brusquement pour révéler six Grysks qui braquaient leurs armes : deux allongés sur le ventre, deux autres un genou au sol, un peu en retrait, et les deux derniers debout derrière eux. Et alors que Kimmund enfonçait la détente de son E-11, les ennemis ouvrirent le feu.

Ou plutôt, ils tentèrent de le faire.

Avant même que l'écoutille ait terminé de coulisser, les armes des deux Grysks allongés au sol se tournèrent brutalement et inexplicablement sur le côté, l'une sur la droite, l'autre sur la gauche, et leurs décharges finirent dans les cloisons de la coursive, sans blesser le moindre stormtrooper. Une fraction de seconde plus tard, la tête des deux ennemis agenouillés fut sauvagement rejetée en arrière, et leur casque alla percuter le torse des deux Grysks debout. Leurs quatre tirs s'égarèrent.

Et soudain Kimmund comprit.

— Visez les têtes ! ordonna-t-il, et il prit pour cible l'ennemi debout à gauche.

Son adversaire, qui récupérait à peine du coup reçu en plein torse, s'effondra quand deux tirs de blaster firent exploser la visière de son casque et transpercèrent son crâne. De même, les deux Grysks allongés s'affaissèrent sur place lorsque Elebe et Sampa leur logèrent une décharge dans le casque. Un tir de blaster fusa en grésillant près de la tête de Kimmund quand Drav, depuis l'intersection de la coursive, entra dans la danse et abattit l'autre ennemi debout. Celui agenouillé sur la gauche bascula sur le côté et son arme se redressa vers le plafond. Kimmund dirigea son tir suivant sur celui de droite et le fit basculer à la renverse. Avant qu'il puisse viser le dernier Grysk, celui-ci arqua le dos et s'écroula sur le pont.

Alors, et sans la moindre surprise pour Kimmund, Rukh réapparut à la vue des soldats impériaux, son bâton électrique encore pressé contre la gorge de sa victime.

Le commandant survola rapidement du regard la pièce qui s'étendait par-delà les vestiges recroquevillés de la défense grysk. C'était une sorte de centre de contrôle dont les murs étaient tapissés de consoles constellées de cercles et d'arcs faiblement lumineux. Au milieu de cet espace, à demi dissimulées par une console imposante, deux fillettes chiss à la peau bleue lançaient des regards anxieux dans sa direction. Il ne repéra aucune autre écoutille, et aucun autre Grysk encore vivant.

— Je croyais votre gadget hors-service, dit-il en enjambant les dépouilles ennemies pour s'approcher des enfants.

— C'était ce que je voulais vous faire croire, répondit Rukh en lui emboîtant le pas.

Kimmund renifla de dédain, et une odeur de chair calcinée parvint à ses narines par le biais du système respiratoire de son casque. Manifestement, et en dépit de son ordre de viser l'ennemi à la tête pour éviter de blesser le Noghri, Rukh avait été égratigné par une décharge de blaster.

— Ainsi qu'à l'ennemi qui, probablement, surveillait notre progression par écran, ajouta le non-humain.

— Joli coup, reconnut Kimmund en lui jetant un bref regard.

Maintenant qu'il l'observait, il réalisa que le Noghri traînait un peu la jambe droite.

— Ça va aller ?

— Je peux me déplacer, affirma Rukh.

— Se déplacer sans se faire descendre serait une bonne chose, aussi, remarqua le commandant.

Les deux jeunes Chiss s'étaient mises debout mais restaient à moitié cachées derrière la console.

— Tout va bien, leur dit Kimmund. Nous sommes des amis. Le grand amiral Thrawn nous a envoyés vous libérer.

Pas la moindre réaction en retour. Visiblement, ces deux-là ne comprenaient pas le basic non plus.

— Venez avec nous, insista-t-il en leur faisant signe d'approcher. Allez, on n'a pas de…

Brusquement, les yeux rougeoyants des deux fillettes s'écarquillèrent. L'une d'elles se retourna à moitié et indiqua du doigt une section de la paroi entre deux consoles. Interloqué, Kimmund regarda dans cette direction…

Un panneau pivota subitement pour laisser apparaître le canon d'un fusil à éclairs.

Avec un juron, le commandant braqua son E-11 vers la trappe. Mais Sampa le devança : alors que l'arme s'apprêtait à tirer sur les trois stormtroopers, il expédia deux décharges dans l'ouverture. Le fusil de l'ennemi sursauta, se releva un instant vers le plafond, puis disparut.

Kimmund se tourna de nouveau vers les fillettes et vit que l'une d'elles désignait un autre panneau derrière elle. Cette fois, le commandant fit en sorte que son arme soit parfaitement alignée, et il tira dans l'ouverture avant que le Grysk ait eu le temps de braquer son fusil.

— Elles voient ce qui va arriver, commenta Rukh d'une voix grinçante.

— En effet, dit Kimmund avec un sourire féroce. En effet.

Il leur fit signe à nouveau.

— Venez, les petites. Fichons le camp d'ici.

Désignant les deux panneaux entrebâillés, il ajouta :

— Et vous allez nous prévenir de toutes les attaques avant qu'elles se produisent, compris ?

Il tendit la main. Après une hésitation, les deux fillettes sortirent de derrière la console. L'une d'elles regarda la main offerte…

— Montrez-leur que vous êtes humain, suggéra Elebe.

Kimmund rengaina son E-11 et ôta son casque qu'il coinça sous son bras gauche.

— Vous voyez ? dit-il aux enfants avec son sourire le plus avenant. Pas un Grysk. Même pas un droïde. Humain.

Une fois encore, il leur tendit la main.

Cette fois, la fillette osa lui donner la sienne.

— Allez, sors de là, ordonna-t-il d'une voix douce en tendant l'autre main à la seconde enfant. Drav et Morrtic en tête. Les gamines chiss derrière eux, suivies d'Elebe et Sampa, puis Rukh et moi en dernier. L'avant-garde et l'arrière-garde stopperont toute attaque contre les petites. Elebe et Sampa, le blaster en position pour descendre toute cible qu'elles vous indiqueront. On y va.

Et tandis qu'ils se frayaient un chemin à travers les coursives et que les attaques de plus en plus paniquées des Grysks se voyaient systématiquement repoussées avant même qu'elles adviennent, une pensée fugitive traversa l'esprit du commandant : Voilà une formation de combat à laquelle il pourrait vraiment, *vraiment* vite prendre goût.

*
* *

— Ici le commandant Kimmund, amiral, dit la voix du chef des stormtroopers dans le casque de Vador. Les prisonnières chiss ont été récupérées et les forces impériales ont regagné l'*Épervier noir*.

— Merci, commandant, répondit la voix de Thrawn.

Vador nota son ton flegmatique : il ne trahissait ni surprise ni admiration à l'annonce du succès de la Première Légion.

Parce que c'était, après tout, ce que l'amiral leur avait ordonné d'accomplir, et le résultat qu'il attendait d'eux.

— Désormais, les Grysks sont dépourvus du moyen de naviguer dans des régions qui ne leur sont pas familières.

— Voulez-vous que nous détruisions le vaisseau avant de partir, amiral ? demanda Kimmund.

— Ce n'est pas nécessaire, répondit Thrawn. Il souffre d'avaries assez sérieuses pour se tenir à l'écart de futurs combats, et j'ai besoin des ressources de l'*Épervier noir* ailleurs.

— Compris, amiral. Nous appareillons immédiatement.

— Beau travail, commandant, le félicita Thrawn. Et maintenant, Seigneur Vador, vous pouvez vous préparer à lancer votre attaque. L'ennemi se croit supérieur aux forces impériales. Montrons-lui qu'il se trompe.

— Nous le ferons, promit Vador. Escadron Défenseur : en formation avec moi.

Ainsi donc, les enfants étaient en sécurité. Des fillettes chiss sensibles à la Force, saines et sauves.

Vador réprima un soupir. Toutes ces réunions privées. Toutes ces conversations secrètes. Toutes ses erreurs d'interprétation personnelles sur ce que l'Empereur et Thrawn manigançaient.

Mais il comprenait à présent que ses craintes n'étaient pas fondées. La loyauté du Chiss serait toujours partagée entre l'Empire et son propre peuple, un fait dont l'Empereur avait été conscient depuis le début, c'était évident. Aussi haute que soit la position qu'il atteindrait dans la hiérarchie militaire, Thrawn n'aurait jamais le rang nécessaire pour menacer la position qu'occupait Vador auprès de l'Empereur.

— Seigneur Vador, vous prendrez la tête de l'Escadron Défenseur en tant que troisième vague, reprit le Chiss. Vous accorderez votre vitesse et vos tirs sur ceux des TIE, sans utiliser de missiles ou de boucliers tant que vous n'en aurez pas reçu l'autorisation.

— Bien reçu.

Le capitaine Skerris s'était opposé longuement et avec vigueur à cette partie du plan. Si longtemps et avec une telle vigueur que Vador l'aurait volontiers mis à genoux si cet officier avait été sous ses ordres.

Thrawn s'était montré plus patient et plus conciliant. Le Seigneur Noir se demanda brièvement si le pilote paierait un jour pour cette attitude.

— À tous les TIE : attaquez, ordonna l'amiral. Neutralisez les croiseurs et engagez le combat avec Ennemi 2.

— Bien reçu, répondit le commandant des chasseurs. Très bien, Impériaux. Le grand amiral réclame un carnage. Offrons-lui ce spectacle.

Les TIE foncèrent à pleine vitesse en direction des bâtiments grysks. Vador laissa passer les deux premières vagues, puis regroupa son Escadron Défenseur derrière elles.

Le premier assaut avait servi de test, une sorte de tir gratuit que Thrawn avait offert aux ennemis pour confirmer son analyse de leur tactique. Cette fois, l'adversaire allait devoir batailler beaucoup plus rudement s'il voulait ajouter d'autres trophées à son tableau de chasse. Alors même que les croiseurs ouvraient le feu, les chasseurs rompirent leur formation et s'égaillèrent par paires afin d'engager le combat avec les vaisseaux lourds en les attaquant de tous côtés.

Et lors de chaque assaut, la riposte de l'ennemi se concentrait sur le premier des deux TIE.

Vador hocha la tête. Thrawn avait eu raison quant au schéma tactique des Grysks. Maintenant que les croiseurs étaient en pleine mêlée, il était temps de voir s'ils sauraient modifier ce schéma.

— Défenseurs, TIE 4 : suivez-moi, ordonna-t-il.

Lançant son appareil en courbe ascendante pour survoler les croiseurs, il le dégagea de la bataille et l'orienta vers Ennemi 2, le vaisseau grysk de tête. Autour de lui, les autres Défenseurs se déployèrent tandis que le quatrième escadron TIE dépassait leur formation et se positionnait devant eux.

— Amiral ? fit Vador.

— Je place les Défenseurs sous votre commandement direct, monseigneur, répondit le Chiss. Agissez comme bon vous semble.

Auparavant, il aurait peut-être trouvé les propos de Thrawn quelque peu condescendants, le message à peine déguisé signifiant que cette partie de la mission n'était pas assez importante pour qu'il s'en charge personnellement.

Mais après avoir observé les rapports entre l'amiral et la commodore Faro, et ayant entendu le premier donner à la seconde une directive presque identique, il savait que tel n'était pas le cas. Ce que Thrawn venait de lui dire, c'était seulement qu'il lui faisait confiance pour diriger cette partie de l'opération.

Se demander si la confiance d'un Chiss envers un Seigneur Sith constituait une insulte subtile n'était pas vraiment la question. De toute façon, Vador ne pensait pas qu'il ait eu la moindre volonté de l'insulter. LE Jedi avait assez expérimenté le style et la façon de s'exprimer de Thrawn pour comprendre que c'était simplement sa façon d'être.

— Très bien, amiral. TIE 4 : décrochage imminent. Défenseurs : préparez-vous à activer vos boucliers et à passer en vitesse maximale.

Ennemi 2 grossissait devant lui. Cette fois, le vaisseau grysk n'attendit pas que les TIE atteignent leur propre portée de tir avant d'ouvrir le feu. Ses lasers crachèrent une salve…

— Décrochage ! lança Vador. Manœuvre dilatoire et attaque. Défenseurs : visez les batteries ennemies.

Ennemi 2 tira rafale sur rafale. Les TIE le survolèrent en évitant les tirs laser et en ripostant de leur mieux. Deux chasseurs furent touchés et se désintégrèrent dans une pluie de débris incandescents. Vador accorda aux Grysks une dernière salve…

Et alors que les éclairs des lasers jaillissaient de l'imposant bâtiment, il obtint enfin toutes les données dont il avait besoin.

— TIE : retirez-vous, ordonna-t-il. Défenseurs : boucliers et pleine puissance. Exécution !

Il activa ses propres boucliers et poussa les moteurs à fond.

Un Seigneur Noir des Sith ne laissait jamais échapper une exclamation de surprise. Mais si Vador n'en avait pas été un, il aurait poussé un hoquet de stupéfaction. LE Jedi, lui, aurait certainement réagi en se sentant violemment plaqué au fond de son siège. Il n'avait senti une telle puissance dans un chasseur qu'à bord de son prototype de TIE Avancé x1. La vélocité et la souplesse de maniement de l'appareil étaient incroyables. Une décharge laser fusa droit vers lui…

Elle grésilla et retourna au néant, avec pour seul effet perceptible une brève onde lumineuse qui s'épanouit jusqu'aux bords de son bouclier.

À cet instant, Vador sut qu'ils avaient gagné.

— À tous les Défenseurs : attaquez. Neutralisez les batteries ennemies. TIE 4, reformation et déplacement sur les zones que nous avons neutralisées. *Épervier noir*, positionnez-vous derrière TIE 4 : concentrez vos tirs sur tout ce qui ressemble à une baie d'éjection de chasseur ou de croiseur léger. S'il y a d'autres appareils ennemis, je veux qu'ils restent à l'intérieur.

Il prit une grande inspiration en écoutant la litanie des confirmations radio. Sentir un chasseur entre ses mains, éprouver l'excitation, le poids et la satisfaction du commandement…

C'étaient là des souvenirs appartenant au Jedi. Pas à lui.

Une autre décharge laser vint éclabousser ses boucliers. Il arma un missile et l'expédia droit sur la source du tir. Une gerbe de flammes et de débris jaillit dans l'espace. Il arma un deuxième missile, sélectionna sa cible et pressa la détente.

À la limite de détection des senseurs du Défenseur, derrière les deux grands bâtiments grysks, il repéra un autre engin : petit, de la taille d'un vaisseau coursier mais d'un modèle inconnu.

L'appareil s'évertuait à filer discrètement.

Il reporta son attention sur la bataille en cours. Harcelés par le *Chimaera*, l'*Épervier noir*, les Défenseurs et les TIE classiques, les Grysks étaient au bord de la défaite. À partir de maintenant, Vador et son propre chasseur ne pouvaient accélérer ou ralentir l'arrivée de l'inévitable.

Calant son appareil sur une trajectoire d'interception, il entama la poursuite.

Depuis le *Chimaera*, quelqu'un l'appela, une fois, puis une autre, sur un ton plus pressant. Il ne répondit pas. Le vaisseau mystérieux l'avait repéré, mais au lieu de faire demi-tour pour l'affronter, il augmenta sa vitesse en direction de l'espace profond. Le Défenseur réduisit la distance, lentement mais sûrement…

Mais il manqua de temps. L'avance de sa cible était trop importante. Bien avant que Vador l'ait à portée de tir, l'ennemi s'échappa dans l'hyperespace.

Un long moment, le Seigneur Noir contempla le point où l'adversaire avait disparu, réfléchissant intensément aux possibilités et aux implications de ce qui venait de se passer. Enfin il exécuta un demi-tour et revint vers la bataille.

Ce jour verrait la victoire des Impériaux… mais ensuite, Thrawn et lui devraient avoir une discussion. Une très longue et sérieuse discussion.

*
**

— Ennemi 2 attaqué de toutes parts, rapporta Faro.

Il y a une assurance nouvelle dans sa voix, et sa posture traduit son excitation.

— Ennemi 1 bat en retraite.

— Bien compris, commodore, fit Thrawn. Déplacez le *Chimaera* pour attaquer Ennemi 1. Restez à distance d'Ennemi 2.

— Parce que tant que les TIE harcèlent Ennemi 2, ils constituent sa principale menace, murmura Faro.

Le ton de sa voix montre qu'elle a compris.

— En effet, approuva le Chiss. Tout à l'heure, vous vous demandiez comment nous ferions pour vaincre deux adversaires presque aussi puissants que nous. Vous avez votre réponse, à présent ?

— Oui, amiral.

Ses mots dénotent une impatience pleine de gravité.

— Nous les persuadons de nous laisser les affronter l'un après l'autre.

— Très bien. Mettez le *Chimaera* en position et engagez le combat.

— Défenseur 4, il reste une batterie à tribord de l'arme que Défenseur 6 vient de détruire, indiqua Vador dans le haut-parleur.

Sa voix est différente, mais elle conserve la même intensité, la même concentration. Le schéma des mots est différent, mais le rythme et l'intonation sont les mêmes. L'impertinence est moindre, mais le sens affirmé de la loyauté n'a pas changé.

— Amiral ? dit Faro, hésitante.

— Oui, commodore ?

— Désolée, amiral.

Une note soucieuse et gênée est perceptible dans sa voix.

— La façon dont vous regardiez Ennemi 1… Tout va bien, amiral ?

— Tout va bien, la rassura-t-il. Je réfléchissais à la question des loyautés croisées, et aux décisions qu'on doit parfois prendre. Lieutenant Lomar, contactez les Grysks.

— Oui, amiral.

La voix de l'officier comm ne trahit aucune confusion, aucune inquiétude. Mais il n'est pas aussi perspicace que la commodore Faro.

— Contact établi, amiral.

— Au vaisseau de guerre grysk : ici l'amiral Mitth'raw'nuruodo, commença Thrawn en meese caulf. Par la présente déclaration, je vous enjoins instamment de réintégrer vos mondes et de renoncer à toute ambition d'étendre votre hégémonie au-delà de vos frontières. Si vous persistez dans ces efforts d'extension, soyez sûrs que vous serez vaincus et anéantis.

Il n'y a pas de réponse. Mais le silence des Grysks est plein de colère et de malveillance.

— Fin de la transmission, dit-il en basic.

— Amiral ?

Il y a de la prudence dans la voix de Faro.

— Puis-je vous demander de…

— J'ai donné mon nom, et les ai sommés de cesser toute opération contre nous, traduisit-il.

— Ah.

Les traits de la commodore expriment de la confusion.

— J'imagine que vous ne vous attendez pas à ce qu'ils vous obéissent ?

— Les survivants de cette bataille prendront peut-être cet avertissement au sérieux, répondit-il. Il n'en sera pas de même chez leurs maîtres, hélas.

— Je vois.

Faro regarde par la baie d'observation. Sa posture et son expression disent sa détermination.

— Eh bien, quand ils viendront, nous les neutraliserons, eux aussi.

Le Défenseur de Vador continue de tournoyer autour d'Ennemi 2, alternant missiles et tirs laser. Il effectue un demi-tour serré, puis se dirige vers une autre cible en décrivant un tonneau complet : une figure familière, réalisée avec la précision impeccable de l'habitude.

C'est lui.

Sans prévenir, il décroche, s'écarte de la zone des combats et fonce vers un vaisseau en fuite. Le centre de contrôle TIE l'appelle une fois, deux fois, mais il ne répond pas. La configuration de l'appareil que Vador a pris en chasse…

— J'admire votre assurance, commodore, dit Thrawn. Espérons qu'elle ne sera pas injustifiée.

— Oui, amiral. Mais je ne suis pas inquiète. Nous vous avons, et nous avons le Seigneur Vador. Quelle que soit l'attaque que les Grysks lanceront contre nous, nous saurons la neutraliser.

Elle se redresse, sa détermination s'accroît.

— En commençant par ce groupe, juste là. Turbolasers : vous avez vu où sont situées les batteries d'Ennemi 2. Visez les mêmes emplacements sur Ennemi 1.

ÉPILOGUE

À L'ÉPOQUE

Les mineurs de cortosis qui remontaient à la surface sur l'ordre de LebJau étaient pour la plupart effrayés, en colère ou simplement déroutés. Mais ils sortirent tous, jusqu'au dernier. Ils passèrent en file indienne devant LebJau, Thrawn et Padmé, puis lancèrent des coups d'œil perplexes à Anakin qui effectuait des allers et retours entre les diverses remises pour rassembler les outils et les explosifs nécessaires à la destruction de la mine. Quelques-uns essayèrent de demander à LebJau ce qui se préparait, ou l'accusèrent de collaborer avec leurs oppresseurs.

Mais chez la majorité d'entre eux, colère et peur furent très vite supplantées par une résignation lasse.

— Je ne pense pas que le général Skywalker ait bien réfléchi à tout cela, glissa Thrawn à Padmé quand le dernier groupe de mineurs s'éloigna vers les véhicules de l'aire de stationnement.

Il avait l'air mal à l'aise, et elle perçut de la désapprobation dans ses paroles.

— Il serait préférable de laisser les Séparatistes gaspiller leurs ressources plutôt que de les obliger à chercher ailleurs, ajouta-t-il.

— Je suis d'accord sur ce point, lâcha Padmé qui avait éprouvé un petit pincement de culpabilité au passage de chaque ouvrier. Mais j'ai déjà vu Anakin dans cet état d'esprit. J'imagine que vous aussi…

— C'est vrai, reconnut le Chiss. Mais il a des sentiments pour vous. Ne pouvez-vous pas le dissuader de faire ce qu'il a en tête ?

— Que voulez-vous dire ? demanda-t-elle, et l'habituel mélange d'innocence et de négation monta naturellement à ses lèvres.

— Je comprends votre réticence. Mais le moment n'est plus à ce genre de choses. Je vous ai observés, tous les deux, et je sais ce que vous cachez. Le plan du général Skywalker risque de créer une menace sérieuse pour ce monde. Vous devez l'arrêter.

Elle secoua la tête et, subitement, ses pensées revinrent à ce jour terrible, ce moment glaçant, lorsque Anakin lui avait confessé son massacre des Hommes des sables. Elle refoula ses larmes.

— Il ne m'écoutera pas. Une fois qu'il a décidé quelque chose, il n'écoute plus personne.

Thrawn demeura silencieux un moment.

— Alors il n'y a rien que nous puissions faire, en effet.

Elle le dévisagea. Elle avait décelé une inflexion inédite dans sa voix.

— Il y a un problème ? s'enquit-elle. Je veux dire, un autre problème ?

— Il n'y a pas de problème. Mais ma tâche ici est achevée. Si vous voulez bien me prêter une fois encore votre communicateur, je vais prendre congé de vous et de votre…

Il glissa un regard vers Anakin.

— … associé.

— Bien sûr, répondit-elle en retirant son sac à dos pour en sortir son comlink.

— Merci, dit-il, et il alluma l'appareil avant de taper un code bref. Ce fut une expérience intéressante, ambassadrice Padmé. Je pense que nos deux peuples ont tiré bénéfice de notre courte alliance.

— Aucune chance que je vous convainque de revenir à Coruscant avec nous, pour parler au Chancelier Suprême Palpatine ? demanda-t-elle en récupérant son comlink. Nos peuples devraient apprendre à mieux se connaître. Ensemble, nous pourrions accomplir beaucoup de choses.

— Je crains que d'autres devoirs m'appellent. Par ailleurs, je ne suis pas en position de prendre part à des contacts officiels.

Il regarda par-dessus l'épaule de Padmé.

— Général Skywalker, je dois partir.

Padmé se retourna et se rembrunit en voyant les explosifs qu'Anakin avait rassemblés.

— Je comprends. Mais vous devriez vraiment reconsidérer l'offre de Padmé. La République va gagner cette guerre, et le Chancelier Palpatine est celui qui nous mènera à cette victoire. L'Ascendance chiss gagnerait à établir de bonnes relations avec lui.

— Un jour, peut-être. Mais pour le moment, je dois m'en aller.

Il scruta le ciel. Padmé suivit la direction de son regard. Au-dessus d'eux, une forme sombre descendait vers le sol.

— Je vais rester en orbite jusqu'à votre départ, afin de vous protéger de toute attaque éventuelle, continua-t-il alors qu'un appareil profilé se posait non loin d'eux. Puissiez-vous voyager sans encombre, tous les deux.

— J'espère que nous nous reverrons, dit Padmé. Merci de votre aide.

Le Chiss s'inclina poliment.

— Et merci à vous pour la vôtre.

La rampe d'accès s'abaissa alors qu'il marchait vers le vaisseau, et à son sommet l'écoutille coulissa. Il commença à gravir la rampe, fit halte et se tourna vers eux.

— Une dernière chose. Votre suggestion que les Séparatistes puissent planifier l'infiltration de votre gouvernement grâce à leurs armures améliorées de soldats clones m'inquiète. Les attaques de ce genre nécessitent généralement un grand nombre de participants, nombre que les Séparatistes auront du mal à mettre en place.

— Il y a beaucoup de soldats clones aux abords du Sénat et de la Chancellerie, dit Padmé.

— Mais une infiltration massive attire l'attention. Une infiltration graduelle, quant à elle, multiplie les risques d'être découverte prématurément, remarqua Thrawn. Je ne peux m'empêcher de penser que cette armure pourrait être destinée à un autre objectif.

— Aurait pu être destinée, corrigea Anakin. *Aurait pu.* Quelle qu'ait été sa finalité, le projet échafaudé par Solha et Dooku n'est plus d'actualité.

— Peut-être, concéda le Chiss. Toutefois, il serait sage d'y réfléchir, général.

Il reprit son ascension et s'engouffra dans le vaisseau. La rampe se rétracta, l'écoutille se referma, et l'appareil s'éleva de nouveau dans le ciel.

— Tu crois qu'il pourrait avoir raison? demanda Padmé en réprimant un frisson.

Il y avait quelque chose dans la gravité de Thrawn qui l'avait emplie d'un sombre pressentiment.

— Je l'ignore, avoua Anakin. Et pour le moment, ça n'a pas d'importance. Retourne au vaisseau et assure-toi qu'il soit prêt à décoller. Je vais mettre en place tout ça et ensuite nous filerons d'ici.

— Anakin…

Mais il s'était déjà éloigné. Après un regard prolongé en direction des étoiles, elle se dirigea vers leur appareil d'emprunt.

LebJau alla la retrouver au pied de la rampe d'accès.

— J'espérais que vous pourriez m'emmener quelque part.

— Vous ne retournez pas auprès des vôtres ? demanda Padmé, les sourcils froncés.

— Vous parlez de ces gens qui risquent de me pendre si je reste ici ? rétorqua-t-il avec amertume.

— La situation n'est pas aussi dramatique, affirma-t-elle en s'efforçant d'être positive. Pour la plupart, les ouvriers de l'usine pourront reprendre le travail. Et ils auront toujours besoin de vous sur la chaîne de montage des super droïdes de combat.

— Si le Duc nous le permet. Et il risque fort d'en décider autrement. Et puis…

D'un geste ample, il désigna l'installation minière et poursuivit :

— … même s'il l'autorise, les mineurs ne vont pas retrouver leur emploi.

C'est la guerre. La vieille phrase cliché fut la première chose qui vint à l'esprit de Padmé.

Mais ce n'était pas la guerre de Mokivj. Ou cela ne l'avait pas été jusqu'à ce qu'ils soient entraînés dans ce conflit. Le fait que ce soit par les Séparatistes et non par la République n'offrait qu'une consolation bien mince.

Et pas la moindre consolation au peuple de LebJau.

— Je sais, dit-elle à mi-voix avant de soupirer. Et j'en suis désolée. Oui, vous pouvez venir avec nous, évidemment. Batuu, ça vous conviendrait ? Nous devons nous y rendre pour récupérer mon vaisseau, de toute façon.

— Sûr, répondit-il sans quitter la mine des yeux. Je connais quelques gars qui sont déjà allés là-bas. Ça m'a eu l'air correct.

— Si vous connaissez des gens qui s'y rendent, il sera peut-être sage de changer de nom.

— Oui, ce n'est pas un problème.

Il pointa le vaisseau du doigt.

— Je suppose que je ne pourrai pas avoir cet appareil, une fois que vous n'en aurez plus besoin ? Je sais qu'il a été volé, mais il ne me semble pas que les gens sur Batuu se soucient de ce genre de détails. Je pourrais probablement le vendre pour me constituer un petit pécule.

— Bien sûr, vous pourrez l'avoir. C'est le moins que nous puissions faire !

Elle tourna la tête en entendant Anakin qui réapparaissait à l'entrée de la mine et courait vers eux.

— Le voilà.

— C'est bon, annonça le Jedi. On décolle. LebJau, éloignez-vous de…

— Nous l'emmenons sur Batuu, l'interrompit Padmé.

Il la dévisagea en fronçant les sourcils, décocha le même regard à LebJau…

— D'accord. Pas de problème. Dans ce cas, montez tous les deux à bord.

Trois minutes plus tard, ils étaient suspendus en vol stationnaire à cinq cents mètres du sol et à un kilomètre des bâtiments de la mine.

— Dix secondes, prévint-il. Quoiqu'il ne devrait pas y avoir grand-chose à voir.

— Qu'est-ce qui doit se passer ? voulut savoir Padmé.

— Je fais juste s'effondrer les galeries. Ça devrait provoquer quelques fissures dans le sol, peut-être un peu de poussière…

La zone concernée explosa dans un geyser aveuglant de feu et de fumée.

Padmé eut un hoquet de surprise, et Anakin poussa violemment les commandes pour éloigner leur appareil au plus vite. Quelque chose percuta le ventre du vaisseau, qui déstabilisa un instant sa manœuvre, puis quelques petits fragments incandescents retombèrent sur l'avant de l'appareil, près de la verrière du cockpit.

— Qu'est-ce qui s'est passé ? couina LebJau.

D'autres débris et des billes étincelantes vinrent crépiter sur la carlingue et les bords du vaisseau. Anakin s'arc-bouta sur ses commandes pour les maîtriser.

— J'en sais rien.

— Ne me jouez pas le coup du *J'en sais rien* ! s'écria LebJau. C'est ma planète, en dessous ! Qu'est-ce que vous avez fait ?

— J'ai seulement déclenché l'effondrement des galeries, répéta le Jedi qui avait enfin écarté son vaisseau et le stabilisait. Ça ne devrait pas… Écoutez, j'ai déjà provoqué l'effondrement d'une mine, je sais comment m'y prendre.

— Mais ce n'est pas n'importe quelle mine, contra Padmé en contemplant les petites sphères brûlantes et en comprenant subitement de quoi il s'agissait. C'est une mine de *cortosis*.

— Qu'est-ce que ça… Non, ça n'a pas de sens. Le cortosis est supposé détourner seulement l'énergie des *blasters*.

— À croire qu'il peut aussi détourner la chaleur dégagée par des explosifs, rétorqua Padmé dont l'estomac s'était douloureusement noué. C'est de la *lave*, là, dehors, Anakin. J'ignore comment le cortosis a provoqué ça, mais il a dirigé la puissance de ton explosion vers le bas, à travers la croûte de la planète et jusqu'à son magma.

Pendant un long moment, aucun d'entre eux ne dit un seul mot. Il n'y avait rien à dire. Enfin, Padmé rompit le silence :

— Ça ne semble pas se rapprocher trop de votre ville, dit-elle, consciente que cette tentative de réconfort était assez pitoyable. Et ça s'écarte de la mine, aussi.

— Non, la lave se déverse sur nos meilleures terres cultivées, rectifia LebJau, amer. Et ces cendres et cette fumée… Elles vont rester dans l'air, souiller les champs et l'eau pendant des années. Peut-être pour toujours.

Padmé glissa un coup d'œil à Anakin. Mâchoires serrées, il regardait droit devant lui. *Dommages collatéraux.* L'autre cliché s'imposa à son esprit.

Dommages collatéraux. Une planète avec un grand nombre d'habitants, des gens qui s'efforçaient simplement de vivre leur vie. Le genre de citoyens ordinaires qu'Anakin et elle s'étaient voués à protéger, à une époque.

Dommages collatéraux. Et cela ne venait pas de commencer, non plus. Elle avait commencé à en créer dès son arrivée sur Mokivj. Elle avait cajolé, soudoyé, tout fait afin que LebJau et les siens travaillent pour elle, et qu'ils risquent tout ce qu'ils avaient pour une simple étrangère.

Dommages collatéraux. Était-elle devenue si insensible et lasse de la guerre qu'elle ne voyait même plus ce qu'elle infligeait à tous ceux qui l'entouraient ?

— Mais je suppose qu'on n'y peut rien, continua LebJau.

Son amertume s'était dissipée pour laisser place à la lassitude.

— Je vais en parler au Sénat, promit-elle. *Nous* allons en parler au Sénat, corrigea-t-elle en regardant Anakin. Peut-être qu'ils pourront envoyer de l'aide.

Le Jedi ne répondit pas.

Mais il le savait aussi bien qu'elle : ces propos n'avaient aucune valeur. Le Sénat était assailli d'exigences bien trop nombreuses pour seulement remarquer Mokivj, et encore moins aider sa population.

Dommages collatéraux.

— Mouais, marmonna LebJau qui n'était pas dupe non plus. On peut s'en aller, maintenant ?

— Bien sûr, répondit Anakin. Batuu ?

— C'est un endroit aussi valable qu'un autre pour commencer une nouvelle vie, fit LebJau.

Padmé remarqua qu'il contemplait toujours le geyser de magma.

— Vous pourrez toujours essayer la cantina de Black Spire, lui conseilla le Jedi. J'ai l'impression qu'ils changent souvent de barman, là-bas.

— D'accord, dit LebJau. Je vais y penser.

ÉPILOGUE

MAINTENANT

Le vaisseau de guerre chiss s'éloigna du *Chimaera* et retrouva son vecteur d'origine. Il marqua un temps de pause, puis disparut dans un léger tremblement de pseudo-mouvement.

Pendant un moment, Vador observa par la baie d'observation l'endroit où il avait bondi en hyperespace. Ce bâtiment n'était pas aussi imposant qu'un Destroyer Stellaire, mais d'après ce qu'il avait vu de son armement latéral, il pourrait constituer un adversaire redoutable.

Il sentit la présence de Thrawn derrière lui avant d'entendre les pas feutrés sur la passerelle de commandement.

— Tout va bien ? demanda-t-il au Chiss.

— Tout va bien. L'amirale Ar'alani va ramener les fillettes dans leurs familles respectives, et elle s'est engagée à renforcer les défenses du monde-colonie où elles ont été enlevées.

— Bien, dit Vador. L'heure est venue, amiral.

— L'heure ?

— Vous avez promis de me fournir la preuve que les Grysks constituaient une menace pour l'Empire, dit le Seigneur Noir en se retournant vers Thrawn. Si une telle preuve existe réellement.

— Elle vous attend dans mon bureau. Quand cela vous conviendra.

Vador passa devant lui dans un tourbillon de cape et remonta la passerelle à grands pas. Le bureau de l'amiral était situé à l'extrémité du pont arrière. Usant de la Force, il en ouvrit la porte et pénétra à l'intérieur.

Placé au beau milieu de la table dont il occupait la moitié de la surface se trouvait un appareil partiellement démonté.

— C'est la preuve ? demanda-t-il à Thrawn qui referma la porte avant de le rejoindre.

— C'est bien elle. C'est le mécanisme de raccord énergétique interne d'un des projecteurs de gravité grysks. Vous noterez le tressage enveloppant les trois pôles et reliant le tout à la coque du bouclier.

Vador se fit songeur. Ce matériau ne lui était pas inconnu…

Il se raidit subitement.

— Du *cortosis* ?

— En effet. Les Grysks s'en servent dans leurs raccords énergétiques et leurs systèmes de gestion de l'énergie. Il ne peut dissiper la puissance considérable de leur armement à arc électrique, comme vous l'avez vu, et donc il n'est d'aucune utilité pour eux dans une armure.

— En quoi cela prouve-t-il l'ingérence des Grysks dans les affaires de l'Empire ?

— Permettez que je vous pose deux questions. La première : comment les Grysks ont-ils su que le cortosis constituerait une défense efficace contre les blasters et les sabres laser ?

Vador examina le tissage de cortosis, et d'autres souvenirs du Jedi lui revinrent en mémoire.

— Laisseriez-vous entendre qu'ils nous étudient depuis aussi longtemps que la Guerre des Clones ?

L'esquisse d'un sourire étira les lèvres de Thrawn.

— Absolument, monseigneur. Après tout, les Chiss vous observaient déjà. Pourquoi pas les Grysks ? Ma seconde question : une fois que les Grysks se sont rendu compte de la valeur du cortosis contre les blasters, comment les Séparatistes ont-ils eu connaissance de cette particularité ?

Vador tendit sa main gantée et toucha d'un doigt le bord du cortosis. Tant de souvenirs sombres, si sombres…

— Vous suggérez que les Grysks ont contacté Dooku. Qu'ils lui ont offert des droïdes de combat invulnérables pour s'assurer de la victoire des Séparatistes ?

— Exactement. Je crois que leur plan consistait à lui montrer un avant-goût d'une telle victoire, et ensuite de lui en refuser les moyens tant qu'ils n'auraient pas obtenu sa servitude. Mais il les a pris au dépourvu.

— Et comment donc ?

— Nous connaissons maintenant la méthode que les Grysks emploient pour assurer leur prédominance, monseigneur. Sur Batuu, ils ont obligé les Darshi à leur obéir en leur subtilisant leurs dagues cérémonielles. Avec les Chiss, ils visent le même résultat en enlevant nos enfants. Dans le premier cas, ils volent le passé sacré et chéri d'une espèce ; dans l'autre, ils volent l'avenir chéri et vital d'une autre. Mais Dooku les a pris au dépourvu. Au lieu de fournir cette armure spéciale aux seuls droïdes de combat, il en a équipé *à la fois* les droïdes et les soldats clones. Je crois que c'est cet élément de surprise et la révision que cela a imposée à leur position qui a retardé l'intrusion des Grysks dans l'Empire jusqu'à maintenant.

— Oui…, approuva le Seigneur Sith dans un murmure.

À un détail près : Dooku n'était pas à l'origine de ce plan. Ce que Vador savait maintenant – et ce que le Jedi avait toujours ignoré –, c'est que l'usine était supervisée en secret par le Chancelier Palpatine, lequel voyait dans le cortosis une assurance supplémentaire de succès pour le futur Ordre 66.

— Vous avez dit auparavant qu'ils prenaient soin de se tenir à l'écart et d'éviter toute intrusion étrangère, fit remarquer Vador.

— Et j'avais tort, lui concéda Thrawn. Ou plus exactement, ma conclusion était juste, mais partielle. Je crois maintenant qu'ils sont prêts à passer à l'action, et qu'en fermant l'espace autour de Batuu, leur objectif est de décourager les voyages impériaux dans ce secteur pendant qu'ils peaufinent leur technique pour manipuler les humains, comme ils l'ont fait avec les Darshi et les Chiss.

— Et pourquoi pas les deux ? Isoler Batuu pour l'étudier *tout en* fermant les voies d'accès pratiques que l'Empire pourrait utiliser pour les attaquer. Leurs observations des batailles de la Guerre des Clones et des opérations impériales ultérieures leur auront appris que notre stratégie de prédilection consiste à envoyer un grand nombre de vaisseaux avec l'objectif de constituer une force écrasante.

— Certes, dit Thrawn, pensif. Oui. Si l'on en croit les légendes, leur propre tactique de combat se caractérise par l'emploi de petits groupes de bâtiments de guerre, chaque groupe étant composé d'un nombre restreint de vaisseaux. C'est une stratégie conçue pour l'infiltration dans une zone étendue, non pour une conquête immédiate et massive.

— En particulier quand une telle infiltration est assortie de la présence d'alliés réticents au sein de la population de leur cible.

— En effet, dit l'amiral dont le regard se mit à briller d'une intensité nouvelle. Vous vous en souvenez peut-être : j'avais suggéré que l'utilisation de l'armure en cortosis des clones dans un but d'infiltration ne serait pas une tactique efficace pour les Séparatistes s'ils la mettaient en pratique contre la République. Rétrospectivement, cette idée pourrait trahir l'implication des Grysks dans la mise en œuvre de cette stratégie séparatiste précise.

Vador le regarda fixement.

Il savait.

— Vous ne m'avez rien suggéré de tel.

Une dénégation creuse, mais qu'il se devait de formuler.

— Ah, fit Thrawn.

Le Seigneur Noir sentit un glissement subtil dans ses pensées… Doute ? Confirmation ?

— Je me suis trompé, alors, reprit le Chiss. Je pensais à un incident survenu dans mon propre passé. Mais je le maintiens : les Grysks ne vont pas tarder à commencer leur infiltration de l'Empire. La seule solution est d'éliminer la menace avant qu'ils soient complètement prêts.

Voilà, il la tenait. La raison, ou du moins la justification de régler le sort du grand amiral, ici et maintenant. La trahison, assumée ou masquée, était un motif suffisant d'exécution.

— Et donc, vous proposez d'employer les ressources impériales contre les Grysks, dit-il. De façon à protéger votre propre Ascendance chiss aux dépens de l'Empire.

— Vous remettez en cause ma loyauté, lâcha Thrawn.

C'était une constatation, pas une question.

— C'est exact, répondit Vador, le regard fixé sur la gorge de l'amiral.

Une torsion brusque, et le cou céderait…

— Vous m'avez mal compris, affirma Thrawn avec calme. Avez-vous écouté la transmission que j'ai envoyée au vaisseau grysk, le message qui, je le savais, serait relayé par les survivants de la bataille ?

— Cela ferait-il une différence ?

L'amiral prit sa console portative et pressa quelques touches.

— *Au vaisseau de guerre grysk : ici l'amiral Mitth'raw'nuruodo*, annonça la voix de l'amiral en meese caulf. *Par la présente déclaration, je vous enjoins instamment de réintégrer vos mondes et de renoncer à toute ambition d'étendre votre hégémonie au-delà de vos frontières. Si vous persistez dans ces efforts d'extension, soyez sûrs que vous serez vaincus et anéantis.*

Il appuya sur une autre touche pour couper la diffusion de l'enregistrement, se tourna vers Vador et attendit.

Celui-ci réfléchit un moment à ce qu'il venait d'entendre… et finit par saisir la subtilité.

— Vous vous êtes identifié comme étant Mitth'raw'nuruodo, constata-t-il à mi-voix. Un nom chiss. Et les Grysks attaquent toujours l'ennemi le plus proche.

— Oui, dit Thrawn, et le Seigneur Noir détecta de l'émotion dans ce simple mot. L'invasion est proche, Seigneur Vador. Mais j'ai désormais gagné assez de temps pour que l'Empire s'y prépare.

— Peut-être… Mais ce n'est pas tout.

Les yeux de l'amiral se plissèrent légèrement.

— Que voulez-vous dire ?

— Vous le savez très bien, fit Vador en indiquant la cloison et, par-delà, la galaxie tout entière. J'ai vu le vaisseau. Celui qui a fui la bataille.

Il s'interrompit, mais Thrawn ne répondit pas. Aussi reprit-il :

— Je déduis de votre silence que vous l'avez vu, vous aussi. C'était un vaisseau coursier. Un coursier *chiss*.

— Peut-être avez-vous fait erreur.

— Non, rétorqua Vador d'un ton neutre. Et il y a plus. Le dispositif de dissimulation individuel porté par les Grysks. Identique dans son fonctionnement à celui utilisé par votre assassin, Rukh. J'imagine qu'ils sont tous de fabrication chiss.

Thrawn resta silencieux un moment encore, puis il inspira lentement, avec mesure.

— C'est exact. Bien que, de façon assez ironique, ce système soit inutilisable par mon propre peuple. Oui, c'est bien une navette chiss que vous avez vue, monseigneur. Mais mon message aux Grysks et son importance pour l'Empire restent les mêmes.

— Vraiment ? Votre message était-il destiné à mettre en garde les Grysks pour qu'ils ne touchent pas à l'Empire ? Ou s'agissait-il d'un avertissement destiné au groupe de Chiss, quel qu'il soit, qui collabore avec eux, pour leur montrer que vous étiez au courant de leur présence ?

Thrawn esquissa un sourire, mais Vador perçut la souffrance derrière ce masque.

— Et pourquoi pas les deux ? proposa l'amiral.

— S'agissait-il des deux ?

Thrawn se détourna.

— Quand j'ai quitté les miens, il y a de cela si longtemps, les premiers signes d'un conflit politique se faisaient sentir. J'ai pensé que les Aristocra régleraient ces différends comme ils l'ont fait à tant de reprises auparavant. Cette fois, peut-être qu'ils ont échoué. À moins que les Grysks aient réussi des incursions plus profondes que je ne le pensais dans notre culture.

Vador observait le Chiss, et il sentait la sombre ironie qui l'habitait.

— Ainsi donc vous, qui n'avez jamais caché votre mépris pour la façon dont la République avait géré la Guerre des Clones, vous trouvez maintenant au bord de votre propre guerre civile ?

— Si nous n'en sommes pas déjà aux premières étapes… Pour peu qu'un camp soit tombé sous l'influence des Grysks… Votre première idée était peut-être plus proche de la réalité que vous ne le pensiez. Peut-être que le véritable objectif de la fermeture des frontières est de m'empêcher de lancer l'Empire contre eux.

La suggestion était d'une arrogance certaine, songea Vador. Toutefois, il avait assisté à la démonstration des capacités de Thrawn, et pouvait aisément croire que la partie adverse veuille le tenir à l'écart de ses plans.

— Qu'avez-vous l'intention de faire à ce sujet ? demanda le Seigneur Noir.

— C'est-à-dire ?

— La période est vraisemblablement critique pour votre peuple. Allez-vous tourner le dos à l'Empereur et retourner avec le *Chimaera* dans vos mondes afin de leur porter secours ?

Thrawn se tourna de nouveau face à lui.

— La chose me semble difficilement réalisable. Vous vous opposeriez certainement à une telle décision.

— Vous voulez me faire croire qu'un tacticien de votre envergure n'a pas déjà imaginé une façon de me tuer ?

L'ombre d'un sourire effleura de nouveau les lèvres du Chiss.

— En réalité, j'en ai imaginé *trois*.

Son sourire disparut et il poursuivit :

— J'ai fait le serment de servir l'Empereur, Seigneur Vador, tout comme naguère j'avais fait celui d'aider Anakin Skywalker. Un jour, oui, je retournerai auprès des miens. Mais pas avant que les menaces contre l'Empire aient été neutralisées.

Pendant un long moment, ils restèrent immobiles et se jaugèrent mutuellement. Vador pensait à son secret… à la loyauté de Thrawn… aux sollicitations constantes de l'Empereur envers le Chiss. Peut-être que l'Empire entier avait besoin de lui…

— Anakin Skywalker est mort.

Thrawn baissa la tête.

— Je sais.

Vador acquiesça lentement. *Je sais* ; pas *Je l'ai entendu dire* ou *On m'en a informé*, mais *Je sais.*

— Nous ne reparlerons plus de lui, ajouta le Seigneur Noir. *Vous* ne parlerez plus de lui.

— Je comprends, monseigneur, répondit l'amiral. Mais j'honorerai toujours son héritage.

Vador marqua un autre temps de silence.

— D'après ce qu'on m'a dit, reprit-il finalement, vous croyez que la flotte devrait privilégier les petits chasseurs…

Une expression indéfinissable passa fugitivement sur les traits du Chiss.

— En effet, monseigneur.

— Le Défenseur est un excellent appareil, reconnut Vador. Je parlerai à l'Empereur pour appuyer ce projet.

Il leva un doigt et poursuivit :

— Mais il faut qu'il soit plus rapide, et plus lourdement armé… Les commandes, aussi : il faut les rendre plus simples. Tous les pilotes impériaux n'ont pas les aptitudes du capitaine Skerris.

— Ou les vôtres, surenchérit Thrawn en inclinant la tête. Excellentes suggestions. Je vais transmettre ces instructions à l'usine de Lothal, dès notre retour sur Coruscant.

— Bien, fit Vador. En avons-nous fini ?

Thrawn baissa la tête en un salut respectueux.

— Oui, Seigneur Vador, dit-il, nous en avons fini.

Pour plus d'information :

#lisez! engagé

www.lisez.com

Imprimé sur du papier issu de forêts gérées durablement.

Achevé d'imprimer en janvier 2024 par
La Nouvelle Imprimerie Laballery
58500 Clamecy (Nièvre)
N° d'impression : 401571

S29528/08

Pocket, 92 avenue de France, 75013 PARIS

Imprimé en France